Prazer ou NEGÓCIOS

RACHEL LYNN SOLOMON

Prazer ou NEGÓCIOS

Tradução
Carolina Candido

1ª edição
Rio de Janeiro-RJ / São Paulo-SP, 2024

VERUS
EDITORA

Título original
Business or Pleasure

ISBN: 978-65-5924-224-5

Copyright © Rachel Lynn Solomon, 2023
Direitos de tradução acordados por Taryn Fagerness Agency e Sandra Bruna Agencia Literaria, SL
Todos os direitos reservados.

Tradução © Verus Editora, 2024
Direitos reservados em língua portuguesa, no Brasil, por Verus Editora. Nenhuma parte desta obra pode ser reproduzida ou transmitida por qualquer forma e/ou quaisquer meios (eletrônico ou mecânico, incluindo fotocópia e gravação) ou arquivada em qualquer sistema ou banco de dados sem permissão escrita da editora.

Verus Editora Ltda.
Rua Argentina, 171, São Cristóvão, Rio de Janeiro/RJ, 20921-380
www.veruseditora.com.br

CIP-BRASIL. CATALOGAÇÃO NA FONTE
SINDICATO NACIONAL DOS EDITORES DE LIVROS, RJ

S674p

Solomon, Rachel Lynn
 Prazer ou negócios / Rachel Lynn Solomon ; tradução Carolina Candido.- 1.ed. - Rio de Janeiro : Verus, 2024.

 Tradução de: Business or pleasure
 ISBN 978-65-5924-224-5

 1. Romance americano. I. Candido, Carolina. II. Título.

23-87042

CDD: 813
CDU: 82-31(73)

Meri Gleice Rodrigues de Souza - Bibliotecária - CRB-7/6439

Revisado conforme o novo acordo ortográfico.

Seja um leitor preferencial Record.
Cadastre-se e receba informações sobre nossos lançamentos e nossas promoções.

Atendimento e venda direta ao leitor:
sac@record.com.br

Para quem demorou um pouco para se encontrar e para quem ainda está se encontrando — nunca é tarde.

I've been searching all the wrong places
I've been trying too many faces
Only one way to go
*This is the way back home.**

— LESLEY ROY, "Maps"

---

* Tenho procurado nos lugares mais errados/ Tenho tentado os rostos mais variados/ Só um rumo a tomar/ O caminho de volta para casa. (N. da T.)

capítulo
UM

— Este livro é o resultado de um trabalho cheio de amor — diz a mulher sentada atrás de uma mesa repleta de livros de capa dura que exibem seu rosto sem maquiagem, a testa franzida e a boca aberta como se ela estivesse em meio a um grito, bebendo a água de uma mangueira de jardim. — Mal consigo acreditar que ele finalmente está em minhas mãos! E essa capa, nada mau.

A plateia ri na hora certa. Na fila dos fundos, quase sinto Noemie se encolher ao meu lado.

— Já preparei tigelas de cereal com mais amor do que ela dedicou a este livro — sussurra.

E ela não está errada — vivenciei isso em primeira mão. Ainda assim, dou uma cotovelada na minha prima.

— Tenha respeito.

— Eu tenho. Pelo cereal.

Aperto os lábios para segurar uma reação e foco a atenção no palco, onde Maddy DeMarco comanda o ambiente com uma confiança afetuosa e ensaiada que beira a manipulação emocional. A livraria está lotada com uma pequena fração do 1,6 milhão de seguidores que ela tem no Instagram: a maioria mulher, a maioria branca, a maioria usando roupas sustentáveis de linho que compraram com o código de desconto dela, MADSAVINGS10. No começo eu achava que fosse uma espécie de culto e, para ser sincera, ainda tenho minhas dúvidas de que não seja. Esse estilo que ela vende, de uma positividade artificialmente adocicada, não funciona mais para mim — quando preciso de uma dose de amor-próprio, é mais provável que tome a forma de algo que cabe na palma da minha mão e funciona a pilha. E, sobre esse assunto, infelizmente, Maddy dedicou uma quantidade calamitosa (leia-se zero) de posts em suas redes sociais.

Todo o trabalho dela se pauta em afirmações vazias e conselhos óbvios. Prova disso é o livro, que se chama *Beba água: um guia para o autocuidado, a autodescoberta e para se manter sedenta.*

— As pessoas costumam perguntar como consegui transformar um post viral em uma marca de estilo de vida — comenta Maddy, cruzando uma perna coberta de linho por cima da outra. As ondas naturais de seus cabelos brilham com perfeição, graças a um óleo bastante caro que, admito com certa vergonha, tentei usar antes de cortar meus cabelos loiro-acinzentados em um corte pixie ano passado. — E a resposta é simples: eu não durmo.

A afirmação rende mais algumas risadas. Noemie resmunga baixinho.

— Mas quero mandar a real pra vocês. Eu era daquele tipo de pessoa que nunca consegue dar um jeito em porra nenhuma... Espera, posso falar um palavrãozinho? Tem crianças aqui? — Ela finge analisar a plateia antes de seguir adiante. — Ficava tão estressada que simplesmente me esquecia de beber água! Só quando fui parar no hospital com um quadro de desidratação eu percebi que tinha parado de fazer coisas por mim mesma. E estou falando de coisas *básicas,* pra manter-o-corpo-em-funcionamento e tal. Tipo beber água. Foi naquele momento que eu soube que algo ia ter que mudar.

Escrevi três capítulos do livro dela durante essa temporada no hospital, quase decorando seu Instagram para ter certeza de que estava capturando sua "voz". A cada quatro comentários, um dizia como ela era "gente como a gente" — se referindo a uma pessoa que vende quadros com dizeres do tipo SEJA SUA PRÓPRIA INSPIRAÇÃO.

Durante o processo de escrita, tentei fazer com que Maddy fosse "gente como a gente": quando ela insistia em se comunicar comigo através de sua equipe, quando a tal equipe me mandava fotos de anotações que ela tinha feito em guardanapos recicláveis, quando ela disse que a escrita precisava ser *um pouco mais pé no chão*. Queria muito gostar dela, queria acreditar que aqueles posts inspiravam as pessoas a viver uma vida boa e com carbono neutro. Porque a verdade é que, antes de escrever o livro, eu até gostava dela. Tinha um certo ar de ambição e autenticidade que me fez começar a segui-la alguns anos atrás, muito antes dos quadros e das #publis constantes que entopem seu feed hoje em dia.

Não é nem um pouco glamoroso ser uma ghostwriter, e, mesmo que nada nesse livro diga *Chandler Cohen*, eu estava estranhamente animada com a ideia de enfim conhecer Maddy — porque parte de mim ainda sente alguma fascinação. O livro foi lançado faz poucos dias, e eu me segurei para esperar e só comprar meu exemplar quando a turnê de lançamento passasse por Seattle, convencida de que o autógrafo dela na folha de rosto iria oficializar nossa colaboração. Nem cheguei a abrir a caixa com os livros de capa dura que foi entregue à minha porta na semana passada.

Nos meus sonhos mais loucos, me perguntei se Maddy talvez fosse pedir para que eu autografasse um exemplar para ela. Um tipo de piada interna só nossa. E, de alguma forma, isso compensaria todas as vezes que tive que reescrever partes do livro de última hora, e o estrago irreversível nas minhas cutículas causado pela ansiedade.

Capítulo 6: Canalize a otimista dentro de você. Talvez o livro tenha mesmo causado um impacto em mim.

Maddy ergue um dos braços.

— Alguém aqui já postou uma foto sorrindo quando se sentia tudo menos feliz, quando clicar no botão de compartilhar era quase como confirmar uma mentira? Erga a mão quem já fez isso. — Praticamente todo mundo levanta uma das mãos. — Não tem por que sentir vergonha. Eu mesma já fiz isso várias vezes. Mas não foram as fotos do meu rosto sorridente que fizeram com que eu me conectasse com tantas de vocês... foram as fotos dos meus pés de galinha. Do rosto franzido. Até das minhas lágrimas. — Ela tira o celular do bolso da calça e começa a descer pelo próprio feed. — Da próxima vez que for postar alguma coisa, pense no quanto aquilo representa quem você é de verdade. Se for o caso, não faça a postagem. Tire outra foto. Escreva uma legenda nova. Deixe sua beleza interior falar.

— Ela vai adorar meu resumo do evento — ironiza Noemie.

A mulher à nossa frente se vira, um dedo apoiado nos lábios. Noemie fica em silêncio e pisca os olhos arregalados e inocentes para ela.

— Você vai fazer a gente ser expulsa — reclamo. — E aí o que vou falar para o meu editor?

— Pode dizer que estou vivendo minha verdade e falando com o coração. Não é disso que trata o capítulo 12?

Infelizmente, ela está certa.

Depois de mais meia hora ouvindo Maddy jorrar declarações sobre as vidas online e offline, mescladas com ao menos quatro referências a marcas que a patrocinam, a assistente faz um sinal e ela junta as mãos.

— É uma pena, mas nosso tempo acabou! Estou ansiosa para autografar essas belezinhas pra vocês, mas antes disso... quero que façam uma coisa por mim. — Um sorriso ardiloso se espalha pelo rosto dela. — Se olharem embaixo das cadeiras, vão encontrar uma garrafa de água para cada uma de vocês.

Uma onda de empolgação e eletricidade se forma conforme aquelas que não tinham notado as garrafas de água ao entrar começam a encontrá-las.

— Agora, quero que vocês abram essas delicinhas — Maddy tira a tampa da garrafa dela, erguendo-a para fazer um brinde silencioso com a plateia. Bato minha garrafa de plástico reciclado na de Noemie, erguendo as sobrancelhas com exagero — e deem um gole enorme e delicioso.

— Você não fica incomodada por não ter seu nome nele? — pergunta Noemie na fila para pegar o autógrafo, enquanto passa uma das mãos pela capa lustrosa do livro.

Eu ficava. No começo. Mas agora uma certa indiferença acompanha cada lançamento. Como ghostwriter de celebridades, não sou contratada para ser coautora — tenho que escrever pelo ponto de vista de quem me contrata. Tenho que *me transformar* naquela pessoa. Minha primeira autora, uma participante do The Bachelor que deu um pé na bunda do cara do jeito mais humilhante possível — em rede nacional logo após o pedido de casamento —, era um amor de pessoa, e até hoje me envia e-mails perguntando como estou. Mas logo aprendi que atitudes assim são exceção. Porque existem pessoas como Maddy, ou ainda o livro que acabei de escrever para um personal trainer famosinho do TikTok que vende a própria linha de shake de proteína, um livro que meio que atualiza as definições de literatura de um jeito nada bom.

Talvez ter em mãos aquelas centenas de páginas que escrevi sem parar, na velocidade da luz, me dê certa satisfação, um ponto-final tangível para tantas noites de trabalho até tarde e planos cancelados. Ao mesmo tempo, consigo me desassociar por completo do livro de um jeito que pode ser ótimo ou terrível para minha saúde mental. Talvez as duas coisas.

— O livro não é meu — digo, simples assim, e dou outro gole na minha garrafa de água com o rótulo Maddy DeMarco. É estranho, mas a água é muito boa, e não sei se quero saber o porquê.

A fila para pegar autógrafos avança devagar; todos ali pedem que Maddy pose para fotos antes de seguirem para o caixa. Não posso culpar nenhuma dessas pessoas por gostarem tanto assim dela. Querem acreditar que mudar o estilo de vida pode mudar a vida — coisa que, no fim das contas, funcionou para Maddy.

— Obrigada por esperar comigo — digo, e os olhos de Noemie ficam mais suaves por trás de seus óculos de aro tartaruga, a carcaça de cinismo se quebrando por alguns instantes. — Sei que esta não é a sexta-feira dos sonhos.

— Levando em conta que passei a última sexta explicando para um cliente por que não tínhamos como garantir que ele seria matéria de capa da *Time*, este é um avanço e tanto.

Ela ainda está vestida como uma boa relações-públicas: calça social ajustada, top peplum com estampa de margaridas, blazer pendurado no braço. Para completar, cabelos escuros e compridos, alisados e sem frizz, porque ela não é Noemie se um único fio de cabelo estiver fora do lugar. Já eu, com minha calça de veludo cotelê, camiseta desbotada da banda Sleater-Kinney e uma jaqueta jeans preta quente demais para o início de setembro, devo parecer uma pessoa que não vê o sol desde 1996. Sem vitamina D para mim, obrigada.

— Tenho que concordar com você. — Puxo uma pontinha do esmalte prateado, e sei que minha prima vai perceber o que esse gesto significa. — Mas, enfim, quanto mais demorar aqui, mais tempo tenho pra fingir não saber que a turma toda está na festa de casa nova do Wyatt.

Noemie faz uma careta de um jeito familiar, e não sei se fui eu que peguei essa mania dela ou o contrário. Noemie Cohen-Laurent é minha única prima e minha amiga mais próxima. Crescemos na mesma rua, frequentamos a mesma escola e agora moramos na mesma casa. Na verdade a casa é dela, e eu pago aluguel com um desconto fantástico.

Nós duas fizemos faculdade de jornalismo, levadas pelos nossos ideais de mudar o mundo e contar histórias que ninguém mais contava. Questões econômicas nos empurraram em direções diferentes, e antes de nos formarmos Noemie já tinha sido contratada em tempo integral pela empresa de relações públicas na qual estagiara no último ano de faculdade.

— Isso quer dizer que você decidiu não ir? — pergunta.

— Não vou conseguir. Pode ir se quiser, mas...

Ela me corta na mesma hora, balançando a cabeça.

— Sou solidária. Wyatt Torres morreu pra mim.

Relaxo os ombros, aliviada. Não quero que Noemie sinta que precisa escolher um lado, por mais que eu tenha certeza de que ela jamais escolheria o dele. Ainda assim, só ela sabe o que aconteceu entre Wyatt e eu algumas semanas atrás: uma noite incrível após anos de um desejo que imaginei ser recíproco, a julgar pela forma desesperada como as mãos dele percorreram meu corpo conforme nos jogávamos na cama. Eu o ajudei a desencaixotar as coisas no apartamento novo, os dois exaustos e um pouquinho bêbados, e tudo pareceu se *encaixar* — nossos corpos se uniram de forma natural, descomplicada. Os cabelos escuros de Wyatt fazendo cócegas em minha barriga, a pele bronzeada se arrepiando toda quando eu o tocava. O modo como ele cravou as unhas nas minhas costas, como se não pudesse suportar a ideia de me deixar partir.

Mas então recebi a famosa mensagem dizendo *Precisamos conversar* e, durante a tal conversa, a confissão de que ele não queria se envolver naquele momento. E ele ainda falou, com o mesmo desgosto que se falaria de uma pessoa que clica em "responder a todos" em um e-mail com cópia, que eu sou a Doida dos Relacionamentos. E que ele valorizava demais nossa amizade e não queria que ninguém saísse ferido.

Então fingi que já não estava ferida.

— Mas a gente faria um ótimo casal — digo baixinho, forçando meus pés a andarem na fila.

Noemie apoia uma mão gentil no meu ombro.

— Eu sei. Sinto muito por essa história toda. A gente vai se divertir bastante mais tarde, prometo. Vamos voltar pra casa e pedir um monte de comida indiana, porque sei que você ama passar os cinco dias seguintes comendo o que sobrou. Depois podemos assistir aqueles programas em que as pessoas tomam decisões imobiliárias péssimas junto de parceiros com quem nem deveriam estar.

Por fim chega a nossa vez e um dos livreiros sinaliza para nos aproximarmos. O sorriso de Maddy quase não se alterou, um feito impressionante depois de tantas fotos.

— Oi — digo e entrego minha cópia do livro, a mão trêmula, o que é um pouco vergonhoso. Escrevi páginas e páginas fingindo ser essa mulher e, agora que ela está a um metro de distância, mal consigo falar. Podem jogar meu diploma de comunicação no lixo.

— Olá — responde ela, animada. — Dedicatória em nome de quem?

— Chandler. Chandler Cohen.

Ela fecha um dos olhos, como se tentasse se lembrar. A qualquer instante, vai se dar conta. Vamos rir do jeito como ela fala dos babacas da internet no capítulo 4 e revirar os olhos quando lembrarmos do quanto tentava agradar às pessoas, o que foi relatado em detalhes no capítulo 16.

— Como se escreve?

— Ah, hum... — Eu gaguejo, todas as letras do alfabeto fugindo da minha mente ao mesmo tempo. — Chandler... Cohen? — Maddy me olha inexpressiva, esperando.

Não. Não é possível, né? Que ela nem se lembre do meu nome depois de o livro ir e voltar tantas vezes? De tantas exigências da parte dela?

— Você não sabe que a Chandler... — Noemie começa a falar, mas dou uma cotovelada nas costelas dela para que se cale.

De fato, me comuniquei mais com a equipe de Maddy... mas meu nome está no contrato. Nos rascunhos. Nas trocas sem fim de e-mails. Eu escrevi essa porra de *livro* e ela não faz nem ideia de quem eu sou.

Acho que murmuro a forma certa de escrever, mas minha visão vai embaçando conforme ela desliza a caneta magenta de ponta grossa pela página de rosto, encaixa um marcador de livros e entrega o volume de volta para mim como uma profissional.

— Obrigada. — É tudo o que consigo dizer enquanto Maddy acena em despedida, com um sorriso enorme.

Quando estamos sãs e salvas no corredor dos livros infantis, que fica o mais longe possível do palco, respiro fundo, trêmula. Tudo bem. Não tem problema. É óbvio que ela não ia me pedir para autografar nosso livro.

O livro *dela*.

Porque é para isso que serve um ghostwriter — ninguém deve perceber minha presença.

— Você bem que poderia ter dito quem você é — comenta Noemie, uma das mãos agarrando a bolsa matelassê da Kate Spade e a outra apertando com força a garrafa de água. — Eu teria falado se você não tivesse me acertado com um golpe baixo.

— Só ia fazer a vergonha ser ainda maior. — Abraço o livro apertado porque, se não o fizer, é bem capaz que o arremesse do outro lado da loja. — Vai ver ela não é muito boa para guardar nomes. Ela conhece gente demais. Tenho certeza que fica... muito ocupada sendo sua própria inspiração.

— Claro. — A postura de Noemie ainda está rígida. — Bom, ainda assim, vou parar de seguir. — E ela pega o celular, pronta para provar que o fará mesmo, mas outra coisa chama sua atenção. — Merda, é do trabalho. Soltaram o material errado de um comunicado à imprensa e a cliente tá *puta*. Acho que preciso... — Ela se afasta, os dedos voando pela tela.

De vez em quando me dou conta de que, apesar de termos apenas dois anos de diferença, a vida de Noemie é bastante diferente da minha. Cinco anos atrás, quando o The Catch me demitiu e por fim faliu, incapaz de competir com o BuzzFeed, o Vice e o HuffPost, ela já estava comprando uma casa. Enquanto eu tinha dificuldade para vender os artigos que escrevia sobre músicos locais e a evolução do centro de Seattle, ela estava lidando com clientes de alto nível e fazendo depósitos mensais polpudos no plano de previdência privada. Ela tem vinte e nove anos e eu tenho trinta e um, mas é chocante ver o quanto ela se dá melhor nisso de ser adulta.

Só dois anos, e às vezes sinto que nunca vou chegar a esse nível.

— Pode ir — digo, cutucando-a com o livro. — Eu entendo.

Se eu dissesse que precisava dela, é bem capaz que ela encontrasse uma forma de fazer as duas coisas: me consolar e salvar a vida da cliente. Mas, na maioria das vezes, quando o trabalho e alguma outra coisa batalham pela atenção de Noemie, o trabalho vence.

— Só se você tiver certeza — declara. — Quer voltar pra casa, pedir comida e guardar algumas samosas para eu comer quando acabar de resolver o problema?

— Acho que vou ficar por aqui mais um pouco.

Ela me olha demoradamente, como se estivesse preocupada com algo que não contei para ela. É o mesmo olhar que usou quando descobri que o The Catch ia mandar os funcionários embora. Meu trabalho dos sonhos me forçando a encontrar outro sonho.

— Nom. Eu *tô bem* — asseguro, com tanta ênfase que mais parece que estou ameaçando que tranquilizando.

Ela me abraça apertado.

— Tenho tanto orgulho de você — afirma —, caso não tenha dito isso antes.

Ela disse. Quando entreguei o original, depois das revisões, e mais uma vez no dia em que o livro seria lançado, quando ela precisou ir mais cedo para o trabalho, mas encontrei um banquete com donuts e bagels esperando por mim ao acordar.

— Você *escreveu* e *publicou* um livro. Dois, na verdade, e tem mais um chegando. Não deixe aquela mulher tirar essa vitória de você.

Não sei se consigo expressar em palavras o tamanho do meu amor por ela, então retribuo o abraço e torço para que ela saiba. É óbvio que hoje não estou lidando bem com as palavras.

Uma coisa que amo nessa livraria é que tem um bar, e odeio que, enquanto me encaminho até ele, imagino que Maddy se senta ao meu lado. Eu ofereceria uma bebida e depois diria algo que só quem tem muita intimidade com *Beba água* saberia. Ela arfaria, pediria desculpa, falaria sem parar como está feliz com o livro. E aí essa atitude asseguraria para mim que os muitos meses de dedicação foram bem mais que um serviço pago — eles teriam um *significado*.

Mas, na verdade, isso não tem nada a ver com Maddy DeMarco.

É por causa de toda a autoestima embolada nos lençóis da cama de Wyatt, nos pagamentos que por vezes atrasam, no quarto charmoso na charmosa casa da minha prima, um imóvel que eu nunca conseguiria comprar. É o cutucão persistente no fundo da minha mente que soa, de forma tão suspeita, como um relógio, e me faz questionar se escolhi a carreira errada e se está tarde demais para recomeçar. E se eu saberia como fazer isso.

É que, a cada vez que tento seguir em frente, tem algo esperando para me empurrar para trás.

Os dois barmen estão compenetrados no que parece ser uma conversa séria, então preciso limpar a garganta para chamar a atenção deles. Peço uma sidra artesanal que é doce demais e, antes de enfiar o livro da Maddy na bolsa, eu o abro na folha de rosto.

Se já não estivesse na sarjeta, teria afundado ainda mais.

Para Chandler Cone, está escrito com caneta magenta. *Beba tudo!*

EMERALD CITY COMIC CON

**8-10 DE SETEMBRO
CENTRO DE CONVENÇÕES DO ESTADO DE WASHINGTON**

Encontro com Finn Walsh, mais conhecido como Oliver Huxley de *Os notívagos*! Estamos extasiados por receber o nerd favorito de todos na Comic Con mais uma vez.
Onde ele estará neste fim de semana:

PAINEL

Todo Herói Precisa Ter: Família, Amigos e um Ajudante
Sexta-feira, 8 de setembro, 18 horas, Sala 3B

SESSÃO DE AUTÓGRAFOS

Sábado, 9 de setembro, 16 horas, Hall C
AUTÓGRAFO: $75 **FOTO:** $125

capítulo
DOIS

A princípio, minha intenção é fazer exatamente o que a dedicatória sugere: beber tudo, ficar embriagada, apesar de achar que Maddy não falou nesse sentido e que nem deve ser possível com essa sidra tão doce. Fecho o livro traiçoeiro e suspiro, o que chama a atenção do homem a um banco de distância do meu.

Retribuo o olhar dele com uma expressão de desculpa, mas, em vez da fisionomia de julgamento que esperava encontrar, ele aponta para minha garrafa de sidra.

— O que estamos celebrando?

— A desintegração da minha autoestima, patrocinada pela carreira que escolhi errado. E o funeral de um relacionamento que acabou antes de começar. — Ergo a garrafa e dou um gole, tentando não fazer careta. — Na verdade, é meio que um despertar. Tenho lugar garantido na primeira fileira para assistir a essas duas coisas implodirem. Que espetáculo. — Ou ao menos, Chandler "Cone" tem.

— Não é fácil conseguir ingressos desse tipo. — Ele junta as mãos, depois inclina a cabeça como se apresentasse seus cumprimentos. — Caros irmãos, estamos aqui reunidos para...

Apesar de tudo, caio na gargalhada.

— Acho que isso é o que se diz em casamentos. Ou no começo de uma música do Prince.

— Ah, merda, é verdade. — A boca dele se curva em um sorriso. — Essa música é boa.

— É ótima.

Do jeito mais discreto possível, observo melhor o estranho. Acho que ele não estava na sessão de autógrafos, mas a sala estava lotada. Parece mais velho que eu, mas não muito — cabelos castanho-avermelhados, mais curtos nas laterais e bagunçados em cima, um pouco grisalhos nas têmporas, o que acabei de descobrir que acho bastante atraente. Ele está de calça jeans escura e camisa preta casual, uma das mangas desabotoada no pulso, como se tivesse se distraído na hora de vesti-la, ou o botão tivesse desistido de ficar no lugar depois de um longo dia.

— Mas sinto muito pelo seu trabalho e pelo relacionamento — comenta.

Dispenso seu lamento com um aceno.

— Obrigada, vou ficar bem. Eu acho.

Assim espero.

Eu poderia muito bem desejar a ele uma boa noite, me virar para a frente e terminar minha bebida em silêncio. Depois cambalear até em casa, pedir comida, assistir a programas ruins na televisão e me afundar. Nunca flertei num bar antes — geralmente estou ocupada evitando fazer contato visual com outros humanos —, mas tem alguma coisa nesse cara que me faz continuar a conversa.

Porque, sendo bem honesta: talvez hoje eu esteja precisando massagear meu ego.

— E você? — pergunto, pegando minha garrafa e apontando para o copo dele. — Está bebendo sozinho porque...

Assim que fecho a boca, observo o rosto dele e o vejo hesitar por uma fração de segundo. É tão rápido que nem sei se ele percebeu o que fez — talvez seja fruto da minha imaginação. Ele se recompõe logo a seguir. Parece relaxar.

— A mesma coisa. Crise existencial relacionada à carreira. — Ele aponta para os dois barmen e fala mais baixo. — Tem uns vinte minutos que estou pensando em ir embora, mas fiquei interessado demais na vida pessoal deles.

Ele coloca o dedo nos lábios como quem pede silêncio, e foco para ouvir a conversa dos barmen.

— Aqueles porquinhos-da-índia não são minha responsabilidade. Se você insiste que eles fiquem no apartamento, precisa cuidar deles.

— Você podia ao menos usar o nome deles.

— Eu me recuso a chamar aquelas bestas de Ricardo e Judith.

— Que nem você se recusou a lavar a louça depois da festa que deu semana passada? Aquela que tinha uma bancada com as coisas para as pessoas fazerem o próprio cachorro-quente?

— Queria te dar uma bronca por ficar ouvindo a conversa dos outros, mas não consigo — comento. — Isso sim é entretenimento de qualidade.

— Não é? Não posso ir embora até saber como isso vai acabar. — Então ele ergue uma sobrancelha, com os olhos mirando a garrafa de água que a tonta aqui tinha deixado em cima do balcão, bem ao meu lado. — Tem algum motivo pra sua garrafa de água dizer... "Seja sua própria inspiração"? — Ele ergue as mãos. — Sem querer julgar, só curiosidade.

— Ah, isso? Eu faço parte de um esquema de pirâmide que promove a hidratação. Já estou bem envolvida no caso. Vão filmar o documentário algum dia desses.

Seguindo no tom da brincadeira, ele abaixa o copo devagar. Olha em volta do bar. Quando fala de novo, é num sussurro:

— Você precisa de algum tipo de ajuda?

— Acho que já é tarde demais. — Balanço a garrafa. — Mas, se eu conseguir vender mil dessas belezinhas pra você, pode ser que consiga uma redução na sentença.

— O problema é o seguinte... — diz ele, tamborilando no balcão. — Acho que eu conseguiria dar um fim para umas trezentas delas. Talvez quatrocentas. Mas não sei o que faria com o resto.

— Você teria que encontrar outras pessoas que quisessem comprar. Posso colocar você no esquema e dar todo o treinamento pra que você seja seu próprio chefe.

— Não vou cair nessa.

Ele está sorrindo, mostrando os dentes de um branco brilhante. Quanto mais o analiso, mais atraente ele fica. O segredo está nos detalhes: uma fina camada de pelos faciais ruivos, o calor de seus olhos cor de avelã brilhantes, as pintinhas em espiral nos nós dos dedos da mão que sobem até o pulso esquerdo, onde a camisa desabotoada permite ver um pedaço da pele. E o jeito que ele me olha faz com que eu me sinta melhor do que me senti o dia todo. A semana toda. O mês todo desde Wyatt.

— Meu nome é Drew — acrescenta ele —, mas entendo de verdade se você não puder me dizer o seu. Por razões legais. Pra não se expor e coisa e tal.

Tento, sem sucesso, conter outro sorriso. Caramba, como ele é charmoso.

— Chandler — digo. — Eu estava na tarde de autógrafos que aconteceu bem ali. — Mostro o livro, como se essa apresentação precisasse de mais um fragmento da realidade. — O que você faz? Digo, quando não está tentando resgatar mulheres envolvidas em esquemas de pirâmide que bebem em bares de livrarias?

— Assim, na real, isso já toma quase todo o meu tempo. — Ele dá outro gole na bebida antes de juntar os dedos. — Trabalho com vendas. Nada muito interessante, infelizmente.

— Discordo. Depende muito do que você vende. Por exemplo, botinhas de chuva pra cachorros? Fascinante, preciso ver fotos agora mesmo.

— Produtos tecnológicos — explica, com um suspiro que o faz parecer ansioso para mudar de assunto. Nada mais justo, já que vender produtos tecnológicos não parece ser a carreira mais extasiante de todas. — E você?

Ah, se não é a pergunta de um milhão de dólares.

— Sou escritora. Jornalista, acho, mas já faz algum tempo que não escrevo nada que me deixe orgulhosa. — Dou um gole na sidra, me lembro que é doce demais e tento esconder a careta. — A máquina capitalista nos vende muitas mentiras sobre ser adulto. Eu achava que cada um de nós iria florescer e virar uma pessoa bem-sucedida, admirável, cheia de conquistas. Era isso que diziam quando estávamos na escola, não? Que a gente podia ser tudo o que quisesse. Que éramos especiais. Mas agora eu... — *Escrevo livros sem meu nome na capa. Tenho dificuldade pra pagar um aluguel baratinho. Só tropeço.* — Ser uma millennial de trinta e poucos é cansativo demais — finalizo.

— Opa, um brinde a isso.

Ele dá um longo gole antes de apoiar o copo vazio, então abre uma das mãos no balcão, o dedo indicador traçando as fibras da madeira. Como se estivesse analisando com cuidado o que dizer a seguir. A luz fraca da lâmpada realça as sardas em suas bochechas, no pescoço, na base da garganta. Não são da mesma cor que o cabelo, pelo que noto — algumas mais escuras, outras mais claras. Uma linda constelação.

— Preciso começar dizendo que não costumo fazer isso, mas... quer ir pra outro lugar, Chandler? — E, ao dizer isso, ele faz uma careta. — Nossa. Sei que parece uma cantada muito ruim. Juro que estou perguntando, na mais pura sinceridade, se você quer sair deste bar e ir para outro lugar. Um que tenha comidas interessantes, porque estou morrendo de fome e os *totchos* com queijo do cardápio não me parecem nada apetitosos.

Posso responder que tenho planos. Que os *totchos* com queijo na verdade parecem ótimos e que eu estava pensando se deveria pedir uma porção desde que me sentei. Mas...

Sei que o fato de ele assumir que o que ele disse parece uma cantada ruim pode ser uma cantada por si só, mas talvez eu não esteja pronta para voltar para a casa de Noemie e sentir pena de mim. Nunca fiz nada desse tipo, mas, nesse instante, é o que me parece o maior motivo para aceitar. Posso beber o que resta da sidra e me embriagar da atenção dele.

Pego a carteira e deixo algumas notas no balcão.

— Vamos para outro lugar.

DREW E EU NOS DEMOS A MISSÃO DE ENCONTRAR A MELHOR PIZZA EM fatia para comer tarde da noite. O primeiro restaurante que encontramos estava fechado e o segundo só servia a pizza inteira, então estamos a caminho de um lugar que eu poderia jurar que era por aqui...

— Ali! — Aponto para uma placa verde piscante na esquina que diz ABERTO, o aroma delicioso nos atraindo para mais perto.

Já são quase dez horas da noite e Capitol Hill está começando a acordar. Até agora, durante nossa caminhada, descobri que Drew mora no sul da Califórnia e está aqui a trabalho. Já veio a Seattle algumas vezes, mas nunca teve a oportunidade de explorar a cidade de fato, então assumi o objetivo não oficial de mostrar o máximo que conseguir para ele.

Não me lembro quando foi a última vez que saí numa sexta à noite, e de repente as opções parecem tantas que fico um pouco atordoada. Caminho com dificuldade, de tal forma que, quando tropeço na porta da pizzaria, Drew me ajuda a me equilibrar, uma das mãos na parte inferior das minhas costas, o calor do contato físico subindo direto para minha cabeça.

— Ainda bem que te encontrei — diz ele enquanto entramos na fila. — Seattle estava prestes a ser uma decepção.

Somos atendidos por dois punks de meia-idade, Mudhoney tocando nas caixas de som. Todo o meu respeito aos estabelecimentos em Seattle que fazem homenagens ao longo histórico de excelentes bandas da região. Pode ser que não tenhamos tantos lugares para comprar pizza em fatia, mas mandamos bem na música. Todas as muitas pessoas aqui dentro estão em estágios diferentes da noite: um trio de garotas com a maquiagem impecável e macacões combinando, um casal no que parece ser o primeiro encontro, um grupo de universitários mais pra lá do que pra cá, com uma quantidade absurda de garrafas vazias na mesa.

Drew aponta para que eu peça primeiro, então escolho uma fatia de pepperoni que deve ser do tamanho da minha cabeça enquanto ele pede uma pizza com vegetais. Um cara com uma tatuagem no pescoço do que me parece ser o antigo estádio Kingdome avalia a pizza por um instante e escolhe a maior fatia, com pimentão-verde, cogumelos, azeitonas e alcachofras.

Quando o caixa nos entrega os copos plásticos para os refrigerantes que pedimos, Drew passa alguns instantes analisando o dele antes de encher com Sprite.

— Só queria ter certeza que está limpo — diz ele, com um sorriso acanhado.

Faz sentido, já que, na melhor das hipóteses, a higiene desta espelunca é questionável.

Não tem cadeiras, só mesas altas com potinhos de queijo ralado e flocos de pimenta. Começo a comer no mesmo instante, e me sinto um tanto selvagem quando vejo que Drew resolve fazer o fino e escolhe usar talheres.

— Meu Deus, que *delícia*. O pepperoni deles é de outro mundo. Quer provar? Só não vale contar para os meus pais judeus.

— Ah... eu sou vegetariano — responde, sem parecer nem um pouco ofendido. Ele mastiga um pedaço, depois corta outro triângulo pequeno e o enfia com elegância na boca. — Faz uns dezoito anos. E sou judeu também, na verdade.

Eu o encaro por alguns instantes, porque qual a chance de conhecer outra pessoa judia desse jeito?

— Fala sério. Acho que a única coisa que eu fiz por dezoito anos seguidos foi conseguir viver com um nível médio e constante de ansiedade — brinco. — Por que você decidiu virar vegetariano?

— É clichê responder que eu amo os animais? — pergunta Drew. Tenho um vislumbre dele segurando um carneirinho, um porquinho, uma cabrinha. — Se não for, essa é a resposta. E porque fiquei traumatizado quando li *A selva* no ensino médio. Não consegui mais olhar para um hambúrguer do mesmo jeito depois do livro.

— Se você tiver tempo, devia experimentar o Pear Bistro. É um restaurante vegano no centro, e está sempre lotado. Bem caro, mas a comida é ótima.

— Só um segundo, vou anotar. — Ele pega o celular, digita e volta a colocá-lo no bolso. Dá um gole no refrigerante. — Então você fala com estranhos em bares, ouve Prince e misteriosamente tem um livro de autoajuda escrito por uma influenciadora em mãos. O que mais preciso saber a seu respeito?

— Duvido muito que ela tenha escrito o livro — digo, talvez um pouco rápido demais, então pego um pedaço da borda da pizza e mergulho no molho, em uma tentativa de parecer indiferente. — Sabe como é, sempre parto do princípio de que qualquer pessoa minimamente famosa contrata um ghostwriter ou coisa do tipo. Mas, mudando de assunto, eis uma curiosidade...

Faço meu olhar mais sério e preparo o clima para a curiosidade engraçada que tenho a dizer, aquela que passei grande parte da vida guardando para jogos do tipo "duas verdades e uma mentira sobre mim", apenas para ficar desapontada ao perceber que as oportunidades de brincar disso fora da vida corporativa são poucas.

— ... eu só tenho sete anos.

Ele me encara, uma ruga surgindo entre as sobrancelhas.

— Eu... não tenho uma resposta engraçadinha para isso. Só preocupação e confusão.

— Eu nasci dia 29 de fevereiro — explico. — Tenho trinta e um anos, mas, tecnicamente, só comemorei meu nascimento sete vezes. Ano que vem é bissexto, e sempre fico empolgada com isso. Sou de peixes, então adoro um drama.

— Nunca conheci uma... bissexta? Bissextina? Vocês têm um nome para a comunidade?

— Pra falar a verdade, temos. Bissexta e bissextina funcionam, mas sempre gostei mais de bissexter. — Aponto para ele com a mão que ainda segura um pedaço da borda da pizza. — Sua vez. Uma curiosidade, por favor.

— Hummm. Não sei se vai ganhar da sua, mas eu tenho um conhecimento enciclopédico de *O senhor dos anéis*. E não só dos livros ou filmes... Tipo, eu estudei as línguas élficas quando era criança — confessa ele. — Como você pode imaginar, eu era muito popular.

— Pois deveria ser! Fale alguma coisa em élfico.

A boca dele se curva para cima.

— Você não faz ideia de quantas noites passei sonhando e torcendo para que, um dia, uma mulher bonita me pedisse isso. — Então, ele faz uma expressão mais serena. — *Vandë omentaina* — diz, o sorriso voltando. — Tecnicamente, o élfico é uma família de idiomas, com muitas línguas e dialetos criados não só por Tolkien, mas pelos fãs também. O que eu disse foi "Prazer em conhecer você" em quenya, que surgiu como a língua dos Altos Elfos, que deixaram a Terra-média para viver bem longe, no oeste, nas Terras Abençoadas.

— Puta merda. — Pisco sem parar enquanto me inclino por cima da mesa. — Você é... *muito* nerd.

O gemido e a bolinha de guardanapo que ele joga na minha direção valem cem por cento a pena.

O sino da porta toca quando outro grupo chega, e levo alguns instantes para entender por que todos estão vestindo fantasias — Yoshi, Mulher Maravilha e algo que não reconheço. Em Capitol Hill, nunca se sabe. Mas uma dessas convenções de quadrinhos está acontecendo no centro da cidade neste fim de semana, e acho que devem ter vindo de lá.

Do outro lado da mesa, Drew enrijece, parecendo relaxar apenas quando o grupo pede pizza para viagem. Vergonha alheia, talvez? Trauma de infância envolvendo *Mario Kart*? Seja o que for, ele não me explica, e eu não peço que explique.

— Você é jornalista — comenta, espetando um pimentão-verde com o garfo. — Se formou na faculdade?

Faço que sim.

— Foram tempos bem difíceis. Muitos jornais pelo país tinham começado a fechar, e desde o início ficou óbvio que ninguém ia conseguir emprego em um jornal local trabalhando em uma área específica, em parte porque alguns desses jornais não iam mais existir ou seriam só online, e também porque estava ficando cada vez mais raro isso de ter uma área específica. A gente tinha que aprender a fazer de tudo: foto, vídeo, codificação básica. Então me especializei em estudos de gênero e sexualidade.

Ao ouvir isso, Drew tosse algumas vezes, depois engole.

— *Sério* — diz ele com uma leve pancada no peito. Outra tosse. — Isso é... intrigante.

Reviro os olhos.

— Toda vez que eu falo disso, as pessoas reagem de um jeito pervertido. Me dizem coisas do tipo "Pode fazer uma demonstração prática?" ou "Ei, quer me mostrar o que aprendeu?". Claro, posso emprestar meu livro do primeiro ano sobre viés de dados. Tenho certeza que é uma leitura que faz qualquer um morrer de tesão.

Drew ri, mas não deixo de notar que suas bochechas ficaram vermelhas. Por mais que esteja tentando se fazer de descolado, o rosto o entrega.

— Não é algo que se ouça todo dia. O que levou você a se decidir por isso? E pode fazer uma demonstração prática?

Eu resmungo, me inclino e o empurro de leve, com um toque suave dos dedos na manga de sua camisa. É isto — um contato de pele que ocorre em uma fração de segundo, mas tem consequências mortais. Ele olha para o local que toquei, seu rubor se aprofundando, o que faz meu coração pular para a área em que a traqueia fica localizada. Na mesma hora, sinto vontade de tocá-lo de novo e, a julgar pelo modo como seus cílios se abaixam, acho que ele também quer.

— Escolhi o tema por causa do programa de educação sexual horrível que eu tive na escola, que promovia a abstinência — digo, voltando a me concentrar na pergunta dele, porque tenho opiniões bem fortes a respeito daquelas diretrizes. Um programa que não me preparou adequadamente para o que aconteceu comigo no segundo ano de faculdade, mas não vamos falar disso agora. E, como ele não mora aqui, é bem provável que nunca falemos. — Ou, ao menos, isso foi parte do motivo. Nunca aprendi sobre sexualidade em nenhum lugar além da internet e mal conhecia minha própria anatomia. Parecia algo que eu poderia usar além do ambiente acadêmico. — Sinto que estou ficando nervosa, principalmente com o jeito que ele está me olhando, então passo a pergunta de volta para ele. — E você? Estudou... administração?

— Não terminei a faculdade.

— Ah... desculpa... eu não deveria ficar tirando conclusões — digo, gaguejando, mas ele ergue a mão.

— Não, não tem problema. Eu sempre quis voltar, mas comecei a trabalhar quando ainda estava no ensino médio, o que me levou para uma oportunidade em tempo integral que eu não podia deixar passar. Depois acabou não rolando mais.

— E isso não é vergonha nenhuma. — Dou outra mordida na pizza. Não consigo perceber se ele está sendo vago de propósito em relação ao que faz, ou se é algo tão chato que nem consegue falar disso de um modo não genérico. — Se você viaja a trabalho, deve ser bom no que faz. Bem-sucedido.

— Bem-sucedido. — Ele repete a palavra enquanto olha para a borda da pizza que está cortando em seu prato. — E como se mede isso?

— Ah, essa é a parte filosófica da noite? — Olho em volta do restaurante, me perguntando como cheguei àquela situação, desabafando meus problemas de carreira para um desconhecido judeu e vegetariano que trabalha com vendas. É uma loucura pensar em como é fácil falar com ele, esse cara que eu não conhecia até uma hora e meia atrás. — Acho que pensei que seria... mais bem-sucedida a essa altura — comento, descartando a ideia com uma risada falsa. — Então é isso. Não é que eu quisesse ser famosa ou algo do tipo. Só queria criar alguma coisa de que me orgulhasse. Sabe?

— Sei — responde ele baixinho, o olhar pesado no meu, as rugas suaves ao redor dos olhos dando a ele uma aparência cansada pela primeira vez esta noite.

Acabamos de comer, saímos da pizzaria e continuamos andando a esmo. Como sua autonomeada guia turística, me aprofundo na tradição de Seattle e o levo para ver a estátua de Jimi Hendrix no cruzamento da Broadway com a Pine e o cinema que já foi um templo maçônico.

A certa altura, ele ergue o celular, me chamando para mais perto para mostrar algo na tela.

— Eu dei um Google em "caros irmãos". Também pode ser dito em funerais.

Resmungo com exagero.

— Odeio quando estou errada.

— Será que um churro vai fazer você se sentir melhor? — pergunta, apontando para um food truck no quarteirão seguinte, e me animo na mesma hora.

Levamos nossos churros para um banco no Cal Anderson Park, que mesmo tão tarde está cheio de pessoas fazendo piquenique, bebendo, dançando ao som da música alta em seus celulares e caixinhas de som.

— Fico feliz que os porquinhos-da-índia dos barmen sejam tão caóticos — confesso. — Caso contrário, a gente não teria se conhecido.

— Deus abençoe Ricardo e Judith.

Drew tira seu churro do papel para dar uma mordida. Enquanto faz isso, seu jeans roça em mim, nosso quadril se encostando. Fico meio sem ar por alguns instantes e, quando enfim expiro, posso sentir o calor dele não apenas ao longo da minha coxa, mas na ponta dos dedos dos pés, na nuca. Ele deve ser uns quinze centímetros mais alto que eu, mas, durante toda a noite, caminhou com um tipo de graça silenciosa com a qual não estou acostumada. Ele anda com a postura certinha, mas sem se impor a quem não é tão favorecido no quesito altura.

Poderíamos ficar longe um do outro se quiséssemos; o banco tem espaço suficiente.

Mas logo fica óbvio que nenhum de nós dois quer.

Essa coisa toda é surreal. Não sinto vontade de pegar o celular para ver que horas são nem de escolher uma rota de fuga, como faria se estivesse em uma festa que encheu de repente. Quando tenho prazos, meu foco é absurdo, mas enviei a versão final do livro do personal trainer na semana passada e agora estou esperando que minha agente me apresente outras oportunidades, navegando em sites de empregos, mergulhada naquele estranho vazio de esperar *o que vem a seguir*. Esta é a primeira vez desde aquele erro com Wyatt que me sinto confortável comigo. Talvez desde antes disso, para ser sincera.

— Seattle está me conquistando — afirma Drew. — Acho até que vou ficar um pouco triste de ter que ir embora amanhã.

Quando ele diz isso, sinto uma pontada inexplicável no peito. Claro que ele vai embora — está aqui em uma viagem a trabalho.

— Não consigo me imaginar morando em outro lugar. — Dou uma mordida no churro açucarado. — Você se sente assim em relação ao sul da Califórnia?

— Los Angeles — explica, e talvez esteja percebendo que pode se abrir um pouco mais também. — É estranho... É uma cidade onde todos se importam com quem você é e quem você conhece, mas é tão grande que é fácil ser anônimo. Isso me faz sentir como se estivesse vivendo sob um microscópio e ao mesmo tempo como uma minúscula partícula no universo. — Então ele dá de ombros. — Mas, sabe como é, o clima. E a comida mexicana. Não sei se conseguiria abrir mão do sol ou dos burritos.

— Justo — respondo.

Ele se ajeita para pegar um dos guardanapos que enfiou no bolso da calça jeans.

— Só uma das suas mangas está dobrada — digo, estendendo a mão e batendo de leve no pulso dele. — Não sei se é algum tipo de escolha fashion intencional, ou...

Estou ciente de que estou flertando pesado, pontuando quase todas as minhas frases com uma risada. Esta versão de mim mesma... Eu não a odeio. Ela é despreocupada e descontraída, dois adjetivos que nunca associei a mim. Ela é *divertida*.

Ele olha para baixo.

— Deve estar assim há horas, hein?

— Vou resolver pra você. — Eu me inclino enquanto ele corajosamente estende os braços, e agora meu joelho está pressionado no dele também. — Você quer que vire pra cima ou pra baixo? — pergunto, esperando uma resposta específica. *Pra cima* me daria mais motivos para tocá-lo.

— Pra cima, por favor — responde, corando.

Sua pele é quente, a respiração uniforme. Eu me demoro, me certificando de que as mangas estejam do mesmo comprimento, cada dobra de tecido revelando mais sardas. Quando meu polegar roça a parte inferior de seu antebraço, ele se contrai, mas não se afasta. Eu o toco novamente, não por acidente, e seus olhos se fixam nos meus com uma intensidade constante.

Não pensei que arregaçar as mangas da camisa de um homem pudesse ser erótico, mas parece que é. Meu coração bate cada vez mais forte, e, de tão perto, reparo como seus cílios são longos. As linhas ao redor dos olhos, o cabelo grisalho. Eu me pergunto como ele se sente a respeito disso, se está tentando esconder ou se já aceitou, ou se nunca chegou a se incomodar. Ele tem um cheiro amadeirado, que pode ser o que restou de alguma colônia que usou para ir a sua conferência de vendas ou o cheiro *dele* mesmo.

Esse homem é uma graça, e de repente parece injusto ter só uma noite com ele. O misterioso Drew.

— Obrigado — diz ele com um novo tipo de voz. Mais áspero. Mais rouco.

Minha garganta está seca e, quando coloco a mão na bolsa para pegar a garrafa de água inspiradora, meus dedos encontram o livro de Maddy.

Sufoco a risada quando o puxo para fora.

— Eu... acho que roubei isso sem querer — digo. — Era para ter pagado depois do autógrafo, mas fui para o bar e me esqueci. Temos que voltar.

— Quer dizer que esse tempo todo eu estava gracejando com uma criminosa? — brinca, o olhar cheio de diversão.

— Acho que eu posso colocar a culpa em você! — Bato o livro de leve contra o peito dele, que leva a mão ao local, fingindo que o machuquei. —

Se você não tivesse sido tão charmoso, eu não ficaria gracejando com você e não teria esquecido de pagar.

Como se tivesse sido chamada, uma covinha surge em uma das bochechas.

— Você me acha charmoso?

— Acho que você é cúmplice de furto — respondo enquanto nos levantamos. — E também acho que nunca ouvi uma pessoa usar a palavra "gracejando" em uma conversa informal. Eu meio que amei?

— Ah, veja bem, é isso que me torna tão charmoso.

Não estamos tão longe da livraria, uns cinco quarteirões. Só que agora, quando caminhamos, estou mais consciente do corpo de Drew do que estive durante toda a noite. A maneira como ele anda mais devagar para acompanhar o ritmo dos meus passos, seu braço roçando o meu.

Claro que, quando chegamos lá, a livraria está fechada — luzes apagadas, estacionamento vazio. Algo que eu, em minha névoa alimentada por churro e luxúria, não tinha considerado.

— Merda — digo depois de tentar abrir a porta mesmo assim. — Será que resolve se eu enfiar o dinheiro por baixo da porta? — Abro minha carteira, percebendo que usei o que tinha de dinheiro no churro. Drew enfia a mão no bolso, mas eu balanço a cabeça. — Ou, o que é mais lógico, eu posso voltar amanhã, dizer que roubei um best-seller sem querer e torcer para não ser banida para sempre.

Com um suspiro, coloco o livro de volta na bolsa. Tanto trabalho por algo que nem compensa.

Esta parte do bairro é mais silenciosa, os sons da vida noturna ecoam ao longe. Eu me encosto na parede da livraria, bem ao lado de um adesivo com alguns versos esparsos, bêbada apenas da adrenalina e de ficar acordada até tarde com um estranho bonitão.

E parece que ele não consegue tirar os olhos de mim.

— Eu gosto disso — diz ele, tocando a lateral do nariz, no mesmo lugar onde tenho um piercing. — Combina com você. Desde quando você tem?

— Desde os dezessete anos. Ou melhor, quatro anos e um quarto. Minha prima descobriu um lugar que não pedia documento. Ela passa raiva até hoje porque o piercing dela infeccionou e teve que tirar, e o meu não.

Parece impossível que uma conversa sobre piercings no nariz anteceda alguma coisa minimamente romântica e, ainda assim, do jeito que ele está olhando para mim, alguém poderia pensar que acabei de dizer que não estou de calcinha.

— Ficou muito fofo em você — diz ele, o elogio me dando frio na barriga. É revigorante quando a pessoa deixa claro que está a fim, em contraponto a toda a enrolação com Wyatt. Foram *anos* analisando cada coisinha, horas de escrutínio mental cada vez que uma manga encostava na outra.

— Você também — deixo escapar, então tento fazer piada. — Nossa, que resposta estranha. Você não tem piercing no nariz. Eu nem sei o que estava tentando dizer. Que você é fofo, talvez? Quer dizer... eu não costumo fazer isso, andar pela cidade com caras fofos ou não...

— Chandler — diz ele, aquele sorriso brincando em seus lábios enquanto se aproxima. Eu gosto de ouvir ele dizendo o meu nome. E a maneira como seu olhar vai para minha boca o tempo todo... Gosto disso também, talvez não tanto quanto gostaria de sua barba por fazer raspando no meu rosto. Pescoço. Quadris. — Tudo bem.

Então, como se quisesse provar que está mesmo tudo bem, ele coloca a mão na minha bochecha, os dedos roçando minha orelha e deslizando em meus cabelos curtos. Quase sem perceber, fecho os olhos. Ele está tão, tão perto... mas preciso dele mais perto.

— Também não costumo fazer isso — sussurro, repetindo o que se tornou uma espécie de refrão desta noite.

— Então fico feliz que tenha aberto uma exceção para mim.

Abro os olhos e vejo a mais pura determinação nos dele. Inspiro fundo e o puxo pelo colarinho, para que sua boca encontre a minha. O beijo não é doce, gentil ou educado, é intenso logo de cara, seus lábios se movendo contra os meus de uma forma que parece urgente. Desesperada. Um gemido fica preso na minha garganta, um que ele repete quando deslizo a língua até a dele, agarrando seus ombros. É uma sensação elétrica e inebriante beijar esse cara encostada na parede de tijolos do lado de fora de uma livraria, suas mãos descendo até minha cintura, me segurando para que ele possa me beijar com mais força. Prensada na parede. Omoplatas cavando o tijolo. Eu me sinto drogada, bêbada, totalmente viciada. Desconectada da realidade.

Há algo em sermos desconhecidos que me leva a fazer coisas que normalmente não faria — não em público, não com alguém que mal conheço. Passo as unhas pelas costas dele e não me importo de soltar um gemido quando ele beija meu pescoço. O som que faço é quase pornográfico, e, quando sinto o roçar duro contra mim, sei exatamente o que ele achou disso.

Quando nos separamos para respirar o ar da noite, suas bochechas estão de um escarlate ainda mais profundo, os cabelos bagunçados, e tudo que eu quero é ver onde mais posso fazê-lo corar.

Sua boca cai para minha clavícula, empurrando minha jaqueta e a camiseta da Sleater-Kinney para o lado.

— Caramba — ele murmura contra minha pele. — É ridículo o quanto estou a fim de você.

— Eu também tô a fim de você — digo de um jeito inocente, em contraste com a maneira nada inocente de arquear meus quadris em seu jeans, arrancando dele um gemido baixo. — Onde você está hospedado? — A rua ainda está deserta, mas imagino que não por muito tempo. Capitol Hill nunca fica deserto.

Aquele sorriso surge de novo enquanto ele passa uma das mãos pelos cabelos desgrenhados.

— Não muito longe daqui, na verdade. No Paramount.

— Boa escolha. Tem alguma coisa naqueles quartos, e elevadores e... no Paramount em geral.

— Você já foi lá?

Balanço a cabeça, estendendo a mão para arregaçar uma manga que começou a escorregar.

— Talvez você possa me mostrar como é?

Estou apenas meio consciente do que estou sugerindo quando a frase sai da minha boca, cheia de intenções. E, quando termino de falar, sei com uma certeza que não tenho há tempos que é isso que eu quero.

Esta noite.

Ele.

— Nada mais justo, depois de você ser uma guia turística tão boa — diz ele, sem tirar os olhos ferozes e convidativos, de pupilas do preto mais profundo, dos meus. — Mas devo mencionar que só estive dentro de um quarto. Posso mostrar o corredor. Os armários. A cadeira da escrivaninha. — A boca dele se contrai. — Ou algum outro móvel de seu interesse.

— Adoro móveis. — Eu o beijo com mais intensidade, o coração batendo em um novo ritmo frenético. — Mostre o caminho.

capítulo
TRÊS

Eu nunca tinha feito sexo casual. Talvez haja certa verdade no que Wyatt disse, que eu sou a Doida dos Relacionamentos, mas acho que a definição mais correta seria que sou a Doida da Ansiedade. Li muitos livros de assassinatos para ir pra casa com um estranho.

Então, fico um tanto surpresa — da melhor forma possível — quando, assim que entramos na rua do hotel, paramos em uma farmácia para comprar preservativos. Antes de irmos para o caixa, pego uma embalagem pequena de lubrificante. Não há estranheza nem constrangimento, só a certeza de *mais* quando as mãos dele encontram as minhas, me guiando pela porta giratória do hotel e pelo saguão ricamente decorado até o elevador.

— Sabe — digo quando Drew aperta o botão número 14 —, só porque não tem número 13, não significa que você não esteja, tecnicamente, no décimo terceiro andar.

— E, ainda assim, não me sinto azarado.

Tem uma família dentro do elevador — homem, mulher e dois filhos, que parecem ter acabado de sair da piscina, de cabelos pingando e toalhas enroladas nos ombros trêmulos.

— Boa noite — diz a mulher quando entramos, indo mais para o canto para abrir espaço, e eu sorrio para as crianças. Quase me sinto tentada a dizer para Drew que seria melhor esperarmos o próximo elevador, mas o modo como ele passa um dos dedos pela minha coluna, para cima e para baixo, não me desagrada.

— Boa noite — responde Drew, a voz firme.

Não acredito que estou fazendo isso. É uma descarga elétrica de adrenalina que me faz apertar as coxas conforme a pressão na região começa a crescer. Vou transar com esse homem que acabei de conhecer, que não faço ideia do sobrenome, que não fucei no Instagram nem pedi para Noemie pesquisar no LinkedIn (porque ela tem uma daquelas contas que não mostram quando você olhou o perfil de alguém), e então cada um seguirá seu caminho.

Sem trocar números de celular. Sem laços.

— Tenham uma boa noite — diz Drew para a família quando as portas do elevador se abrem no décimo quarto andar.

Caminho meio desequilibrada pelo corredor, como se a leve pressão de seu dedo ao longo da minha coluna fosse o que me segurava de pé. Ele para na frente do quarto 1412, uma mecha de cabelo caindo sobre a testa enquanto tenta, com dificuldade, abrir a porta, como se seus nervos o atrapalhassem, o que me faz gostar ainda mais dele. Penso que pode ser pura encenação e que estou me deixando levar, mas, nesse exato instante, não estou nem aí para isso. Tudo que quero é a pele dele na minha enquanto esquecemos do mundo lá fora. Uma noite suada e indulgente e um adeus educado na manhã seguinte.

A porta mal se fecha e ele já me encosta nela, a boca no meu pescoço. Não há nada de educado nisso. Ele é açúcar com canela, um toque de colônia e algo mais, algo que me deixa tonta quando passo as mãos por suas costas e respiro fundo. Minha pele está zumbindo, queimando, *viva*.

É só quando ele se afasta para tirar os sapatos, enfiando uma das mãos no bolso para jogar o crachá da conferência na mesa, que consigo dar uma espiada no quarto. Ele manteve tudo limpo, mas também pode ser que a equipe do hotel tenha limpado. A mala está aberta em um daqueles bagageiros, o armário deixa entrever uma camisa e um blazer pendurados.

Mas só consigo focar nisso por uma fração de segundo antes que ele esteja em cima de mim de novo, tirando minha jaqueta jeans, que cai em uma pilha escura no chão. Jogo a embalagem de camisinhas em algum lugar próximo à pilha. Talvez por estar ansiosa demais, começo a tirar o cinto dele. Uma risada escapa de sua boca quando o arranco da cintura com um floreio. Nossos beijos se tornam mais profundos. Mais ardentes. Ele passa as mãos pelas laterais do meu corpo com um calor sólido, agarrando meus quadris generosos e minha bunda. Eu retribuo com um impulso contra a protuberância em seu jeans e a mão apalpando os bolsos de trás. Dou um empurrão para que seja a vez dele de ficar encostado na porta, enquanto provo seu maxilar e seu pescoço, abrindo os botões de seu colarinho com dedos ágeis.

Então ele me impulsiona para a frente em um movimento que nos leva para trás, para trás, para trás, até que minha perna bate num metal duro e frio.

O bagageiro.

— *Merda* — reclamo, a mão na panturrilha enquanto tento recuperar o equilíbrio.

Ele me ajuda, os olhos arregalados, o rosto corado de forma magnífica.

— Machucou?

— Não. Tá tudo bem. — A dor não é nada quando comparada com minha libido. Eu poderia estar mancando e ainda precisaria dele em cima de mim. — E devo dizer também... — Minha ansiedade intervém, me fazendo lembrar que nunca fiz isso antes. — Fiz uns exames algumas semanas atrás e deu negativo.

— Eu também. Desculpa, eu devia ter dito algo antes... Não sei bem como é o jeito certo nessas horas. — Há um pouco de timidez no jeito de falar dele.

— Tudo bem — digo, estendendo a mão para terminar de abrir sua camisa.

Ele fecha os olhos e me deixa assumir o controle.

— Quando você fez isso no banco do parque... eu fiquei com tanto tesão.

Jogo a camisa de lado e dou beijos ao longo de seu peito nu, arrastando-o para a cama comigo. Estou tão distraída com meus toques que tenho apenas vislumbres de seu corpo: a curva suave da barriga, a pele cheia de sardas. Os pelos ruivos que começam no abdome e desaparecem na cueca.

— Não vou mentir, eu também fiquei.

Quando tiro minha camiseta, ele passa alguns momentos observando meus seios, que quase escapam do sutiã que peguei no fundo da gaveta esta manhã. Minha barriga também tem uma curva suave, e tenho estrias levemente rosadas ao redor dos quadris e da cintura, embaixo dos braços e ao longo dos seios. Achei que ficaria constrangida por ele ser uma pessoa que conheci apenas algumas horas atrás, mas o jeito que ele me olha não deixa espaço para isso.

— Seu corpo é... — Ele para de falar, a respiração irregular, um polegar irreverente traçando as alças do meu sutiã e ao longo do algodão fino, onde meus mamilos duros estão desesperados por seu toque. — Quem me dera se eu pudesse dizer para aquele nerd fã de Tolkien que as coisas iam dar certo pra ele.

— Você está pensando em *O senhor dos anéis* agora? — digo com uma risada, mas não posso negar que ele está massageando meu ego já inflado. Quando pensava em pegações assim, eu imaginava apenas suor e corpos se esfregando. Não sabia que poderia envolver certo senso de humor.

Com as pálpebras estreitadas, o sorriso dele fica mais perverso.

— Não mais. — Ele dedica toda a atenção ao meu sutiã, um dos braços indo para as minhas costas. — Coisinha complicada, não? — brinca, os dedos desajeitados no tecido, e levo alguns segundos para perceber que ele está procurando o fecho.

— Ah... é tipo um top — comento. — Posso ajudar...

— Não, não, eu consigo.

Mas ele não parece entender o que estou dizendo.

— Não... é que não tem fecho. — Eu me remexo, tentando remover o sutiã. Assim que ele sai, sinto um forte puxão em volta do pescoço e...

— Ai...

— ... ah, porra...

— ... Acho que o seu relógio prendeu no meu colar — consigo dizer enquanto a corrente se enterra na minha pele, me fazendo soltar um suspiro trêmulo.

Estou nua da cintura para cima, os seios saltando enquanto tentamos nos desenroscar. Esquerda. Direita. Para cima. Pelo meio. Parte de mim tenta evitar que o colar me enforque, e outra parte tenta segurar a risada... porque essas acrobacias devem parecer hilárias de qualquer ângulo.

— Merda, merda, merda, me desculpa — resmunga Drew quando o relógio dele puxa uma mecha do meu cabelo.

— Tem alguma maldição neste quarto — murmuro, levando a mão aos peitos para impedi-los de balançar com tanto entusiasmo.

Depois que ele consegue se soltar e colocar o relógio em segurança na mesa de cabeceira, esfrego o pescoço, pensando em quantos outros ferimentos posso suportar em uma única noite e se isso não seria o universo tentando me enviar um sinal.

— Melhor de três — brinca Drew. — A partir de agora deve ser mais tranquilo.

— Por favor. — Eu alcanço seu jeans e levanto as sobrancelhas quando percebo que esse ato não termina com ninguém sendo mutilado. Ele repete o gesto comigo e... sucesso. — Acha que acabou a maldição?

— Diria que sim.

Eu o puxo para cima de mim, seu peito nu encontrando o meu, o peso dele me permitindo relaxar. Retomamos a pegação com um alívio enorme. Ele enterra o rosto entre meus seios, provocando um mamilo com o polegar e enviando uma onda de prazer direto para o meu centro. Eu arqueio as costas, a mão cheia de desejo indo para a frente de sua boxer azul-marinho. O som que ele emite quando toco seu pau por cima do tecido é uma obra de arte. Um pequeno gemido perfeito, um impulso de seus quadris. Um aperto de suas mãos em meus seios.

Bem quando estou começando a pensar que poderia ficar a noite toda assim, ele se levanta e começa a beijar minha barriga. Ele parece estar impaciente e não se demora. E acho que consigo entender, ainda que as preliminares sempre tenham sido minha parte favorita. Ele engancha os polegares em cada lateral da minha calcinha e faz uma pausa, levantando uma sobrancelha, esperando que eu concorde antes de deslizá-la para baixo. Então sua mão sobe por uma das coxas, todo meu corpo ficando tenso por antecipação, e ele enfia dois dedos em mim.

Ah. Delícia. Suspiro com o toque, meus braços em volta de seu pescoço, agarrando mechas do cabelo dele. E então... *tchau, delícia?*

Não que a técnica dele seja *ruim*... mas falta sutileza. Ele enfia o dedo e tira. Enfia e tira. E acabou. Sem variações. Com certeza deve estar só aquecendo. Eu me recuso a acreditar que ele pense que a chave para o prazer feminino é tratar o corpo da mulher como uma daquelas armadilhas de dedo da qual não se pode escapar.

Ele se levanta para pegar a sacola da farmácia, fazendo a cama soltar um rangido. Coloca as camisinhas na mesa de cabeceira e ergue o pequeno frasco de lubrificante em uma pergunta silenciosa. *Sim.*

Mas então ele esguicha...

Muito.

Muito *mesmo*.

Lambuza tudo entre minhas pernas e a cama, escorrendo pela minha bunda em uma poça escorregadia que cheira a baunilha e morango.

— Saiu um pouco mais rápido do que pensei, desculpa — diz ele, tímido, pegando alguns lenços e fazendo o possível para limpar.

Louvado seja esse homem por tamanha persistência. Mesmo que não tenha mirado no ponto certo, o lubrificante deixa tudo um pouco mais liso, quente e sensível.

— Ela gosta disso? — pergunta.

— Ela?

Ele sorri e aponta entre minhas pernas. Demoro mais do que deveria para processar o que está dizendo... e então entendo.

Ele está falando da minha vagina. Como se fôssemos duas entidades separadas.

— Mm-humm. — É tudo o que consigo dizer.

É um alívio quando ele abaixa a cabeça, e me esforço para me concentrar no que sua língua está fazendo e esquecer o pedaço molhado do edredom embaixo de mim.

A princípio, acho que é uma piada — ele não pode ser tão desajeitado. Mas não, ele acha que está fazendo alguma coisa sensacional lá embaixo, e fico preocupada porque, se abrir a boca para dar instruções, é bem capaz que eu comece a rir. Porque ele está ali, empoleirado na beira na cama, lambendo meu osso púbico como se fosse um pirulito daqueles que explodem.

— Isso, você está indo bem — diz.

Indo bem? Por estar deitada?

— Ah, isso. Aqui tá bom? — pergunta enquanto continua a fazer a mesma coisa com a língua, no mesmo lugar.

Então percebo duas coisas. A primeira é que esse homem não faz a mínima ideia de onde fica o clitóris. E a segunda é que não tem maldição nenhuma no quarto — o problema *é o Drew*.

Drew, o homem que corou quando arregacei as mangas dele. Que falou em uma língua élfica de um jeito charmoso. Que me beijou como se mal pudesse esperar para tirar minha roupa, mas está nitidamente confuso para fazer um oral. Uma noite como esta não deveria vir com instruções. Ao menos eu acho que não.

— Você pode... ir um pouco mais pra baixo? — consigo dizer enfim.

Ele obedece, voltando para os dedos, o que é melhor porque ao menos me permite sentir *alguma coisa*.

— Você é tão gostosa — diz ele. — Tão quentinha. Tão *pronta*. Eu adoro que você esteja tão quentinha e pronta.

Nas partes da minha mente que não estão se encolhendo, penso em uma marmita, quentinha e pronta, uma imagem que não me deixa nem um pouco mais excitada.

A ereção dele está pressionada contra a cueca. Com cuidado, eu o empurro pelo peito para que se vire junto comigo. Ele está *extremamente* quentinho e pronto, e um benefício adicional de todo esse lubrificante é que, quando deslizo a mão dentro de sua cueca e o seguro, ele tomba a cabeça para trás, apoiando-se no travesseiro, todas as sardas passando a impressão de devassidão e uma sensualidade inocente. *Meu Deus*. O jeito que ele fecha os olhos, o pescoço elegante à mostra... A vista não é ruim. Nem um pouco. E caramba... apesar de tudo o que deu errado até agora, ainda quero que isso seja bom. Esta noite deveria me tirar da rotina, me lembrar que posso ser selvagem e despreocupada. Ainda não estou pronta para abrir mão disso.

— Preciso de você — digo em seu ouvido, me perguntando se há mais verdade nessas palavras do que gostaria de admitir. O gemido e o *por favor* sussurrado que saem dele me deixam mais perto de gozar do que estive a noite toda.

Com meus fragmentos restantes de esperança, alcanço a caixa de preservativos. Ele ergue as sobrancelhas de um jeito meio malicioso enquanto pega uma das embalagens das minhas mãos e, antes que eu possa dizer para não fazer isso, enfia os dentes para abrir. Quando a remove da boca, franze a testa olhando a camisinha rasgada. Ele está bem longe de ser um Casanova.

Pego outra e, dessa vez, eu abro a embalagem e o acaricio algumas vezes antes de desenrolar a camisinha. Ele fecha os olhos e suspira baixinho, me fazendo deitar de novo na cama, o pau posicionado na minha entrada.

— Pooooorra — diz enquanto me penetra. — Porra. Isso. Porra. *Isso*. — Ele pontua cada palavra com um movimento do quadril.

Tento acompanhar seu ritmo, mas ele vai tão rápido que não consigo. Quando coloco a mão na parte em que nossos corpos se unem, em uma tentativa tímida de chegar lá, ele entende que quero ficar de mão dadas.

— *Aaah*, é isso aí — ofega enquanto entrelaça nossos dedos. — É isso aí.

O ritmo é como uma versão pornográfica de "Whoomp! (There It Is)", que, se não é a música menos sensual do mundo, deve estar ao menos no top cinco.

— Ah, puta merda — digo em voz alta, porque não aguento mais.

Mas, interpretando minha fala como uma exaltação, ele começa a bombear mais forte.

— Quase lá — diz ele. — A gente vai chegar junto. Você tá quase lá, gata?

Gata. Como se estivesse tão perdido naquela situação que eu poderia ser qualquer pessoa.

Na fração de segundo antes de ele desmoronar, resolvo que vou fingir. De um jeito discreto, é claro. Algumas respirações trêmulas, os dentes cerrados e um gemido antes de ele cair em cima de mim com um som áspero e gutural.

Ele rola para o lado, peito arfando, rosto corado.

— Caramba... foi incrível — balbucia.

Eu só pisco, olhando para o teto, atordoada demais para entender como um cara tão fofo acabou sendo um desastre na cama.

Depois de alguns instantes, ele se vira para mim, a mão apoiada no meu quadril. De repente, me sinto muito exposta. Puxo os lençóis sobre meus seios, mas o que eu queria mesmo é me enterrar debaixo da cama por inteiro. Talvez cavar uma cova em frente ao hotel. MORREU EM BUSCA DE UM ORGASMO IMPOSSÍVEL, diria minha lápide. Que ela possa descansar em paz.

— Foi bom pra você? — pergunta ele.

— Mmm — digo, considerando se seria muito óbvio se eu pegasse meu celular, que está em algum lugar na confusão entre a cama e a porta, para ver que horas são. Já devem ser mais de duas da manhã.

Fecho os olhos, viro de frente para ele e deixo escapar um suspiro de contentamento. E, como resultado, me sinto uma babaca. Se estivéssemos juntos de verdade, eu seria sincera. Mas nunca mais vou vê-lo, um fato que agora parece o mais belo lampejo de alívio. Sei pouca coisa sobre ele — talvez seja um terraplanista ou não acredite em vacinas — e não preciso saber mais nada.

Talvez seja um sinal do universo. Chandler Cohen não combina com sexo casual. *Doida dos Relacionamentos,* provoca a voz de Wyatt.

— Só preciso voltar pra convenção amanhã à tarde. O que acha de dormir aqui? Pedir comida no quarto? — Sua boca se curva para cima enquanto a mão dança ao longo do meu quadril. — Fazer isso de novo?

Estou exausta demais para inventar uma desculpa.

— Com certeza.

Drew solta um bocejo, virando o rosto para o ombro.

— Estou muito feliz por você ter ido àquele bar. — É a última coisa que me diz antes de adormecer, o peito subindo e descendo com a respiração estável.

Não posso ficar aqui. Se a gente acordar de manhã e ele perguntar como "ela" dormiu, vou enlouquecer. Foi uma péssima ideia, uma ideia terrível, e a única esperança de autopreservação que tenho é fugir.

Agora.

Do jeito mais delicado que consigo, afasto os lençóis e jogo as pernas para fora da cama, fazendo uma careta com a dor que sobe pela panturrilha. Fomos apressados e minhas roupas estão espalhadas pelo chão. Ando na ponta dos pés pelo quarto até encontrar o celular debaixo da minha camiseta, e uso a luz da tela para recolher o restante das roupas.

Tá tudo bem, digo a mim mesma enquanto coloco a calça. *Vou rir disso amanhã. Acho eu.*

Por fim chego à porta, abrindo-a e fechando-a com o clique mais silencioso, deixando minhas más decisões trancadas lá dentro.

APÓS QUATRO TEMPORADAS, *OS NOTÍVAGOS* CHEGA AO FIM

POR TASHA KIM, *THE HOLLYWOOD REPORTER*

LOS ANGELES — Ontem, ao anunciar sua programação de outono, a TBA Studios chocou muitos de seus fãs mais leais: *Os notívagos*, a série dramática que conta a história de Caleb Rhodes, um lobisomem universitário, e seu grupo de amigos excluídos lidando com a vida, o amor e o sobrenatural, não foi renovada para uma quinta temporada.

Os fãs inundaram o Twitter na mesma hora e uma petição para que a série continuasse recebeu mais de dez mil assinaturas durante a noite. O seriado, que tinha uma audiência modesta mas consistente na TBA, tem uma legião de espectadores fiéis desde sua estreia em 2008. As festas que os fãs apelidaram de *noti-festas* são comuns nas estreias e finais de temporada, e os astros da série são presença frequente em convenções de fãs por todo o país.

"Não vai ser fácil se despedir desses personagens", disse o criador Zach Brayer, que admitiu ainda estar se recuperando da notícia. "Somos muito gratos aos fãs que nos prestigiaram por tanto tempo. Isso é tudo que um criador pode desejar."

Os notívagos se destacava entre muitas das sérias voltadas para adolescentes principalmente porque os protagonistas estão na faculdade desde o primeiro episódio.

"A faculdade é um ambiente que fez muitas séries acabarem", comentou Marion Welsh, chefe de programação de séries da TBA. "Quando personagens que se conheceram durante o ensino médio se separam para ir para a faculdade, elas perdem um pouco do apelo inicial. Era isso que gostávamos em *Os notívagos* — ela já começava de um jeito diferente."

Brayer diz que eles se prepararam para a possibilidade de cancelamento e que, quando o episódio final da quarta temporada — agora da série — for ao ar daqui a duas semanas, espera que seja satisfatório para os espectadores. "Conseguimos terminar do jeito que queríamos, com esses personagens se formando e saindo pelo mundo, agora cientes de muitos de seus perigos e mistérios, mas também de todo o amor e esperança. E este foi mesmo o ponto central da série: que a esperança sempre vence."

capítulo
QUATRO

O som da máquina de café de última geração de Noemie me acorda cedo demais, os ruídos e a moagem mais parecendo uma tempestade de categoria 5 do que um prelúdio para o café.

Meu travesseiro se prova inútil para abafar o som, então resmungo e me libero dos cobertores aos poucos, virando de lado para verificar o celular.

Senti falta de você ontem.

Pulo da cama assustada, me perguntando de que jeito Drew conseguiu meu número. Devo ter sido descuidada e deixado algo para trás, ou talvez ele seja um tipo esquisitão que conseguiu me rastrear. Meu Deus, eu *não posso* me encontrar com ele de novo.

Meu coração bate num novo ritmo, menos acelerado, quando pisco os olhos turvos e leio o nome do remetente: Wyatt Torres.

Senti falta de você ontem. Com cinco palavras, ele consegue me transportar de volta àquela noite algumas semanas atrás, cheia de beijos desesperados e lençóis retorcidos, e o item principal na minha lista de arrependimentos. Uma lista que só cresce.

Eu me jogo de novo no travesseiro, fuxicando as redes sociais dele para ver fotos da festa. Lá está ele com alguns dos nossos amigos da faculdade posando em frente a uma impressionante tábua de frios. Parece uma festa decente e sofisticada para pessoas com bons empregos, sem nenhuma bola de pingue--pongue ou copo de plástico à vista. Wyatt trabalha como repórter no *Tacoma News Tribune*. Alyssa é repórter investigativa de um canal de TV local. Josh é o único repórter de um jornal que sai duas vezes por semana e cobre de tudo, desde reuniões do conselho municipal até jogos de futebol do ensino médio.

Sempre brincávamos na faculdade que mal podíamos esperar para chegar à idade em que poderíamos dar festas *de gente grande*, do tipo com canapés, guardanapos decorados e vinho que não compramos por dois dólares no supermercado. Seríamos todos jornalistas premiados, compartilharíamos casos sobre nossas últimas matérias e faríamos previsões de quem seria o primeiro a assinar uma matéria de capa. Ah, se a gente soubesse como a matéria de capa é menos empolgante no digital.

É fácil esquecer que, antes do jornalismo, o que eu queria mesmo era escrever meus próprios livros, até perceber que era impraticável pensar que eu estaria entre as pessoas de sorte que conseguem viver só disso. Eu escrevia o tempo todo quando criança, e fazia livrinhos grampeados com capas rabiscadas ao acaso. Mistérios eram meus favoritos; eu adorava a emoção de poder enganar o leitor (ou seja, meus pais ou a Noemie), deixando o que tenho certeza de que eram pistas falsas muito óbvias e levando-os a uma conclusão que eles juravam não ter previsto. Hoje acredito que tenham mentido para proteger minha frágil autoestima pré-adolescente. Conseguir criar o caos e depois concluir tudo acalmava meu cérebro ansioso, e havia algo muito satisfatório em ordenar frases, a ponto de ouvir o ritmo em minha cabeça antes de digitá-las. Nada superava a alegria pura e absoluta de encontrar a palavra certa para dizer a coisa certa.

Isso foi há muito tempo, quando era possível dizer aos adultos que eu queria ser escritora quando crescesse, e eles sorriam e diziam como eu era criativa, como era inteligente! Mas então fiquei mais velha. Mais perto da idade que precisaria ter quando uma escola imprimisse em um pedaço de papel aquilo com que me comprometi nos últimos quatro anos da minha vida. *Você tem que ser um pouco mais realista*, diziam os orientadores. *Alguém ainda ganha dinheiro fazendo isso?*, meus pais perguntaram, preocupados. Então comecei a dizer *jornalista*, porque isso era escrever também, só que eu não poderia inventar nada. E eles voltaram a sorrir, falando de todos os artigos interessantes que haviam lido nos últimos tempos.

Às vezes, nos fins de semana, quando meus prazos não estão apertados, abro a pasta protegida por senha nas profundezas do meu computador (Documentos/Pessoal/Outros/Diversos) por tempo bastante para ler o que escrevi na última vez que estive entre um prazo e outro. Talvez nesses momentos eu troque uma palavra ou duas, mas não passo disso há meses. Anos.

De alguma forma, olhando ao redor do meu quarto, com o edredom da Anthropologie que comprei com desconto, as velas queimadas até o fim e as pilhas de *cozy misteries* que li dezenas de vezes e que mantenho por perto em busca de conforto, não me sinto tão resolvida quanto esperava estar nesta fase da minha vida. Eu nem sei dizer se pago meus impostos direito.

Jogo os lençóis de lado e noto o roxo na minha panturrilha. Uma linda lembrança da noite passada. Quando cheguei em casa depois de uma viagem de Uber com um motorista tagarela — verifico meu celular de novo —, cinco horas atrás, peguei o primeiro pijama e meias limpas que vi. Quase nunca durmo com os pés descobertos, a não ser nos dois dias do ano em que a temperatura chega a vinte e cinco graus. Já virou uma espécie de piada na minha família o fato de eu pedir meias de presente de aniversário e em todas as datas festivas, sempre falando sério. Amo usar meias, estou sempre com frio e não ligo para as zoeiras que rolam de vez em quando.

Não consigo pensar em nada charmoso ou sagaz para responder ao Wyatt, mas vejo uma mensagem que minha mãe mandou hoje mais cedo, uma foto ligeiramente borrada do livro de Maddy com a legenda: **Ainda ñ sei quem é essa, mas vc fez um ótimo trabalho! Deu sede!!**, seguida de uma série de emojis com gotas de água. Não tenho coragem de contar o verdadeiro significado desses emojis para ela.

Sempre demoro alguns instantes para decifrar as mensagens dos meus pais. Eles são um pouco mais velhos, e já tive que ensinar umas cinco vezes ao meu pai como anexar um arquivo a um e-mail; sei que eles se esforçam, e eu os amo por isso. Pelo menos esta mensagem é fácil de responder, então mando um agradecimento para minha mãe, visto um roupão e vou para o andar de baixo, seguindo o aroma do café em grãos do mês do clube de cafés especiais que Noemie assina.

Meu quarto, um banheiro e um quarto de hóspedes ocupam o andar de cima, e pago um aluguel comicamente barato em comparação com a maioria dos apartamentos de Seattle. Ballard, com suas casas pintadas com cores vivas e quintais paisagísticos, poderia muito bem ter uma placa na entrada dizendo: PARA MORAR NESTE BAIRRO VOCÊ PRECISA GANHAR BEM. Toda vez que tento dizer à minha prima que deveria pagar mais pelo aluguel, ela me ignora. "Gosto de ter você aqui", responde, como se minha presença valesse algumas centenas de dólares por mês.

— Bom dia! — Noemie canta da cozinha. — Acabei de abrir um pacote novo. Este é do Maine.

Coloque qualquer coisa em um clube de assinatura e minha prima vai ficar maluca. Nos últimos anos, ela assinou clubes que vão do prático ao bizarro: papel higiênico, máscaras faciais, pimentas artesanais e até um clube que envia mensalmente pistas para resolver um mistério. Certo Hanukkah, ela me deu uma assinatura de um clube de meias, provavelmente o melhor presente que já ganhei.

Moramos juntas há três anos e, ainda assim, fico surpresa em ver que ela segue a mesma rotina aos fins de semana. O visual dela é casual sofisticado, com moletom cropped e calça legging, os cabelos escuros presos em um rabo de cavalo, os óculos com aro tartaruga, tomando café em uma caneca com os dizeres A VIDA É UM LOGO que foi presente de um de seus amigos publicitários e folheando o *Seattle Times*, porque nos recusamos a deixar que ele siga o mesmo caminho que o *Post-Intelligencer* e acabe.

Há uma frigideira no fogão com ovos mexidos misturados a fatias de pimentões-vermelhos, cebolas e brócolis, e um novo pão de fermentação natural ao lado da torradeira cor-de-rosa pela qual me apaixonei na seção de ofertas da Target e que continua sendo minha única contribuição para a coleção de eletrodomésticos da casa. Pego minha caneca favorita, aquela com o desenho de uma máquina de escrever antiga, e a encho até a borda.

Noemie abre o jornal na seção de artes e cultura enquanto me sento ao lado dela.

— Não precisava fazer o café da manhã — digo enquanto coloco nos ovos um pouco do molho de pimenta habanero com figo-da-índia que veio na caixinha de julho.

— Era o mínimo que eu podia fazer. Estava tudo escuro quando cheguei em casa, então imaginei que você tivesse chegado antes de mim.

— Está tudo bem no trabalho?

Ela dá de ombros, sem retribuir meu olhar.

— Talveeeeez.

— Nom. Não deixa eles fazerem gato e sapato de você. Você merece ter uma vida fora do trabalho.

— Não vou trabalhar lá pra sempre — ela reassegura, como se carreira fosse algo permanente. — Assim que terminar esta campanha, vou cair fora. Juro. Estou procurando outros empregos de relações-públicas.

Nem sei quantas vezes ela já me disse isso. Mesmo com a casa, os contracheques fixos e os clubes de assinatura, pouco do precioso tempo de Noemie é dedicado aos amigos ou a passatempos. Talvez sair do jornalismo tenha sido a escolha certa do ponto de vista financeiro. Empregos na área de publicidade são mais estáveis e pagam melhor, mas isso causou estragos em outros aspectos de sua vida. Já tivemos algumas férias de família interrompidas por causa de um cliente que precisava de algo naquele momento. Às vezes acho que ela fez a coisa certa ao deixar o jornalismo antes de se aventurar nesse mercado e ter sua autoestima abalada. Outras vezes, me pergunto se ela acelerou demais o ritmo quando poderia viver a vida mais leve.

Noemie toma um gole de café, claramente ansiosa para mudar de assunto.

— Que horas você chegou em casa?

— Eu não cheguei antes de você. — Fico um tempo ajeitando os ovos pelo prato, enquanto penso quanto quero contar para ela. Esse processo não faz sentido algum, porque sempre acabo contando tudo para Noemie. — Eu, hum... dormi com um cara.

Ela quase deixa cair a caneca, o líquido espirra na lateral.

— Meu Deus. *Quem?*

— Um cara que conheci no bar da livraria.

— Preciso de mais informações — diz ela. — Minha vida social se resume a um flerte não correspondido com o barista no saguão do escritório. Tenho que viver indiretamente através de você.

— Bom... — Resolvo começar pela parte boa. — No começo foi ótimo. A maior vibe, ele era engraçado e meio nerdola, mas de um jeito superfofo. E você me conhece... assim que percebo que alguém é minimamente estranho, já caio fora.

— Seu radar pra gente esquisita é ótimo.

— Obrigada. — Mordo um pedaço da torrada e depois continuo. — Ele veio de Los Angeles para uma convenção. Entramos numa discussão amigável sobre Seattle não ter um bom local para comprar pizza em fatia...

— O que é verdade...

— Daí tentamos encontrar um. Então comemos um pouco, conversamos um pouco, flertamos um pouco... — Meu rosto esquenta quando lembro do olhar dele enquanto eu arregaçava as mangas da sua camisa. *É ridículo o quanto estou a fim de você*. — Ah, aí eu percebi que tinha esquecido de pagar pelo livro da Maddy. Aliás, eu ainda tenho que voltar na livraria e pagar. Não quero isso martelando na minha consciência. — Como se fosse um condicionamento de Pavlov, pego meu copo d'água. — Depois acabamos indo para o hotel dele. E foi então que fizemos — abaixo a cabeça e olho para a mesa de madeira de demolição, fazendo uma pausa para dar um efeito dramático — o pior sexo da minha vida.

Minha prima deixa o garfo cair no prato com um estrondo.

— Não, não, não... O quê? Não era isso que eu estava esperando.

— Acredite em mim, nem eu. Foi a lei de Murphy do sexo: tudo que podia dar errado, dava. O relógio dele prendeu no meu colar, o lubrificante se espalhou por toda parte e depois ele... foi que nem uma britadeira até o fim.

— Então você foi dormir insatisfeita?

Faço que sim.

— Acho que nem um mapa ia ajudar no caso dele. O coitado não tinha ideia do que estava fazendo — comento. — Se a gente fosse um casal, eu teria ajudado um pouco mais, porém achei que seria estranho dar instruções para alguém que eu não conhecia.

Penso, mais uma vez, que eu poderia ter dito alguma coisa. Poderia ter avisado: *Ei, eu ainda não gozei!*, e mostrado a ele como fazer isso acontecer. Eu me sinto confortável dando instruções na cama, mas parecia que não teria valido a pena durante uma noite de sexo casual. Além disso, aprendi que nem todo mundo quer ser guiado. Alguns ex-namorados tomavam isso como um insulto, mas, com aqueles que se mostravam mais abertos, consegui ter relacionamentos legais e com boa comunicação depois de alguns desacertos iniciais. Só que nem todo mundo é assim, e eu não estava a fim de ter que consolar o ego de ninguém ontem à noite.

Eu o imagino acordando esta manhã, estendendo a mão para o outro lado da cama e percebendo que não tem ninguém ali. Sinto uma leve pontada de culpa.

Mas eu teria ido embora antes do fim do dia de todo modo.

Noemie se levanta e torna a encher sua caneca, depois toma um gole enquanto encosta no balcão da cozinha, parecendo pensativa.

— Eu ia perguntar como a educação sexual deixou tantos homens sem saber o que fazer, mas até os vinte e cinco anos eu nem sabia onde ficava meu clitóris. Então, acho que também fui prejudicada.

E eu sei disso porque, quando ela comentou o assunto comigo alguns anos atrás, fiquei muito feliz em recomendar um primeiro vibrador e uma lista das minhas influenciadoras favoritas de positividade sexual. E não foi a primeira vez — outras amigas já tinham me perguntado a mesma coisa. Desde o primeiro curso introdutório que fiz na faculdade, é muito natural para mim falar de sexo. Sem vergonha ou constrangimento. E talvez sempre devesse ter sido natural, mas a sociedade tentou me convencer do contrário.

— Ele me deu a impressão de achar que o meu ficava nos rins.

— Desculpa. Juro que estou tentando não rir.

— E eu estou tentando apagar da memória, obrigada — digo, mas também não consigo conter o riso. Com certeza, quanto mais tempo passar, mais engraçado será.

Noemie volta para a mesa da cozinha e põe a mão no meu ombro.

— Eu sei como ajudar.

— Isso é crueldade pura — consigo dizer. Pulo para a direita, para a esquerda, jogo os braços para cima e depois para baixo. Acima de nós, luzes verdes e roxas piscam no ritmo da música techno. — Você... é... masoquista.

— Prefiro o termo "especialista em aeróbica".

Noemie pula no minitrampolim ao meu lado, o rabo de cavalo balançando de um lado para o outro. Seus movimentos são perfeitos conforme se lança em uma série de dez polichinelos. Já me sinto ficando para trás, os músculos protestando.

— Joelhos para cima, com força! — grita o instrutor da frente da sala. — Lindo! Passo acelerado!

Quase sem conseguir respirar, forço minhas pernas a irem mais rápido. Durante seu raro tempo livre aos fins de semana, Noemie adora experimentar as últimas tendências das academias, e com isso ela já me arrastou para fazer hot barre, pilates aéreo e, neste momento, estamos fazendo uma aula de Trampolim xxx — sério, esse é o nome da atividade. Quando ela me mandou uma mensagem com o link enquanto eu me trocava, fiquei preocupada com o que ia encontrar ao clicar. Somos vinte pessoas em uma sala escura, suando em cima de minitrampolins enquanto as luzes de neon piscam no alto. É uma sobrecarga sensorial, e talvez esta seja a tática deles: distrair você do fato de estar se exercitando com uma óptica ofuscante e uma música terrível.

A música muda, o instrutor não para de pular ao som de um remix de Jennifer Lopez.

— No ritmo da batida, pressionem os calcanhares para baixo. Façam pela J. Lo!

O trampolim treme embaixo de mim enquanto tento, com esforço, manter o equilíbrio.

— Pelo menos você não está pensando na noite passada, certo? — diz Noemie.

— Xiiiu, estou tentando não decepcionar a J. Lo.

Salto cada vez mais no trampolim, até que a música termina e o instrutor bate palmas.

— Vocês foram fantásticas, safadas! — grita o instrutor, e eu me viro para Noemie e balbucio: *Safadas?* Ela ri baixinho enquanto saímos da sala e nos dirigimos para o vestiário da academia, pegando algumas toalhas para nos secarmos. — Vejo vocês na semana que vem!

— Como você está se sentindo? — pergunta Noemie, com um sorriso enquanto abre o armário.

Enxugo o rosto com uma toalha, reajustando alguns dos grampos que coloquei ao acaso nos cabelos para evitar que voassem para todos os lados.

— Incrível, e odeio você por isso.

É irritante, mas o treino de trampolim esvaziou meu cérebro mais do que... mais do que eu pensei que minha noite de sexo casual faria. Drew foi um pontinho na minha linha do tempo sexual. E tenho certeza de que vou conseguir ver Wyatt de novo em breve sem sentir vontade de rastejar para um buraco e abraçar a escuridão como meu único deus verdadeiro.

Se bem que, lá no fundo, uma pequena parte de mim está preocupada se tem algo de errado comigo por Wyatt não querer um relacionamento. Este mês, tive duas noites de sexo casual — a primeira porque pensei que daria em algo a mais, e a segunda porque eu queria me sentir *bem*, desejada, bonita. Coisas que achei que sentiria com Wyatt, que já me conhecia.

Wyatt Torres: olhos afetuosos, cabelos incríveis, a fonte de toda a minha agonia. Nos conhecemos no primeiro ano, em uma matéria que era pré-requisito para o curso de jornalismo, e, apesar de eu sempre o ter achado fofo, ouvia tantas histórias pavorosas sobre términos na nossa turma que fiquei com medo de agir. Então, me convenci de que estava feliz em continuar como amiga dele e, durante grande parte do tempo, foi o que fiz. Morávamos no mesmo dormitório, tínhamos as mesmas aulas, fizemos estágio na mesma revista, mas nunca competimos. Quando um ganhava, era como se os dois ganhassem, uma vitória para o jornalismo! Wyatt não era exigente em relação a trabalho; iria para qualquer lugar que o quisesse. Nos inscrevemos para as mesmas bolsas. Fomos rejeitados pelas mesmas bolsas. Então, em uma brilhante explosão de esperança jornalística, nós dois fomos contratados pelo The Catch um ano depois de nos formarmos. A revista online cobria de tudo, de política a cultura pop, e chegou ao auge no começo da década de 2010, quando saíam muitas reportagens com listas. Era novo e divertido e parecia tão *atual*, ainda que não fosse um jornalismo inovador. Passei anos lendo a revista e, quando consegui um emprego lá e fui trabalhar ao lado das pessoas cujos nomes eu via nas assinaturas das matérias, foi como conhecer celebridades.

Wyatt e eu compartilhamos tantas experiências que fazia sentido compartilharmos o resto da nossa vida. Até nos vermos pelados e estragarmos tudo.

Abro o armário da academia e procuro meu celular. Três chamadas não atendidas da minha agente, que costuma fazer de tudo para não trabalhar aos fins de semana, e algumas mensagens de texto com níveis crescentes de urgência.

Chandler, oi, está ocupada? Sei que é sábado, mas preciso falar com você. Me ligue assim que puder!

— O que foi? — pergunta Noemie, ajeitando o rabo de cavalo.

— Stella. — Pego minha bolsa o mais rápido que posso, já fazendo a ligação. — Te encontro lá fora.

Stella Rosenberg é uma das principais agentes de não ficção do país. Aos quarenta e poucos anos, ela é mãe de gêmeos, mora no Brooklyn, é bem realista com os clientes e um tubarão quando precisa ser, e ainda não consigo acreditar que trabalhamos juntas. Apesar de nunca termos nos encontrado, devo tudo a ela por transformar meus artigos freelance em algo parecido com uma carreira.

Depois que fui demitida, vendi algumas matérias por centavos enquanto o mundo do jornalismo pegava fogo. Eu me candidatei a tantos empregos que, quando recebi a resposta por e-mail de Stella, tive que dar uma olhada nos enviados para lembrar do que se tratava. *Procuro amostras de escrita de ghostwriter. Necessário total discrição.* Para ser sincera, parecia um golpe. Tive que assinar um acordo de confidencialidade antes de saber para quem escreveria.

A princípio, o fato de ter conseguido encontrar algo usando meu diploma de jornalismo — tecnicamente, comunicação com ênfase em jornalismo — parecia um bom sinal. O trabalho envolvia pesquisa, entrevistas, prazos, todas as coisas com as quais eu tinha muita experiência. Meus pais sempre me disseram que um diploma universitário era um ponto de partida, que não importava em que eu tinha me formado, porque minhas habilidades seriam transferíveis. Mas eu não queria transferi-las para lugar nenhum. Queria escrever.

Não é que eu não seja grata pelo trabalho — sou muito. Talvez o fato de ter chegado aos trinta, no ano passado, tenha me feito reavaliar minha carreira, mas adoraria ter algo com o meu nome. E talvez esse algo seja um livro, talvez não seja, mas deve haver algum tipo de história que eu seja a pessoa certa para contar.

Stella atende no primeiro toque.

— Ainda bem que consegui falar com você — diz. Ao fundo, ouço cachorros latindo, crianças balbuciando. — Desculpe, estou no parque. É um zoológico nos fins de semana.

Eu me inclino contra a parede do lado de fora da academia.

— Sem problemas. O que rola?

— Então, você sabe que estamos prospectando novos projetos para você. — Outra coisa sobre Stella: ela não perde tempo. Fala direto, sem rodeios. — Um ator acabou de vender uma autobiografia e a equipe dele está procurando um ghostwriter. E adoraram suas amostras.

— Um ator — repito com alguma apreensão. E, admito, talvez um pouco de emoção. — Quem é?

— Finnegan Walsh — responde. — Lola, você sabe que precisa pedir permissão antes de fazer carinho no cachorro! Meus filhos comeram muito açúcar no café da manhã. Enfim, ele atuava num seriado de lobisomens que acabou há cerca de dez anos. Quatro temporadas. Fãs muito fiéis.

Pelo nome, não consigo me lembrar. Por outro lado, não consigo me lembrar da última vez que tive TV a cabo. Na faculdade eu usava a conta da Netflix dos meus pais, então, se não for uma série do início dos anos 2000 ou algo da Netflix, é provável que eu não tenha visto.

— Sei que você disse que queria fazer algo um pouco mais sério — Stella continua —, mas acho que este pode ser bem empolgante. Ele tem uma enorme legião de seguidores, sobretudo millennials e gen Z. E a equipe quer que vocês dois trabalhem juntos... Não vai ser outra Maddy DeMarco. — Ela xinga baixinho. — Juro por Deus, aqueles lá têm sorte de você ser tão boazinha.

Não posso negar que parece atraente.

— Ok, então qual é o próximo passo? — pergunto. — Eles querem falar comigo?

— Essa é a melhor parte. Ele está na cidade para a Emerald City Comic Con, e ele e o empresário querem encontrar você para almoçar. Por isso eu estava louca atrás de você... eles vão estar no restaurante à uma e meia.

Almoçar? São muitas coisas para processar ao mesmo tempo. Vejo as horas no celular — uma e dez.

E estou com roupa de ginástica, ainda pingando suor do Trampolim xxx.

— Eu... Eu acho que consigo.

— Excelente — ela canta, no momento que ocorre uma comoção ao fundo, antes de me dar o nome do restaurante. — Diga que você está lá para encontrar o Joe... é o empresário dele. E me ligue depois para contar como foi. Obrigada, Chandler!

Com isso, ela desliga.

Fico olhando para o celular por alguns instantes, meu cérebro zunindo. Noemie se aproxima com a bolsa de ginástica pendurada em um braço.

— Você pode me levar até o centro para que eu possa conhecer uma pessoa chamada Finnegan Walsh?

Noemie arregala os olhos e pisca.

— Desculpa, desmaiei por um momento. O que você disse?

— Finnegan... Walsh? Ele é ator.

— Você jura que ele é ator? — ironiza. — Finn Walsh, de *Os notívagos*, o seriado da minha adolescência todinha? Já tentei fazer você assistir algumas centenas de vezes. — Ela abre o zíper da bolsa e desenterra as chaves. — Puta merda. Você vai escrever um livro com Finn Walsh?

— Talvez — digo, então explico a ligação. E que tenho um almoço com ele em quinze minutos.

Em nosso caminho para o centro da cidade, Noemie faz o possível para me colocar por dentro do maior drama adolescente paranormal de 2008 enquanto tiro minha legging no banco de trás. Normalmente, eu passaria horas pesquisando um possível novo autor, mas desta vez terei que me contentar com as informações da minha prima. E ela deve saber mais do que a Wikipédia.

Quando chegamos à rodovia, sei o seguinte sobre Finnegan Walsh:

Ele estrelou a série de TV *Os notívagos* de 2008 a 2012, sobre lobisomens gostosos universitários (mas ele não era um dos lobisomens). Oliver Huxley era um estudante de biologia tentando encontrar uma cura para a lobisomem de quem ele gostava e a quem, de acordo com Noemie, era leal do jeito mais fofo, mesmo quando ela tentou afastá-lo porque pensou que ele nunca poderia amar uma fera como ela. Ele está no topo da lista de Noemie dos nerds mais sensuais, entre Adam Brody e Joseph Gordon-Levitt.

Durante as filmagens, ele era relativamente discreto, e não se envolveu em escândalos nem controvérsias ("até onde se sabe", comenta Noemie). Desde que *Os notívagos* saiu do ar, estrelou algumas comédias românticas de baixo orçamento e, mais recentemente, filmes natalinos, incluindo um de alguns anos atrás chamado *Senhorita Visco,* que Noemie admite que assistiu e amou, sem ironia.

Ela abre o porta-luvas e me entrega um frasco de xampu seco enquanto o carro balança.

— Aqui. Passa isso no cabelo. E deve ter um par de sapatilhas naquela sacola da Whole Foods.

— Fala sério. Você tem um outlet da Ann Taylor na parte de trás do carro?

Ela me encara pelo espelho.

— Não fale da Ann Taylor. Ela me ajudou a passar por muitos momentos difíceis.

Noemie e eu não somos do mesmo tamanho. A blusa xadrez preto e branco fica apertada no meu peito, mas com um cardigã por cima vai ficar tudo bem. Um pouco de xampu seco no cabelo e estou pronta.

— Tem certeza que estou apresentável? — pergunto, puxando a saia assim que ela estaciona na área permitida no centro da cidade. Dá para ver meu hematoma, mas é melhor do que a legging surrada de academia. — Essa blusa não deixou meus peitos grandes demais?

Noemie me avalia, colocando uma mecha de cabelo teimosa de volta no lugar.

— Tá tipo um traje executivo casual. Eu contrataria você para escrever um livro para o fandom das taradas por lobisomens.

Depois de um abraço rápido e da promessa de que vou contar tudo, ela vai embora.

Sinto meu coração bater mais rápido. Nunca conheci nenhum dos meus autores assim, no que mais parece uma entrevista de emprego com dois estranhos dos quais nunca tinha ouvido falar meia hora atrás. Foi tudo arranjado de última hora, o que leva meus níveis de ansiedade lá para o alto. Normalmente, eu precisaria de pelo menos uma semana para me preparar para algo assim — escrever perguntas práticas, ensaiar respostas práticas, experimentar uma dúzia de roupas antes de escolher a que eu menos odiasse. Sempre foi mais fácil deixar minha escrita falar.

Eles adoraram suas amostras, disse Stella. Eu só tenho que agir com naturalidade. Eu me apego a isso quando entro no Pear Bistro, curiosamente o mesmo restaurante vegano que recomendei a Drew, ainda que agora não seja hora de pensar nisso. Espero ter aprendido o suficiente com a minipalestra que Noemie fez sobre Finnegan Walsh para fingir durante a reunião. *Os notívagos. Sorte a nossa*, uma comédia romântica que foi lançada direto em DVD sobre duas pessoas com bilhetes de loteria premiados que precisam dividir o prêmio. *Senhorita Visco*.

Quando digo ao recepcionista o nome do empresário, ele me dá um sorrisinho e diz:

— Por aqui.

E assim que vejo a mesa começo a me perguntar se desmaiei durante o Trampolim xxx e estou presa dentro de um pesadelo.

Porque sentado à mesa, ao lado de um homem de meia-idade de terno cinza, está alguém um pouco familiar demais. Ele está olhando para o celular, mas o cabelo ruivo, as sardas, a postura confiante, os ombros... Tenho certeza de que é ele.

O cara que se atrapalhou todo com meu corpo e me encharcou de lubrificante de morango.

O cara de quem eu fugi menos de nove horas atrás, porque achei que nunca mais o veria.

OS NOTÍVAGOS

Temporada 1, Episódio 7: "Revelações"

INT. BIBLIOTECA DE OAKHURST — NOITE

ALICE CHEN entra e vê OLIVER HUXLEY em sua mesa de sempre, com a cabeça inclinada sobre um livro. Ela espreita na direção dele, ombros erguidos, pronta para dizer o que pensa.

          ALICE
Se você ama a sua vida, precisa se afastar da Meg. Você acha que que ela é uma garota normal, mas…

          HUX
Nenhum de nós é normal. Na verdade, eu sempre achei que ser normal é chato demais. Prefiro ser incomum.

          ALICE
Uma coisa é ser incomum, mas *isso* é bem diferente. E ela não ia querer que eu contasse pra você.

          HUX
Alice, se você está zoando comigo, não tem graça. Já tenho que aguentar isso do Caleb, e não é bem o meu jeito favorito de passar o tempo.

ALICE
Estou falando sério. Ela não é uma cobaia pra você ficar testando até conseguir o que quer. Ela é minha melhor amiga.

HUX
Eu sei disso. E você precisa acreditar que eu me importo com ela.

ALICE
Eu... Eu acredito. Meu Deus, vou me arrepender disso...

Alice caminha até o canto da sala, olha pelas janelas e respira fundo.

ALICE
Lembra da noite que vocês estavam no refeitório e de repente ela precisou sair correndo? E que depois você não teve notícias dela por dois dias?

HUX
Achei que ela estava atrasada para a aula. Uma aula noturna, ela me explicou mais tarde, e tinha muitos trabalhos para fazer.

ALICE
E quando as roupas dela estavam cobertas de pelo e você perguntou se ela tinha um cachorro, e ela não conseguiu dar uma explicação decente? Ou quando ela ficou doente durante a lua cheia? Ou aqueles arranhões no pescoço dela?

                    HUX
          Deve haver uma explicação racional para...

                    ALICE
          Ela é um lobisomem, Hux.

                    HUX
          E como você sabe disso?

Alice se vira, os olhos faiscando.

                    ALICE
          Porque eu também sou.

capítulo
CINCO

Deve ter rolado alguma confusão. Algum erro. Não é a mesa certa.

Mas o empresário dele já está de pé, todo sorridente e olhando para mim.

— Chandler Cohen? — pergunta, e me sinto confirmar de um jeito mecânico.

Drew/Finnegan enfim ergue a cabeça e, quando seu olhar encontra o meu, ele derruba um dos sucos especiais do restaurante na camisa que, para seu azar, é branca. Alguma coisa com beterraba, pelo jeito.

— Cuidado aí! — exclama o empresário. — Pode trazer mais guardanapos, por favor? — pede para um garçom.

Eu fico ali parada, congelada, a saia de Noemie apertada demais nos meus quadris e a blusa grudada demais nos meus seios e o roxo da perna aparecendo demais e, meu Deus, *por quê*. E *como*. E *poooorra*.

Finnegan/Drew está pálido, sem saber se deve se concentrar na mancha fúcsia se espalhando ou na aparição repentina da mulher com quem passou a noite e que não estava na cama no dia seguinte, quando ele acordou. Parece fazer as duas coisas e nenhuma delas, a boca entreaberta enquanto bate de leve com o guardanapo cinco centímetros à esquerda do lugar manchado.

— Mil desculpas — falo, a voz embolada, me perguntando se ia pegar muito mal para Stella se eu me virasse e saísse correndo. — Sua camisa, eu...

— Não foi culpa sua — responde Finnegan de olho na mancha. A voz é diferente da de ontem à noite. Profissional. Distante.

O garçom chega com outro copo de água e uma pilha de guardanapos de pano, que Finnegan usa para atacar a camisa com uma voracidade recém-descoberta. O empresário puxa uma cadeira para mim, e eu praticamente me jogo nela, as pernas cruzadas para esconder o hematoma.

Pouco a pouco, começo a ligar os pontos. Ele mora em Los Angeles. Está aqui para uma convenção — que deve ser a Emerald City Comic Con. O jeito como falou da carreira, tão vago... Deve ter ficado com medo de que eu o reconhecesse. Por isso o nome falso. E quando aquele povo fantasiado apareceu, ele agiu todo estranho, não foi?

— Que bela forma de quebrar o gelo — brinca o empresário dele, rindo. Ele estende uma mão para mim. — Joe Kowalczyk.

— Chandler. E você deve ser o Finnegan. — Dou uma ênfase discreta ao nome.

— Finn — frisa, e, quando para de limpar a mancha para apertar minha mão, há suspeita em seu olhar. Como se eu tivesse planejado isso desde o começo. As sardas dele são ainda mais evidentes em plena luz do dia. À noite, parecia ter certo ar de mistério, mas à uma e meia da tarde, com o sol de setembro entrando pelas enormes janelas e fazendo com que seus cabelos ruivos fiquem quase dourados, ele tem toda a pinta de alguém de Hollywood. Maçãs do rosto salientes, poros microscópicos, um maxilar que parece dizer meu-pós-barba-deve-custar-mais-do-que-toda-a-sua-roupa.

Esta não é a primeira vez que o toco, é claro, e um aperto de mãos é um toque menos íntimo do que qualquer coisa que fizemos no quarto do hotel. É um toque que deveria ser indiferente. Desajeitado, talvez. Mas os dedos dele deslizando nos meus, o dedão acariciando meu pulso de leve — tão superficial que eu não pensaria nada de mais se já não tivéssemos nos conhecido — causam mais eletricidade do que tudo o que fizemos ontem à noite.

Ontem à noite. O jeito que ele me beijou, encostados na porta do quarto de hotel, antes de tudo dar seriamente errado. Quando gemi dentro da boca dele e...

... e fingi que gozei.

Não posso trabalhar nesse livro.

Joe apoia o cardápio na mesa.

— Obrigado por vir nos encontrar tão em cima da hora — comenta. — O mais comum seria marcarmos uma reunião por vídeo antes de levar você para Los Angeles, mas, visto que você mora aqui, pareceu coisa do destino.

Finn continua esfregando a camisa. Não posso olhar para ele, porque, quando o fizer, vou visualizar o cara que perguntou *Ela gosta disso?* como estrela de um filme chamado *Senhorita Visco,* e vou ser forçada a imaginar se de fato se trata de um filme com uma personagem cujo sobrenome é Visco ou se é a história de algum tipo de concurso com tema natalino em que a mulher que tiver mais espírito de Natal ganha o coração de Finnegan. E aí, não vou conseguir parar de rir. E, se começar a rir, vou estourar um dos botões da blusa de Noemie e fazer um espetáculo particular para Joe e Finn, que poderão ver o top de ginástica amarelo-neon de cinco dólares que visto por baixo.

Imito o sorriso de Joe como posso. Não custa nada deixar Finn tão desconfortável quanto possível.

— Não poderia concordar mais.

Finn começa a tossir. Sem parar.

— Primeiro vamos pedir, depois falamos de negócios — diz Joe. — E, Chandler... é por minha conta.

Joe e Finn pedem o hambúrguer de portobello, o item mais caro do cardápio, e eu não consigo pedir nada além da sopa do dia, que é um dos pratos mais baratos, apesar de custar dezessete dólares. Este lugar não tem a ver comigo — não com essas roupas emprestadas, e não com o histórico entre mim e Finn. Este não é o meu mundo.

Depois que pedimos, Joe une a palma das mãos na frente do corpo. Com seu terno impecável e cabelos grisalhos penteados para trás, está um pouco elegante demais para o público de fim de semana em Seattle.

— Não sei se sua agente comentou, mas nos apaixonamos pelo jeito como você escreve.

— Ela deve ter mencionado, mas elogios nunca são demais.

Joe ri.

— Então me permita dizer de novo. Você tem um estilo autêntico e é possível se identificar com ele. Achamos que seria perfeito para o livro do

Finn. Você tem todo um talento para capturar os detalhes mais simples do cotidiano e torná-los significativos.

Finn confirma as palavras de Joe com um leve movimento do queixo.

Pego minha água, torcendo para que isso ajude a diminuir o rubor nas minhas bochechas.

— Eu... obrigada. Fico muito feliz por ouvir isso. — Joe parece ser uma boa pessoa, mas a pouca experiência que tenho com celebridades me ensinou que, com frequência, elas não são quem parecem ser. Agora que sei que Finn é um ator, não fico surpresa por ter me dado um nome falso ou pela facilidade com que me encantou, apesar de estar longe de ser superfamoso. Na verdade, é um alívio nunca ter assistido a nada estrelado por ele. Eu estaria vidrada demais para conseguir falar uma frase inteira.

Agora que estou sentada de frente para ele à luz do dia, *tem* alguma coisa vagamente familiar nele, mas pode ser porque, agora que sei que é famoso, meu cérebro está fazendo hora extra para tentar identificá-lo.

— Procuramos alguém que seja jovem o bastante para se comunicar com os millennials que cresceram assistindo ao Finn em *Os notívagos*, mas com experiência suficiente para lidar com um projeto de tamanha magnitude. Tem sido um desafio encontrar um escritor que combine habilidades tão únicas. Seu segundo livro acabou de ser lançado?

Faço que sim, me perguntando onde larguei o livro de Maddy quando cheguei em casa.

— E acabei de entregar o próximo para revisão.

— Excelente — responde Joe. — Seus editores falaram muito bem de você. Estou prestes a atingir meu limite de elogios.

— Qual é exatamente o objetivo dessa autobiografia? — pergunto, fisicamente incapaz de continuar falando de mim. — Quer dizer, sei que vocês querem que ela venda bem. Mas por qual prisma vocês querem abordar a história do Dre... do Finn?

— Ótimas perguntas. É claro que todo ator tem um lado ao qual os fãs não têm acesso. Não queremos que seja uma autobiografia padrão. Talvez com capítulos fora da ordem cronológica, ou em uma série de textos curtos ou anedotas... alguma coisa do tipo. Com uma estrutura diferenciada. Basicamente, sabemos que o Finn tem uma história para contar, e essa é a nossa chance de fazer um reposicionamento da marca dele e, ao mesmo tempo, capitalizar em cima do que o tornou popular.

É estranho que o empresário responda, e não ele. Olho para Finn, à espera de que diga alguma coisa, já que toda essa conversa é a respeito de um livro que, bom, vai falar *dele*.

Mas ele só assente, enfim parecendo ter desistido da mancha na camisa e colocando um último guardanapo na pilha à sua esquerda.

— Acho que o Joe já explicou tudo.

Beleza então.

Nossa comida chega, e eu me dedico à minha sopa de abóbora com curry pelo que é, sem tentar calcular o custo-por-colherada. Não deixo de notar que Finn faz com os talheres o mesmo que fez na pizzaria. Ele inspeciona tudo furtivamente, como se não quisesse que ninguém percebesse. Então, corta com cuidado um pedaço do pão e do portobello com o garfo e a faca. Enquanto isso, Joe pega seu hambúrguer e dá uma mordida enorme, acostumado com os hábitos de Finn, ou sem notar.

— Vamos falar de logística — diz Joe, enquanto mergulha uma batata-doce frita na maionese de alho sem ovos. — Fizemos alguns arranjos com a editora para acomodar a agenda do Finn, então você viajaria com ele pelo país enquanto ele comparece às muitas convenções com as quais já está comprometido.

— Ah... entendi. Minha agente não falou disso. Eu... não costumo viajar muito. — Essa me parece a forma mais profissional de dizer que não tenho como pagar por isso.

Joe balança a mão para dispensar meu comentário.

— Hotéis, voos... tudo será pago por nós, além de uma diária que acredito que você vá gostar. Além disso, falei com sua agente e ficaríamos felizes em negociar um aumento de trinta por cento do seu último pagamento.

Engasgo com uma semente de romã, tentando, sem sucesso, agir como se receber esse tipo de oferta fosse algo normal — se de fato se trata de uma oferta. Odeio o quanto a proposta me atrai depois de toda aquela palhaçada com a Maddy. E até no livro do Bronson, o personal trainer, a agenda era tão apertada que nossas ligações e reuniões não deixavam muito espaço para o texto se assentar. Nunca fiz algo desse tipo: conhecer o sujeito de uma forma mais profunda antes de escrever.

Tento me imaginar sentada em um canto com meu computador enquanto pessoas vestidas como criaturas de outro mundo posam para fotos com Finn.

Então afasto tudo da mente, do restaurante, e jogo nas lixeiras de compostagem do lado de fora. É impossível que meu próximo projeto seja escrever a autobiografia do cara com quem passei uma noite — e uma noite bem mais ou menos. Eu riria se não estivesse *tão perto* de entrar em combustão espontânea de tanta vergonha.

— Queremos que o livro cubra inclusive a reunião — acrescenta Joe.

— Reunião? — repito, com a esperança de ter deixado algo passar.

— *Os notívagos* vão se reunir — explica Finn.

É a primeira vez que fala diretamente comigo em ao menos dez minutos. Parece ter voltado a si quando o seriado foi mencionado, e se endireita na cadeira sem deixar de cortar pedaços de seu hambúrguer.

— Ainda não rolou um anúncio oficial, mas todos nós já assinamos o contrato. Um especial de dez anos desde que o último episódio foi ao ar. Será gravado no início de dezembro.

— Minha prima vai pirar. Ela é muito fã.

Joe sorri de novo.

— Então você poderá terminar de escrever por conta própria... claro, com a contribuição do Finn e do editor, mas essa parte pode ser feita de maneira remota sem problemas. Você terá todo o acesso a ele que desejar.

Ah, já tive muito acesso.

Meu corpo traidor esquenta. É coisa demais para aguentar, e o traje executivo casual de Noemie está quase me sufocando. *Causa mortis*: babados. Puxo a gola da blusa. Cruzo e descruzo as pernas, mostrando acidentalmente meu hematoma.

— Parece dolorido — comenta Finn, e posso ver brilhando em seus olhos a chance de assumir o controle da situação. — Como aconteceu?

Faço meu melhor para encará-lo, furiosa, enquanto afundo a colher na tigela de sopa, o líquido laranja espirrando dos lados.

Um celular toca e Joe o pega do bolso.

— Vocês dois me dão licença? Tenho que atender. É a Blake — diz, revirando os olhos, e eu murmuro *Lively?* para Finn, cuja boca apenas se contrai em resposta.

Depois que Joe sai, todas as perguntas e a confusão a respeito de Finn vêm à tona. Seguro a colher mais apertado. Não só por estar confusa — estou com *raiva*. Raiva por ele ter mentido, raiva por estar sentada neste restaurante feito uma idiota com minha deliciosa sopa de abóbora enquanto o empresário dele me atormenta com uma oferta incrível que não posso aceitar. Minha decisão foi tomada assim que o vi.

— Você mentiu seu nome. — Sei lá por que, é a primeira coisa que consigo dizer.

Com muita calma, Finn cutuca uma batata frita com o garfo.

— Minhas cantadas não costumam ser "Muito prazer, trabalhei numa série de TV sobre lobisomens no começo da década de 2000, que tempo estranho está fazendo hoje".

— Você disse que estava viajando "a negócios" — faço as aspas mais ofensivas de todos os tempos — e que trabalhava com *venda de produtos tecnológicos*! — A mulher na mesa ao lado olha para nós e eu abaixo o tom. — Aposto que você nem é fã de *O senhor dos anéis*.

— Essa parte é verdade. Você me ouviu falar quenya. — Ele cruza os braços, mas se lembra da mancha e desiste do gesto. — E estou aqui a negócios. Eu ganho dinheiro com venda de autógrafos e fotos, então... — Ele percorre o ambiente com o olhar e, ao ver que todos estão concentrados em suas refeições e seu empresário ainda está do lado de fora, dispara: — Além disso, se bem me lembro, quem se mandou de fininho foi você. Se alguém tem o direito de ficar chateado aqui, acho que sou eu.

E ainda assim ele parece tão centrado, tão despreocupado agora que o choque inicial passou, que me deixa ainda mais irritada.

— Não importa — sibilo. Não estou com a mínima vontade de discutir quem tem o direito de ficar mais ofendido e não quero contar por que fui embora. — Eu não vou aceitar.

Ele pisca para mim. Uma mecha de cabelo cai sobre uma sobrancelha e tenho certeza de que as fãs histéricas dos anos 2000, Noemie inclusa, ficariam malucas com isso. Pena que não posso levá-lo a sério com toda aquela Beterraba Encantada espalhada na frente de sua camisa.

— Simples assim? Você não vai nem dar uma chance?

— Já ouvi o bastante. É conflito de interesses. — Franzo os lábios, esperando parecer decidida. Resoluta. — Sei que talvez você não esteja acostumado a não conseguir o que quer, mas é isso. Encontre outra pessoa para escrever o que, tenho certeza, é a fascinante história da sua vida. Mal posso esperar para ver o livro em algum sebo daqui a dois anos.

A patada tem o efeito que quero. Finn recua por um momento, as sobrancelhas se juntando para formar uma pequena ruga de ofensa. Não vou me permitir sentir pena dele. Sei que não assisti à série, mas tenho certeza de que ele ganha o bastante com produtos e reprises para financiar um estilo de vida muito mais luxuoso que o meu. E agora está fazendo o que todo homem branco entediado tenta fazer quando chega a certa idade: escrever um livro sobre si mesmo.

Mesmo enquanto digo isso, penso em minha conta bancária e em como meu adiantamento mais recente mal deu para pagar um dos meus cartões de crédito. Em como, apesar de amar morar com a Noemie, seria incrível ter um cantinho só meu. Joe deu a entender que meu pagamento seria muito mais generoso que os anteriores. Esse dinheiro me daria espaço para decidir o que viria a seguir. Liberdade para descobrir o que, exatamente, devo passar minha vida fazendo.

Se bem que — *meu Deus* — eu reclamei para Finn que minha carreira era um erro. Se ele se lembrou disso, não se importou o bastante para mencionar.

Então algo mais me ocorre.

— Você não sabia quem *eu* era quando cheguei ao bar, sabia? Por acaso você pensou que poderia me procurar e... — *Me seduzir* é como eu ia terminar a frase, mas o olhar horrorizado no rosto de Finn me impede.

— Não — responde firme. — Lemos todas as amostras e currículos sem saber de quem eram, para manter a imparcialidade. Li o livro da menina do *Bachelor* e alguns capítulos do livro da Maddy DeMarco no início desta semana. Eu não fazia ideia de quem você era.

Pouco reconfortante.

Resmungo, passando a colher no que resta da sopa.

— Não acredito que isso esteja acontecendo. Não era pra gente se ver de novo.

Então sua voz se torna gentil, como se ele tivesse percebido que eu de fato não tenho a intenção de aceitar o trabalho. Ou talvez seja genuíno da parte dele — não saberia dizer.

— Você pode pelo menos me ouvir? — Sua expressão é tão dolorida que entrego os pontos.

— Tá bom. Vá em frente. Apresente seu caso. Me diga por que este livro é tão importante.

Finn coloca os talheres de lado, juntando as mãos enquanto procura as palavras certas. Ele fez isso ontem também, deu tempo para a boca alcançar o cérebro.

— Convenções de fãs. Basicamente é tudo o que eu faço hoje em dia. Fico sentado a uma mesa esperando que as pessoas paguem duzentos dólares por um autógrafo e uma foto. Compareço a painéis para falar de uma série em que atuei quase quinze anos atrás, como se nada do que fiz desde então se comparasse, nem um pouco. Porque não se compara. E eu amo os fãs da série, de verdade... mas não era isso que desejava fazer quando comecei.

Não posso negar que soa um pouco familiar.

— Não posso comparecer a essas convenções para sempre — acrescenta. — Hollywood ainda pensa que eu sou aquele cara apaixonado pela namorada lobisomem. Eu quero que esse livro tenha um significado... que seja uma fração tão significativa quanto *Os notívagos* foi para alguns dos nossos fãs. Eu acho, de verdade, que tem potencial. Se tiver o escritor certo. — Não perco tempo ressaltando que, tecnicamente, Finn é o escritor. Eu seria apenas a pessoa segurando a caneta. — Há coisas que eu quero falar no livro que nunca revelei. E eu só... ia ficar muito feliz se esse livro ajudasse alguém que estivesse passando por algo do tipo. — Ele dá de ombros, tímido. — Desculpa... você sabe que não posso entrar em detalhes sem um acordo de confidencialidade.

O jeito vago de falar é *levemente* intrigante, mas...

— Eu entendo você. De verdade. — Se não consigo convencê-lo frisando o quanto seria estranho trabalharmos juntos, vou apelar para a lógica. — Mas nunca assisti a um único episódio da série. O que deve ser bastante óbvio, já que não te reconheci.

— Não importa. Você poderia pesquisar. E... isso não me incomoda. — Seu olhar se fixa em mim com nova determinação, a voz agora ainda mais suave. — Eu gosto da ideia de que você não entre nessa já com algumas noções preconcebidas de quem eu sou.

Ele se inclina para a frente, e tenho que lutar contra o desejo de levar a mão ao peito para evitar que meu coração acelere. Há uma seriedade nele, que ontem parecia atraente e agora é quase intimidadora. Vinte e quatro horas atrás, éramos estranhos. Agora, se eu acreditar em Finn, terei o poder de alterar a trajetória de sua carreira.

E ele pode ter o poder de fazer o mesmo comigo.

— Não quero implorar. Mas, se for preciso, é o que vou fazer, Chandler.

O jeito como ele diz meu nome... Tento ignorar a sensação. Ela me lembra a voz encoberta da noite passada. Esse é o trabalho dele. Tudo é uma cena, e há uma boa possibilidade de tudo isso ser atuação. Não posso me deixar levar só porque ele está lendo um roteiro de "por favor, tenha pena de mim".

— Eu não queria que esse processo fosse uma dor de cabeça para todos. Eu mesmo ia escrever o livro, mas todas as minhas tentativas de escrever um parágrafo ficaram uma merda. Fizemos outros telefonemas, outras reuniões. Falamos com outros escritores. Não deu certo com ninguém. Foi o que o Joe disse... recusamos algumas pessoas. E outras, bem... — Ele cerra os dentes, olha para a mesa. — Posso não ter sido a pessoa mais fácil de se trabalhar. Algumas vezes.

— Chocada.

— A editora não está lá muito entusiasmada com isso.

Dou risada.

— Então sou sua última escolha, é isso o que você está dizendo?

— Não, claro que não. — Sua voz é sólida. — Você estava na nossa lista desde o começo. A editora só quis tentar alguns nomes mais conhecidos primeiro.

— Nomes conhecidos no mercado de ghostwriting.

Ele se permite um sorriso discreto, como se percebesse a ironia.

— Pessoas que escreveram mais livros — esclarece. — Então, não. Você não é minha última escolha, Chandler. Mas pode ser minha última esperança.

Ah.

No fim das contas, até que é bom ver um homem implorar.

Quando recebi a ligação de Stella, presumi que ele fosse uma subcelebridade desesperada para estender seus quinze minutos de fama. Mas não é essa a vibe que estou sentindo.

De alguma forma, estou começando a acreditar que ele está falando a verdade.

— E o problema que não podemos ignorar?

Sua expressão permanece serena.

— Posso esquecer se você também puder.

A frase paira entre nós por um momento, até que sou a primeira a quebrar o contato visual. *Esquecer.* Ele faz parecer tão fácil, como se eu fosse apenas mais uma em uma longa fila de mulheres que compartilharam sua cama e foram embora insatisfeitas.

Ainda estamos quietos quando Joe reaparece, rindo para si mesmo enquanto coloca o celular de volta no bolso.

— Me desculpem novamente — diz ele, parecendo não notar a mudança entre nós. Ele abre outro sorriso, pega uma batata frita e volta sua atenção para mim. — Sabemos que é muita coisa, ainda mais com todas as viagens. Mas queremos que esse livro se destaque em um mercado lotado. E, se você estiver a bordo, achamos que as possibilidades de causar um impacto maior são grandes.

O olhar de Finn encontra o meu de novo, olhos castanhos de alguma forma quentes e inescrutáveis. Então, como se lembrasse de cada palavra que eu disse ontem à noite, ele acrescenta:

— Para nós dois.

capítulo
SEIS

— Fique comigo. Por favor — pede Oliver Huxley para a estonteante garota de cabelos pretos em seus braços. — Só uma vez. Só hoje.

Meg Lawson se liberta dos braços dele, a luz da lua destacando a lágrima que escorre por sua bochecha conforme ela se afasta. Eles estão em uma floresta e está nevando.

— Não posso. Queria muito, Hux, acredite em mim... É tudo o que mais quero. Penso nisso o tempo todo, nós dois dormindo juntos. Acordando juntos. Mas a lua cheia... não dá a mínima para o que eu quero.

— Que se foda a lua cheia, Meg! — Hux parece quase sem fôlego. Está com os cabelos bagunçados, os óculos tortos, e seu enorme casaco preto está lotado de flocos de neve. — Não ligo se no futuro você tiver presas e pelos. Não ligo se você se tornar uma fera perigosa e assustadora, e não ligo se você se perder tanto dentro de si que mal lembre quem eu sou.

Ela o encara, com um sorriso tristonho e melancólico.

— Mas eu ligo — diz baixinho.

Olho para meu computador, em que estão os arquivos do contrato e do itinerário abertos. Phoenix, Memphis, Pittsburgh e uma dúzia de cidades entre elas, todos lugares em que nunca estive. Não fazia ideia de que existiam tantas convenções de fãs — eu conhecia a de Seattle e a de San Diego, mas tem ao menos uma acontecendo por semana em alguma parte do país.

— Nom... — digo do sofá, com tanto respeito quanto consigo. — Estou começando a achar que essa série é... ruim.

— É porque você está assistindo tudo fora de ordem. — Ela pausa o YouTube um segundo antes de Meg, com os olhos cheios de lágrimas, beijar o Finn-de-uma-década-atrás em um vídeo chamado "Melhores momentos de Mexley, 4/10". — Isso só aconteceu no meio da terceira temporada. Sei que Caleb era o protagonista e tal, mas Hux e Meg são tão... Bom, pra mim eles colocaram o padrão lá *no alto* quando se tratava de namoros futuros. Se o cara não tentasse combater uma corporação maléfica e sobrenatural por minha causa, eu não queria nem saber.

— Não acredito que eu nunca soube o quanto você amava esse seriado. — Sabia vagamente que ela gostava de uma série sobre lobisomens, mas talvez nossa diferença de dois anos tenha me feito concluir que se tratava de algo mais infantil.

— Acho que era meio vergonhoso admitir isso na época, mas agora eu fico, tipo, foda-se. Sou cadelinha de Mexley e tenho orgulho disso. — Ela aponta para a tela. — Eles namoraram de verdade também. O Finn e a Hallie.

Soube disso após minhas pesquisas. Finn disse que gostava do fato de eu não ter noções preconcebidas a respeito da vida e do trabalho dele, mas odiei pensar em começar a escrever sem saber de nada. E, bom, não faltam informações sobre Finnegan Walsh por aí: entrevistas, fofocas, e até um por trás das câmeras do *Entertainment Weekly* que ele gravou com uma dúzia de cachorrinhos e que dá raiva de tão fofo.

Descobri que ele tem trinta e quatro anos, é de Reno e estreou em uma série chamada *Papai em treinamento,* que foi cancelada no meio da primeira temporada. Naquela época, ele já tinha entrado para o elenco de *Os notívagos*. Namorou Hallie Hendricks por alguns anos, do começo da segunda temporada até depois de a série ser cancelada. Passei mais tempo do que gostaria de admitir vendo fotos dos dois juntos, os eventos de gala em que pareciam quase desumanos de tão lindos, as fotos de paparazzi dos dois no The Coffee Bean ou caminhando no Runyon Canyon. Uma no Teen Choice Awards, em que Hallie está vestida com uma camiseta que diz CUIDADO, EU MORDO. Finn usava óculos naquela época, mesmo nas festas de gala, parecidos com os que usava no seriado.

É bizarro tentar conciliar o que leio nos blogs de fofocas com a pessoa que encontrei na vida real. Em duas circunstâncias bem diferentes.

No fim das contas, só pensei nisso até a semana acabar. Minha profissão caiu na mesmice, sei disso. É verdade que vou escrever mais um livro sem meu nome, mas esse trabalho é diferente o bastante para agitar um pouco as coisas. Viajar com Finn vai ser algo novo, imprevisível, fora da minha zona de conforto. Por mais que eu ame estar confortável — ou, ao menos, que tenha me acostumado com isso —, preciso de mudanças. Não posso continuar curvada em frente ao computador, sem me mover durante horas enquanto escrevo um parágrafo exaustivo após o outro. Além disso, meu lado realista não me deixou recusar o dinheiro, e o idealista não conseguia parar de pensar nas palavras de Finn. *Não era isso que eu desejava fazer quando comecei.* Se ele acredita que podemos manter as coisas estritamente profissionais, esquecer aqueles minutos amaldiçoados no quarto do hotel, então eu também acredito.

Menos de uma hora depois de dizer para Stella que topava, fui adicionada a uma troca de e-mails com todos, e Finn me mandou um e-mail separado.

Feliz de ter você nesse projeto, Chandler. Acho que vamos escrever um ótimo livro juntos.

Cordialmente,
Finn

Educado. Sucinto. Com uma distância comedida, quase passivo-agressiva, no *Cordialmente, Finn.*

Não contei para Noemie que Finn era o cara do meu encontro desastroso, o que me parece estranho enquanto o assistimos beijar Hallie Hendricks o tempo todo. Talvez eu esteja levando a sério o que ele disse no sábado: *Posso esquecer se você também puder.* E talvez eu não queira estragar a imagem que ela tem dele, ainda mais agora que sei o tamanho de sua admiração.

Porque é bem provável que exista um limite ético aqui, e, se já o cruzamos antes mesmo de começar a trabalhar juntos, bom...

Noemie senta de pernas cruzadas e tira um fiapo da calça de moletom.

— Você percebeu que é a primeira vez que vamos ficar tanto tempo separadas?

É verdade. Consigo contar nos dedos de uma mão a quantidade de vezes que ficamos longe uma da outra por muito tempo, como a viagem de férias com nossos pais que coincidiu com a viagem de acampamento dela quando estávamos no ensino fundamental: eu me recusei a me divertir porque, se todos estavam em duplas, não parecia justo que meu par não estivesse ali. Depois teve um verão, na faculdade, em que as mães dela, tia Sarah e tia Vivi, a levaram para a Europa por duas semanas, e, apesar de eu querer muito ir, meu estágio na revista *Seattle Met* parecia mais importante. Então me contentei em transcrever entrevistas e babar nas fotos dela, sem saber se o que eu sentia era inveja, solidão ou as duas coisas.

E, mais uma vez, me sinto um pouco mal por esconder a verdade.

— Já estou com saudades — digo, e estou falando sério. Vir morar com ela salvou minha saúde mental, e, mais que isso, é um conforto que eu precisava mais do que gostaria de admitir. É como voltar para casa. — E você vai cuidar dos meus pais?

Noemie sabe o quanto me preocupo.

— Vou convidar os dois pra um jantar saudável e com baixo teor de colesterol aqui em casa, todo domingo à noite. Discreto, mas elegante.

— Perfeito, obrigada. E... — Eu paro, arrancando o esmalte lavanda que apliquei alguns dias atrás. Se eu não pinto as unhas, a ansiedade me faz roê-las até o toco. — Se o trabalho ficar pesado demais e você precisar conversar, saiba que estou a alguns cliques de distância. Mesmo quando estiver em Minnesota ou no Tennessee.

Ela assente, mas noto que desvia o olhar. Um clássico de Noemie quando quer fugir da conversa. Em um movimento rápido, ela desliga a televisão e pula do sofá.

— Acho que vou colocar as miniquiches no forno.

— E acho que seria melhor eu terminar de arrumar a mala. A não ser que você precise de ajuda.

Hoje ela está me oferecendo uma festinha informal de "boa sorte, Chandler" antes de eu sair amanhã logo cedo. Uma semana atrás, minha vida era totalmente normal, e agora estou prestes a passar a maior parte do tempo com uma celebridade. Tem horas que fico animada e tem horas que fico apavorada. O mais comum é sentir vontade de vomitar.

Noemie me dispensa com um aceno.

— Nem pensar. Essa festa é pra *você*. — Ela pisca para mim. — Você só quer uma desculpa para não fazer as malas, né?

— Não sei o que levar de roupa para uma viagem como essa! — Finjo me lamentar. — O que eu levo para dez cidades e ao menos quatro climas diferentes?

— Camadas?

Reviro os olhos e subo as escadas. Tive que pegar uma mala emprestada da minha mãe, porque aos trinta e um anos ainda não tenho uma para chamar de minha. É uma mala preta comum e bem velha, que está aberta e abarrotada no meio do quarto. Minha mãe leu, certa vez, um artigo que dizia que bagagens pretas são as mais prováveis de serem roubadas. Então a mala está coberta com uma série de adesivos hippies descascados e desbotados: vibrações positivas e liberdade na cabeça, sinais de paz e amor e flores retrô. Eu não estava mentindo quando disse a Joe que não costumo viajar. Meus pais e tias sempre gostaram mais de viagens pela costa do Oregon do que de avião, e Noemie e eu ficávamos satisfeitas em estarmos juntas. Já quase fui seduzida várias vezes por aquelas malas elegantes do Instagram, que vêm em cores como brisa do mar e rosa-dourado, mas não teria o que fazer com elas e sempre me pareceram um luxo. Algo que eu poderia comprar um dia, quando tanto meu status de vida quanto meu salário possibilitassem. Meu trabalho sempre esteve em Seattle, assim como todas as pessoas que amo.

Não tinha por que ir para qualquer outro lugar.

Coloco meus fones de ouvido e ouço Bikini Kill enquanto termino de arrumar a mala — porque até meu gosto musical está preso nesta parte do país.

― ―

UMA HORA SE PASSA EM UM BORRÃO DE SUÉTERES E CAMISETAS E MUITOS pares de meias, além de um hidratante incrível do clube de assinatura de maquiagem de Noemie. Separei o último livro da minha série favorita, sobre um funcionário de uma loja de bagels que virou detetive amador, e só quando estou procurando minha jaqueta jeans me dou conta de que devo tê-la esquecido no quarto de hotel de Finn. Estava perfeitamente gasta e macia, e passo alguns minutos me lamentando.

— Quantos vibradores devo levar? — grito para Noemie, tirando um dos fones de ouvido. Ela não responde, então devolvo um deles para a gaveta. — Você acha que "quase todos" é demais?

— Hum... Chandler? O Wyatt está aqui! — diz Noemie, subindo as escadas depressa, e eu derrubo o LELO em cima da pilha de roupas.

— Por favor, diz que ele não me ouviu gritar que tenho um pequeno arsenal de dispositivos de autoprazer.

— Ah, ele ouviu, com toda a certeza. — Uma Noemie frenética aparece na minha porta, metade dos cabelos alisada e a outra metade uma confusão de cachos.

Sim, eu o convidei. Sim, sei que talvez não tenha sido a melhor das ideias. Mas, se for a última vez que o verei por alguns meses, quero um ponto-final — seja isso como for.

Estou saindo do quarto e olho para o meu reflexo no espelho. Troco de roupa rápido, colocando o vestido-camiseta preto que eu estava planejando usar para a festa. Faço uma careta quando vejo o estado dos meus cabelos e tento ajeitar os fios curtos com os dedos, para colocar as mechas loiras no lugar.

Wyatt está na cozinha, sacudindo um pote e gritando:

— Eu trouxe homus!

Como se já não tivéssemos três potes abertos na geladeira.

— Ei — diz quando me vê, erguendo o queixo para me cumprimentar, mas sem olhar nos meus olhos. — Obrigado pelo convite.

Não gosto do jeito que meu estômago se revira quando o vejo, com seu cabelo preto desgrenhado que cai até os ombros, a boca carnuda que agora tem tanta intimidade com meu corpo. Passei tantos anos sonhando com ele — esse cara que era tão apaixonado por jornalismo quanto eu. Ou, pelo menos, como eu pensava que era. Ele foi demitido do The Catch na mesma época que eu, depois conseguiu um cobiçado emprego de repórter no *Tacoma News Tribune*. Achei que ficaríamos mais próximos por ter sido demitidos juntos. E acho que isso até rolou, mas o que aconteceu em agosto acabou por nos afastar.

Não posso negar que esse é um dos atrativos de fugir da cidade. Em vez de enfrentar essa confusão toda, vou colocar alguns milhares de quilômetros entre nós.

Quando voltar, não estarei mais na dele.

— Sim, não, claro. — Forço uma risada enquanto Wyatt coça o cotovelo. *Sim, não*: o mantra do ansioso crônico. Ver também: *não, sim*. — É bom ver você.

Noemie nos enxota para fora da cozinha, então vamos para a sala de estar, onde Wyatt finge estar profundamente encantado com a parede de fotos acima do sofá e eu passo muito tempo selecionando cenouras e talos de aipo da travessa na mesa de centro.

A distância que se criou entre nós é tanta que parece que transamos meses atrás. Eu estava convencida de que formávamos um bom par. No segundo ano, quando houve um surto de piolho no meu andar, ele tinha prometido que estudaria comigo para a aula de ética jornalística — eu vivia confundindo os processos judiciais. Ele foi mesmo assim, dizendo que não se importava e que tinha ido até meu quarto me ajudar. Claro que acabou pegando piolho também. Não há nada que una mais duas pessoas do que ter lêndeas arrancadas do cabelo em um centro de tratamento chamado De Piolho em Você, e talvez ouvi-lo contar piadas enquanto fazíamos de tudo para não arrancar nosso couro cabeludo não fosse motivo para gostar mais dele, mas de alguma forma foi o que aconteceu. Ele era altruísta e inteligente, e eu sonhava que nos tornaríamos o próximo casal poderoso do jornalismo. Um Ephron e Bernstein da era moderna. Mas sem caso extraconjugal.

Ele conhece meu passado, todo o meu passado, e nunca me julgou por isso. Quando fiz um aborto no segundo ano, ele deixou uma almofada térmica e um vale-presente de um restaurante delivery no meu apartamento. Nunca tive que explicar essa história para ele da forma como quero contar a cada novo namorado, o que significa que não preciso me preocupar em achar o momento certo. O fato de ter sido uma escolha que me deixou satisfeita não diminui a ansiedade quando tenho que contá-la para alguém.

Parte de mim sempre teve medo de não encontrar uma pessoa que me conhecesse tão bem quanto Wyatt. Alguém que aceite cada pedaço de mim.

Wyatt se vira para mim, brincando com um biscoito de lentilha assado.

— Tá tudo bem entre a gente, certo? — pergunta. — Quer dizer... você me pediu para vir, então acho que você não me odeia tanto assim? — Ele termina de falar com olhos arregalados e suplicantes, e uma parte traidora de mim ainda acha ele fofo.

Mergulho um pedaço de pepino no homus com sriracha.

— Como eu poderia odiar a única pessoa que não reclama quando quero maratonar *Assassinato por escrito*? — Ele dá risada, mas não consigo me obrigar a rir junto. — Tá tudo bem — minto. — Acho que só estou... — *Confusa. Envergonhada. Desesperada por respostas.* — Processando — termino de dizer, me perguntando se já tive coragem quando se trata de Wyatt ou se isso é novo para mim.

Ele deixa escapar um visível suspiro de alívio.

— Que bom. Porque eu me sentiria um merda se soubesse que você está com raiva de mim. Somos amigos há tempo demais para que algo assim se meta no meio.

Ótimo. Fico feliz por esclarecermos tudo.

Ainda assim, não consigo parar de me perguntar por que, se somos tão bons amigos, não mereço uma explicação melhor do que a que ele me deu. Adoraria uma confirmação de que o cara que passei toda minha vida adulta desejando não se mostrou, no fim das contas, um mulherengo.

— Então, qual é a desse tal de Finn Walsh? — pergunta enquanto mastigo uma cenourinha, fazendo muito barulho.

Noemie chega na sala de estar, equilibrando algumas bandejas.

— Brie assado, tomate recheado com queijo feta e miniquiches. — Ela coloca tudo na mesinha de centro, ao lado de um trio de velas. — Acho que o tema é queijo.

— Não consigo imaginar despedida melhor — digo, pegando um pedaço de brie antes de me recostar em minha poltrona verde-azulada favorita. Aquela que ficará vazia nos próximos meses.

— Você estava perguntando do Finn Walsh? — diz Noemie, virando-se para Wyatt. — Porque eu posso fazer um TED Talk inteirinho a respeito dele, se quiser.

E é o que ela faz, e fico grata por sua interferência. E ainda mais grata quando a campainha toca de novo.

— Desculpe pelo atraso — diz minha mãe, tirando uma mecha grisalha do ombro. Seu cabelo é um espetáculo à parte, e ela recebe elogios constantes por ele. — Seu pai precisava terminar as palavras cruzadas de hoje.

— E eu sabia que a Chandler entenderia. — Meu pai me puxa para um abraço de lado, coisa nova desde que começou a andar de bengala. Tento não pensar em como seu corpo parece um pouco menor cada vez que o abraço.

Só quando vejo meus pais pelos olhos de outras pessoas percebo quantos anos eles têm. A maioria dos meus amigos ainda não viu meu pai com a bengala, e noto os olhos de Wyatt se arregalarem por uma fração de segundo enquanto me esforço para pegar os casacos deles para que fiquem mais à vontade. Por mais que digam sem parar que podem cuidar disso.

Meus pais ainda moram na casa em que cresci, um bangalô aconchegante no norte de Seattle. Eles eram namorados no ensino médio, espíritos livres que passaram parte dos vinte e trinta e poucos anos viajando pelo mundo, um dos motivos de não viajarmos tanto em família — eles já tinham feito isso quando eram mais novos. Tinham quarenta e poucos anos quando nasci e em breve vão chegar aos oitenta. Eu me acostumei com as pessoas perguntando *É a sua avó?* quando minha mãe me buscava na escola, ou boquiabertas com a autorização de estacionamento para pessoas com deficiência em nosso carro quando meu pai fez uma cirurgia no joelho que o obrigou a ficar meses sem andar. Mesmo quando criança, eu passava muito tempo na casa de Noemie, porque as mães dela tinham mais energia que meus pais para fazer algumas coisas.

Não posso negar que fico preocupada com eles ao fazer essa viagem.

— Lev, Linda, quanto tempo — diz Wyatt para eles, sorrindo. — Agora sim a festa começou!

— Você sempre sabe como massagear o ego de um velho. — Meu pai dá um tapinha no ombro de Wyatt, provocando uma pontada desconfortável em meu coração.

Outra coisa que sempre gostei nele: é ótimo com meus pais, e eles também o amam. Ele era bem-vindo em todos os jantares de aniversário dos meus vinte anos — sempre aparecia com uma grande vela em forma de número com minha idade "real" — e em todos os feriados judaicos. Minha família nunca foi de ir ao templo com regularidade, mas, durante a Festa da Libertação, fazíamos um enorme banquete Sêder. Minha mãe até compartilhou com ele a premiada receita de sopa de bolinhos de matzá da avó dela no ano passado.

Pare, argumento comigo mesma, porque nada disso vai me ajudar a superar.

Minha mãe enfia a mão dentro de uma bolsa de lona do Trader Joe's.

— Trouxemos esses chips de milho que você gosta — diz. — Só para o caso de você ficar com fome.

— Eu não vou ficar fora por tanto tempo. — Aceito os pacotes de chips de qualquer maneira, porque sou viciada neles. — E tenho certeza que tem Trader Joe's em quase todos os estados. Parece que a Noemie passou a impressão de que ia se livrar de mim pra sempre.

Meu pai pergunta se posso me juntar a ele no quintal, e estendo a mão para segurar seu braço e me certificar de que não tropece no degrau solto da varanda. Ele levanta a mão, me avisando pela milésima vez que está bem.

Quando ele puxa um baseado, escondo um sorriso. Meus pais costumavam fumar maconha antes mesmo de ser legalizada em Washington. Agora a usam principalmente para fins medicinais, mas ainda acho divertido ver meu pai, com setenta e tantos anos, óculos fundo de garrafa e cabelos brancos, ficar chapado.

Balanço a cabeça quando ele oferece para mim.

— Meu voo é logo cedo. Não vou conseguir acordar se fumar.

Ele assente, dá um trago e sinto aquele cheiro familiar de terra.

— Agora — diz meu pai enquanto nos sentamos em um par de cadeiras de vime no pátio — sei que você já tem idade para se virar nessa viagem...

— Vamos falar de onde vêm os bebês? Acho que é um pouco tarde para isso.

Meu pai levanta as sobrancelhas para mim.

— Você não é a única nesta família que se preocupa, sabia? — Outra tragada. — Tenho que admitir, assistimos o seriado dele alguns anos atrás. Achei interessante e, no fim do terceiro episódio, estávamos viciados.

Eu o encaro.

— Quantas temporadas vocês assistiram?

— Todas — diz ele com uma risada. — Como eu disse... era viciante. Claro, a gente sabe que ele deve ser bem diferente na vida real do que é na televisão. Mas, com esses tipos de Hollywood, nunca se sabe. Esse Hux... é um rapaz decente?

— Finn — corrijo gentilmente, ainda processando que meus pais soubessem quem ele era antes de mim. — Bom, tirando as orgias semanais, acho que ele não se envolve em muitos escândalos. — Balanço a cabeça. — Pai, eu vou ficar bem. Faz parte do trabalho.

— Um trabalho que você quer fazer?

Não é uma pergunta para causar, ele só quer saber.

— Adoro escrever — digo apenas, porque, não importa o que mais esteja acontecendo no meu mundo, isso ainda é verdade. — E nunca fiz nada desse tipo. É uma boa oportunidade.

Minha mãe abre a porta de correr.

— Noemie foi pegar o Cartas contra a Humanidade — anuncia. — Achei que vocês não fossem querer perder.

— Nunca! — responde meu pai. — Espero que vocês não se importem de perder.

E *isso* — percebo quando voltamos para dentro e começamos a jogar, e minha mãe ri, a mão cobrindo a boca, e meu pai se esforça para ser o mais caricato possível — não vai ser fácil deixar para trás. Wyatt vai embora mais cedo e as mães de Noemie aparecem com mais um pacote de chips de milho, e percebo que todas as pessoas que mais amo estão nesta casa agora. Isso é o que me manteve aqui todos esses anos, essa pequena comunidade. Não sei como vou viver sem eles até dezembro.

Noemie passa o braço pelas minhas costas e apoia a cabeça no meu ombro. Minha prima, que parece ter se consolidado na vida adulta enquanto eu não consigo manter o equilíbrio. Tento imaginá-la depois de seus intermináveis dias de trabalho voltando para uma casa silenciosa, e uma pontada de solidão me domina.

Talvez essa viagem seja boa para nós duas.

Se eu ficar pensando assim, pode ser que comece a acreditar nisso.

NÚMERO DESCONHECIDO
11h07

Oi, Chandler. Você chegou bem?

NÚMERO DESCONHECIDO
11h09

Aqui é o Finn Walsh, caso você ainda não tenha meu número no seu celular. Não que você precise salvar aí, ou que você seja obrigada a fazer isso. Só queria avisar. Que esse é meu número. Pra você não ficar se perguntando quem é.

NÚMERO DESCONHECIDO
11h12

Mensagem apagada

NÚMERO DESCONHECIDO
11h14

Bem-vinda a Portland?

capítulo
SETE

PORTLAND, OR

Encaro as mensagens de Finn enquanto o avião taxia e acrescento o número dele aos meus contatos do celular. O voo de Seattle até Portland foi tão curto que mal tive tempo de terminar de assistir ao primeiro episódio de *Os notívagos*, que introduz a pequena cidade universitária na Nova Inglaterra onde coisas assustadoras começaram a acontecer no primeiro dia de aula — porque, mal sabem os estudantes, ao menos um calouro é lobisomem, e uma batalha de séculos entre o bem e o mal está se desenrolando no quintal deles. O personagem de Finn tem algumas poucas falas; nós o vemos na biblioteca, porque não há melhor forma de demonstrar que ele é um nerd do que mostrá-lo adormecendo enquanto lê. Quando acorda, com a biblioteca já fechada, sente um calafrio repentino. Uma sensação de desconforto. Mas nada ao seu redor parece estar errado... até que ele sai noite adentro e o público vê pegadas que o seguem pelo corredor empoeirado da biblioteca. Os créditos sobem.

O Finn no meu celular parece se esforçar para ser profissional. O que, em teoria, não deveria me incomodar — é claro que é um esforço conjunto. Ontem à noite, enquanto não conseguia dormir porque estava ansiosa com o voo e o trabalho novo, concluí que esta viagem não precisa ser desconfortável. Esta é uma oportunidade rara e, para ser sincera, bem incrível que me foi dada. E farei tudo o que puder para aproveitá-la de todas as maneiras que não foi possível com o livro de Maddy.

Esse humor dura até eu me registrar no hotel e entrar no quarto. Não é que eu estivesse esperando algo superchique nem nada do tipo, mas quase não há espaço para caminhar ao redor da cama, não tem cortina na área do chuveiro e a única tomada livre do quarto fica dentro do armário. Dá para entender uma coisa dessas?

Pense positivo, insisto comigo mesma, enquanto tiro o abajur da tomada para poder carregar o celular.

Vou ficar só algumas noites aqui, então guardo minha bagagem de mão, mas nem toco na mala maior. Visto uma camiseta vintage da Arlequina que encontrei em um brechó anos atrás e só usei para dormir porque é um pouco grande, mas parece perfeita para hoje. Enfio por dentro da calça jeans de cintura alta e acrescento um blazer de algodão, que troco por uma camisa xadrez oversized e volto a trocar pelo blazer, até que me jogo na cama e me forço a respirar fundo.

Minha estratégia é ser como a sombra de Finn: a ideia é segui-lo de um painel para a sessão de autógrafos, depois outro painel e assim por diante. Observar seu jeito de interagir com os fãs. Conhecê-lo — não só a personalidade, mas a *voz*, os maneirismos, coisas que vão me ajudar a entrar na mente dele quando começar a escrever. Ele teve um meet and greet com fãs hoje mais cedo, então só vou encontrá-lo no painel da tarde. Teoricamente, hoje vai ser um dia de pouco estresse.

Embora eu já tenha algumas páginas lotadas de informações e links que fui juntando ao longo da semana, só vou começar a esboçar o livro quando tivermos a chance de discutir o que ele tem em mente. Alguns dos meus autores tinham ideias claras de formato e estrutura narrativa, ou já tinham trabalhado em um esboço com um editor, coisa que Finn não fez. Este livro é importante para ele, foi o que me garantiu. Preciso acreditar que ele tenha algum senso de direção.

Ainda que minha diária seja suficiente para pegar um Uber e eu tenha sido incentivada a fazer isso, não consigo resistir a caminhar por doze minutos até o centro de convenções. A Rose City Comic Con é menor que a convenção de Seattle, mas saber disso não me prepara para o caos absoluto que encontro quando chego — ou para o stormtrooper que quase me atropela. Depois de pedidos de desculpa profusos de ambas as partes, paro por alguns instantes, olhando ao redor e absorvendo tudo. É um redemoinho de cores e ruídos, sobrecarga sensorial extrema. As capas balançam enquanto os participantes se amontoam sobre mapas e estandes lotados, esperando para comprar mercadorias e quadrinhos. E por toda parte, *toda parte,* as pessoas estão posando para fotos. Os autógrafos de celebridades são em outro pavimento, mas aqui no átrio uma Viúva Negra drag queen reuniu uma multidão, assim como um trio de Chewbaccas em cores pastel e pelo menos dois cachorros vestidos com fantasias de *Star Trek*, um deles de traje completo, com orelhas de Spock. Há personagens de anime e personagens de videogame e até mesmo um homem com o corpo todo pintado de prata usando uma sunga minúscula.

Sinto na mesma hora que o tipo de energia aqui é único. Todos têm uma paixão tão clara por seu fandom, seja Marvel, *Doctor Who* ou *Os notívagos*. E isso me faz desejar, com mais intensidade do que gostaria de admitir, amar alguma coisa tanto assim. Costumava ser a escrita e, para ser mais específica, o jornalismo, e agora aquele espaço em meu coração que criei anos atrás está tão em branco quanto um novo documento do Word.

Dirijo-me à área de imprensa para pegar as credenciais. Fico me sentindo uma profissional experiente assim que coloco o cordão em volta do pescoço — mas aí percebo que não faço ideia para onde tenho que ir.

— Com licença, você sabe onde fica o Hall E? — pergunto para um Dalek. A pessoa aponta na direção oposta, para uma escada rolante.

— Logo ali. Se você veio para o painel das duas horas, é melhor ir logo pra lá. Qualquer coisa que tenha o elenco de *Os notívagos* lota muito rápido.

Então, enquanto manobra a fantasia de blocos metálicos no meio da multidão, grita:

— *Exterminar!*

E o Dalek não estava errado. Chego ao auditório faltando cinco minutos para começar e mal consigo lugar na última fila. Um silêncio recai sobre a multidão quando a moderadora, uma garota de cabelo curto lilás vestida com uma camiseta da Cidade das Rosas, se aproxima do microfone.

— Boa tarde, Portland! — grita.

As pessoas vibram. Ela diz para o público deixar as perguntas para o fim do painel e orienta que tudo bem tirar fotos, desde que não se use o flash, e que qualquer pessoa que não seguir as regras será convidada a se retirar da sala.

— E agora deem as calorosas boas-vindas no estilo da Cidade das Rosas aos nossos palestrantes! Vocês o conhecem, vocês o amam, vocês rabiscaram o nome dele em suas agendas na adolescência... Finn Walsh!

Não estava nem um pouco preparada para a reação do público. Finn surge no palco de calça jeans escura, um cardigã verde-floresta e uma camiseta gráfica com símbolos que não reconheço, um brilho nos olhos enquanto acena com cordialidade para a plateia. Eles reagem com *rosnados,* e algumas pessoas chegam a pular. A garota ao meu lado está... chorando? Ele se comporta de um jeito diferente da noite em que o conheci em Seattle, e até mesmo do almoço do dia seguinte. Há quase uma arrogância, uma confiança que apenas centenas de fãs gritando podem comprar. Parece até ser mais alto, ou sou eu que estou longe? O rosto está bem barbeado, as luzes do teto dão um brilho especial ao cabelo ruivo. Ele se senta em uma cadeira de pelúcia cor-de-rosa, esticando as longas pernas.

Posso ter assistido àqueles clipes de Mexley e a um episódio inteiro de *Os notívagos,* mas este é o Finn atuando bem na minha frente, ou pelo menos a uma dúzia de metros de distância. E ele é *bom.*

O moderador apresenta os outros dois palestrantes: Lizzy Woo, que estrelou como agente do governo em uma adaptação de super-herói para a televisão, mas que conheço mais como a barista apaixonada em uma comédia romântica pela qual Noemie e eu ficamos obcecadas alguns anos atrás, e Jermaine Simmons, de uma série de sereias na HBO que vimos por uma temporada antes de ficar frustradas ao perceber que não era nem um pouco sensual.

— É a HBO — dissera Noemie. — Por que não tem gente pelada?

Até o momento, nunca tinha me considerado uma pessoa que ficava babando em artistas. Maddy, sobretudo porque nossas interações eram mínimas, me deixou um pouco intimidada, mas a participante do *Bachelor,* Amber Yanofky, cujo nome artístico era Amber Y, por ser mais uma na temporada que bateu o recorde de Ambers, fez com que eu me sentisse bem confortável. Mas aqui, observando Lizzy e Jermaine, fico impressionada com o fato de eles serem tão lindos. Quase sobrenaturais, o que é apropriado, já que o painel é sobre o poder duradouro do sobrenatural na cultura pop.

Finn, Lizzy e Jermaine são encantadores e arrancam muitas risadas da plateia. Abro um caderno de capa florida que é parte de um conjunto que Noemie me deu de aniversário no ano passado e que eu ainda não tinha usado porque é lindo demais. Como esta viagem é para correr riscos, pareceu certo trazê-lo. Enquanto batuco a caneta da mesma estampa nas páginas, me pergunto por que esse cara quer escrever um livro de memórias que, tecnicamente, nem está escrevendo. E por que motivo foi tão enigmático durante o almoço.

Claro, todo mundo quer acreditar que é especial e viveu experiências suficientes para encher as páginas de um livro. As pessoas presumem que sua história tão profunda vai vender que nem água. Pela minha experiência, sei que isso não é verdade. A editora tinha muitas esperanças para o livro *Não pergunte para Amber Y: coisas que estou cansada de repetir*. Eles imprimiram milhares de exemplares, e muitos acabaram na reciclagem.

— Qual é a sua história? — murmuro para mim mesma enquanto encaro a página em branco.

Depois que o painel e a sessão de perguntas terminam, me esforço para chegar ao palco, de onde Finn desapareceu por uma cortina vermelha.

— Oi, com licença... sou da imprensa. — Mostro o crachá.

Um homem com uma camiseta de segurança se inclina para examinar minha credencial.

— Vá em frente — diz ele.

Nos bastidores, Finn está encostado em uma mesa de bebidas e petiscos com Jermaine e Lizzy, tomando um longo gole de uma garrafa de água. Os três estão no meio de uma conversa, e me aproximo, acenando desajeitada. Por um momento horrível, enquanto Finn se vira para olhar para mim, sinto medo de que não me reconheça.

Mas então sua boca se curva em um sorriso e ele acena para mim, fazendo um pouco da tensão de um dia inteiro sumir de meus ombros.

— Chandler — diz. Afetuoso. Amigável. — Achei que você não tivesse conseguido chegar. Não te vi lá no painel.

— Acho que não seria fácil me enxergar na última fileira.

Finn franze a testa.

— Você tinha um lugar reservado na frente. Não precisava se esconder atrás.

— Ah, desculpa — digo, meu rosto esquentando. Já estou cometendo erros no primeiro dia. — Eu não sabia.

Ele já mudou de assunto.

— Jermaine, Lizzy, esta é Chandler Cohen.

— Prazer — diz Jermaine, em seu elegante sotaque britânico.

Lizzy acena para mim e, com a outra mão de unhas cravejadas de pedrinhas, pega um muffin de mirtilo.

— Oi, ai meu Deus, você deve ouvir isso o tempo todo, mas eu amei *O dia da árvore*. — Esperava de verdade agir como uma pessoa normal perto de celebridades, mas olha só para mim, as palavras grudando na garganta.

Ao meu lado, Finn parece abafar uma risada.

Lizzy fica radiante.

— Não ouço não, de verdade! Muito obrigada. — Ela revira os olhos. — A maioria das pessoas aqui só quer saber como eu mantinha a fantasia de *Desertores* no lugar durante as filmagens.

Jermaine usa um garfinho para enfiar uma pimenta-vermelha no molho rancheiro.

— Os fãs podem ser bem cruéis — concorda, com a boca cheia. — Nem queira saber quantas vezes me perguntam sobre a anatomia das sereias.

Melhor não mencionar que Noemie e eu tivemos algumas discussões filosóficas a respeito desse assunto.

— Tenho uma sessão de autógrafos às cinco — comenta Lizzy, jogando os cabelos com habilidade. — O painel foi ótimo... Vejo vocês em Memphis?

— Agora só vou na convenção de Pittsburgh — responde Jermaine.

— E eu estarei nas duas — diz Finn, seguido de um dar de ombros dramático que parece dizer a-vida-é-assim.

Jermaine dá risada.

— Você não abre mão de fazer o circuito completo, né?

Finn me olha de um jeito que não consigo decifrar.

— Não — responde. — É meu trabalho.

■— ■—

— Acho que já deveria ter mencionado — digo para Finn durante o jantar, depois que um garçom nos serve dois wraps de falafel polvilhados com feta e pingando tzatziki. Estamos em um restaurante mediterrâneo no bairro de Hawthorne, em Portland, um lugar repleto de butiques charmosas e restaurantes badalados, além se ser longe o suficiente da loucura da convenção para que Finn tenha um pouco de paz. — Mas essa foi a minha primeira convenção.

Finn só pisca os olhos.

— Você tá falando sério? Não foi nem na Comic Con de Seattle?

Quando balanço a cabeça, ele pergunta:

— Do que você mais gostou?

— Eu... só fui no seu painel. Acabei me perdendo e quase não cheguei a tempo.

Preciso fazer um malabarismo mental para processar o fato de que estamos calmamente sentados um na frente do outro, depois do contraste entre a primeira e a segunda vez que nos vimos. Ainda mais após vê-lo em ação poucas horas atrás, tão animado e cheio de energia — agora parece mais cansado, a ponto de fazer com que o Drew-do-sexo-casual pareça outra pessoa, completamente diferente. O que, de certa forma, é verdade. As mangas do cardigã estão puxadas até os cotovelos e a postura está mais relaxada, mas não sei dizer se esse é o Finn *relaxado* de verdade ou se é mais uma atuação.

A sessão de autógrafos e de fotos é só amanhã, então agora deve ser a melhor hora para aprender mais a respeito dele. A minha chance de preencher todas as lacunas deixadas pela Wikipédia e o IMDb e descobrir o verdadeiro Finnegan Walsh, seja ele quem for.

Ele parece quase desapontado comigo.

— Tem muito mais coisas pra ver — comenta, escavando um pedaço de falafel com o garfo. — Chegue mais cedo amanhã, se puder. Dê uma olhada no Beco dos Artistas. Sei que você não é fã de *Os notívagos* — argumenta, a boca se torcendo zombeteira —, mas tem que ter alguma coisa que goste.

Dou uma mordida no meu wrap.

— Gosto de bandas punks de mulheres dos anos 90. Do movimento Riot Grrrl.

— Acredite você ou não, tem muitos produtos relacionados a música também. — Ele me dá um sorriso tranquilizador. Até sob a meia-luz do restaurante, deve ser a pessoa mais bonita que já vi tão de perto, e me pergunto se um dia vou me acostumar com isso. — Vamos encontrar alguma coisa pra você. Uma lembrancinha.

— Ah... tudo bem. Claro. Obrigada. — De alguma forma, tenho dificuldade em imaginar isto: Finn e eu andando pelos corredores e escolhendo uma lembrancinha. Iam cercá-lo na mesma hora. Com certeza ele usou o plural no sentido figurativo.

Um silêncio cresce entre nós. A conversa fácil de quando éramos dois estranhos não existe mais, como se agora nós dois tivéssemos máscaras. Duas universitárias aparecem para me salvar do constrangimento, usando camisetas Mexley que provavelmente elas mesmas fizeram. Elas param em frente à nossa mesa.

— Hux? Oliver Huxley? — uma delas diz, e a outra a cutuca com o cotovelo. — Ai, meu Deus, desculpa. Finn! Oi! A gente estava no seu painel hoje cedo. Foi *incrível*.

— Você pode tirar uma foto com a gente? — pergunta a outra garota. — Quer dizer... sabemos que na convenção é preciso pagar, mas meio que não cabe no nosso bolso. — Ela cora. — Mas nunca, nem em um milhão de anos, a gente achou que fosse encontrar com você assim do nada!

— Desculpa, desculpa, a gente não devia pedir...

Mas Finn já está em pé.

— Claro, fico feliz em tirar. Adorei as camisetas, aliás.

Eu praticamente salto da cadeira, desesperada para ser útil.

— Eu posso tirar!

E, enquanto tiro a foto de Hux, ou Finn, ou a verdadeira realeza da Rose City Comic Con com essas meninas encantadoras, me pergunto se estou um pouco perdida.

Isso não tem nada a ver comigo, e eu até cheguei a admitir para o Finn. Talvez fosse melhor ele contratar alguém que entendesse ao menos metade do que ele explicou sobre *Os notívagos* no painel.

Alguém que não tenha transado com ele uma semana e meia atrás.

Se acalme, digo para mim mesma, a fim de que a ansiedade não me domine. *Ele que te escolheu. Meio que foi isso.*

Assim que as garotas saem, decido assumir o controle.

— Então. O livro — digo, enquanto mergulho uma batata no ketchup harissa. — Pode ser útil entender como você imaginou a estrutura. Tem alguma outra autobiografia de celebridade que você tenha gostado, alguma coisa que tenha uma vibe parecida?

Ele reflete por alguns instantes.

— Eu gostei do livro da Ali Wong.

— Ah, sim, porque você também quer que seu livro seja no formato de cartas pra sua filha que contam da sua vida como uma comediante asiático--americana?

— Acho melhor não. E a autobiografia da Judy Greer? — pergunta, e confirmo que já li e amei. — Eu ouvi no avião. Para a pesquisa — acrescenta, com uma piscadinha. — Amei a ideia de fazer uma série de histórias que se conectam entre si, não necessariamente em ordem cronológica. Sabe, mais do que a sequência "nasci, fui para a escola, estudei atuação".

Concordo com ele e anoto essa ideia, tentando não pensar no estranho arrepio que aquela piscadinha me causou.

— Dá pra fazer isso, com certeza. Quem sabe até pegar algumas falas dos seus personagens para ser uma espécie de epígrafe de cada capítulo?

— Sim! — Ele se reclina na cadeira, contente. — Sabia que você era exatamente o que eu precisava.

Tento não corar com o duplo significado dessas palavras porque é *nisso*, bem nisso, que sou boa. Este é o motivo pelo qual estou aqui.

Quando estamos quase terminando de comer, ambos nos sentimos confiantes com a estrutura, e Finn destacou alguns assuntos que podem se tornar temas de capítulos, tanto pessoais quanto profissionais. A audição para *Os notívagos*. A primeira festa a que foi em Hollywood, quando cometeu o erro de perguntar *Quem é você?* para um ator muito famoso. Uma tentativa malsucedida de preparar uma receita de peru de tofu que quase o fez queimar a casa toda, para incluir uma discussão mais profunda sobre o fato de ser vegetariano. Nada de segredos obscuros, pelo menos por enquanto, mas não esperava que eles surgissem agora — é a primeira vez que conversamos de verdade a respeito do livro.

Apesar de saber que eu deveria estar focada, não consigo superar o fato de que, uma semana atrás, ele estava me beijando na frente de uma livraria.

— Não vai ser muita coisa? — pergunta, quando menciono que seria melhor assistir a mais programas estrelados por ele, o que inclui todas as temporadas de *Os notívagos*. — Não quero que você dê duro demais.

Entro em uma combustão silenciosa. É um absurdo que ele não perceba essas insinuações.

E é aí que percebo que não posso continuar reagindo assim.

Porque, por mais que Finn esteja agindo da forma mais profissional possível, o que rolou entre nós é como um pedaço de algodão na minha garganta, um punho fechado em volta dos meus pulmões. Cada vez que seus olhos encontram os meus, uma corrente elétrica sobe pela minha coluna e me lembro de como ele me pressionou contra a porta. Como seus dedos frenéticos procuraram, procuraram e procuraram.

Apesar de todas as gafes, ele me conhece intimamente, de um jeito que poucas pessoas conhecem. E agora está bem na minha frente, fingindo que não.

Se eu não conseguir superar essa ansiedade, não vou poder escrever o livro.

— Tudo certo? — pergunta ele. — Você parece um pouco desconfortável.

Pisco algumas vezes para voltar à realidade.

— Eu sinto que... talvez a gente deva falar daquilo que dissemos que não iríamos falar. — Odeio que minha voz tenha ficado mais aguda no final, mas continuo. — Sei que a gente disse que ia esquecer, mas só quero ter certeza que isso não vai ser um problema. Que estamos na mesma página. — Deixo escapar uma risada nervosa. — Literalmente, talvez.

Não estava preparada para a intensidade de seu olhar, olhos castanhos focados em mim enquanto me analisa. As maçãs do rosto mais afiadas que qualquer uma das espadas que vi na convenção hoje. Acho que Finn usa lentes de contato, mas não é de admirar que eles o tenham feito usar óculos em *Os notívagos*. Caso contrário, Caleb Rhodes, o lobisomem que era o personagem principal, interpretado pelo ex-galã adolescente Ethan Underwood, poderia ter alguma competição pelo status de protagonista. Se meu rosto está quente, é só porque a noite de sexta-feira está se repetindo na minha cabeça. O jeito que ele dominou meu corpo. O peso dele sobre mim. Todo aquele lubrificante e, *aaah*, é isso aí.

— Não vejo por que isso teria que afetar nossa relação de trabalho — responde, por fim. — O que é uma noite de sexo fodástico entre colegas de trabalho?

Uma azeitona kalamata se aloja na minha traqueia e tenho um ataque de tosse. Na pressa de pegar o copo de água, eu o derrubo e os cubos de gelo se espalham pela mesa. A água gelada inunda o prato de Finn, transformando seu falafel em uma coisa triste e encharcada.

Se é assim que Finn e eu vamos lidar com nosso passado, seremos banidos de todos os restaurantes desta turnê.

Uma garçonete surge de algum lugar no meio do meu quinquagésimo pedido de desculpa, prometendo a Finn que trará um prato novo o mais rápido possível, mesmo quando ele garante que está tudo bem e eu cogito se devo sumir daqui.

Quando por fim recupero a compostura, percebo que tenho a chance de encerrar a conversa de vez. De deixar pra lá.

Em vez disso, cometo uma imprudência, um erro fatal. Uma bala de prata direto na minha jugular.

— Fodástico — repito. — Você achou mesmo que foi fodástico?

As sobrancelhas de Finn se erguem, demonstrando confusão.

— Você não achou foda?

— A gente precisa parar de falar foda.

— Tô falando sério, Chandler — protesta, a seriedade estampada em seu rosto. Trinta segundos atrás, ele nem queria tocar no assunto, mas agora seu interesse parece ter aumentado. — Foi... Foi por isso que você saiu sem se despedir? Eu passei o dia todo me perguntando, até depois que me encontrei com você e o Joe para almoçar. — Sua voz é nivelada. Baixa, mas preocupada. Então, ele leva a mão à garganta e engole em seco. — Eu fiz alguma coisa que te ofendeu, ou, Deus me livre, *machucou*...

— Você não me machucou — respondo rápido, cortando-o. *Porra, porra, porra.* Sinto o calor nas bochechas e olho para meu prato. Eu só queria esclarecer as coisas entre nós dois. Não queria falar a *verdade*. — Eu... Me desculpa por ter ido embora sem falar nada. Nunca tinha feito aquilo, você sabe, e acho que não soube como lidar.

A conversa está cada vez mais próxima da verdade e, embora eu não tenha muita experiência com atores, tenho a sensação de que dizer a alguém que ele não é muito bom de cama pode desencadear uma reação para a qual não estou totalmente pronta.

No mínimo, seria suficiente para me fazer ser demitida deste trabalho. Entrar na lista de pessoas proibidas no mercado editorial.

A garçonete retorna com um novo wrap, com tzatziki extra. Finn mal olha para a comida e passa os olhos pelo restaurante para se certificar de que ninguém está prestando atenção em nós. Então, pergunta com a voz baixa e incerta:

— Então... não foi bom pra você?

Uma dúzia de mentiras estão na ponta da minha língua, mas não consigo escolher nenhuma.

Meu silêncio me entrega.

— Puta merda. — Ele se recosta na cadeira, passando a mão pelo rosto, ao longo da barba avermelhada que começou a reaparecer. — Foi tão ruim assim?

— Não, não, não — digo depressa. O restaurante não está cheio, mas de repente tenho certeza que todos sabem do que estamos falando. Uma placa de neon declarando que ESTA MERA MORTAL TRANSOU COM UM ATOR QUE TODOS AMAM E TEVE A OUSADIA DE INSINUAR QUE ELE É MENOS QUE DIVINO.

— Mas você pareceu tão... — Finn para de falar, as peças aparentemente se encaixando.

Meus suspiros forçados. Meu orgasmo fingido. A fuga.

Encaro minhas unhas, mexendo no esmalte laranja-escuro que passei na noite antes da viagem só para ter algo para manter a ansiedade sob controle. Então é assim que vou morrer: confessando para Finnegan Walsh, enquanto comemos falafel, que ele não abalou meu mundo.

— Acho que isso se chama atuação.

Ele tem a ousadia de parecer de fato pasmo.

— Acho que isso nunca aconteceu comigo.

— Claro. Porque a maioria das mulheres se derrete de êxtase assim que você encosta nelas?

A boca se curva para cima.

— Acho que às vezes leva uns três segundos. — Apesar da piada, percebo que ele está murchando diante de mim, as bochechas ficando vermelhas, a postura mais curvada. Este não é o Finnegan Walsh do painel. Não sei dizer que versão é esta. — Desculpe, Chandler. Eu poderia ter feito alguma coisa de diferente. Você poderia ter me falado.

Como se fosse tão simples.

— Eu tentei.

Finn fica ainda mais vermelho.

— Olha... não é nada de mais — digo, desesperada para salvar a situação. — As pessoas fazem sexo ruim o tempo todo. Foi uma coisa estranha que aconteceu uma vez, e fica entre a gente. — Agora que estamos falando do assunto, não sei se enxergo uma saída. Mas muitas coisas que deram errado aquela noite não estão relacionadas com as habilidades medíocres de Finn na cama. Então decido focar nisso. — Acho que fomos condenados no momento que bati a perna naquele bagageiro.

Por algum milagre, ele entra na brincadeira.

— Com certeza foi a partir do momento que não consegui tirar seu sutiã. — Uma risada autodepreciativa, que me faz perceber que não há problema em me juntar. Podemos rir juntos. — Tá certo. Uau. Acho que eu não estava num bom dia ou coisa do tipo. Porque agora, repassando tudo em minha mente... foi meio que um desastre, né?

— Com certeza foi. E eu tenho o hematoma para provar. — Enrolo minha calça jeans para mostrar a ele a mancha violeta na pele da minha panturrilha.

Ele dá um tapa na testa.

— Meu Deus, me desculpa. Não foi culpa sua, de verdade. Você foi... Você foi incrível. — Seus olhos encontram os meus enquanto diz isso, firmes e sem piscar, emoldurados por cílios longos demais. — De verdade.

Eu tenho que desviar o olhar, pressionar a mão no copo de água fria e depois nas minhas bochechas e torcer para que ele não me veja corar. Tenho um vislumbre dele antes de nos beijarmos, antes de voltarmos para a livraria. A conversa que fluía fácil, o flerte, a gente falando das nossas vulnerabilidades de um jeito que nunca fiz nem com pessoas mais próximas.

Nunca tive uma conexão tão instantânea com alguém.

— Então... tudo bem entre a gente? — pergunto.

Ele assente.

— Ainda bem que você quis falar do assunto — comenta. — Agora podemos seguir em frente e focar no livro.

— Ótimo. — Pontuo a palavra com a primeira respiração completa da noite toda.

— Ótimo — ele repete.

Mas nem tudo está ótimo. Ele passa o restante do jantar falando do livro, revivendo o painel de hoje com os ombros caídos e risadas forçadas. Toda aquela confiança que exalava durante a convenção — eu acabei com tudo em uma única conversa.

Porque acho que ele está *envergonhado*.

— Estou exausto — diz quando a garçonete traz a conta. — Acho que vou para o hotel descansar para amanhã. Você quer dividir um Uber ou tem outros planos?

— Ah... — Paro, tentando processar essa mudança repentina de tom. — Ah, não tenho. Vou voltar.

De verdade, eu deveria ter rido e continuado o plano de esquecer, do jeito que decidimos fazer em Seattle. Pode ser que ele esteja se fazendo de forte, mas é um homem branco que teve certo nível de fama — seu ego deve estar destruído para sempre. Porque eu sou uma grande idiota.

Durante nossa breve conversa de volta para o hotel ("Olha a lua", "Uau"), tenho uma certeza amarga e dolorosa.

Ele vai me demitir.

MTV NOTÍCIAS
DESTAQUES DO FIM DE SEMANA

Finn Walsh, o nerd mais sensual da televisão, comemorou seu aniversário de vinte e um anos no The Spot em Hermosa Beach com Hallie Hendricks, seu par romântico nas telinhas e namorada na vida real.

Quando perguntamos sobre seus planos para a data tão significativa, Walsh respondeu que provavelmente não iria festejar até tarde. "Nada de muito louco", disse, sorrindo para Hendricks. "Só ficar no sofá, assistindo um filme abraçadinho com minha pessoa favorita."

Hendricks, deslumbrante em um vestido frente única verde-escuro, deu um beijo na bochecha dele. "O Finn é bom demais para este mundo, não é?"

Os dois não se desgrudam desde o início da segunda temporada, e é raro que sejam vistos em público sem estarem juntos. Quando perguntamos se o casamento já estava nos planos, Walsh riu.

"Não, somos muito novos para isso", disse ele. "Por enquanto, estamos só nos divertindo."

capítulo
OITO

PORTLAND, OR

— *Os notívagos* mudou minha vida. *Você* mudou minha vida. Já assisti à série inteira nove vezes e tenho todos os DVDs originais. E me formei em biologia por sua causa. — A camiseta da mulher diz PREFIRO SER INCOMUM, o que, até onde entendi, se tornou meio que um bordão da série. Hux disse a frase pela primeira vez na primeira temporada, e depois a repetiu para Meg quando ela insistiu que ele encontrasse uma pessoa com quem pudesse ter um relacionamento normal.

Finn sorri, autografando a foto enquanto um assistente pega os 125 dólares da garota.

— Que honra — diz, com sinceridade. — Muito obrigado. Qual a sua temporada favorita?

— A terceira, com certeza — responde ela. — Quando você e a Meg ficaram presos na tempestade de neve, e ela teve que proteger você daquela matilha de lobos rivais... Revejo essa cena pelo menos uma vez por mês.

— Acho que nunca passei tanto frio em toda a minha vida. — Ele entrega o autógrafo para a garota e se levanta para a foto. — Mas valeu a pena, cem por cento.

— Obrigada, obrigada, obrigada — exclama ela, dando gritinhos quando ele posa ao seu lado, com o pano de fundo da Rose City Comic Con.

Estou sentada atrás da mesa de Finn, o caderno no colo. Tudo o que escrevi até agora é terrivelmente banal. *Adora conversar com fãs. Sorri para todo mundo. Gostou de filmar a terceira temporada.* Alguém vai aparecer para tirar meu diploma de jornalismo a qualquer momento.

Finn não é o tipo de famoso que é reconhecido o tempo todo na rua — isso não aconteceu enquanto estávamos em Seattle. Fiquei surpresa por ter escolhido um lugar tão público para jantar ontem à noite, mas, além das garotas que pararam em nossa mesa, ninguém pareceu se importar com ele. Ainda assim, aqui ele vira um deus. As fantasias, as camisetas com frases da série e o nome do casal, as fãs que choram ou ficam tímidas de repente ao conhecê-lo — nunca vi nada parecido.

Ainda estou um pouco impressionada com a coisa toda, e tenho que me perguntar se isso vai passar. Quanto tempo levou para Finn se acostumar com isso, ou se sempre foi normal para ele.

Para minha surpresa completa, ele ainda não me demitiu. Mas está um pouco estranho, ou tão estranho quanto posso distinguir em alguém que conheço há uma semana. A conversa da noite passada não me deixou dormir, assim como o barulho superalto do sistema de climatização do quarto. No começo, fiquei preocupada em me sentir sozinha no hotel, mas minha ansiedade não deixou muito espaço para mais nada.

Como foi seu primeiro dia?!, Noemie escreveu, e não tive coragem de dizer que poderia ser o último. Nada de Wyatt, tão comprometido com nossa amizade. Um e-mail da minha agente, algumas mensagens dos meus pais. **Finn é tão legal quanto na televisão?** 🐱, meu pai quer saber. **Você está comendo bem?**, minha mãe pergunta. **Não se esqueça dos chips de milho** 🌽❤️

Não quero decepcioná-los.

A certa altura, quando volto do banheiro depois que a sessão de autógrafos termina, minha jaqueta jeans está pendurada na cadeira. Aquela que deixei no quarto de Finn em Seattle.

Lanço um olhar questionador para ele.

— Chandler — diz ele, colocando a mão no encosto da cadeira. É a primeira vez que faz contato visual comigo o dia todo. — Quer dar uma volta?

Vamos parar na orla de Portland, uma faixa de calçada arborizada que abraça o rio Willamette. É fim de tarde, o sol está baixo no céu e as folhas de outono se entrecruzam no alto. Em um mês, todas vão estar no chão.

— Eu amo essa parte do país — diz ele. — Existe uma rivalidade, né? Entre Portland e Seattle?

— Acho que sim. — A pergunta me pega desprevenida. Aperto mais a jaqueta jeans recém-recuperada contra o peito. — Pode ser que tenha em alguns esportes, e talvez algumas pessoas se sintam muito orgulhosas da cidade em que vivem. Mas ambas têm comida boa, natureza, tradição musical...

— Você curte a música daqui. — É uma afirmação, não uma pergunta. — Estava usando aquela camiseta da Sleater-Kinney quando nos conhecemos.

— Você é fã?

Ele dá de ombros. Hoje está usando uma camisa de flanela xadrez azul e tênis cinza simples, o tipo de visual que parece ter sido projetado por um algoritmo.

— É uma daquelas situações em que *ouvi falar*, mas nunca ouvi nada delas.

— Você tem que ouvir *All Hands on the Bad One*. Acho que é meu álbum favorito de todos os tempos. Encontrei por uma pechincha em Olympia, e talvez eu seja tendenciosa porque foi o primeiro disco delas que ouvi, mas foi tão *especial*. — Então eu paro. Este não é o momento, mas não posso deixar de ser poética quando envolve Sleater-Kinney.

— Eu amo como o gosto musical das pessoas daqui é específico.

— É o lugar perfeito para ser esnobe em relação a música.

Se ele pretende prolongar essa conversa, me fazer sofrer, prefiro que arranque logo o curativo. Essa conversa-fiada beira o insuportável, já que sei o que está do outro lado dela.

Meu quarto no andar de cima da casa da minha prima. Uma conta bancária deprimente. Um futuro com um ponto de interrogação gigante.

Uma mulher passa empurrando um carrinho de bebê, uma jovem mãe de Portland com a lateral dos cabelos raspada e os braços cheios de tatuagens. Ela encara Finn até que desvia o olhar de repente, envergonhada por ser pega observando ou se convencendo de que ele não é quem ela pensa que é. Pode ser que o pesquise no Google mais tarde, que se pergunte se de fato o viu.

— Não é que eu não goste de discutir os méritos das várias cidades da região, mas, se você vai me demitir, será que pode fazer isso de uma vez?

Finn para de andar.

— Demitir você? Por que eu faria isso?

Ele olha ao nosso redor, certificando-se de que estamos sozinhos, e me pergunto se isso é algo que se acostumou a fazer. Se ele simplesmente está acostumado a não ter privacidade, mesmo com seu relativo baixo nível de fama. Quando a série ainda estava no ar, deve ter sido incessante.

Percebo que estou muito curiosa para ouvir o que ele tem a dizer a respeito do assunto.

— O lance é que, na verdade, estou meio que feliz por você ter me contado a verdade — diz ele, em voz baixa.

Fico atordoada demais para responder, certa de que entendi errado.

— Quer dizer, estou morrendo de vergonha? Sim, estou. Senti vontade de cavar um buraco e me esconder ontem à noite? Sim, com certeza. Mas sua sinceridade foi... Não sei. Revigorante.

Huh.

Não estava esperando por isso, nem um pouco.

— A gente pode esquecer tudo, de verdade — digo, sem saber como agir depois do que ele disse. — É como a gente conversou, foi só uma coisa que aconteceu uma vez entre colegas de trabalho, e eu não queria chatear você...

— Não estou chateado — diz ele, calmo, e solta um suspiro longo. — Assim que voltei para o quarto, fiz algo de que não me orgulho. Eu... liguei para uma das minhas ex.

— Não preciso ouvir os detalhes gráficos do disque-sexo.

Ele arregala os olhos.

— Liguei pra *conversar* — corrige, parecendo horrorizado. — Ainda somos próximos... conversamos o tempo todo. Então, engoli o pouco de orgulho que me restava e perguntei pra ela como era quando estávamos juntos. E Hallie — ele interrompe com uma tosse — também nunca foi cem por cento feliz nesse departamento.

Estou sem palavras. Ele ligou para a ex-namorada, Hallie Hendricks, que fazia o par romântico dele em *Os notívagos*, para perguntar se ela se sentia satisfeita na cama.

E ela respondeu que *não*.

— Foram... Foram só duas pessoas — consigo dizer, sem saber por que ele está compartilhando isso comigo. Pelo jeito cruzamos mais uma fronteira. — E, temos que ser justos, ela é atriz. É bem provável que faça parecer, hum, mais realista que a maioria.

— Talvez eu tenha mandado uma mensagem para outras ex-namoradas também. — Ele coça a nuca, envergonhado. — E pode ser que eu tenha tomado algum álcool no meio. Não foi meu melhor momento, lamento dizer. E, bem, só piorou. — Ele ergue os olhos da calçada para me encarar, aquele rubor de volta em suas bochechas. — O consenso parece ser que, não importa quem seja minha parceira, nunca consegui ser... fodástico. — Deve ser intencional, o jeito que ele volta a usar a palavra de ontem. Ele dá uma risada seca, incrédulo. — Meu Deus, não acredito que estou dizendo isso em voz alta.

Eu tinha para mim que todo homem que tomasse um golpe desses no ego ficaria agressivo, mas Finn parece mais perplexo que qualquer outra coisa.

— Não vou contar pra ninguém — digo com firmeza. — Nem colocar no livro.

Isso só o faz rir um pouco mais, o que se transforma em um gemido.

— Já posso ver. *Como fazer sua namorada uivar de rir... na cama.*

— Best-seller instantâneo.

Mais gemidos, e é mais fácil para mim rir desta vez — não dele, mas do absurdo de toda essa situação.

— Desculpa — diz ele, passando a mão no rosto, se recompondo. — Eu não queria te arrastar de volta para esse assunto. Eu só... estou muito grato. Por você ter sido sincera. Isso é bizarro?

— De nada? — Imito seu tom questionador. — Grande parte das pessoas não é boa nisso logo de cara. É preciso praticar. E toda vez que você tiver uma nova parceira, precisa aprender um novo conjunto de... bom, de tudo.

— Certo. — Ele fica quieto por um momento, observando um barco na água. — Talvez eu me arrependa do que vou pedir... mas você acha que poderia me contar alguns detalhes? — Então ele faz uma careta, como se imediatamente se arrependesse da pergunta. — Só se você se sentir confortável com isso.

Penso a respeito. Acho que já cruzamos algumas fronteiras, e se isso ajudar a próxima garota com quem ele estiver...

— Bom... — começo, me perguntando quão detalhado deve ser o relato. — Você já sabe que eu não... cheguei lá. A coisa toda parecia um pouco apressada, sabe? E teve a poça de lubrificante na qual eu fiquei deitada a maior parte do tempo. E as conversas mais picantes precisam de um bom trato. — A careta de Finn se intensifica. — Tirando isso, acho que nenhum de nós estava prestando atenção no que o outro gostava.

— Você estava — responde ele, baixinho, dando ênfase no *você*. — Eu percebi.

Meu rosto fica quente quando me lembro de como ele fechou os olhos quando o tomei em minha mão. *Por favor,* ele disse.

— Hallie disse algo parecido — comenta, me trazendo de volta à realidade enquanto tira o celular do bolso da calça jeans. — Na verdade, acredito que as palavras exatas dela foram: "Às vezes, parecia que você estava tentando encontrar algo que perdeu na minha vagina. Procurando por todos os lados sem encontrar". Então... bom, essa é mais engraçada. Outra ex me respondeu com um emoji de boca fechada com zíper. Seguido pelo emoji do macaco cobrindo o rosto.

— Então o que você está dizendo é que a noite comigo foi boa.

Ele abre os braços, fingindo jogar o celular no Willamette.

— Não sei! Não tenho ideia do que estou fazendo!

Um cara passando de bicicleta por nós levanta o punho.

— Nenhum de nós sabe, irmão — diz ele, e Finn ergue o punho sem entusiasmo em resposta.

— Ainda há esperança — asseguro assim que o ciclista está fora do alcance da voz e estamos relativamente sozinhos de novo. — Eu também fiz muitas coisas constrangedoras no passado. E o fato de você não estar falando sobre sua masculinidade frágil e ferida é uma grande vantagem.

— Quero que minhas parceiras curtam o momento. Ou, ao menos, quero que possam ser sinceras quando não estiverem curtindo.

E é ridículo como essas palavras parecem pesar em meu estômago depois de ter passado uma noite definitivamente ruim com ele.

— Este é um ótimo começo. — Eu me inclino contra a grade da mureta, passando os braços por cima dela. — As mulheres podem ser... um pouco mais difíceis de agradar, e nem sempre é fácil expressar isso. Não tem um botão que você possa apertar e *voilà*, orgasmo instantâneo.

Observo-o engolir em seco enquanto abaixa a cabeça e se aproxima. O vento faz seu cabelo balançar na testa e abre um pouquinho a gola de sua camisa de flanela.

— Então como eu faria isso? — pergunta, curvando a mão sobre a grade ao meu lado. A voz é pouco acima de um sussurro e, ainda que seu corpo esteja a pelo menos um palmo do meu, parece que está falando bem no meu ouvido. Eu posso praticamente sentir as vibrações ao longo da minha pele. — Como eu faria você gozar?

Minha garganta fica seca na mesma hora. Toda a água do Willamette não poderia me reidratar neste momento.

— Isso parece o oposto do que conversamos ontem à noite. — Tento rir, mas não há ar suficiente em meus pulmões. Talvez nem em todo o estado do Oregon.

— Eu quero aprender. — Ele coloca uma mecha de cabelo rebelde de volta no lugar, mas não é páreo para o vento. — Passei metade da noite pesquisando no Google, mas tudo começou a se confundir depois de um tempo. E estou com certo medo dos tipos de anúncios que vou receber agora.

Dou um suspiro profundo e trêmulo, meu coração acelerando. Porque talvez a coisa mais assustadora desta conversa seja que eu *quero* dizer a ele como fazer. A sensação que sobe pela minha coluna é uma coisa estranha e deliciosa, impossível de ignorar. Talvez seja mais fácil falar disso porque já nos vimos pelados. Talvez seja porque eu fiz esta caminhada pensando que estava prestes a ser demitida, e um resultado diferente me faz sentir como se tivesse enganado a morte.

Seja o que for, eu me jogo de cabeça.

— Hipoteticamente... você vai querer começar devagar. — Minha voz fica rouca, meio fora de contexto por estarmos em um local público, e, quando baixo a voz, Finn se aproxima mais um pouco. — Quanto mais excitada ela ficar, mais chance tem de chegar ao orgasmo. É crucial gastar tempo construindo esse clima, descobrindo do que ela gosta. Faça perguntas. Ela pode preferir mãos ou boca. Pode ter uma maneira específica como gosta de ser tocada. Ou, melhor ainda... faça ela te mostrar.

Com isso, sua boca se abre, acompanhada por um pequeno suspiro. Eu quase não consigo perceber, mas essa leve sugestão de que a conversa é tão excitante para ele quanto para mim envia um choque direto para o meio das minhas pernas.

— Você já fez isso? — pergunta. — Mostrar para alguém?

— Sim — digo, tão calma quanto consigo. — A masturbação nem sempre precisa ser um ato solitário. E você?

Ele balança a cabeça, a mecha de cabelo rebelde indo para trás de sua testa.

— Costumo ser bem fácil de agradar.

— Eu percebi. — Ele me dá uma cotovelada de leve no ombro. — Você tem que ouvir. Acho que a comunicação é o mais importante, mais do que o físico. — Mas bem que eu ia gostar se o cotovelo dele tocasse meu ombro de novo. — Você não pode esperar que o que funciona para uma pessoa funcione para todas.

— Mas a minha pergunta não se referia a todas. — Seu olhar se prende ao meu. — Quero saber de você.

Jesus. Tenho que quebrar o contato visual ou vou explodir.

— Gosto quando fica óbvio que a pessoa está prestando atenção no meu corpo — digo, arrastando a ponta dos dedos pela grade e voltando. Seus olhos os seguem. — Minha respiração. Cada pequeno movimento. Os lugares em que fico mais travada e os lugares em que me abro.

Ele assente. Dá outro passo para mais perto, agora são só alguns centímetros separando seu peito do meu.

— E adoro quando fica óbvio que o cara está gostando do que está fazendo comigo. Quando quase goza porque eu estou quase gozando... Tem algo de muito sensual nisso. — Sinto meus batimentos nos ouvidos, mais altos do que o barulho do rio. — Não me importo se vou demorar, e quero saber que a outra pessoa também não se importa. Porque, quanto mais tempo leva, mais desesperada eu fico, mais meu corpo implora por alívio... e me sinto muito melhor quando enfim chego ao limite.

Agora estou imaginando: nós dois em um quarto de hotel diferente, sua mão no meio das minhas coxas enquanto vou dizendo exatamente o que quero que faça comigo. Eu prolongaria as coisas, faria tudo durar o máximo possível para que ele pudesse extrair cada gota de prazer do meu corpo.

Observo seu peito subindo e descendo, sem saber como chegamos a este ponto. Minha respiração está mais nítida, mais pesada.

— Caramba. — Ele solta o ar com força. Ainda segurando o corrimão, sua mão está a um suspiro da minha. Não tenho certeza do que aconteceria se nos tocássemos agora. Se cruzássemos a linha que começou a oscilar na noite em que nos conhecemos. — Eu queria...

Ele silencia e não ouso dizer nada. Eu faria coisas imperdoáveis para saber como essa frase termina.

Em vez de continuar, ele endireita a postura, abaixa a mão e recua alguns passos. Consigo respirar um pouco mais fácil, mas não melhor.

— Não sei por que é tão fácil falar com você sobre isso, mas é — comenta, encostado no parapeito, uma distância saudável entre nós. — Talvez porque você tenha sido a primeira pessoa a me dizer. Acho que confio na sua opinião.

— Não seja por isso, quem sabe a gente volta pra cama e te dou algumas dicas?

Na minha cabeça, soa exatamente como a piada que é. Uma piada despreocupada no meio dessa conversa estranha. E, no entanto, no momento que as palavras saem da minha boca, sinto algo mudar entre nós.

A Terra saindo do eixo. A cabeça dele girando lentamente em minha direção. Um piscar de olhos, profundamente intrigado.

O jeito como ele parece não perceber que talvez tenha sido uma piada, pela forma como diz:

— Você faria isso?

Meu coração estremece. As questões plantadas na calçada, bem ao nosso lado, como coisas vivas, respirando. Todo tipo de resposta racional pronta para sair na ponta da minha língua. *O que claro que não que ridículo por que a gente faria isso é brincadeira...*

Do jeito que ele está olhando para mim, não tenho mais certeza se eu estava brincando. Porque, quando ele se interrompeu um minuto atrás e disse: *Eu queria...*, poderia jurar que ele estava prestes a dizer que desejava outra chance.

Comigo.

— Tipo... dar aulas de sexo? — digo, certa de que vai soar ridículo assim que as palavras saírem da minha boca.

Ele dá de ombros, discreto, tímido.

— Não sei — diz, com uma risada áspera. — Talvez seja disso que eu precise.

Não estou mais presa à realidade. Viajamos para um mundo de fantasia no centro de convenções, habitado por robôs, demônios e piadas que de alguma forma não são piadas.

— Eu... Talvez tenhamos bebido demais, ou o sol esteja muito forte, ou... Olho para o céu, embora esteja tremendo um pouco.

— Chandler. Estou totalmente sóbrio. E mal passa de dezoito graus.

Tento respirar fundo. Talvez eu possa convencê-lo com a lógica. Talvez eu possa me jogar no rio. Me parecem maneiras realistas de encerrar esta conversa.

— Você acha mesmo que sou qualificada para algo assim? Pra... ajudar você a melhorar na cama?

— Você é alguém que transou comigo, e foi ruim. Eu quero conseguir fazer com que seja bom pra você. — Ele limpa a garganta. — Um *você* do futuro, hipotético.

Dezoito graus devem ser os novos trinta, porque estou febril.

— Entendi.

— E, bem... — A boca dele se torce um pouco. — Você tem especialização em sexualidade humana.

Ai, meu Deus. Eu contei isso para ele. Porque, como foi determinado recentemente, eu sou uma grande idiota.

Mais uma vez, penso naquela noite de uma semana atrás, mas não em como terminou — na sensação quando ele passou um dedo pela minha coluna enquanto esperávamos o elevador, ou quando nos beijamos pela primeira vez no estacionamento. Seu gemido em meu ouvido, como ele não estava envergonhado do que sentia por mim. Houve uma faísca no início — claro, ela se apagou, mas teve uma breve existência.

É ridículo o quanto estou a fim de você.

Acho que meus professores não tinham isso em mente quando diziam como aplicar nossos estudos fora da sala de aula. Talvez eu pudesse só recomendar alguns podcasts e direcioná-lo para alguns vídeos de positividade sexual, do tipo que usei muitas vezes para me masturbar, quando procurava por algum material em que as mulheres estão de fato curtindo. Eles existem — só são mais difíceis de encontrar.

O fato de que alguns desses vídeos estão neste momento desfilando em minha mente me faz apertar as coxas, ainda mais com Finn ali, parado, aparentando estar falando sério com essa proposta ultrajante.

— Estamos aqui para escrever um livro — digo. E, até agora, fizemos pouco progresso.

Ele dá alguns passos para trás e é incrível como ainda consigo senti-lo ao meu lado. No elevador. Encostados na porta do quarto do hotel.

Como eu faria você gozar?

— Não vou te pressionar. — Suas palavras são gentis. — Entendo cem por cento se você não quiser. Só me falar agora mesmo e eu nunca mais toco no assunto. Juro.

Engulo em seco, pronta para dizer que é uma má ideia de todos os ângulos que analiso. Antiética de mil formas diferentes, a aplicação prática da minha especialização indo para o ralo.

Mas.

Aqui está ele, este lindo homem com quem vou ficar presa pelos próximos meses. É uma oportunidade de ouro, na verdade. Devo estar maluca por ainda me sentir tão atraída pela pessoa com quem fiz o pior sexo da minha vida. Mas talvez não seja algo que eu precise rejeitar.

Talvez eu deva aceitar.

Os últimos anos foram a construção de muitas coisas que não me levaram a lugar nenhum. Minha vida tem sido meu computador e eu afundando na areia movediça de Seattle, com algumas pausas para amigos e familiares. Cancelei encontros e perdi oportunidades por estar acorrentada a um trabalho que não me amaria de volta. Essa ideia bizarramente atraente de ajudar Finn na cama parece divertida, e tenho me negado a diversão repetidas vezes porque não tenho dinheiro ou energia, ou por estar presa a Wyatt.

Escolhi estudar a sexualidade humana porque ela me fascina: história, política, expectativas sociais e culturais. Em um nível físico básico, adoro o que meu corpo pode fazer e adoro me perder em outra pessoa. Antes de transar com Wyatt, fazia alguns anos que não me conectava com ninguém, e talvez tenha sido por isso que achei tão fantástico. Porque eu me obriguei a parar de ser lógica e cedi a uma década de desejo reprimido... por mais que os resultados tenham sido desastrosos.

Penso na pessoa que eu era na noite em que conheci Finn, o quanto eu amei aquela versão de mim mesma, livre, leve e solta. Estava convencida de que eu não era assim. Mas talvez eu possa ser.

Por toda a minha vida, fui o tipo de pessoa para quem "viver o momento" simplesmente não existia.

Bom, aqui está o meu momento.

— Acho... Acho que posso dar umas dicas — digo. Talvez esta seja a decisão mais estúpida que já tomei, mas pelo menos terei feito *alguma coisa*. Se isso me ajudar a esquecer Wyatt, será apenas um benefício adicional.

Além disso, estarei cumprindo uma mitsvá para a próxima mulher que ele tiver em sua cama. Uma mitsvá dupla se for no Shabat.

A surpresa de Finn está estampada na curva suave de sua boca e nas linhas no canto de seus olhos. Ele se recupera rapidamente, ficando mais ereto e passando a mão pelo cabelo.

— Bom. Uh. Isso é... Uau. Tá bom. Não achei que essa conversa fosse acabar assim.

— Eu também não — digo, rindo. — Não faço ideia do que acontece agora.

— A gente tem que... tem que apertar as mãos? — Ele estende a mão, mas imediatamente a retrai. — Não, isso é estranho. — E coça a nuca.

O gesto é semelhante ao que Hux faz no clipe que Noemie me mostrou. Meg e ele estão em um baile formal no campus, e ele coça a nuca assim pouco antes de dizer que nunca viu ninguém tão linda quanto ela e que poderia morrer se ela não aceitasse dançar. Só que na vida real é ainda mais fofo — porque pode ser de verdade.

— Talvez um abraço? — sugiro, porque neste momento um abraço parece inocente. Algo que você faria com um amigo ou um colega-de-trabalho-barra-experiência-sexual.

Suas feições relaxam quando seus braços se abrem. No instante em que meu peito encontra o dele, algo se solta dentro de mim. Alívio ou antecipação ou satisfação, não tenho certeza. Talvez seja apenas uma reação ao cheiro dele, aquela adorável mistura de terra e especiarias. Cruzo as mãos em sua nuca, saboreando o calor da pele de Finn nos meus dedos. *Você está ferrada*, a parte prática do meu cérebro me diz, a parte que decido ignorar. A respiração dele faz meu corpo vibrar enquanto suas mãos se acomodam na parte inferior das minhas costas, o polegar me acariciando e causando arrepios em minha coluna.

É oficial: se hoje cedo ainda havia entre nós algum tipo de limite semiprofissional, ele acaba de ir pro espaço.

<u>FAZ MEU TIPO</u>

INT. ESCRITÓRIO DA PRA FONTE QUE PARTIU — DIA

EMMA está na sala de reuniões com CHARLIE. Olha para ele, perplexa, enquanto Charlie permanece calmo e lúcido.

           EMMA
Eu não entendo. Todos esses desenhos, todas essas fontes incríveis... e você não quer a promoção?

Ele caminha em direção a ela, segura sua mão. As duas mãos estão cobertas de tinta.

          CHARLIE
Nunca teve a ver com a promoção, Emma. Você não entende? Cada escolha de fonte — cada glifo, cada haste, cada serifa... tudo isso foi pra você.

capítulo
NOVE

PHOENIX, AZ

Fico esperando que o arrependimento me atinja com força na manhã seguinte, uma torrente de *Que merda foi essa* e *É impossível* e *Isso é ridículo*. E, ainda assim, quando Finn chama um táxi e me ajuda com a mala, sorrindo enquanto me acomodo no banco de trás, não me arrependo.

Não me arrependo quando passamos pela segurança do aeroporto e eu remexo minha mochila com potinhos tamanho viagem, a garrafinha de xampu derramando por toda parte e eu recebendo atendimento individualizado de um dos seguranças.

Não me arrependo quando nosso voo está duas horas atrasado e Finn me convida para ir à sala VIP, onde deixa cair um tomate-cereja enquanto nos servimos no buffet de salada, o que faz a mulher que vem depois dele escorregar e cair de cara em uma tigela de espinafre e causa nossa expulsão imediata do recinto.

Não me arrependo quando o motorista do Uber nos deixa na charmosa casa no subúrbio de Phoenix onde passaremos os próximos dias até a Canyon Con, a maior convenção de quadrinhos e cultura pop do Arizona.

E então, quando enfim estamos sozinhos após seis horas de viagem, de fato *sozinhos* pela primeira vez desde aquela noite no hotel em Seattle, eu ainda não sei se me arrependo. A sensação é bem estranha, com certeza — mas não sinto arrependimento.

Se o sorriso tenso no rosto de Finn serve de indicação, ele também está sentindo. É muito injusto que, depois da viagem de carro, a espera no aeroporto e o voo, ele esteja desgrenhado de um jeito meio selvagem, considerando as mangas da camisa amassadas e os olhos um pouco caídos, o que acentua seus longos cílios ruivos. Em nítido contraste, minha franja está grudada na testa desde que pousamos no Arizona, como se começasse a protestar na mesma hora contra o clima.

— Bom — diz Finn, olhando o espaço ao nosso redor. — Vou desfazer minha mala.

Coloco a mochila no chão.

— Tá bom. Eu também.

O Airbnb é um espaço minimalista com dois quartos e dois banheiros, uma cozinha no meio e placas por toda parte que dizem PROIBIDO ANIMAIS DE ESTIMAÇÃO, PROIBIDO TRAZER CONVIDADOS, PROIBIDO FAZER FESTAS. Era mais barato passar a noite aqui do que viajar de volta para casa e depois pegar outro voo para a convenção. É estranho, mas este é o cenário perfeito para o plano que bolamos em Portland. Bom... tão "perfeito" quanto aceitar transar com um ator para ajudá-lo a aprimorar suas habilidades na cama poderia ser. Já estamos viajando juntos, ficando nos mesmos hotéis. Todos a quem devemos nos reportar estão em Nova York ou Los Angeles.

Ontem à noite, antes de dormir, pensei em uma dúzia de maneiras diferentes de dizer a Finn que minha sugestão era uma piada que nunca deveria ter ido tão longe, e que seria melhor para nossa carreira e para o livro se nos controlássemos. Então, quando começou a parecer que isso não funcionaria, revirei a questão ética várias vezes em minha mente. Devo admitir que ética não foi uma matéria em que me dei bem na faculdade, não importava o quanto Wyatt me ajudasse — acho que eu me distraía com muita facilidade. Mas isso não pode ser pior do que um fato que aconteceu em uma estação de rádio de Seattle alguns anos atrás, quando duas apresentadoras fingiram que já tinham sido namoradas por causa de seu podcast de relacionamentos.

E aí, no fim das contas, deu tudo certo. O chefe machista acabou sendo demitido e, de acordo com a rede de boatos jornalísticos, as duas acabaram de se casar.

Não que seja lá o que eu tenha com Finn esteja indo nessa direção — só que essas coisas nem sempre terminam em incêndios e cinzas. Nós dois podemos sair ilesos, Finn com mais habilidade na arte do prazer e eu me permitindo um pouco de diversão pela primeira vez em anos.

Ainda assim, eu demoro um pouco para desfazer a mala, tomar banho e até leio um capítulo do mistério da loja de bagels antes de vestir uma legging e um moletom listrado, porque o ar-condicionado está fazendo barulhos estranhos. Faço a rotina de cuidados com a pele mais longa que meu rosto já viu e depois aplico um pouco de spray de sal no cabelo. Envio uma mensagem para Noemie com um lembrete para ela dar uma olhada nos meus pais, e ela responde na mesma hora com um emoji de joinha.

Estamos no meio da tarde quando vou para a cozinha, onde, ao que parece, Finn está colocando todos os pratos e talheres na lava-louças.

— O que você está fazendo?

Ele se vira, tão assustado que deixa um prato cair.

— Merda, desculpa. Não queria te assustar.

— Não, não. Não tem problema. Tudo certo. — Ele pega o prato, são e salvo, e o exibe com um floreio, o rosto pálido. — Só... queria ter certeza que está tudo limpo. Nunca se sabe.

No silêncio, o barulho do ar-condicionado poderia muito bem ser uma frota de helicópteros sobrevoando. Estou começando a pensar que há mais nessa história do que um simples desejo de comer em pratos limpos, mas não vou dizer nada a respeito. Se houver algo que Finn queira compartilhar, algo que queira colocar no livro, ele vai me contar quando estiver pronto. Ao menos espero que seja assim.

A julgar pela forma como ele se vira depressa para a máquina de lavar louças, desviando o rosto, não tenho certeza se está pronto para isso.

— Não é nada de mais — ele se apressa em dizer. — Precisa de algo? Posso lavar à mão para você, ou...

— Não — digo, segurando minha garrafa enorme de água. — Pode lavar o que quiser. Só vim encher a garrafa. E talvez dar uma olhada no ar-condicionado, mesmo achando que não tenho capacidade de diagnosticar o problema.

Ele termina de colocar a louça na lavadora e acrescenta a cápsula de detergente. O zumbido da máquina preenche o espaço, criando uma harmonia estranhamente reconfortante com o ar-condicionado.

— Você está pronto para... — começo a dizer, no mesmo instante em que ele fala:

— Eu estava pensando em...

Nós dois paramos de falar. Ele gesticula para que eu continue, e me forço a respirar fundo.

— Eu só ia dizer que, se você já estiver acomodado, talvez a gente possa começar no meu quarto?

Suas sobrancelhas se erguem até os cabelos.

— Para... trabalhar no livro?

O livro. É óbvio.

— Não, uh... isso a gente pode fazer aqui na cozinha — digo, com o rosto em chamas.

Finn tem uma reunião online marcada com o empresário, que acaba mais ou menos na mesma hora que a máquina termina de lavar a louça, então guardo tudo. A casa ainda está congelante e tive que colocar mais um par de meias.

A campainha toca, Finn passa por mim para atender.

— Comprei algumas coisas pra comermos — explica.

— Ah. Obrigada.

Ele traz as sacolas para o balcão da cozinha, nós dois tropeçando ao redor um do outro.

— Pensei em preparar algo, se você estiver com fome. E se não se importar de comer comida vegetariana. — Ele tem que falar alto para ser ouvido por cima do som do ar-condicionado.

— Eu não me importo! — grito de volta.

Então a casa emite um ruído final quando o ar-condicionado quebra.

Pegamos alguns ventiladores nos armários e abrimos todas as janelas antes de perceber que o ar lá fora está quente demais e as fecharmos de novo. Cogitamos sair de casa, mas lembramos que estamos no subúrbio e que os cinco primeiros Ubers que chamamos para chegar até aqui recusaram a viagem. Então decidimos resistir.

Troco minha roupa por uma bermuda e uma regata e, mesmo com o cabelo curto, ainda preciso secar o suor na nuca. Finn está com uma camiseta cinza-clara e shorts de ginástica, e já deixou uma tigela de frutas frescas esperando por mim no balcão. Enquanto cozinha, eu faço algumas perguntas básicas, do tipo que é fácil responder enquanto se corta cebolas.

Ele me fala de sua carreira antes de *Os notívagos*, porque sua audição já está bem documentada online. A história que todos sabem é que um Finn de dezenove anos, depois de ser chamado para uma nova entrevista, começou a falar sobre a Terra-média porque um dos produtores perguntou se ele se identificava com a sensação de ser um excluído, como Hux é no início da série. Finn divagou sem parar sobre elfos, ogros e hobbits, sem saber por que isso era relevante e, quando parou para respirar, teve certeza de que havia estragado tudo. Mas foi exatamente o contrário: ele era tão parecido com Oliver Huxley que não tinha como não ser escalado para o papel. Em todas as entrevistas que vi, os produtores afirmavam que tinha sido isso que os levara a decidir.

— Eu morava em Reno — diz ele, salgando o tempeh escaldante em uma frigideira. — Você já sabe disso. Ia de carro sozinho até Los Angeles para as audições e no começo fui chamado para fazer alguns comerciais. Depois interpretei um dos filhos de Bob Gaffney em uma série que foi cancelada durante a primeira temporada, mas que me rendeu a audição com Zach.

Bob Gaffney: uma espécie de comediante medíocre que, fazendo sempre as mesmas piadas, conseguiu, de alguma forma, ter três programas de televisão, sempre interpretando alguma versão de si mesmo. Assisti a alguns trechos de *Papai em treinamento*, o programa em que Finn participou do elenco, e não consegui passar cinco segundos sem estremecer de vergonha alheia.

— Não é uma viagem curta.

Finn dá de ombros.

— Oito horas, dez se tiver trânsito.

— O que fez isso valer a pena?

— Tive uma infância muito comum — comenta, e soa como se estivesse escolhendo as palavras com cuidado. Ele mexe os vegetais. — Tradicional. Ou, ao menos, meu pai era, o que não combinava com a minha visão de mundo, e minha mãe só queria manter a paz. Ele foi embora de casa quando eu tinha dezesseis anos, depois enviou os documentos do divórcio para minha mãe pelo correio. É estranho, mas foram as brigas deles que me levaram a atuar. Acabei em uma eletiva de teatro no ensino médio, pensando que odiaria, mas fiquei obcecado. Parecia que eu tinha escapado para um mundo diferente, me tornado outra pessoa por um tempo. E ainda melhor se essa outra pessoa não fosse humana ou vivesse em um planeta diferente.

— Consigo entender — digo baixinho.

Tento imaginar um Finn adolescente se entregando ao teatro porque a realidade de sua vida doméstica era muito sombria.

— Foi por isso que me apaixonei por *O senhor dos anéis* quando era criança. Só que eu não poderia exatamente viver na Terra-média, não importa quanto eu quisesses, mas poderia atuar e, de repente, era tudo que eu queria fazer. Então, viajei de Reno para Los Angeles por um tempo e, quando fiz dezoito anos, me mudei para lá sozinho. — Ele dá um sorriso meio abobalhado. — E aí fiquei famoso, tipo, muito, absurdamente famoso. Não podia nem ir até a caixa de correio sem ser atacado pelos paparazzi.

Dou risada, mas o que estou tentando descobrir como perguntar — sem de fato perguntar — é se ele ainda quer ter a mesma fama de quando *Os notívagos* estava no ar, se está ansioso para ser relevante de novo.

E se isso é uma coisa tão ruim de se querer.

Quando nos sentamos para comer, toda a casa está com um cheiro maravilhoso.

— Está uma delícia — digo entre garfadas. — Nunca comi tempeh assim.

Ele marinou e assou o tempeh, depois preparou um molho de amendoim e serviu com uma salada de abobrinha e cenoura.

— Ah, você achou que eu fosse um daqueles famosos de Hollywood que tem cozinheiro particular? — pergunta ele. — Bom, primeiro que eu acho que não poderia pagar um. E, em segundo lugar, gosto de cozinhar. É reconfortante. Meu pai não entendia isso de ser vegetariano, então tive que aprender a cozinhar para mim desde cedo. E... é mais fácil quando posso controlar tudo.

Estou morrendo de curiosidade sobre a família dele, mas não me parece o momento certo para perguntar.

— Sei montar um prato, mas não sei cozinhar — comento. — Você nem imagina o que consigo fazer com uma tortilla e um pacote de queijo ralado.

Finn corta uma lasca de tempeh. Mesmo com mil ventiladores ligados, as costeletas dele estão úmidas, e a gola de sua camiseta cinza um tom mais escuro que o restante do tecido.

— Posso te ensinar algumas noções básicas. Se você quiser. Você já está fazendo muito por mim. — Então seus olhos se arregalam. — Não que isso precise ser transacional. A menos que *você* queira assim.

Eu quase não quero interrompê-lo, quero que ele continue balbuciando enquanto suas bochechas ficam com um lindo tom de rosa. É a primeira vez que nosso acordo é mencionado depois de um longo dia, e é quase um alívio que ele seja o primeiro a tocar no assunto.

— Acho que ainda estou decidindo o que quero.

Ele mastiga devagar. Pensativo.

— Está pensando em desistir? — pergunta. — Porque tudo bem se você estiver. Não tem problema.

— Não, e você?

Ele olha para minha boca.

— Nem um pouco.

Quando o calor inunda minhas bochechas, não sei dizer se é pela falta de ar-condicionado ou algo completamente diferente.

Percebo que mal nos conhecemos — e que estou sendo paga para conhecê-lo, e não o contrário. Dou uma garfada na salada, o vinagre frio fazendo pouco para combater o aumento da temperatura do meu corpo.

— Talvez fosse menos estranho se primeiro a gente discutisse a logística?
— Nada mais sensual do que logística — comenta ele.
Ergo as sobrancelhas para encará-lo e ele recua, gesticulando com o garfo.
— Desculpa. Por favor continue.
— Ninguém pode descobrir — digo enquanto ele concorda vigorosamente. Se vamos mesmo seguir em frente, preciso me certificar de que ambos sabemos o que esperar. E isso significa decidir tudo de antemão. — O livro é nossa prioridade, é claro. E tenho certeza que já teremos acabado até lá, mas o acordo termina quando a viagem chegar ao fim. Cada um vai seguir seu caminho, sem nunca contar para ninguém. — Mexo o garfo no molho de amendoim. — Temos que usar proteção. Isso é inegociável. E o consentimento também, é claro.
— Nenhum contra até agora.
— Se algum de nós quiser cancelar tudo, por qualquer motivo, é permitido — acrescento. — E não vai acontecer todas as noites. Na verdade, acho melhor que não seja todas as noites, já que o livro precisa ser nossa prioridade. Se um de nós não quiser, não vai ter discussão, ninguém vai precisar se defender ou dar desculpas.
— Pra ser sincero, não sei se conseguiria, hum... fazer todas as noites, então fico aliviado — explica ele. Depois acrescenta: — Acho importante saber que podemos falar qualquer coisa. Se um de nós se sentir desconfortável.
— Uma palavra de segurança? — pergunto, e ele assente. Olha para o prato.
— Que tal "tempeh"?
Eu abro um sorriso.
— Combinado, tempeh. E cada um vai dormir no próprio quarto. Só para evitar que as coisas fiquem... complicadas. — Não tenho certeza se é a palavra certa até ela sair da minha boca.
Se eu sou mesmo a Doida dos Relacionamentos, transar e acordar com alguém com quem não tenho um relacionamento pode ser o tipo de coisa que confundiria meu coração e talvez me deixasse excessivamente apegada. Então, basta impedir que isso aconteça.

Finn parece refletir, como se não tivesse pensado nisso.

— Ok — diz ele. — Faz sentido.

Olho para minhas mãos, mexendo no esmalte laranja descascando, pendurado por algumas lascas teimosas. É só sexo casual. As pessoas fazem isso o tempo todo. Eu fiz isso, com essa mesma pessoa.

— Mais uma coisa — digo. — Eu meio que fiz um esboço. Para as aulas. No avião.

— Enquanto eu assistia a *Ted Lasso*?

Pressiono os lábios, assentindo.

— Sei que a gente disse que seriam só "umas dicas", mas pensei que poderia facilitar as coisas e, já que estamos fazendo o mesmo para o livro de memórias, então...

Ele sorri.

— Acho incrível. Estou impressionado e intrigado.

Viro o celular antes de entregá-lo para ele.

— Ainda estou trabalhando nisso. Dá para ajustar com base no que você quiser trabalhar ou no que julgarmos que precisa de mais atenção.

Do ponto de vista lógico, faz sentido — ao menos eu acho que faz. Começaremos com beijos e aos poucos vamos acrescentar várias formas de preliminares, com seções numeradas com algarismos romanos dedicadas especificamente a tópicos como sexo oral e conversas picantes. Um plano de aula sexual.

— Isso é... — Finn começa a dizer, olhando para o celular.

O pânico se instaura. *Exagerei*, um clássico de Chandler Cohen, sempre pensando demais.

— ... bem minucioso — conclui. — Uau. Fiquei comovido.

Solto o ar no mesmo instante. Em partes, o roteiro foi uma maneira de suavizar a ansiedade persistente. Acima de tudo, porém, parecia natural. Sou escritora — todos os meus trabalhos começam com um esboço e todo bom livro precisa de uma preparação adequada. Não se pode pular para o clímax imediatamente, e Finn precisa se dedicar, sobretudo aos primeiros capítulos.

— Vou mandar pra você — digo. — Tem alguns links para diagramas também, e uma lista de podcasts e influenciadoras de sexo que eu gosto muito... Antes que você pergunte, sim, isso existe. E pensei que, a cada vez, poderia rolar uma discussão e depois uma parte prática. — É possível que eu esteja fazendo isso soar muito estruturado. — Quer dizer... se não parecer muito formal. Porque assim podemos conversar e facilitar as coisas.

Finn não protesta. Ele só olha para o celular e depois de volta para mim, a boca se curvando para cima.

— Nunca pensei que sentiria tesão olhando para um documento do Google.

Combinamos de nos encontrar no quarto em meia hora, depois que terminarmos o jantar e eu tiver passado aproximadamente sete minutos escovando os dentes. Não tenho certeza de como alguém se prepara para uns amassos programados com uma ex-estrela de TV, mas a higiene bucal parece uma boa forma de começar.

De certa forma, é uma chance de reescrever nossa história. Sempre que sinto que estou repensando o acordo, lembro a mim mesma que tenho esse roteiro para me orientar. Posso aproveitar o momento — desde que tenha um plano B.

Porque, se eu puder fazer isso, então posso marchar de volta para Seattle com a cabeça erguida e os ombros relaxados. Serei uma mulher evoluída, sem medo de arriscar e deixar minha zona de conforto para trás.

Uma batida na porta interrompe minha conversa mental.

Respiro fundo e abro a porta, sendo atingida no mesmo instante pelo cheiro da loção pós-barba de Finn, amadeirado e quente, com um toque de especiarias. Ele vestiu uma camiseta azul-marinho, as bochechas sardentas estão tingidas de rosa e o cabelo úmido do banho. No mesmo instante me sinto menos limpa, passando a mão pelo cabelo e esperando que a camada extra de desodorante me impeça de suar.

— Oi — diz ele, ao menos cem vezes mais vigoroso do que eu.

— Oi. Bem-vindo a este lado da casa. Infelizmente, está tão quente quanto todo o resto.

— Eu não ligo.

Ele dá um sorriso discreto enquanto me acompanha até a cama, onde ficamos sentados em silêncio por uns bons dez segundos.

Até eu explodir em gargalhadas.

— Desculpa. Juro, não é culpa sua.

— Não precisamos fazer isso — diz ele. — De verdade. Se você não quiser...

Antes que eu possa pensar demais, antes que meu cérebro leve a melhor sobre mim, eu me inclino e o beijo. Tão destemida quanto possível, assim como fiz naquela primeira noite.

É verdade, ele não beija mal. Parece desajeitado só nos primeiros segundos, e então nos entregamos, aprofundando o beijo. A menta fresca de sua pasta de dente, o calor de sua boca quando ela se abre na minha. Tem uma familiaridade, estamos nos reencontrando.

Ele é o primeiro a recuar, com uma força que me deixa um pouco sem fôlego.

— Como foi? — pergunta, sorrindo de leve.

— Nada mal. — O quarto gira, e eu tenho que piscar algumas vezes para me situar.

Ele volta a me beijar e suas mãos começam a vagar. Uma delas vai para a minha cintura, curvando-se até minha bunda, enquanto a outra sobe em direção aos meus seios. Assim como da primeira vez, ele parece ansioso demais para o próximo passo. Não que seja desagradável, mas ainda não está na hora.

Com gentileza, posiciono uma das mãos dele na minha cintura. Ele entende o recado e tira a outra mão do meu peito, apoiando em seu colo. Mas percebo que não sabe ao certo o que fazer com elas.

— Você pode me tocar — digo com delicadeza, e só percebo como estou desesperada por seu toque quando as palavras saem. — Mas vamos deixar certas partes de lado por enquanto.

— Algo me diz que serão as mais divertidas.

Abro um sorriso.

— Quando estou com alguém, não quero sentir que sou apenas uma coleção de partes do corpo. E você pode descobrir que sua parceira gosta de ser tocada em algum lugar que não imaginava. Essa é uma parte bem importante. Você tem que seguir as dicas que ela dá. Isso — faço um gesto apontando entre nós dois — não funciona sem comunicação.

Ele faz uma careta.

— Você estava tentando. Naquela primeira noite. E na teoria eu entendo. Mas nem sempre é a coisa mais fácil de fazer na hora H.

— Mas sempre vale a pena — retruco. — É bem provável que eu diga isso umas cem vezes, mas a espera aumenta a tensão. Raramente estou pronta para ir com tudo logo de cara, não importa quanto me sinta atraída pela pessoa.

Ele assente enquanto absorve o que eu disse.

— Vamos lá — diz. Então, com aquela determinação alegre que, de alguma forma, consegue me causar arrepios na coluna, conclui: — Vou descobrir do que você gosta.

Ele se inclina para a frente, mas em vez de me beijar, como eu esperava que fizesse, pressiona a boca na minha testa.

— Que tal isso?

— Fofo. Muito fofo.

Um beijo na bochecha.

— E isso?

— Você vai tentar em cada...

Eu paro quando seus lábios deslizam ao longo do meu pescoço, um polegar traçando a concha da minha orelha, prolongando sua respiração. *Ah*. Agora o arrepio virou tremor, e posso senti-lo sorrir em minha pele antes de colocar o lóbulo da minha orelha na boca, a língua sacudindo o brinco de ouro que raramente tiro.

Então ele faz algo que eu não esperava, por mais que esteja começando a pensar que, quando se trata de Finn, o melhor é deixar toda e qualquer expectativa de lado — ele raspa os dentes ao longo da borda da minha orelha, enviando uma onda de prazer pela minha coluna e direto para o meio das minhas pernas.

E eu gemo *de prazer*.

— Olha só — sussurra ele em meu ouvido, pouco antes de fazer a mesma coisa novamente —, que surpresa boa.

Eu o agarro, tentando me aproximar, tanto porque quero que ele continue quanto porque, de alguma forma inexplicável, desejo que tente fazer outra coisa, porque é quase bom demais. Não há estranheza, apenas o calor e o cheiro dele e uma sensação gostosa e confusa de leveza.

Felizmente, pouco a pouco ele começa a explorar mais, me dando uma chance de recuperar o fôlego. Ele passa a ponta dos dedos para cima e para baixo na minha coluna, nas minhas omoplatas, por cima da camiseta regata. Quando roça por acidente na minha bunda, sussurra "desculpa" e volta a atenção para minhas costas. Fecho os olhos e me deixo levar pelo toque. Faz muito tempo que ninguém me explora assim: zero senso de urgência, apenas uma curiosidade silenciosa enquanto aprende o que eu gosto.

Seus olhos se fixam nos meus quando ele pega uma das minhas mãos. Ele a leva à boca, dando um beijo na parte interna do meu pulso. Depois faz o mesmo com a outra mão. Seus movimentos são tão delicados, segundos prolongados e pontuados por uma estranha ternura que, de alguma forma, consegue roubar meu fôlego.

— Você é... muito bom em seguir instruções — digo. E é verdade. Talvez Finn aprenda rápido, e essas lições terminem antes que eu tenha acabado de escrever o livro.

— Já ouvi um diretor dizer isso uma ou duas vezes. — Ele se move na cama, curvando-se para roçar a boca em meus joelhos nus.

— Ahhh — digo, rindo, tentando puxá-los para cima da cama.

— Cócegas?

— Não.

Por fim, ele volta para minha boca enquanto eu me reposiciono em cima dele, uma perna de cada lado de seus quadris. Seu short não é bem eficiente em esconder a ereção, e, na primeira vez que roço nele, juro que é por acidente.

— Tudo bem? — pergunta, como se estivesse preocupado por ter sido ele a iniciar. Ele passa a mão pelas minhas costas, traçando a alça da minha regata.

Não estava no roteiro de hoje, mas...

Eu movo suas mãos para meus quadris, dizendo *sim* com outro movimento para a frente, a fricção fazendo um gemido se arrastar pela minha garganta, correspondido por um gemido dele. Deus abençoe os shorts de ginástica.

Alternamos o controle; por vezes ele me guia e por vezes eu assumo a liderança, me esfregando em sua ereção até ele me segurar mais e mais forte, uma mão na minha nuca e a outra na parte inferior das minhas costas. Tudo o que estou vestindo está úmido, suado, mas nenhum de nós se importa.

— Viu? — Estou ofegante. — Olha como a gente pode se divertir sem tirar a roupa.

Seus olhos semicerrados de prazer, os cabelos despenteados e as bochechas coradas deixam óbvio que ele também está gostando.

— O jeito que você gemeu quando eu te penetrei — sussurra, com a boca na minha clavícula —, lá em Seattle. Mal posso esperar para fazer você sussurrar de verdade.

Sinto um peso no estômago. Estou prestes a dizer que, talvez, ele não precise de aulas do que falar na hora H, e não posso deixar de me perguntar o que poderia ter acontecido se ele tivesse feito essas coisas naquela primeira noite em que estivemos juntos.

Mas não estamos reescrevendo aquele dia.

Isso é um treinamento.

— Acho que está bom por hoje — digo, a rapidez dessa percepção me trazendo de volta à realidade. Porque Finn não está aqui por minha causa... Sou só uma substituta para uma futura mulher misteriosa. À espera de que alguém real assuma o papel.

Finn para no mesmo instante que me afasto dele.

— É? — pergunta.

— Acho que você conseguiu. Foi muito bem. Nota onze de dez.

Seu olhar permanece em mim, mas eu me concentro em seu peito subindo e descendo e, quando mesmo isso faz minha pele esquentar, passo a olhar para o edredom branco e liso. Pisco algumas vezes para recuperar o foco e tento não pensar que, se passasse mais um minuto me esfregando nele, é bem provável que tivesse gozado.

— Obrigado — diz ele. — Se não for estranho dizer isso.

— Acho que tudo isso é estranho — consigo dizer. — Mas... de nada.

Mais alguns segundos de silêncio cheio de tensão.

— Acho que eu vou correr... Já deve estar mais fresco lá fora — diz, por fim.

Depois que ele sai, fico ali deitada por alguns instantes, minutos, à espera de que minha respiração volte ao normal. Ao longe, ouço o ar-condicionado ligando de novo, mas meu corpo se recusa a esfriar.

A primeira aula foi muito mais emocionante do que pensei que seria. Não posso negar que me sinto atraída por ele, já que o acompanhei até o hotel naquela primeira noite. Talvez devêssemos ter continuado, ido até o fim hoje mesmo para focar no verdadeiro motivo que nos trouxe para este Airbnb perto de Phoenix, no Arizona.

Mas estamos aqui para trabalhar.

Então abro meu computador, coloco *Os notívagos* e dou play no episódio 2.

REUNIÃO DE *OS NOTÍVAGOS* DEVE ACONTECER EM DEZEMBRO

Entertainment Weekly

Os lobisomens estão de volta.

Depois de dez anos, o elenco de *Os notívagos*, a adorada série da TBA Studios, se reunirá em um programa especial de cerca de duas horas filmado em estúdio e com plateia. Ethan Underwood, Juliana Guo, Finn Walsh, Hallie Hendricks, Bree Espinoza e Cooper Jones já confirmaram que estarão presentes.

Para ver a lista dos dez melhores episódios de *Os notívagos*, clique aqui.

— A sensação é ótima — disse Underwood, que interpretou Caleb Rhodes na série, no set de seu novo filme, *Corrida da morte*. — Mal posso esperar para me reunir com todo mundo de novo.

A reunião estará disponível em streaming a partir de 10 de dezembro, às 21 horas, horário do Pacífico.

capítulo
DEZ

ST. PAUL, MN

O inferno é uma esteira de bagagens em seu ciclo interminável e vertiginoso de malas que nunca são a sua. Ou, melhor dizendo, a mala da sua mãe.

— Não está aqui — digo para Finn. — Já vi aquela mala envelopada dar a volta pelo menos umas vinte vezes. A minha não veio.

— Tem que estar aqui. — Ele franze a testa e enfia o celular no bolso. O anúncio do programa que vai reunir o elenco saiu hoje de manhã, e suas redes sociais estão puro caos. Ele deu algumas entrevistas hoje de manhã, ainda no Airbnb, antes de sairmos para o aeroporto. — Ela tem um monte de adesivos, não tem? Aqueles bem hipongas?

Faço que sim. Minha voz falha quando aponto para a tela acima da esteira.

— Está dizendo que agora vão liberar as malas de outro voo.

Acho que Finn percebe que estou prestes a entrar em pânico. Quando volta a falar, sua voz é calma. Reconfortante.

— A gente vai dar um jeito. Isso já aconteceu comigo dezenas de vezes, e as companhias aéreas sempre encontraram. Quase todas as malas são devolvidas aos donos.

Não sei dizer se ele está certo e não gosto desse *quase*, mas ao menos não tenho que lidar com isso sozinha. Primeiro, verificamos as outras esteiras para ter certeza de que minha mala não foi parar no lugar errado — sem sorte. Em seguida, vamos até o balcão da companhia aérea, onde apresento a passagem, e uma mulher vestida com um conjunto de saia e blazer azul brilhante consulta o computador.

— Humm — diz, digitando. — Aqui diz que ela saiu de Phoenix, mas não vejo registro da chegada dela em nosso sistema ainda. Pode ter sido um erro de escaneamento... — Uma folha de papel é empurrada em minha direção. — Você vai ter que preencher este relatório.

Anoto os detalhes da mala.

A mulher me dá um sorriso tenso.

— Ligaremos quando houver informações da bagagem. A maioria costuma aparecer em vinte e quatro horas. Esperamos que isso não a impeça de aproveitar sua viagem às Cidades Gêmeas!

— Enquanto isso vocês têm como ajudar em alguma coisa? — pergunta Finn.

— Sim, claro. — Ela me passa um kit com o logotipo da companhia aérea estampado, com sabonete, xampu e pasta de dente dentro.

— Obrigada. Muito obrigada — agradeço, segurando o kit como se fosse um colete salva-vidas.

Felizmente, meus eletrônicos estão na bagagem de mão, mas dentro daquela mala está uma semana de dedicação a camadas de roupas, todas as minhas camisetas favoritas, muitos pares de meias, produtos para o cabelo e o hidratante que eu odeio admitir que amo. E, ah meu Deus, meu vibrador também ficou lá.

Sei que não deveria ter uma conexão emocional tão grande com camisetas, mas não consigo me livrar da sensação de que algo está fora do lugar, mesmo quando Finn me conduz até as lojas do aeroporto para encontrar algumas roupas para substituir.

É assim que me preparo para a Supercon, uma convenção inteiramente dedicada ao paranormal, com maquiagem de lobisomem aplicada às pressas e uma camiseta que diz que ALGUÉM EM MINNESOTA ME AMA. Porque, depois de todo o caos da minha bagagem perdida, Finn tem a ousadia de me dizer que posso me sentir deslocada se não estiver vestida dessa forma. Pelo menos ele teve a decência de parecer envergonhado ao fazê-lo.

— Não sei — digo a Noemie no FaceTime, depois de me registrar no hotel. Inclino o rosto para um lado e depois para o outro, para que ela veja por completo a tinta barata e as orelhas que encontrei em uma loja de um dólar a alguns quarteirões do hotel. — Estou parecendo aquele filtro de cachorrinho do Snapchat.

— Você está *uma graça*. — Noemie está com o celular apoiado em alguma coisa e, ao fundo, vai de um lado para o outro na cozinha. — Mais bonita que a Meg, até. Por favor, me diga que você assistiu a esse episódio?

— Vi ontem — digo.

E, tenho que admitir, ele é bom: é o episódio de Halloween da primeira temporada, no qual Meg se veste de lobisomem como uma piada interna, já que apenas algumas pessoas sabem que ela de fato é uma.

— Puxa, queria poder assistir com você. Estou com saudades.

É estranho falar com ela e não compartilhar tudo o que está acontecendo com Finn. O restante do nosso tempo em Phoenix foi tranquilo. Aquela única sessão de amasso deve ter nos deixado mais relaxados, por mais que eu tenha ficado três vezes mais corada na manhã seguinte. Fizemos um progresso mínimo no livro, focando no básico sobre sua carreira. Ainda assim, não tomei a iniciativa de novo e ele também não. Parece óbvio que está me deixando ditar o ritmo, e eu agradeço.

— A propósito, chegou a nova caixa com pistas do assassinato misterioso — diz Noemie. — Quer que eu espere você chegar para abrir?

— Você sabe que é o clube de assinatura que eu mais amo. Sim, por favor, se você conseguir se segurar.

Um sorriso.

— Vou me esforçar.

Depois que desligamos, encontro Finn no saguão. Quando me vê, abre um sorriso enorme, que ilumina seu rosto de uma forma pura e genuína que não sei se já vi antes nele.

— Chandler Cohen — diz ele. — Você está fantástica. Mesmo com a camiseta de Minnesota.

Apesar do elogio, levo a mão ao rosto. De repente, percebo que estou vestida como a personagem interpretada por Hallie Hendricks, a ex-namorada de Finn. Não quero que ele ache que estou fazendo isso porque quero desempenhar um papel semelhante — pois tudo com Hallie era real. O que Finn e eu estamos fazendo não é.

Esta tarde vem para provar que eu não deveria ter subestimado os fãs de *Os notívagos*, o que ajuda a me distrair da ansiedade pela mala extraviada. Finn mal consegue se mover pelos corredores sem ser cercado.

Nos bastidores, ele me apresenta a Zach Brayer, o criador do programa, e Bree Espinoza, que interpretou Sofia, apresentada na segunda temporada como um segundo interesse amoroso de Caleb, que fazia bullying com Hux e depois se tornou um grande amigo.

O restante do elenco está ocupado com a imprensa em outras convenções. Ethan Underwood foi Caleb, o grande protagonista do seriado. Juliana Guo: Alice Chen, uma garota obstinada e popular que não aceita palhaçada de ninguém. Cooper Jones: Wesley Sinclair, personagem que trazia alívio cômico e era amigo de Caleb. E Hallie Hendricks, é claro. Estarão todos juntos na Big Apple Con, em Nova York, em novembro, um plano de suas equipes para que tenham o máximo de exposição possível.

— Parece que vamos mesmo fazer isso, hein? — diz Bree nos bastidores.

Ela é alta, bronzeada, tem dentes brancos brilhantes e está usando um lindo vestido xadrez. Se Alice era a menina malvada por quem Caleb era apaixonado, Sofia era a gente boa, colocada na série especificamente para competir com Alice, porque não seria um programa adolescente se as moças não competissem uma com a outra. O fandom Calice, por vezes chamados de Calicelerados por causa do nível de crueldade de Caleb e Alice — tanto com outras pessoas quanto um com o outro —, é bem maior que o de Caleb e Sofia, e me pergunto se isso acontece porque o nome de casal deles é mais cativante.

— Acho que sim — diz Finn, bebendo de uma garrafa de água. — Você está lidando bem com tudo?

Bree dá de ombros.

— Minhas redes sociais são um pesadelo, mas isso não é novidade. Só acho que poderia abrir mão de todo o ódio pela Sofia. — Ela balança a cabeça. — É engraçado: foi o Caleb que traiu a Alice, mas *sou eu* quem recebe ameaças de morte por me meter entre eles. Ainda. Depois de todos esses anos.

— Meu Deus — digo. — Isso é ridículo.

— Odeio dizer que estou acostumada, mas... — Ela para de falar e balança a mão.

Bree e Zach começam a contar de um novo piloto no qual estão trabalhando. Por algum motivo, eu esperava que Zach fosse algum veterano experiente da indústria, mas ele é só alguns anos mais velho que Finn, com o rosto marcado pela barba por fazer e vestido com jeans escuro e uma jaqueta de lona.

Um membro da equipe se aproxima de nós.

— Parece que está faltando um dos moderadores para o painel — comenta. — Fizemos reservas demais por acidente. Mas não se preocupe, estamos procurando um novo agora.

Zach aponta para mim.

— E ela? O que vai fazer durante o painel?

Eu empalideço e arregalo os olhos enquanto encaro Finn.

Uma ruga surge entre suas sobrancelhas.

— Ela não veio trabalhar na convenção. É jornalista. — Ele fala de uma forma que faz minha carreira parecer mais séria do que de fato é. Dá vontade de satisfazer a essa expectativa.

— Mas isso é perfeito. Ela tem experiência com entrevistas.

Finn retribui meu olhar.

— Você pode recusar se quiser, Chandler.

Então me lembro dele na cama há alguns dias. O jeito fofo de beijar minha testa, a bochecha, a parte interna do meu pulso. Mesmo que fosse falso, mesmo que eu nunca tenha certeza de qual versão de Finn é a verdadeira, tem certa fofura nesse eu de agora. Ele está cuidando de mim, e, apesar de não ser algo que eu sempre tenha desejado em um cara, é uma atitude gentil.

— Se não encontrarem mais ninguém... — Com certeza não vai ser tão ruim assim. Não gosto de falar para grandes grupos, mas nenhuma dessas pessoas está aqui para me ver. — Eu posso mediar... só que não assisti à série toda.

— Não tem problema — informa Bree. — As perguntas já estão prontas. E acho que vai ser bem difícil você fazer a gente calar a boca.

Neste momento, fico extremamente grata pela maquiagem de lobisomem, apenas porque ela vai ser como uma camada extra entre mim e o público.

— Tudo bem — digo, meio certa de que vou acabar me arrependendo.

— Eu topo.

O ARREPENDIMENTO COMEÇA A BATER QUANDO ESTOU SUBINDO NO palco.

O funcionário da convenção repassou o que eu precisava fazer, e no fim é mais complicado do que ler as perguntas em um pedaço de papel. Tenho que ficar de olho no tempo, prestar atenção nas deixas e fazer a transição para as perguntas do público.

Aperto os olhos por causa das luzes, meu estômago indo parar em algum lugar próximo da garganta.

— Hum. Oi, pessoal. — O público parece ficar mais ansioso a cada segundo. — Alguém aí tá animado com a reunião de *Os notívagos*?

A sala irrompe em aplausos.

Seguro a folha de papel, as mãos tremendo. Minha primeira tarefa é fácil: chamar os participantes e apresentá-los, o que faço enquanto a música tema de *Os notívagos* toca, um punk-rock instrumental e assustador. Então, todos nos sentamos nas cadeiras de couro preto no palco. As perguntas começam bem básicas.

— O que vocês estão mais ansiosos para ver na reunião? — pergunto.

— Ah, com certeza ver se o Ethan está ficando calvo — responde Bree, arrancando risadas da plateia. — Falando sério, mal posso esperar para estar na mesma sala que todos de novo. Participar dessa série foi a coisa mais divertida que já fiz na minha carreira, e somos muito sortudos por ter essa oportunidade.

Finn cruza as pernas, leva o microfone até o rosto.

— Exato. Era um tanto arriscado, porque a maioria das séries adolescentes acontecia no ensino médio. Como *Os notívagos* se passa na faculdade, sempre sinto que conseguimos ficar um pouco mais sombrios, ir um pouco mais fundo e ainda assim explorar temas que pareciam universais. Mesmo quando estávamos lutando contra criaturas malignas.

— Como o aumento dos custos das mensalidades — acrescenta Zach, arrancando mais risadas.

Olho para a folha de perguntas, com o coração acelerando quando leio uma palavra que não faço ideia de como pronunciar. *Como foi batalhar na Liga Loup-Garou na terceira temporada?*

Risos esparsos irrompem da plateia quando leio tudo errado.

— É *lup-garru!* — alguém grita, me corrigindo, e meu rosto queima.

— Demorei uma eternidade para falar esse nome certo — diz Finn, com um breve contato visual. Mesmo que ele esteja dizendo isso apenas para fazer com que eu me sinta melhor, fico contente. — Sei que a liga era a favorita dos fãs no que se refere a vilões, e foi tão emocionante quanto em frente às câmeras. A gente lia os roteiros de poucos episódios antes de filmar, então não fazíamos ideia de como a trama ia se desenrolar. E tenho certeza que distendi um músculo durante aquela cena de perseguição no episódio 21.

Passamos por mais algumas perguntas até a hora de abrir para a participação da plateia. A primeira pessoa que se aproxima do microfone está usando uma máscara do Homem-Aranha que abafa sua voz.

— Desculpe, você pode repetir? — pergunta Zach.

— Eu estava dizendo... — começa o cara, tirando a máscara — o que vocês acham...

O restante de sua fala se perde no grito coletivo que emana do público, porque de pé, em frente ao microfone, está Ethan Underwood, Caleb Rhodes em carne e osso. Finn, Bree e Zach estão boquiabertos — ninguém sabia que isso iria acontecer.

— Ethan! — exclama Bree. — Não acredito que você veio. E espero que a máscara tenha te impedido de ouvir o que eu disse sobre o seu cabelo.

Ethan abre um sorriso com covinhas. Ele tem um magnetismo, uma qualidade particular dos protagonistas, e tem consciência disso. Está de jeans preto e uma camisa que parece bastante apertada, como se a intenção fosse ressaltar seus bíceps. Nos últimos tempos só atuou em filmes de ação medíocres que renderam dinheiro suficiente nas bilheterias para garantir seu papel em franquias do tipo homem *versus* máquina. Tenho vergonha de admitir que vi alguns e que já tinha ouvido o nome dele antes de saber o de Finn.

— Essa cabeleira? — pergunta, agitando os cílios para o público enquanto inclina a cabeça para baixo. — Fiz as pazes com o processo de envelhecimento. Eu *amadureci*.

— Só acredito vendo — diz Finn, a voz estranhamente monótona.

Agora Ethan está subindo no palco, e um voluntário traz outra cadeira. Bree oferece metade da cadeira dela e os dois se espremem nela, para o deleite do público.

— Acho que temos muitos fãs do Time Sofia aqui hoje! — Ethan diz com uma risada.

Um músculo se contrai no maxilar de Finn. Ele não gosta de Ethan, isso está claro.

Não se pode dizer o mesmo da plateia. Na primeira fila, uma garota começou a chorar.

— Hum... — Eu me atrapalho com minha folha de papel antes de lembrar que passamos para as perguntas do público.

Ethan já tem tudo sob controle, então aponta para a próxima pessoa que se aproxima do microfone, uma mulher vestindo um moletom da Universidade de Oakhurst.

— Sim, oi, hum, uau. — Ela gagueja. — Não acredito que você está aqui!

— Você queria perguntar alguma coisa? — indaga Ethan, e, apesar de render algumas risadas do público, algo em seu tom me irrita. Soa um tanto arrogante.

— Certo, desculpa! — A mulher respira fundo algumas vezes. — Na verdade, esta é uma pergunta em duas partes. A primeira é: eu sei que alguns de vocês originalmente fizeram testes para papéis diferentes. Se você tivesse que interpretar outro personagem, quem você acha que gostaria de interpretar? E a segunda parte é: quem você acha que seria mais adequado para interpretar você?

Finn abre a boca para falar, mas é Ethan quem responde primeiro.

— Para mim, era Caleb ou nada. Eles me fizeram ler algumas falas do Hux, mas não era muito a *minha* cara, sabe? — Ele se vira para Finn. — Mas você fez teste para ser o Caleb também, certo? — pergunta, e Finn assente.

— Não me encaixei muito bem — responde. — Me identifiquei muito mais com o Hux.

— O que é que vocês acham? — Ethan coloca a mão em concha sobre a orelha. — Será que a gente poderia trocar de papéis? Acham que a série teria sido boa?

Gargalhadas barulhentas enquanto as bochechas de Finn coram.

Ethan responde o restante das perguntas do público, e estou muito intimidada para interrompê-lo. É só quando um voluntário da convenção aparece na frente do palco que Ethan diz:

— Parece que chegou a hora de nos despedirmos. Obrigado por me deixarem invadir seu painel e esperamos que todos nos assistam em dezembro!

Ainda posso ouvir os gritos da multidão, mesmo quando estamos na segurança dos bastidores.

— Você quer jantar e conversar mais sobre seus papéis pós-*Os notívagos*? — pergunto a Finn depois de verificar se a companhia aérea tinha alguma atualização da minha mala. Não tinha. — Mas, se sua mente ainda estiver nos lobisomens, podemos falar disso.

Finn fica sério.

— Ah... eu tenho planos com a Bree e o Zach. E o Ethan, acho.

— Tudo bem, talvez seja bom para mim ver você em ação. Acho que aprenderia muito ouvindo você falar com eles.

Ele me olha de um jeito estranho, aflito.

— Não fui convidada. — Nem me preocupo em formular isso como uma pergunta.

— É coisa do Ethan, sabe. Ele já foi queimado pela imprensa antes.

— Certo. Tudo bem. Sem problemas! — digo com muito entusiasmo e, depois de nos despedirmos, deixo Finn ser absorvido pela massa de fãs mais uma vez.

Só faz uma semana que estamos viajando juntos — e ele não me deve nada. Com certeza não me deve um convite para jantar com seus colegas de trabalho. Foi ridículo da minha parte achar que estava automaticamente convidada.

Não sei como explicar a dor que sinto no peito ao vê-lo sair, ou talvez seja só reflexo do estresse por causa da mala perdida. Então, pego meu celular.

Hoje? Depois do seu jantar?, escrevo para ele.

Talvez ele não esteja com disposição ou esteja muito cansado. E tudo bem — criamos as regras para isso mesmo.

Ainda assim, observo seu rosto quando ele para no meio do corredor e lê a mensagem, um leve lampejo de compreensão passando por seus olhos. Um pequeno arrepio percorre minha coluna quando a resposta dele aparece na minha tela.

Hoje.

capítulo
ONZE

ST. PAUL, MN

Depois de uma noite de festa com seus colegas de elenco, Finn parece exausto: cabelo despenteado, bochechas coradas, ombros caídos. Eu me pergunto se a sensação é semelhante a encontrar amigos do ensino médio que você não vê há algum tempo, ou se existe algo mais profundo que os une depois de quatro anos sob o mesmo escrutínio.

No hotel, o quarto dele é uma cópia do meu. Móveis genéricos, decoração minimalista, um quadro de um campo de trigo.

Ele pega uma garrafa de água na mesa de cabeceira, a garganta se movendo enquanto bebe.

— Acho que sou jovem demais para estar tão cansado às dez horas — comenta, passando a mão pelos cabelos grisalhos nas têmporas. — Ainda mais porque estamos uma hora à frente do Arizona.

— Não tem uma ordem certa para essas coisas, né? — Tiro os sapatos e fecho a porta. — Você está sempre perambulando pelo país?

— Basicamente.

— Deve ser um inferno para o seu relógio biológico.

— Meio que é, mas dá para se acostumar.

Tento imaginar como deve ser passar a maior parte do ano me acostumando a acordar cada dia em um hotel diferente, em uma cidade diferente, indo para um centro de convenções diferente e cumprimentando um grupo diferente de fãs, todos ali para ver você pelo mesmo motivo.

Então algo me chama atenção.

— Minha mala! — Corro até onde ela está, perto de uma poltrona, praticamente brilhando sob a luz forte demais para um quarto de hotel, tanto quanto uma mala surrada com adesivos hippies pode brilhar. — Ah, meu Deus, ela é tão linda. Ela sempre foi linda assim, com os zíperes e os bolsos e tudo o mais? Como ela veio...?

— Faz uns dez minutos que trouxeram — diz, tentando fazer parecer que não é nada de mais. — Pedi para meu empresário fazer algumas ligações. E aconteceu de uma das chefonas da companhia aérea ser uma grande fã de *Os notívagos*.

Passo a mão pela mala.

— Não precisava. Obrigada.

Ele recusa o agradecimento com um gesto de desdém.

— Eu não fiz nada, só mandei algumas mensagens.

— Mesmo assim. Depois disso e da jaqueta jeans, estou começando a achar que você é o padroeiro das roupas desaparecidas.

Ele coça a nuca, coisa que notei que faz quando está ansioso.

— Eu só não quero que a viagem seja ruim pra você — ele diz, sem me olhar nos olhos.

Você pode recusar se quiser, Chandler.

É claro que ele se sente responsável de certa forma, já que implorou para que eu escrevesse o livro. Ainda assim, não consigo explicar o efeito que a súbita delicadeza em sua voz provoca em mim. É algo que me deixa ansiosa para mudar de assunto.

— Como foi o jantar? — pergunto.

Também estou ciente de que a conversa-fiada está atrasando o inevitável. Claro, é só a segunda vez que fazemos isso, mas em algum momento essas reuniões clandestinas devem começar a parecer mais naturais, menos "Estou aqui para me esfregar em você por algumas horas com quantidades indeterminadas de roupas a serem tiradas".

— Às vezes o Ethan é um pouco demais — comenta. — Ele insistiu em pegar uma mesa na frente do restaurante, por mais que o restante do grupo quisesse passar despercebido. Então, como era de esperar, o jantar se transformou em um show de Ethan Underwood. — Uma risada baixa e abafada indica que ele não achou graça nenhuma. — Fazia tempo que não acontecia nada assim. Acho que não senti falta.

— Posso imaginar. — E eu tento, visualizando os quatro cercados por fãs babões, Ethan brilhando sob os holofotes do jeito que só um protagonista sabe fazer. Volto a me perguntar se Finn já desejou algo do tipo.

— Por favor, me diga que sua noite foi um pouco menos autoindulgente.

Eu dou de ombros.

— Conversei por vídeo com meus pais e li um pouco.

E a primeira metade do adiantamento caiu na minha conta, o que me fez pedir uma fatia comemorativa de cheesecake pelo serviço de quarto.

— E como seus pais estão?

Ergo as sobrancelhas, porque de alguma forma ele parece de fato interessado.

— Estão bem. Desde que se aposentaram, eles arranjam uns cinco hobbies novos por ano. Minha mãe acabou de se juntar a um clube de jogadores de pinocle, e meu pai está gostando muito de pássaros. E sentem uma saudade absurda de mim, é claro, mas vão ficar bem.

— É claro. — E ele dá um sorriso tímido enquanto desabotoa a jaqueta de lona preta e a pendura no encosto de uma cadeira. Então, é como se não tivesse certeza do que fazer com seu corpo. Ele olha para a cama antes de ficar de pé, cruzando uma perna sobre a outra. — Aliás, você mandou muito bem hoje.

Resmungo com exagero.

— Nossa, agora você acabou com o clima de vez. Isso se ainda tinha algum clima depois de falarmos dos meus pais.

— Estou falando sério! Não é fácil subir no palco e fazer aquilo, ainda mais quando não se está preparada. E Liga Loup-Garou, que era uma agência secreta francesa de caça aos lobisomens na terceira temporada, é uma palavra difícil.

— Tenho a sensação de que os fãs radicais de *Os notívagos* podem pensar de forma diferente, mas obrigada. — Eu limpo a garganta, brincando com um botão do casaco. — Então. A aula desta noite.

— Ah, sim. — Ele pega o celular. — Aqui no roteiro diz que o tema é "Preliminares intermediárias: transforme um toque em prazer".

— Estava tentando ser criativa.

Ele ri, o que faz aparecer algumas ruguinhas no canto de seus olhos.

— Estou orgulhoso de estar na turma intermediária.

Sorrio e vou para a cama.

— Isso é porque você está transando com a professora.

Ele se senta ao meu lado, um tornozelo apoiado no joelho. Então, entrelaça os dedos, a imagem perfeita de um homem adulto esperando pela iluminação sexual. Se está nervoso, esconde muito bem. Da próxima vez que fizer um pacto de sexo educacional, não o farei com um ator. Ou, ao menos, farei com um ator muito menos talentoso.

Porque foi isso que aprendi ao assistir *Os notívagos*, *Sorte a nossa* e até as comédias românticas natalinas.

Finnegan Walsh é um bom ator.

É a maneira como ele conhece seus colegas, a linguagem corporal sintonizada com todos na cena. As sutilezas de sua expressão, como ele consegue transmitir alegria ou tristeza ou medo em uma única inclinação da cabeça ou movimento das sobrancelhas. E seus olhos, aqueles lindos olhos cor de avelã que a série escondia atrás dos óculos, são sempre suaves, doces e curiosos. Agora consigo entender por que tantos espectadores se apaixonaram por Hux.

— Antes de continuarmos, acho que devemos conversar sobre o clitóris.

Finn fica vermelho.

— Sim, é... essa parece ser uma área problemática para mim.

— Não só pra você. — Mantenho o tom leve, querendo que ele sinta que este é um espaço seguro para conversar. Para fazer perguntas. Porque é meio emocionante explicar isso para ele, sobretudo pela forma como ele escuta. Em qualquer outra circunstância, eu estaria gaguejando, mas algo na presença dele torna tudo muito mais confortável do que deveria ser.

Já tenho alguns diagramas separados para mostrar, então pego meu computador na bolsa. Em meu tempo livre, tenho feito algumas pesquisas — principalmente atualizações, com novas informações aqui e ali.

— A parte visível do clitóris fica no topo da vulva, exatamente onde os pequenos lábios se encontram. Ele é protegido por uma dobra de pele chamada de capuz clitoriano, que se retrai para expor mais em momentos de excitação. Mas a maior parte do clitóris é, na verdade, interna. — Aponto para um dos diagramas. — E é um pedaço incrível da anatomia. É a única parte do corpo destinada somente ao prazer.

Finn assente enquanto absorve as informações, de olho nos diagramas.

Quando adolescente, sonhando com minhas primeiras experiências sexuais, imaginei que alguém me tocaria e então... *magia*. Mas a lacuna entre a expectativa e a realidade pode ser grande. Meus primeiros parceiros eram tão perdidos quanto eu, e eu ainda não sabia ao certo como dizer o que queria. Como mostrar.

Nunca imaginei que faria o que estou fazendo agora, com Finn, mas, conforme o tempo vai passando, mais confiante me sinto.

— Isso pode ser chocante, dada a forma como a sociedade tratou o corpo das mulheres ao longo da história, mas a maior parte da pesquisa sobre o prazer feminino é bastante recente — digo. — Tipo... eu não fazia ideia de que, quando o sangue corre para o clitóris ao ficarmos excitadas e ele incha, ele basicamente fica ereto.

— Parece familiar — brinca com uma risada, e não posso deixar de rir junto. Acho que suas bochechas ainda estão rosadas porque ele é um cara ruivo.

— Tudo bem até agora? — pergunto, e ele me dá um sinal de positivo.

— Ah, é que eu não consigo falar de nada mais sensual sem corar — explica ele. — Você nem imagina o tanto de maquiagem que tinham que aplicar em mim durante minhas cenas com a Meg.

Isso me faz corar também, pensando na cena de sexo deles. Ainda não cheguei nessa parte da série, mas ela estava nas compilações de Mexley, uma cena um pouco difusa, mas magnificamente filmada em uma barraca na floresta, quando os dois estavam em um acampamento rastreando um centauro. Vislumbres do cabelo escuro dela, do ruivo flamejante dele, das coxas dela e das sardas na barriga dele.

Eu me forço a pensar em algo menos sensual antes de me dar conta de que estou literalmente dando uma aula sobre o clitóris, um fato que me faz morder o interior da bochecha para não cair na gargalhada.

— Pela localização do clitóris, fica difícil gozar só com penetração — acrescento. — Não está dentro da vagina, e é por isso que a maioria das pessoas com clitóris precisa de alguma outra forma de estimulação.

Ele espera um longo momento antes de falar de novo.

— Estou pensando em todas as cenas de sexo a que já assisti e que fazem parecer o completo oposto.

— E isso seria uma coisinha chamada olhar masculino. — Movo meu dedo pela tela. — É melhor ir devagar. Talvez não tocar no clitóris logo de cara. Comece com um dedo e varie a técnica: pode traçar círculos lentos ao redor dele, tocar de leve, esfregar de um lado para o outro. Pode aumentar a velocidade aos poucos, a depender da reação que obtiver. Verifique com ela, veja como ela está se sentindo. Então você pode colocar outro dedo. Ou a boca.

— É disso que você gosta?

— Gosto de ser provocada — admito, cruzando as pernas com mais força.

Ele engole em seco.

— Entendi.

— E o lubrificante quase sempre melhora. É diferente com cada pessoa, mas, em geral, é bom ser gentil. É uma área sensível e, por vezes, a estimulação direta pode ser intensa demais. — Ele aperta os lábios, um músculo se contraindo em seu maxilar. A minha respiração também está ofegante, mais nítida, ainda mais quando percebo como estou acariciando a tela do computador. — Não precisa ser uma corrida desenfreada para a linha de chegada. Eu já estive em algumas situações em que o cara gozou e foi o fim de toda a noite. Mesmo se eu ainda não tivesse gozado.

— Meu Deus. Não sei dizer por que eu focava tanto em algo que *diminuísse* o tempo de sexo. — Ele muda de posição na cama, e só então percebo que nossos joelhos estavam se tocando. — Ela deve gozar primeiro, então — diz ele. — Antes mesmo de fazer sexo.

— Concordo totalmente. Mas tenho a sensação de que, quando você diz "sexo", está falando da penetração. — Eu aceno com a mão ao redor do quarto.

— Tudo o que fazemos aqui, tudo é sexo, pelo menos pra mim. Não existe uma definição única, e a penetração nem sempre precisa ser o fim do jogo.

— Não, você está certa. Faz sentido — diz ele. — Então você não gosta nem um pouco disso? É... da penetração? — Ele passa a mão pelo rosto, envergonhado. — Só para deixar claro, nunca ouvi essa palavra tantas vezes em uma única conversa.

Reprimo um sorriso.

— Eu gosto, mas não é a parte principal pra mim, como talvez seja pra você. Ou do jeito que imagino que era no passado. — Ele me lança um olhar culpado. — Não é como na pornografia, ainda que existam alguns pornôs feministas excelentes que eu adoraria mostrar pra você. Ou, para ser sincera, até nos filmes e na televisão. Não dá para meter sem parar até as duas pessoas gozarem e, ainda assim, quase tudo a que assistimos tenta nos convencer disso. É muito mais sutil do que isso.

— Não que eu tenha aprendido tudo o que sei com filmes pornôs, eu só... bom, a gente começa a assistir quando tem idade para isso e as coisas ficam na cabeça. Deve ser deles que tirei as coisas que falo na hora H também. — Então ele me olha com uma nova vulnerabilidade. — E se eu fizer tudo isso e ainda assim não conseguir fazer com que ela goze?

— Isso pode acontecer, de verdade.

— Achei que você diria algo como: "Claro que não, Finn, em breve você vai ser um conhecedor supremo do sexo".

Jogo um travesseiro nele.

— Bom, se por um acaso você não conseguir, não significa que seu relacionamento acabou. Você só tem que tentar outras coisas. Brinquedos são uma ótima opção, e o sexo não precisa ser o objetivo sempre, ainda mais... a penetração. — Desta vez gaguejo, rindo. Não tem por que não achar graça. Meu joelho encosta no dele, mas nenhum dos dois se afasta. — São muitas etapas fantásticas ao longo do caminho, não precisa ter pressa. Talvez até nem sejam etapas, mas o evento principal. Depende muito do relacionamento. Mas a chave está na comunicação. É a única forma de saber se está funcionando para a outra pessoa. Se alguém não estiver gostando, a outra pessoa precisa saber.

Ele absorve tudo, o olhar focado.

— Eu gosto disso — diz, a voz em um registro mais grave. Agora a mão dele está no meu joelho, o polegar esfregando em um círculo lento. — Na verdade, gosto de tudo isso. Acho que aprendi muito mais do que em todas as aulas que tive na escola.

— Fico feliz — respondo —, porque acho que estamos prontos para a parte prática da aula.

Coloco a mão em cima da dele, e parece natural me inclinar em sua direção. Estou mais que ansiosa por seu toque, o que é incentivado nas preliminares intermediárias. Desta vez, quando nos beijamos, é suave no começo. Exploratório. Finn passa a mão pela curva do meu maxilar e, quando estremeço, ele sorri e faz de novo. Então se inclina para pressionar a boca no meu ouvido, repetindo o que fez em Phoenix.

— Ainda é bom? — pergunta, mesmo enquanto estremeço em seus braços.

Eu fecho os olhos, concordando em um murmúrio. É como se nosso corpo estivesse ansioso para continuar de onde paramos, e o beijo não fosse mais suficiente. *Mais*, eu me sinto dizer enquanto deslizo os quadris nos dele. *Mais*, ele concorda, me puxando para cima dele enquanto nossos beijos se tornam mais profundos. Urgentes.

É *divertido* fazer isso com zero expectativas, zero compromisso. Não estou preocupada com o que vai acontecer amanhã de manhã ou se um de nós quer mais do que o outro. Desligar meu cérebro é mais fácil do que eu esperava.

Também tem alguma coisa na sensação de tê-lo só para mim que contrasta fortemente com o Finn em seus painéis. Sou a única que consegue ver esse lado dele — por enquanto, pelo menos.

E, apesar do fato de nada disso ser real, a protuberância dura em seu jeans é imensamente gratificante.

Eu me esfrego nele, estendendo a mão para brincar com seu zíper, e, quando a calça jeans já está jogada no chão, ele me ajuda a me livrar da minha. Jogamos nossa camiseta por cima.

— Devagar — relembro, ainda que minhas mãos errantes não queiram obedecer. — Me provoque.

Ele responde com um grunhido enquanto se inclina para mexer no meu sutiã.

— Eu sei como fazer isso agora — diz ele, puxando-o com um sorriso satisfeito. — Meu Deus. Seus seios são fenomenais. Acho que não dei a atenção que eles mereciam em Seattle, e peço desculpas por isso.

— Ah. Você está aprendendo.

Minha risada se transforma em um gemido quando ele passa a língua em um mamilo.

— Mais disso. Por favor — digo, e ele é rápido em obedecer, provocando-me com os dentes. Eu coloco a mão em seu cabelo, um calor crescendo em minha barriga.

Desta vez, ele não vai muito rápido. Ele lambe, chupa, morde com suavidade, até meus mamilos ficarem duros e eu tremer embaixo dele. Sua mão desce, esfregando meu osso do quadril.

— Posso te tocar? — pergunta em meu ouvido, a boca deslizando pela minha pele. Sinto outro arrepio, por mais que esteja quente em todos os lugares.

Concordo, e ele geme baixinho quando coloca a mão por cima da minha calcinha.

— Pelo jeito estou fazendo algo certo — brinca, a voz áspera como cascalho enquanto passa um dedo para a frente e para trás ao longo do tecido úmido. Quando seu dedo desliza para dentro da calcinha, posso senti-lo vacilar, sem saber por onde começar.

— Assim — explico, estendendo a mão para guiá-lo até que ambos encontremos aquele feixe de nervos sensível. O mais leve dos toques me faz me remexer. — Está sentindo?

— Eu... Eu acho que sim. — Ele dá um suspiro agudo. — *Ah*. Sim, estou sentindo.

— Você está bem?

— Só tem quinze anos de inabilidade desabando ao meu redor.

Tiro a calcinha para que ele consiga acessar com mais facilidade. Uma tensão concentrada corre de suas maçãs do rosto até o maxilar. Seu toque é gentil, exatamente como eu disse que deveria ser. Incerto, e não posso negar que há sensualidade nisso. Eu relaxo, deixando-o assumir o controle pouco a pouco.

— Sim? — pergunta quando minha respiração acelera, e eu ofego um *sim*. Mas então ele desacelera demais e eu perco o ritmo, e tenho que disfarçar a frustração.

Isso deve durar ao menos quinze minutos — quase chegando lá antes que o prazer desapareça.

— Eu... me desculpa. Não sei o que estou fazendo de errado. — Ele passa a outra mão na testa.

— E se a gente tentar outra coisa? — Vamos nos desviar do roteiro, mas pode ser necessário. — E se... E se eu te mostrasse como me faço gozar? — A ideia faz um novo tipo de pressão crescer entre minhas coxas, meu coração acelerando. Não era o que eu tinha planejado, mas de repente parece não apenas um orgasmo garantido, mas uma oportunidade perfeita de ensino.

E eu gosto muito da imagem mental dele me observando.

Ele inclina a cabeça, curiosidade despertada.

— Eu não me oporia.

Dou um tapa no braço dele.

— Fantasia adolescente se tornando realidade?

— Talvez se você estivesse vestida como Galadriel. — Ele olha ao redor da sala. — Devo aumentar o termostato? Ou diminuir? — pergunta. — Não quero que você fique com muito calor, nem com muito frio. Já que, bom, essa é a função de um termostato. Para não ficar muito frio. Ou muito quente. — Ele passa a mão pelo cabelo. — Estou agindo meio estranho? Porque posso te garantir que vou aproveitar.

— Sim — digo, rindo, mesmo com o calor subindo pelas minhas bochechas. — Mas é muito fofo.

Afundo na cama, a cabeça pressionada contra o travesseiro. A temperatura no quarto sobe ao menos dez graus enquanto a eletricidade corre em minhas veias. Talvez eu devesse ter pedido a ele para desligar o termostato, no fim das contas. Sim, ele já tinha me visto nua, mas isso foi quando eu pensei que seria só por uma noite. Ele não estava observando cada detalhe do meu corpo.

Deixo escapar um suspiro trêmulo e passo um dedo pela barriga. Passo pelo umbigo. Começo devagar, encontrando o ritmo com cuidado, cada grama de consciência focada no calor sob minha mão. Meu corpo está tenso, os joelhos quase se tocando. A cada rotação do meu dedo, sinto minhas pernas se soltarem.

As reações de Finn me estimulam, fazendo o último pingo de vergonha ir embora. Um piscar de olhos quando deslizo a mão livre para cima, acariciando meus seios. Um punho agarrando os lençóis, os nós dos dedos tensos, quando finalmente abro as pernas de vez, os joelhos na cama, meu coração batendo forte. Não pensei que ficaria tão excitada só por ele estar ali. Não previ que suas reações seriam tão intensas.

Relaxo, estendendo a mão para a mesa lateral para pegar uma gota de lubrificante, que de alguma forma parece ainda melhor do que eu pensei que seria, e, quando solto um gemido baixo, ele faz o mesmo.

Desde que começamos, estou em sintonia com seus menores movimentos, seus sons mais suaves. Cada célula do meu corpo sente cada respiração. Mesmo que não esteja olhando para ele, sua presença é tão *sólida* que não consigo esquecer que estou sendo observada. E não só observada — *estudada*, e Finn é um aluno acima da média. O som de sua respiração e a elevação de seu peito e, de alguma forma, até o *calor* físico de seu corpo a alguns centímetros de distância.

Enfio um dedo dentro de mim e arrasto aquela umidade até o clitóris. Ele engole em seco, o pomo de adão tremendo em sua garganta.

— Você fica muito sexy assim — diz. — Se não tem problema dizer isso.

— Não tem. *Ai, Deus.* — Observo como os músculos do antebraço dele se contraem, como ele mal pisca. Pensar nele prestes a gozar porque está *me* observando quase gozar, se forçando a se controlar... dá um tesão absurdo. As palavras saem antes que eu tenha a chance de questioná-las: — Bate uma pra você?

Seu olhar encontra o meu.

— É?

Estou morrendo de vontade, não digo. Em vez disso, só concordo.

Ele se move ao meu lado. Xinga baixinho. Então coloca a mão na frente de sua boxer e se esfrega, deixando escapar um gemido baixo assim que faz contato, tirando a cueca como se não pudesse esperar mais.

Quando ele segura seu pau, respira trêmulo, parecendo aliviado. Um pouco da tensão diminui em seu rosto, seu corpo, como se estivesse se segurando desde que bati à sua porta. *Lindo.* Deixo meu olhar percorrê-lo, as batidas rítmicas do punho, os músculos tensos do pescoço e o triângulo de suor na cavidade da garganta. Meus dedos se movem mais rápido, as costas cavando o colchão.

Um som estrangulado escapa de sua boca.

— Porra, eu tô quase.

— Você pode... — começo, querendo dizer a ele que está tudo bem, que pode gozar.

— Não. Quero esperar por você.

— Eu... estou quase.

Seus movimentos se tornam mais nítidos. Um ranger de dentes.

Jogo o braço esquerdo sobre o rosto assim que sinto meus músculos se contraírem. Preciso gozar mais do que preciso de ar. Estou a apenas alguns segundos de distância, tudo em mim apertado e pronto para explodir.

Então, de repente, gozamos ao mesmo tempo. O prazer me atravessa, uma onda de neon brilhante, e eu grito quando um gemido selvagem sai da garganta dele. Todo o resto desaparece. Não há nada além do meu corpo e essa sensação mais pura e desesperada, Finn desmoronando bem ao meu lado, sua mão livre apertando minha coxa.

Respiramos juntos, ofegantes e nos recuperando, por pelo menos um minuto inteiro. Rostos corados. Pernas moles.

Então ele se vira para mim, com as pálpebras pesadas enquanto roça minha cintura com a ponta dos dedos.

— Puta merda — diz ele, com uma risada doce e incrédula na voz. — Eu tenho feito tudo isso tão, tão errado.

Twitter

@notivagosfanpage
É oficial: Os notívagos NÃO será renovada para a quinta temporada. Reclamem aqui embaixo e saibam que estamos tão devastados quanto vocês. 🫠🥺🐺

@mexley5ever
tem algum abaixo-assinado? não vamos deixar isso acontecer! assisto desde os 12, cresci com hux e meg! #prefiroserincomum #salvemosnotivagos

@caleb_rhodes_fã
Sei q disseram q ia acabar na formatura, maaas TENHO DÚVIDAS. Caleb e Alice ficam juntos? O soro do Hux funciona? E aquele javali na T3E17? 🐺🐺🐺🐺 #salvemosnotivagos

@calicecalicecalice
já estou com saudades vsffffff

@justiçaporsofiaperez
Acabei de postar uma petição. Por favor, assinem!!! Eles não podem nos ignorar, certo? 🥺 #justiçaporsofia

capítulo
DOZE

MEMPHIS, TN

— A mídia impressa está morrendo — disse uma das minhas professoras de jornalismo no primeiro dia de aula, e uma onda de sussurros ansiosos se espalhou pela sala mais rápido que as inscrições para um estágio no *Seattle Times*. — Vocês não vão se formar, conseguir um emprego imediatamente em um jornal local e trabalhar nele por trinta e cinco anos até se aposentar.

E aquilo foi, de fato, exatamente o que aquela professora havia feito.

Uma mão se ergueu.

— Não entendo — disse um cara a dois assentos de mim. — Você está nos dizendo para mudar de curso?

A professora balançou a cabeça.

— De jeito nenhum — disse, calma, mas com firmeza. — Você só vai ter que trabalhar um pouco mais. Ser um pouco mais versátil. Vai ter que *inovar*.

De alguma forma, tenho a sensação de que, quando disse isso, ela se referia a coisas como aprender a mexer no Photoshop, não ajustar os planos de aula para maiores de Finnegan Walsh.

Faz duas semanas que estamos nesta viagem, e estou tão envolvida com nossa atividade extracurricular que quase negligenciei o motivo de estarmos aqui: escrever o livro de Finn. Claro, passei alguns dos nossos dias de folga em cafés, tentando entender as anotações que já fiz, enquanto Finn ficava no quarto de hotel lendo um roteiro de comédia romântica ou fazendo... o que quer que ele faça em seu tempo livre. Mas, assim que pousarmos em Memphis para a convenção deste fim de semana, estou determinada a obter mais material dele.

Para garantir que isso vai acontecer, estamos trabalhando no lugar menos sensual que se possa imaginar: uma sala de conferências em um Hilton DoubleTree.

Computador e caderno abertos, gravador de voz ligado. Sem prisioneiros.

— Ouvi um pouco de Sleater-Kinney na noite passada — Finn diz do outro lado da mesa antes que eu faça minha primeira pergunta. Ele coloca o celular no meio da mesa e uma sequência familiar de acordes começa a tocar. A faixa-título de *All Hands on the Bad One*, meu álbum favorito. — Você tem razão, elas são muito boas.

É tão do nada que me assusta.

— Você... Ah, legal. — Fico meio boba, sem saber o que responder. Então limpo a garganta. — Quer dizer, fico feliz por você ter ouvido. Fiquei animada quando elas voltaram, mas não são as mesmas sem Janet Weiss.

— A baterista. Ela saiu em... 2019, é isso?

Eu ergo uma sobrancelha.

— Alguém andou passando um tempinho na Wikipédia.

Ele dá de ombros, tamborilando uma das canetas gratuitas do hotel na mesa, no ritmo da música.

— Você disse que amava essa banda. Fiquei curioso.

Não sei que nome dar para minha reação, então decido ignorá-la.

— Se você está tentando me distrair com bandas do Riot Grrrl, pode até funcionar, então acho que é melhor nos concentrarmos no livro.

Ele desliga a música.

— Estou pronto — anuncia, afastando o cabelo do rosto e endireitando a postura no mesmo instante. — Pode mandar.

Começamos com perguntas leves: bastidores de *Os notívagos,* nos aprofundando no personagem. Depois do que fizemos em Minnesota alguns dias atrás, estou aliviada por podermos voltar ao trabalho.

— Você foi rotulado como nerd por um tempo — digo. — Em *Os notívagos*, é claro, e em *Sorte a nossa* — no qual ele interpretou um professor de ciências do ensino médio que ainda morava com os pais — e *Faz meu tipo* — em que seu personagem, um designer de fontes, mal conseguia falar com a pessoa que gostava sem suar profusamente.

— Teve um episódio piloto que não deu certo também — comenta ele. — Uma série sobre um grupo de contadores socialmente inaptos. A televisão em seu auge. E o mais engraçado é que nem era tanto uma questão de estereótipo, eu era mesmo daquele jeito. Hux não era muito diferente de mim, só que eu preferia Tolkien e mitologia em vez de ciência. — Então ele fica envergonhado, dando tapinhas na pele sob os olhos. — Meu relações-públicas até me fez usar óculos com lentes sem grau no dia a dia, longe das filmagens, apesar de eu não precisar deles.

— *Não*. É sério isso?

Ele assente, rindo.

— Não é ridículo? Eu era grato por ter aquele trabalho. E acho que deveria ter sido ainda mais grato, agora que sei que a fonte estava prestes a secar.

— Daria pra dedicar um capítulo inteiro a isso — comento. — O estereótipo nerd e como Hollywood degradou e hipersexualizou o estilo.

Não esperava que Finn reagisse com tanta empolgação, mas seus olhos se iluminam na mesma hora.

— Sim! Amei essa ideia.

Meus dedos voam pelo teclado enquanto falamos mais sobre sua mudança de Reno para Los Angeles, e ele me conta da primeira vez que foi reconhecido em público.

— Eu estava em um mercado no Valley, esperando na fila para pagar uma quantidade absurda de guloseimas que eu tinha pegado: Pop-Tarts, anéis de cebola congelados, uma bandeja inteira de queijos sofisticados que eu ia comer sozinho. É o que acontece quando você tem vinte anos e começa a morar sozinho. Duas garotas que não deviam ser muito mais novas que eu não paravam de olhar, e eu tinha certeza que estavam me julgando pelo que eu estava comprando, então ficava tentando proteger minha cesta. Mas, quando chegamos no estacionamento, elas perguntaram se eu era Finn

Walsh. Fiquei tão chocado que esqueci onde tinha estacionado meu carro. Andei atordoado por quinze minutos sem encontrar.

— Qual foi a sensação? — pergunto, sorrindo e imaginando a cena. — De ser reconhecido e morar sozinho pela primeira vez.

— Surreal. Para ser sincero, ainda não estou acostumado. E não só porque acontece bem menos hoje em dia. Quando a série foi ao ar, eu precisava me disfarçar em quase todo lugar que ia, com óculos escuros, chapéu, a coisa toda. Agora não me incomodo com nada disso. Nas raras vezes em que alguém me reconhece, eu sempre acho que um dos garotos de *Stranger Things* está atrás de mim e que, na verdade, estão olhando para ele. — Deve ser verdade, com base no que observei até agora. Ninguém parece reconhecê-lo, a menos que de fato o *conheça*, a menos que esteja inserido naquele mundo. — E acho que preciso explicar melhor... No começo eu dividia o apartamento com uns caras, mas eles trabalhavam em restaurantes à noite e faziam testes durante o dia, então quase nunca os via. No fim da primeira temporada, me mudei e fui morar sozinho. Adorei. Já era bastante autossuficiente havia algum tempo, então, assim que comi tantos Pop-Tarts quanto tinha direito, comecei a cozinhar com mais frequência. E voltava para Reno para visitar minha mãe sempre que dava.

O som do meu teclado continua a preencher o espaço entre nós.

— Adoraria saber mais da sua família — digo, hesitante, porque não esqueci o que ele disse sobre o pai nem ignoro que não mencionou se voltou a vê-lo.

Ele tamborila mais um pouco com a caneta na mesa.

— Vejamos... Você já sabe que eles se divorciaram quando eu estava no ensino médio. Minha mãe trabalhou com contabilidade hospitalar, mas agora é rabina.

Eu arfo.

— Você tá falando sério? Isso é incrível. Podemos colocar no livro, certo? Por favor, não conte para ela que eu como carne de porco.

— Ela não te julgaria — diz ele. — E vocês vão se conhecer daqui a algumas semanas. Vamos passar algum tempo na minha antiga casa em Reno quando estivermos lá para a Biggest Little Comic Con.

— Parece uma pessoa encantadora.

— Eu morro de orgulho da minha mãe. Foi uma grande mudança de carreira e ela teve que voltar a estudar, mas era o que ela queria e ela fez acontecer.

— E o que ela acha de *Senhorita Visco*?

Ele ri e finge que vai jogar a caneta em mim.

— A grana foi boa! E, se você olhar com atenção para a cena da véspera de Natal, vai ver que tem uma menorá ao fundo.

— Uau, quanta representatividade.

Isso o faz rir ainda mais, ruguinhas surgindo no canto dos olhos.

— Quero esse assunto no livro. Não só a pobre menorá, apesar de essa ser uma boa história de abertura de capítulo, mas minha religião em geral.

Assinto enquanto vou anotando.

— E seu pai?

Sua boca se franze em uma linha.

— Não sei dizer onde ele está hoje em dia. Tende a aparecer só quando quer alguma coisa de mim.

— Ah, sinto muito.

— Não sinta — responde, fazendo um gesto de desdém, e tenho a sensação de que há muito mais nessa história. — É um alívio, na verdade, não precisar me preocupar se ele está feliz com o que estou fazendo ou se acha uma infantilidade e perda de tempo, coisas que ele dizia quando comecei a fazer as audições. — Ele aperta os lábios. — A gente não concordava em nada, de verdade. Política, dinheiro, o que eu queria fazer da vida. Ele era uma pessoa amarga e infeliz e parecia ter como missão garantir que todos ao redor dele se sentissem assim.

Ele fala mais da mãe, me contando uma história de como ela convenceu a irmandade de sua sinagoga a se vestir como os personagens de *Os notívagos* durante um Purim. E é óbvio que exijo provas fotográficas.

— Algo me diz que não é por isso que você quis escrever este livro — comento quando entrego o celular de volta para ele.

Está tão perto de me contar que quase posso sentir — só precisa de um empurrãozinho.

Ele passa alguns instantes ponderando o que quer dizer, como já percebi que costuma fazer antes de revelar algo mais profundo. E eu gosto disso — que ele precise de tempo para escolher as palavras certas. Muitos de nós somos rápidos demais em disparar a primeira coisa que vem à nossa mente.

— Durante todo o tempo em que estive em *Os notívagos* — comenta ele, por fim —, a mídia especulava quem eu estava namorando, quem eu não estava namorando. Se eu era tão doce e generoso na cama quanto meu personagem. Eles queriam dizer que eu era um nerd na vida real também, e não era hilário que eu soubesse tanto de Tolkien? Eu era o típico cara gente boa, não? Não seria o melhor namorado do mundo para as leitoras das revistas de fofoca que não faziam ideia de quem eu de fato era? Foi ainda pior para as mulheres da série ficar sob tamanho escrutínio. E essa merda acontecia sem parar.

— Eu... não tinha pensado por esse lado — admito.

Não parece certo olhar para a tela do computador enquanto ele está falando com tanta franqueza, então coloco o computador de lado, deixando meu gravador tomar as rédeas. A respiração de Finn fica mais rápida conforme ele ganha fôlego, antebraços sobre a mesa, inclinando-se para se certificar de que o gravador está captando cada palavra.

— E as pessoas adoravam falar mal do programa em si. Isso é o que Hollywood faz, sabe? Com todo trabalho destinado a adolescentes, mesmo que nenhum de nós fosse adolescente e tudo fosse só encenação. Sempre que eu dizia alguma coisa em público, tinha que pensar em todas as formas como aquilo poderia ser mal interpretado. As frases de efeito que, em um vídeo de cinco segundos, estragariam algo que passei anos procurando a palavra certa para dizer. Eu não conseguia falar o que pensava. Não podia agir fora do personagem, mesmo na minha vida normal, porque ninguém queria ver. Eles queriam Hux, não eu. Este livro é minha chance de mostrar quem eu sou de verdade. Não é isso que todos nós queremos? Poder falar, ou criar, e fazer com que outras pessoas ouçam?

Ah. Uau. Acho que ele me pegou nessa.

— E então tudo simplesmente... acabou. Eu amo a série. Eu amo os fãs — explica. — Só que alguns dos atores já estavam com quase trinta anos e interpretavam garotos de dezoito. É como se estivéssemos presos em um tipo bizarro de adolescência estendida, e a reunião... — Ele para, pesando as palavras de novo. — Não quero ser superfamoso, não quero mesmo. Eu vi o que esse nível de fama faz com as pessoas. Juliana... bom, você deve ter lido as notícias.

Eu li. Os paparazzi registravam seus vícios e o tempo que passava na reabilitação, galerias de fotos questionando se ela estava magra demais ou se não estava magra o bastante, e por quanto tempo ficaria sóbria antes de ter outra recaída. Era tudo horrível.

— E isso é o que chega até os sites de fofoca — comenta. — É devastador pra caralho.

— Mas vale a pena? — pergunto. — Vale a pena toda essa palhaçada?

Ele pensa na pergunta por alguns instantes.

— Não sei se é por valer a pena toda essa palhaçada ou por eu não ter nenhuma outra habilidade comercializável. Bom, acho que não tenho. Mas não tem nada como isso. Poder fazer uma arte que ressoe para outras pessoas, algo que leve alegria ou inspire, ou algo que as ajude a escapar do mundo real por alguns instantes. Talvez encontrem certa conexão que nunca foi a intenção inicial, e isso faz parte da mágica. Quando estou em frente às câmeras, não preciso me preocupar com nada, a não ser fazer com que meu desempenho seja o mais verossímil possível, e é libertador. Espero continuar fazendo isso o máximo que puder, mesmo que não esteja conseguindo grandes papéis. Mesmo que esses papéis não sejam de "prestígio". Talvez um dia eu queira produzir ou dirigir algo, mas, por enquanto, gosto da minha privacidade. O que mais me encanta, na verdade, é a saúde mental.

Isso me pega desprevenida. Esperava que os motivos que o levaram a querer publicar o livro estivessem conectados a Hollywood, ou talvez ao relacionamento com a família. Mas percebo que isso não responde a algumas perguntas que ainda não fiz.

Ele olha para as mãos, entrelaçando os dedos.

— Estava esperando o momento certo para contar pra você, porque quero que isso seja um ponto central do livro, mas talvez exista mais de um momento certo. — Ele abre um sorriso discreto, e posso dizer que isso exigiu muito esforço. — Viu? Estou enrolando quando tudo que quero fazer é falar de uma vez. Certo. — Ele respira fundo, então: — Eu tenho TOC severo.

— Achei que poderia ser algo do tipo — digo, da forma mais gentil que consigo. O jeito que ele inspeciona os pratos. O fato de sempre optar por garfos e facas em vez de comer com as mãos.

— Nem sempre é um assunto fácil de abordar — diz. — Sofro disso desde criança, e antes de começar a tomar remédios, antes de conhecer meu atual terapeuta, eu era pura confusão. — Ele esfrega a nuca, os olhos percorrendo a sala antes de pousar em mim. — A maioria das minhas obsessões gira em torno de germes, contaminação e mofo, principalmente relacionados à comida. Se algo estiver levemente sujo, não consigo ficar perto. Ou, ao menos, era assim que eu costumava ser. Não comia em restaurantes porque não tinha como saber de que modo lavaram as coisas e me preocupava em pegar alguma doença. Jogava comida fora. Colocava lençóis limpos de volta na máquina de lavar se estivessem cheirando minimamente mal. Eu me sentia um merda por causa disso, por desperdiçar toda aquela água, o que só aumentava ainda mais minha ansiedade. Escondi isso dos meus pais por muito tempo — continua. — Principalmente do meu pai. Precisei de anos de terapia para me dar conta do quanto ele abusava emocionalmente de mim. Eu achava que estava tudo bem porque ele nunca tinha sido agressivo, mas ele sempre tinha a opinião *dele*, e, se você não concordasse, a conversa acabava em uma discussão repleta de gritos. Ele odiava desperdiçar comida, então, se alguma coisa na geladeira estivesse perto do prazo de validade ou com uma cor um pouco estranha por causa de... porra, eu não sei. Algum conservante. Eu esperava até que ele saísse de casa e escondia a comida no fundo da lata de lixo e, mais tarde, quando ele perguntava onde estava, eu dizia que tinha comido. Às vezes eu levava um monte de coisas para a lixeira no final da rua, só porque tinha medo de meus pais descobrirem.

— Meu Deus — digo baixinho, porque odeio a ideia de um Finn mais jovem tão assustado, tão inseguro. Seu cérebro trabalhando contra ele. — Não deve ter sido fácil. Eu sinto muito.

— Fiquei bom nisso. — Um sorriso triste. — Claro, às vezes eu precisava usar luvas e tomar banho logo em seguida. E, claro, meus pais acabaram descobrindo o que eu estava fazendo. Meu pai ficou furioso e acho que minha mãe estava com muito medo dele para discordar. E ele... ele me disse pra parar com aquela merda, que eu estava "agindo que nem louco" e que eu não me atrevesse a deixar alguém me ver fazendo aquilo. — Finn está respirando um pouco mais rápido, um punho cerrado no topo da mesa. — Então foi isso que eu fiz. Minhas compulsões se transformaram e comecei a dedicar a maior parte do meu tempo livre a descobrir como me sentir seguro e confortável sem que ninguém soubesse o que eu tinha. Se tivesse uma partícula de algo estranho em um prato, eu dizia que não estava com fome. Descartava lençóis e cobertores velhos na época de escola e comprava outros novos com meu dinheiro de Hanukkah. Eu queria *tanto* fazer meu pai feliz, e isso significava não ser o filho perturbado que ele achava que eu era.

— Finn. Você *não* é nada disso — asseguro, desejando poder fazer mais para tranquilizá-lo.

Ele balança a cabeça.

— Mas era como eu me sentia, na maior parte do tempo. Eu nem tinha um relacionamento muito bom com minha mãe até depois de ele ter ido embora, e foi tarde. Mas o pior de tudo foi na última temporada de *Os notívagos*, quando recebemos a notícia de que a série não seria renovada. Eu estava ansioso para agendar o próximo trabalho porque todos já tinham coisas encaminhadas e eu não. Estava colocando muita pressão em mim mesmo e tinha acabado de comprar uma casa que não sabia se conseguiria continuar pagando. A única coisa que parecia estar sob meu controle era a limpeza da casa. Eu ficava preso nesses ciclos horríveis, esfregando a casa, devolvendo pratos que tinha acabado de comprar porque podia jurar que a caixa estava com um cheiro estranho assim que a abria, lavando roupas sem parar porque nada parecia limpo o bastante. Então minha conta de energia veio mais alta, o que só aumentou o estresse. Eu sabia que precisava fazer algo, mas não sabia por onde começar. Foi só quando o episódio final foi ao ar que resolvi procurar ajuda. Na verdade, foi sugestão da Hallie.

— Isso é ótimo — digo, e estou falando sério. — Eu também fiz terapia. Para transtorno de ansiedade generalizada. Acho que tive isso grande parte da minha vida, mas só comecei a cuidar com uns vinte e poucos anos. Faz alguns meses que não vou, apesar de achar que deveria, mas eu amo pra caralho fazer terapia.

Ele concorda.

— Então você entende.

— Não tudo... mas parte, sim. — Então, um pensamento surge em minha mente. — E o sexo? Se não se importa com a pergunta, já que obviamente, bom, tem muito toque envolvido.

— Trabalhei isso na terapia também — comenta. — Sexo oral foi um pouco difícil no começo, mas não tenho problemas com isso há anos.

— Se você não se sentir confortável, a gente não precisa...

— Não. Eu quero. Mesmo que minhas habilidades não sejam as melhores no momento... eu gosto muito de fazer. — A voz dele está tão séria. Engulo em seco, me perguntando se de fato existe algo de excitante em um Hilton DoubleTree que não levei em consideração. Sei que muitos homens gostam de fazer sexo oral nas mulheres, mas ouvi-lo admitir isso de forma tão casual...

Por sorte, ele muda o rumo da conversa antes que eu pense mais no assunto.

— Foi por isso que não deu certo com os outros ghostwriters — explica. — Não me senti totalmente à vontade com eles, não a ponto de me abrir e contar sobre isso. E estou muito melhor agora. Consigo ir a restaurantes, apesar de nunca usar as mãos para nada. Tenho trabalhado esse ponto na terapia. Tento evitar banheiros públicos, se posso evitar, mas não compro mais lençóis novos mês sim, mês não, como fazia. A maioria das situações é simples e consigo lidar, mas situações de alta ansiedade... são mais complicadas. — Ele dá risada. — E, para sua sorte, você parece estar por perto durante a maioria delas. Não é algo que eu saia contando pra todo mundo — diz ele. — E você?

— Às vezes. Depende de quão próxima eu for da pessoa.

Eu me arrependo no mesmo instante do que disse, com medo de que, ao falar, tenha indicado que temos algum tipo de proximidade.

Mas ele só concorda.

— Não quero mais que seja assim. Passei muito tempo da minha vida me escondendo, mentindo, fingindo. Quero que este livro tenha histórias divertidas dos bastidores de *Os notívagos,* claro. Porém, mais do que isso, quero falar sobre o estigma do TOC e a saúde mental em Hollywood. — Sua voz está mais confiante. Seus olhos encontram os meus, cheios de paixão pelo que está falando. — Estou planejando dedicar os lucros do livro para criar uma ONG que ajude atores com problemas de saúde mental. Aspirantes a atores, atores famosos, qualquer um. Não quero que ninguém sinta que o dinheiro ou o estigma é um impedimento para obter a ajuda de que precisam.

Eu apenas o encaro. Uma expressão de timidez toma conta de seu rosto, substituindo a confiança de instantes atrás.

— Que foi? — pergunta, as sobrancelhas franzidas de preocupação. — Por que você está me olhando assim? Acha que não é uma boa ideia?

— Não. De jeito nenhum. — Pego meu computador de novo e escrevo ONG em bold. — Eu... acho incrível, Finn. De verdade.

As bochechas dele ficam vermelhas.

— Ainda não falei muito a respeito disso com minha equipe e alguns doadores em potencial, mas posso mostrar o plano de negócios, se você quiser.

— Mais Google Docs? Sim, por favor.

Ele sorri, e posso dizer que está satisfeito. Consigo perceber em seu rosto: o projeto é a menina dos olhos dele.

— Eu não quero mais ser só aquele cara da série dos lobisomens — declara, desafiador. — Fiz tudo o que pude para mudar essa situação, mas comecei a perceber que, a menos que algo grande aconteça, eu estou... encalhado.

Encalhado.

— Entendo essa sensação — digo baixinho, porque, ainda que não tenha passado pelo mesmo, entendo o que é estar encalhada. — Talvez este livro seja algo grande para nós dois.

― ―

ASSIM QUE ME ENROLO EM UMA TOALHA E ENCONTRO FINN NA PISCINA do hotel, sugestão dele para fazermos uma pausa, não sei mais dizer se estou fazendo isso a contragosto. De alguma forma, me lembrei de colocar roupas de banho na mala no último minuto, um biquíni preto que comprei há cinco anos, daquele jeito sonhador que as pessoas no noroeste do Pacífico compram biquínis e torcem para o sol aparecer.

Finn já está lá, com uma bermuda azul-escura, alongando-se como se estivesse se preparando para um nado costas de duzentos metros. Nunca o vi sem camisa com uma iluminação decente. Não é sarado, mas eu já sabia disso. Ainda que fosse bem magro em *Os notívagos*, agora está um pouco mais cheinho. Sardas pontilham seus ombros, a coluna, os quadris, pequenos redemoinhos de cor.

— Você está de *meia*? — pergunta, incrédulo.

Olho para baixo: estou de meia e com minhas papetes. E não é qualquer meia — é meu par favorito, com carinhas mal-humoradas por toda a estampa.

— Tá, olha só. Não achei que a gente teria essa conversa tão cedo; talvez ela nunca acontecesse. Mas estou sempre com frio nos pés e odeio a sensação de estar descalça. Não vou nadar de meia nem nada do tipo.

Finn balança a cabeça.

— Desculpa, não consigo entender. Por que estamos escrevendo um livro sobre mim quando você é obviamente uma alienígena disfarçada de humana? — Ele se aproxima, me olhando sério enquanto coloca a mão no meu ombro. — Você veio sozinha? Estão preocupados com você em seu planeta natal?

Tento bater nele com a toalha, mas ele desvia.

— Todo mundo tem suas esquisitices, tá?

— Desde que você não coloque as meias depois de nadar, estamos de boa.

— Eu não sou um monstro. — Ele não precisa saber do par extra na mochila com essa exata finalidade.

Ele se dirige até a borda da piscina e ergue as sobrancelhas com exagero antes de mergulhar com confiança na parte mais funda. Então emerge da água com um sorriso, secando os olhos e jogando o cabelo para trás.

— Deixe eu adivinhar, você aprendeu a nadar pra gravar alguma cena ousada de resgate embaixo da água em *Os notívagos* — digo enquanto seus braços cortam a água. Não sou especialista, mas a forma como ele nada me parece perfeita.

Ele balança a cabeça.

— *Aquamarine 2: o garoto fora d'água.*

— Não sabia que esse filme teve continuação.

— Sim, apesar de achar que não deveria ter. Foi um fracasso comercial e de crítica, mas as aulas de natação foram boas.

Coloco meu celular próximo à beira da piscina e, antes de mergulhar, vejo se meus pais mandaram alguma mensagem.

— Ah, só pra você saber — falo para Finn, que agora está em um nado borboleta singelo. — Acho que faz uns dez anos que não nado. — Aponto com a cabeça na direção da placa que diz SEM SALVA-VIDAS DE PLANTÃO.

— Para sua sorte, fiz vários cursos de RCP. Não sei dizer se me lembro de alguma coisa, mas com certeza sei fazer parecer que estou salvando sua vida. — Ele olha ao redor da piscina. — Nenhum desses hotéis tem personalidade, né? Quanto tempo ainda temos em Memphis? Talvez a gente possa sair um pouco amanhã. Explorar.

— A gente deveria trabalhar. Vamos ficar aqui mais dois dias e depois partiremos para Denver na quinta-feira.

— Podemos fazer os dois. — Ele nada até ficar ao meu lado, gotas de água revestindo suas sobrancelhas e grudadas em seus cílios. — Você nunca pisou aqui. Não está curiosa? E, ei, quem sabe isso ajude a estimular nossa criatividade.

Como nesta viagem devo sair da minha zona de conforto, eu aceito.

Verifico meu celular de novo.

— Tudo bem? — pergunta ele.

— Ah... sim, desculpa. Minha mãe fez uma colonoscopia semana passada, então estou esperando para saber como foi.

— Devo dizer que estou curioso para saber mais sobre o tipo de pessoas que criaram alguém que insiste em usar meias até na piscina do hotel.

— Eles são incríveis. Meio hippies doidões. Fumam maconha, e minha mãe teve até uma fase em que seguiu o Grateful Dead, bem antes de eu nascer — comento. — Antes de se aposentarem, meu pai trabalhava como consultor de sustentabilidade para grandes corporações, e minha mãe era professora de música no ensino fundamental. Mas eles são um pouco mais velhos. Acho que me preocupo demais com os dois, com certeza mais do que gostariam que eu me preocupasse. Não consigo evitar.

— Quando você diz mais velhos...

Franzo os lábios, me preparando para sua reação.

— Estão com setenta e tantos. Quando eu estava na escola, os outros alunos sempre achavam que eram meus avós. E, agora que já sou adulta, de vez em quando penso que eles estão muito, muito diferentes do que eram. E isso às vezes me apavora. — Minha voz fica suave, o zumbido dos filtros da piscina preenchendo o espaço.

— Eu também me preocuparia — diz ele. — Não deve ser nada fácil.

Há algo novo em sua voz, uma gentileza que me faz continuar falando.

— É que, tipo... cada ano me traz novas formas de me preocupar com eles. A temperatura vai ficar abaixo de zero? Eu me preocupo que eles saiam de carro com as ruas congeladas. Como anda a visão deles, seus reflexos? É seguro que eles dirijam? E... — Paro de falar, me perguntando se estou me expondo demais. Com certeza é mais do que já falei para qualquer outra pessoa, com exceção de Noemie. — Mesmo que precisassem de ajuda, sinto que fariam de tudo para que eu não soubesse. Porque eles não gostariam de me incomodar.

Certa vez, não me contaram de uma biópsia de pele que meu pai fez porque não queriam que eu ficasse ansiosa. O que provavelmente foi a decisão certa, porque, quando minha mãe deixou escapar por mensagem que os resultados, felizmente, eram benignos, liguei cinco vezes seguidas e ela não me atendeu. Quando enfim retornou a ligação, não entendeu por que eu parecia tão preocupada.

— São boas pessoas — diz ele. — Dá pra perceber.

— Porque eles sabem lidar comigo e minhas tendências alienígenas?

— Não. É pelo jeito que você fala deles. São tantas histórias horrorosas envolvendo os pais nessa indústria, pessoas que forçaram os filhos a crescerem rápido demais. Faz tempo desde a última vez que ouvi uma pessoa dizer que ama de verdade e se dá bem com os pais.

A mensagem da minha mãe enfim aparece, oferecendo aos meus ombros uma chance de relaxar: tudo nrml 👍 seu pai e eu vamos clbrar c/ 🌿😊

Empurro o celular para longe da piscina, mas não tão longe.

— Enfim, você não precisa ficar me ouvindo falar dos meus pais.

— Mas e se eu quiser que você me fale mais sobre o sr. e a sra. Cohen? — Ele vira o corpo para boiar, com um sorriso de Gato Risonho. — Vai ser muito chato se só eu falar. Também quero saber mais sobre você.

E então ele sai nadando, jogando água na minha direção.

capítulo
TREZE

MEMPHIS, TN

É fácil se apaixonar por Memphis. Para mim, foi quase instantâneo. É uma cidade abundante em história e cultura, *viva*. O sol parece nos seguir pelas ruas repletas de predinhos de tijolos, aquecendo nosso pescoço e tingindo a paisagem de tons de âmbar.

Fazemos um tour pelo Sun Studio, onde Finn insiste em tirar uma foto minha segurando o microfone, que, dizem, é o mesmo que Elvis usou para gravar sua primeira música. Reviro os olhos quando ele me mostra. Estou muito séria, olhando direto para a câmera: ombros erguidos, maxilar contraído, a mão livre apoiada em punho cerrado no quadril.

— Vai ser a capa do seu projeto solo para reviver o Riot Grrrl — brinca ele, sorrindo.

Depois vamos ao Museu dos Direitos Civis e passeamos pela Beale Street, que me parece uma espécie de armadilha para turistas, com seus letreiros de neon piscantes e inúmeras lojas de lembrancinhas — mas, no fim das contas, é o que somos: turistas. Quando nos sentamos para saborear o autêntico churrasco de Memphis (de jaca para Finn), ele está mais relaxado do que nunca, as sardas iluminadas pelo sol, os olhos brilhantes. Está vestido de forma casual, jeans surrado e uma camiseta que diz CORRIDA BENEFICENTE DE MORDOR e, em letras minúsculas abaixo: NÃO SE PODE SIMPLESMENTE ENTRAR.

O restaurante é aconchegante, mesas de madeira e paredes cobertas com pôsteres vintage de estrelas da música country, Johnny Cash tocando nas caixas de som, e tudo isso me faz sentir que também posso relaxar um pouco. Finn estava certo quando dizia que os hotéis eram sufocantes. Enviamos ontem o roteiro às nossas equipes, então merecemos um tempo para explorar a cidade. Agora estamos só aguardando a aprovação deles antes de começarmos a escrever.

Estendo a mão sobre a toalha de mesa xadrez para pegar o molho barbecue.

— Bem que eu achei esse molho familiar. Minha prima recebeu um desses pelo clube de assinatura de molhos barbecue. — Finn me lança um olhar interrogativo, e eu explico: — Ela é um pouco obcecada por receber surpresas mensais pelo correio. Quase não importa o que seja, desde que tenha uma caixa para abrir. Ela amou esse aqui, vou comprar um pote pra levar de presente pra ela.

— Você e sua prima são próximas, você fala bastante dela — pondera.

Assinto.

— Noemie e eu... crescemos juntas. Frequentamos as mesmas escolas, a mesma faculdade, até fizemos o mesmo curso, antes que ela optasse pelo caminho mais pragmático e financeiramente estável das relações públicas. E eu moro com ela. A gente poderia muito bem ser irmãs, pra ser sincera.

— Eu já quis ter um irmão. — Ele enfia o garfo na salada de repolho com maionese. — Mas pelo menos eu tive Krishanu, e fomos inseparáveis por um tempo. — Ele mencionou Krishanu Pradhan há alguns dias: o melhor amigo de infância, que ainda mora em Reno e dá aula de inglês no ensino médio. — Vocês vão se conhecer daqui a algumas semanas.

— Mal posso esperar. Tomara que ele tenha umas histórias bem cabulosas pra contar.

— É provável que tenha.

— O que Finnegan Walsh faz quando não está filmando ou viajando? — pergunto. — Como é sua vida real?

— Esta é a minha vida real — responde ele, com naturalidade.

Eu balanço a cabeça.

— Não, não, não. A vida real é quando você está em casa sem ninguém por perto, então você lambe o molho de um prato de espaguete, anda pelado ou faz xixi no banho. É isso que os leitores querem.

— Eles querem que eu faça xixi no banho?

— De um jeito metafórico, sim.

Finn pensa por um momento enquanto a música muda para Dolly Parton.

— É meio sem graça, pra falar a verdade. Cozinho muito. Leio muito. Às vezes converso por vídeo com minha mãe ou Krishanu. — Ele dá de ombros. — Gravei outra comédia romântica que será lançada em dezembro, mas, como queria focar no livro, não tenho mais nada em andamento agora. É engraçado: quando estou em casa, sinto falta de estar na estrada. E, claro, quando estou no circuito, tudo que quero é ir para casa.

Há certa angústia nessas palavras, seja ela intencional ou não. As duas opções parecem bastante solitárias: em casa sozinho ou na estrada cercado de pessoas que conhecem seu personagem, mas não ele.

— Foi exatamente por isso que aceitei este trabalho. — Dou a melhor das mordidas na carne de porco desfiada. — Porque eu nunca tinha saído de Seattle.

— Ah, então você teria aceitado escrever um livro para qualquer um que pedisse, se isso significasse viajar pelo país. — Ele corta com a faca um pedaço de pão de milho e, agora que sei por que ele faz isso, tento não ficar olhando. — Como você virou ghostwriter?

— Meio que aconteceu por acaso, na verdade — digo e explico o anúncio de emprego, como conheci Stella, o livro que escrevi para Amber Y e os outros dois, que não foram nada satisfatórios. Conto para ele que no começo fiquei preocupada de alguém descobrir quem eu era e que, por causa do sigilo exigido nesses trabalhos, isso fosse me meter em problemas. Minha ansiedade só foi me deixar respirar em paz na metade do segundo livro. Uma vez até encontrei um tópico no Reddit em que as pessoas tentavam descobrir quem foi o ghostwriter de Amber Y e passei uma hora inteira vasculhando minhas redes sociais, por mais que tivesse certeza de que nada poderia ligar o livro dela a mim. Não achei uma única foto com um pedaço de papel solto ou cantos da tela do computador que alguém pudesse ampliar e encontrar um parágrafo de *Não pergunte para Amber Y.* Ainda assim, só de olhar para aquela conversa, sentia que era quase como enfiar meu acordo de confidencialidade em uma trituradora de papel.

— Quando te conheci — comenta ele, como se tivesse acabado de pensar nisso —, você disse que estava passando por um tipo de crise profissional. Então este não é seu trabalho dos sonhos?

Parte de mim queria que ele tivesse se esquecido disso.

— Naquela noite... bem, eu estava ali por causa do livro da Maddy DeMarco, que acho que você sabe quem é. Fui até ela para pegar um autógrafo para o meu exemplar, disse meu nome completo... e ela não sabia quem eu era. — Olho para minhas unhas, que pintei ontem com um esmalte azul-claro que trouxe comigo, cutucando o polegar enquanto me lembro da decepção que senti naquele momento. — É por isso que eu estava tão triste quando você me conheceu.

Finn pisca algumas vezes, tentando compreender.

— Você escreveu o livro inteiro e ela não fazia ideia de quem você era?

— Mal conversei com ela durante o processo de escrita. Em parte, foi por isso que eu aceitei este trabalho... porque iria trabalhar com você.

Minhas bochechas ficam quentes, embora ele deva saber que estou falando em um nível puramente profissional.

— Você deveria ter falado alguma coisa. Algo pra fazer ela se sentir muito mal pela indiferença.

Eu dou de ombros.

— Talvez. Acho que eu só queria cair fora daquele lugar. — E não posso deixar de rir ao dizer isso. — E, por sua causa, foi meio que o que aconteceu. Em mais de um aspecto. — Coincidência, destino, uma piada do universo, seja lá o que for, neste momento estou grata demais. Este trabalho tem sido diferente de todos os outros, e era disso que eu precisava. — Estou começando a pensar que não existe trabalho dos sonhos. Acho que tinha a ilusão de que começaria com uns livros mais leves, de influenciadores, estrelas de reality. E então poderia passar para algo mais profundo. Algo com um pouco mais... de essência.

— Onde eu me encaixo nesse espectro? — Ele passa a ponta do dedo pela mesa. — Você presumiu que eu não teria essência porque sou ator?

— Eu... não. — Não estou acostumada a ser questionada desse jeito, e talvez isso devesse me dar um pouco mais de empatia por ele. Tenho plena consciência de que, neste instante, ele já sabe o suficiente para preencher alguns capítulos sobre mim. — Bem... talvez no começo. Você deve ter um ego um pouco inflamado por se ver na tela, não?

Finn dá de ombros.

— Claro, muitas pessoas se deixam levar pelo ego, mas eu adoro atuar desde criança. Muitos de nós fazemos isso por puro amor pela arte.

— Já me enganei antes — continuo. — Aquela estrela de reality show tinha muito mais a dizer do que achei que teria. Então fico pensando: quem decide o que é essência e o que não é? Talvez algo que eu não considere importante seja essência para outras pessoas.

— E você está tentando encontrar meu lado mais profundo.

Quando seus olhos se voltam para os meus, tenho um vislumbre de nós dois na cama, em Minnesota, lado a lado. O pescoço de Finn apontado para o teto, a voz rouca me dizendo que ele estava quase lá.

— Se serve de consolo, você está fazendo um trabalho fantástico — comenta ele, empurrando a cestinha vermelha, agora sem comida, para o lado. Então ele aparenta refletir acerca de alguma coisa. — Tantos livros escritos para os outros... Você não tem vontade de escrever um livro seu?

Meu rosto inteiro se inflama. Pego meu copo vazio de água, depois olho ao redor, ansiosa, em busca do garçom.

— *Ah*. Você tem.

— Bom... não é o que todo mundo quer? O grande romance americano e tudo o mais? — Eu me esforço para não rir.

Faz muito, muito tempo que não falo disso com ninguém. Esse sonho morreu antes que eu sequer permitisse que ele crescesse, e agora não é nada além de um passatempo. Na verdade, não abro aquele documento desde que saímos de Seattle.

— Eu já quis, mas agora não quero mais. Agora... — Faço um gesto ao nosso redor. — Eu faço coisas assim.

Ele deve ter percebido que não quero falar desse assunto, porque deixa para lá. Ainda assim, é quase como se ontem, na piscina, fosse uma promessa. *Também quero saber mais sobre você.*

Mas existem certos limites comigo.

E essas conversas não terminam com nós dois recebendo um salário.

— Tem outra coisa que andei pensando — comenta Finn enquanto o meio da tarde se aproxima, iluminado, e ele coloca um par de óculos de sol. Uma hora depois, ainda parece que o cursor dele está pairando sobre aquele arquivo no meu computador. Eu assinto, e ele para um pouco para escolher as palavras, esfregando a barba por fazer. — O que você ganha com isso? Com as "dicas" que você tem me dado. — Congelo assim que ouço o que ele diz. — Andei pensando e não consigo acreditar que você tenha topado só pelo seu coração bondoso.

Gostaria de poder olhar para o rosto dele, sobretudo quando o sol começa a queimar minhas bochechas. É uma conversa muito mais fácil do que falar dos livros que escrevo.

— Tenho meus motivos. Durante anos, fui apaixonada por um dos meus amigos mais próximos — começo e, por mais estranho que seja, não é difícil de admitir —, Wyatt. Eu era a fim dele desde a faculdade, e a paixonite nunca foi embora por completo. Eu namorava outra pessoa, a gente terminava e o sentimento voltava com força total.

Finn assente, sem interromper.

— Algumas semanas antes de te conhecer... a gente ficou junto. E eu tinha todas essas ilusões, apesar de, claro, não saber o que era na época, de que a gente se tornaria o casal perfeito na mesma hora. Eu gostava muito dele, fui paciente e parecia que tudo estava se encaixando. — Não é um segredo obscuro e, ainda assim, não é muito divertido de reviver. — Até que ele me disse que não ia rolar. Que eu era a "doida dos relacionamentos" e ele não queria namorar.

— Mas o que isso quer dizer? — pergunta Finn. — A doida dos relacionamentos?

Penso em meu histórico de namoro. Justin, meu namorado do ensino médio e a primeira pessoa quem transei, um ato que durou seis minutos no total. David, que namorei no segundo ano da faculdade, e que me apoiou muito quando engravidei e decidi abortar. Só terminamos porque ele foi para o exterior estudar por um semestre e nenhum de nós dois queria namorar a distância. Depois teve o Knox, o primeiro cara com quem tive um orgasmo, o que me deixou mais ousada com todos os outros: caras que, ao longo dos meus vinte anos, conheci em diferentes aplicativos de namoro, relacionamentos que duraram de quatro a dezoito meses, e que quando terminavam eu voltava a pensar em Wyatt.

— Acho que nunca tinha feito algo casual. Até agora. — Cutuco o polegar de novo, arrancando uma pequena faixa azul. — De certa forma, ele está certo. Me pareceu a pior das provocações, ainda mais vinda dele, alguém que me conhecia muito bem e de quem eu gostava tanto. Eu era a doida dos relacionamentos... mas ele não queria ter um relacionamento comigo.

É a primeira vez que coloco as coisas desse jeito. Porque é a verdade, não é? Se ele quisesse ficar comigo, não teria importado que tipo de garota eu sou.

Olho de volta para Finn, com a intenção de ignorar tudo isso se ele achar que é um problema trivial demais, coisa de gente normal. Não sei por que essa é a primeira coisa que penso. Mas ele me diz outra coisa.

— Não há nada de errado em gostar de relacionamentos. Ou não gostar — comenta Finn suavemente. — Eu já tive alguns casos... no primeiro ano da série. Não me orgulho deles. Ainda mais quando penso em quanto o sexo deve ter sido horrível. Mas eu era jovem, inexperiente e muito perdido. — Ele tenta um sorriso. — Talvez meu entusiasmo tenha compensado.

Não posso deixar de rir.

— Você só namorou pessoas de Hollywood?

Ele confirma.

— Descobri que ninguém mais entende de verdade como funciona estar nessa indústria — explica. — Claro, pode ser estressante, mas é mais fácil quando a pessoa entende esse tipo único de estresse.

O que ele está dizendo faz todo o sentido, mas não consigo explicar por que isso me causa uma sensação estranha no estômago.

— Você ainda sente algo por ele? Wyatt? — O tom de Finn demonstra uma curiosidade cheia de cautela, como se ele achasse que não deveria se importar com a resposta, mas, ainda assim, quisesse muito saber.

— Não sei dizer — respondo com sinceridade.

A verdade é que faz quase uma semana que não penso nele, o que constato com felicidade, e não fico mais olhando o celular em busca de mensagens que não chegam.

— Não é que eu ainda ache que a gente poderia ficar juntos... sei que não. Mas sentimentos desse tipo não desaparecem da noite para o dia. E, bom, eu estaria mentindo se dissesse que isso também não foi parte do motivo pelo qual aceitei este trabalho.

— Sinto muito. Sinto muito que as coisas não tenham sido do jeito que você queria. — Ele parece sincero, um tipo de compreensão que não estou acostumada a receber dele. Ele coloca os óculos escuros no topo da cabeça, e posso ver esse entendimento pintado no ângulo suave de suas sobrancelhas, na posição do maxilar. De repente, ele me olha com mais intensidade, me levando para longe da cidade, para um quarto de hotel.

Ainda não respondi à pergunta dele, mas estou chegando lá.

— Aí fui ao evento da Maddy e minha carreira parecia ir na direção errada também. Como se eu não pudesse ter uma vitória sequer. Então era mais ou menos onde eu estava quando você me conheceu... não exatamente no fundo do poço, mas no ponto mais baixo. Faz muito tempo que estou focada na minha carreira, e ela não estava chegando aonde eu queria. E minha vida romântica girava em torno do Wyatt. Então, acho que, quando começamos a falar dessas aulas, pensei que talvez elas fossem um jeito de me divertir um pouco.

Ele não desvia o olhar do meu.

— E tem sido? — pergunta. — Divertido?

Penso de novo em Minnesota e outra onda de calor toma conta de mim. Minnesota e Phoenix, e talvez hoje, sem prazos e sem precisar acordar cedo. Tenho certeza de que não é fruto da minha imaginação quando ele se aproxima de mim.

Eu comprimo os lábios, assentindo.

— E acho que está prestes a ficar ainda melhor.

Porque estamos em frente a uma loja com as palavras BOUTIQUE ERÓTICA DE MEMPHIS, escritas em rosa-neon.

— Por que tenho a sensação de que você planejou isso? — brinca Finn, rindo. — Deve estar em algum lugar daquele Google Doc. Em letras bem pequenininhas.

Ergo as sobrancelhas, e ele afunda o boné de beisebol e coloca os óculos escuros. Um disfarce.

— É sério isso? Está com medo de que os funcionários de um sex shop em Memphis, Tennessee, reconheçam Oliver Huxley?

— Ei. Nossos fãs são diversos e têm uma atitude positiva em relação ao sexo... Pelo menos é o que eu espero deles.

— Não precisa ter vergonha. — Tento tirar o boné dele, que se esquiva.
— Vamos.

A contragosto, ele tira o boné e os óculos escuros. Ainda assim, quando entramos, eu o pego evitando olhar para as pessoas, fingindo se concentrar nos brinquedos em exibição, modelados a partir da anatomia de estrelas pornôs. Finnegan Walsh em um sex shop, com sua camiseta de Mordor. Suas bochechas ficam rosadas de um jeito adorável conforme passamos pelos produtos mais picantes, pela seção BDSM, pelas bonecas infláveis. Enquanto isso, me permito olhar para todos os lados, em parte à procura de alguma coisa que possamos usar em nossas aulas, em partes porque é simplesmente interessante. Os melhores sex shops são espaços abertos e inclusivos, e demorei muito para entrar em um.

Pego um frasco de lubrificante de uma prateleira.

— É sempre bom ter.

— Uhum.

Finn aponta para outra vitrine. Percebo que está relaxando pouco a pouco.

— Para que serve aquilo?

— Pinças vibratórias para mamilos? Acho que o nome já explica.

— Ah. Acho que ainda falta um pouco pra eu chegar nessa fase. — Ele aponta para um tubo de lubrificante quente. — Mas eu poderia tentar algo assim.

Uma mistura de sensações explode na minha barriga.

— Ah, é? Vamos levar.

Ele está me observando, uma expressão interessante no rosto.

— Você fica tão à vontade falando de todas essas coisas — comenta, e parece quase impressionado enquanto passa a mão pelos cabelos. — Vindo aqui.

— Muita coisa aprendi estudando — digo. — E o restante... acho que foi na prática. Eu sabia que, se não me sentisse confortável, não teria como dizer o que queria para a outra pessoa. — Dou um sorriso malicioso. — É empoderador dizer ao seu parceiro o que você quer. E, só porque é confortável, não significa que não possa ser gostoso.

— Ah, eu tenho certeza disso agora.

Pensei nisso ontem, e hoje tive a confirmação: estamos nos abrindo mais um com o outro. Contrariando todas as expectativas, pode ser que Finn e eu sejamos mais do que parceiros sexuais ou ghostwriter e autor — somos algo próximo de *amigos*.

Quando chegamos à prateleira de vibradores, passo alguns minutos verificando antes de pegar um massageador clitoriano não muito diferente do que tenho em casa.

— E isso?

— Estou... olhando com respeito.

— Estava pensando que a gente poderia usar juntos.

— E agora estou olhando com *muito* respeito.

Seguimos para a frente da loja com o vibrador, o lubrificante e uma variedade de camisinhas: aromatizadas, texturizadas, ultrassensíveis. A mulher de meia-idade no caixa nos dá um olá caloroso e começa a registrar as coisas, depois larga o scanner enquanto faz contato visual com Finn.

— Ai, meu Deus, Finn? Finn Walsh? — pergunta com um alegre sotaque do sul. — Achei que meus olhos estavam me pregando uma peça quando você entrou, mas é você, não é?

Finn fica ereto como uma vareta ao meu lado. Ele olha para a porta, como se estivesse calculando se daria para fugir, então parece perceber que não há escapatória.

Ele ergue a mão, acenando sem entusiasmo.

— Oi.

Ela leva a mão à boca.

— Meu Deus, *é* você! Meu nome é Tamara, esta loja é minha, seja bem-vindo! Posso ajudar a encontrar alguma coisa? Na verdade — ela estica o pescoço para ver o que estou carregando —, parece que sua namorada já escolheu alguns dos nossos best-sellers!

— Ah... ela não é...

— Eu não sou...

Tamara nos dá uma piscadela.

— Não se preocupe, não vou falar disso com ninguém. — Então ela dá outro suspiro. — Você deve estar muito ocupado com a reunião! Quando ouvi a notícia, *gritei* tanto que quase matei meu marido do coração.

— Estamos muito empolgados.

Eu sorrio, amando cada segundo daquela conversa.

— Posso tirar uma foto? Sempre quis ter uma daquelas paredes de celebridades, mas, bom, não recebemos tantas pessoas famosas aqui como eu gostaria. Você pode ser o primeiro!

— Que sorte — responde Finn com voz monótona. — Claro.

Uma Tamara alegre pega o celular.

— Eu vou te matar — resmunga Finn com os dentes cerrados.

— Com o vibrador com pontas ou com o chicote de couro?

— O que for mais lento e doloroso.

— Já fiquei com vontade. — Eu o cutuco enquanto a dona da loja aponta o celular para ele. — Agora *sorria*.

OS NOTÍVAGOS

Temporada 2, Episódio 18:
"Meio perverso, meio selvagem"

INT. LABORATÓRIO DE BIOLOGIA DE OAKHURST

O PROFESSOR DONOVAN está no laboratório, sentado à mesa e de frente para um microscópio, cercado por tubos de ensaio, béqueres e raios-X. CALEB RHODES está inclinado casualmente sobre a mesa e OLIVER HUXLEY, ao lado dele, espera nervoso.

          PROFESSOR DONOVAN
Como todos os experimentos mostraram, não temos como alterar o DNA e apagar por completo a parte canina. Lamento dizer que é um processo irreversível.

          CALEB
Foi o que eu disse pra ele. Eu só não sou muito bom com essas coisas de ciências. E não ligo de ser um lobisomem. Na real, *nisso* eu meio que sou bom pra caralho.

Caleb tenta uivar, mas tem um ataque de tosse.

Bem. A maior parte do tempo.

          HUX
Não é para ele. É para… outra pessoa.

CALEB
E você já perguntou pra ela, Hux? Talvez
seja melhor começar por aí, não?

HUX
Bom, não perguntei. Mas você acha que, se
tivesse escolha, ela ia querer continuar
assim?

Caleb se aproxima de Hux, um dedo em seu peito, empurrando-o.

CALEB
A gente tem superforça, supervelocidade e
visão noturna. Ouço conversas a quilômetros
de distância. Consigo me curar toda vez
que me machuco. E, sem querer me gabar, a
verdade é que a gente é bem mais bonito do
que vocês. Cabelo mais brilhante, pele perfeita, músculos maiores. Quem não ia querer
isso?

HUX
Como você sabe o que ela quer?

CALEB
Porque fui eu quem a transformou em lobisomem.

capítulo
CATORZE

MEMPHIS, TN

Quando começa a anoitecer, a energia entre nós dois está diferente. Cinética. A manga da minha blusa roça na de Finn ao menos umas seis vezes, e ele se esquece de tirar a mão quando ela pousa na parte inferior das minhas costas por alguns instantes. Depois de uma caminhada até a orla, pergunto o que ele acha de voltar para o hotel, e seu *sim* ofegante faz meu coração entrar em um novo ritmo. A noite está excepcionalmente quente para o fim de setembro, o ar úmido enche meus pulmões e me deixa um pouco instável. Sem álcool, apenas uma dose constante de luxúria direto para o meu cérebro.

Acendo as luzes do quarto e esvazio a sacola do sex shop em cima da cama. Com a maior indiferença que consigo, viro o livro de mistério que está na mesa de cabeceira com a capa para baixo. Não me envergonho dele, mas *O pioneiro assassino* não é o mais sensual dos títulos.

Nossa próxima aula deveria ser de sexo oral, mas não há por que não apimentá-la. Vamos nos desviar do plano mais uma vez, mas é essencial.

A julgar pela forma como Finn olha para nossas compras, está pensando a mesma coisa.

— Seria uma pena não testar tudo isso — comenta, virando uma camisinha texturizada. — Ter certeza que está tudo funcionando.

— Concordo totalmente.

Ele pega o vibrador, abrindo a embalagem.

— Algo que eu deva saber antes de usar?

— Comece devagar — aconselho, ainda que esteja ansiosa para ter as mãos dele em mim. — Mas, fora isso... fique à vontade para brincar com ele.

— Tenho toda a intenção de fazer isso. — Ele coloca o aparelho na mesa de cabeceira, voltando a atenção para mim. — Em breve — promete, sentando-se na cama, dando tapinhas no lugar ao lado dele.

É uma pequena orientação, mas meu corpo vibra com a ideia de vê-lo assumindo o controle. E sabendo o que fazer.

— Gostei muito de hoje — acrescenta, erguendo a mão para acariciar meus cabelos. Fecho os olhos quando sinto a pressão suave de seus dedos. A outra mão vem até meu queixo, traçando a curva antes de o polegar pousar em meu lábio inferior. — Obrigado. Por me aturar. Talvez eu tenha esquecido que também posso me divertir.

— Isso não é divertido pra você?

Abro a boca para sentir o gosto salgado de sua pele. Faço alguns movimentos com a língua em seu polegar antes de enfiá-lo em minha boca.

Ele geme enquanto me observa chupar o polegar mais fundo, a mão segurando meu cabelo com mais força.

— Acho que você sabe exatamente o que isso é pra mim. — Com uma urgência ofegante, ele tira o polegar da minha boca e cobre meus lábios com os dele. — Mas hoje vamos focar em você.

E estou excitada demais para argumentar.

Adoro ver que ele está ganhando mais confiança. Tiramos as roupas ainda mais rápido do que em nossa primeira noite em Seattle — camisas, jeans, cintos, roupas íntimas espalhadas pelo chão. Descubro uma verruga entre suas omoplatas, um pouco descentralizada, antes que ele se apoie de lado, de frente para mim, parecendo linda e intensamente determinado enquanto percorre meu corpo com os olhos.

Também adoro isso nele, a fome com que me absorve. Então digo para ele. Porque a chave é a comunicação.

— Ah, é? Posso ficar assim a noite toda, se você preferir — diz ele, com um sorriso preguiçoso aparecendo no rosto.

Balanço a cabeça, rindo, mas, quando ele passa a mão pela minha coxa e mais perto de onde quero, o ar fica preso nos meus pulmões.

Se esta fosse a nossa primeira vez, eu poderia ficar envergonhada com o tamanho da minha vontade, evidenciada pela rapidez com que seus dedos encontram o caminho entre minhas pernas. Poderia ficar viciada na maneira como ele reage aos sons do meu corpo. O som baixo de sua respiração. A pressão do rosto contra o meu pescoço.

Mas, entusiasmado, ele vai um pouco rápido demais, cedo demais.

— Mais devagar — digo, tocando o braço dele com a ponta dos dedos. — Mais suave.

— Certo, certo, certo. Desculpa. — Seu toque fica leve como uma pena, e eu fecho os olhos, apertando os ombros dele. Assim.

Fica óbvio que ele estava prestando atenção na outra noite, porque agora posso dizer que está imitando meus movimentos, o dedo girando em um círculo agonizante. Ele está focado, esperando minhas reações antes de mudar sua velocidade ou pressão.

— Bom? — pergunta quando roça meu clitóris e me faz estremecer.

Assinto e consigo responder, com a voz rouca, *sim*, balançando os quadris para encorajá-lo. Ele repete o movimento mais e mais vezes, as mais leves provocações de prazer. Então, pega o lubrificante aquecido, esfregando-o na ponta dos dedos antes de colocá-lo entre minhas coxas. Grito de prazer quando ele encosta na minha pele, aquele calor me levando cada vez mais ao delírio.

— Você é tão gostosa — murmura ele contra meu peito, capturando um mamilo com a língua.

Ele chupa de leve e depois com mais força enquanto enfia um dedo. Depois de estocar algumas vezes, desliza o dedo para cima de novo, acariciando, esfregando e traçando e... *Meu. Deus.* Eu o seguro com mais força porque é tudo muito bom, mesmo quando ele se confunde. Ainda mais quando, percebendo minha respiração ofegante, começa a se mover mais rápido.

Ainda mais quando ele estende a mão para pegar o vibrador na mesa de cabeceira.

Mas ele não o coloca entre minhas coxas na mesma hora. Primeiro, aperta o botão de ligar e dá um sorriso malicioso. Ele se inclina, aproximando o vibrador da minha boca, segurando-o ali por alguns instantes. As vibrações que sobem pelo meu corpo são uma sensação agradável, ainda que deem um pouco de cócegas. Então ele muda para meu pescoço. O silicone pulsa pela minha pele em rajadas lentas e cada vez mais satisfatórias.

— Isso é... é muito gostoso — digo, e ele sorri como se soubesse que seria bom.

Quando chega aos meus seios, ele os provoca por um momento antes de pressionar o vibrador com força contra um mamilo e depois contra o outro. Minhas costas se arqueiam, todos os músculos do centro entre minhas pernas se contraem. *Desce mais. Por favor.*

Sinto uma cócega leve quando ele move o vibrador ao longo da minha barriga, mas não é tão forte quanto a antecipação. Meu corpo deseja esse prazer quase com desespero, quer tremer e roçar nele antes de explodir.

Movo os quadris para a frente, fazendo tudo o que posso para que ele desça mais. Ele percebe o que estou fazendo, mas não morde a isca.

— Você disse para ir devagar — sussurra, puxando o vibrador para cima, para longe do único lugar onde o desejo.

Um gemido escapa da minha garganta.

— Mas agora mudei de ideia. Não me faça implorar.

Ele ri, continuando com a provocação. Minha barriga. De volta para os seios. Até o umbigo. Eu amo. E odeio. Quero ao mesmo tempo estrangular e empurrar a cabeça dele entre minhas coxas.

— Talvez fosse gostoso ouvir você implorar — diz ele.

Por fim, *finalmente*, ele faz uma pausa só para aplicar lubrificante no vibrador, e, quando o coloca entre minhas pernas, solto um suspiro de alívio. E arfo logo em seguida.

Ele aumenta a velocidade um pouco.

Uma torrente de obscenidades escapa da minha boca enquanto ele alterna velocidade, pressão e localização. Tudo incrível.

— Não pare — digo quando ele encontra o lugar certo. — *Deus...* por favor...

— De jeito nenhum. — Ele é rápido em me tranquilizar, e a respiração dele fica mais apressada. Mais ofegante.

Aprecio a sensação, o calor crescendo na base da minha coluna. Vai acontecer desta vez, com ele — tenho certeza disso. Agarro os lençóis. Ele parece ler minha mente e aumenta a velocidade mais um pouco, até que nada exista, exceto meu corpo e essa sensação, e a maneira como ele franze a testa com determinação enquanto ajeita seu corpo para poder se apoiar em mim com mais força. Mais rápido. *Sim.*

Algo se abre dentro de mim, um gemido rasga meu peito. É uma liberação extraordinária, que me faz tremer, choramingar e agarrar seu cabelo. Ele afrouxa o controle do vibrador, enfrentando os tremores secundários comigo.

Estou exausta. Sem saber o que dizer. E talvez ele também não saiba, porque inclina a cabeça para cima em um sorriso preguiçoso e toca meu rosto mais uma vez, como fez antes. Agora, há quase uma reverência na maneira como segura meu queixo, algo que tenho certeza de que estou interpretando errado. É natural a sensação de proximidade depois de um orgasmo. Talvez seja a primeira vez que ele fez uma mulher gozar — com uma ajudinha da Boutique Erótica de Memphis.

— Chandler — sussurra.

Só que não consigo ouvir o que ele diz depois do meu nome. Ele pisca algumas vezes e estou perto o suficiente para ver o padrão das sardas em suas pálpebras. Depois de semanas assistindo Oliver Huxley, descubro que Finnegan Walsh ainda tem algumas expressões que não consigo decifrar.

Ele apoia um dedo sob meu queixo, me trazendo para mais perto. Quando nossas bocas se encontram, fico surpresa com a suavidade repentina na maneira como ele me beija. A gentileza na forma de roçar os lábios nos meus, tão devagar, antes de se afastar.

E então, de algum lugar abaixo da nossa montanha de roupas, um celular toca.

O de Finn.

Ele não faz nenhum movimento para atender.

— Vão deixar mensagem — afirma. Ainda assim, isso nos separou, minha boca ainda formigando com a lembrança da dele.

O celular para de tocar, e o meu começa a apitar logo a seguir.

— É melhor eu... — digo, e ele concorda.

Saio da cama aos tropeços, remexendo no bolo de camisetas, cintos e roupas íntimas. Precisava ter enfiado o celular tão fundo no bolso, e é um crime que jeans femininos tenham bolsos que cabem apenas um terço de um celular e...

— É a nossa editora — anuncio.

Finn corre até a beira da cama, veste a boxer apressado enquanto eu coloco o celular no viva-voz, vestindo minha camiseta do avesso. Não posso atender uma ligação de negócios nua, e, se ligaram para nós dois, então deve ser importante.

— Oi, Nina — digo quando atendo, e Finn grita um oi ao fundo.

— Ah, que bom... vocês estão juntos!

Aperto os lábios. Com força.

— Hum-hmm.

Finn se ajeitou na cama, sentado, uma das pernas meio enfiada na calça jeans e a outra dobrada embaixo do corpo.

— Desculpe ligar tão tarde... é que estou muito animada — declara ela, alegre. — Acabei de ler o roteiro do livro agora à noite e adorei. Acho que vocês dois estão no caminho certo.

A tensão diminui em meus ombros quando Finn faz um sinal de positivo com o polegar.

— Que bom que você gostou — respondo.

— Chandler tem trabalhado sem parar. Por horas. — Ele ergue as sobrancelhas, brincalhão. — Até tarde da noite.

Coloco a mão na boca e o empurro.

— Vocês estão oficialmente autorizados a seguir em frente — anuncia Nina. — Mal posso esperar para ler a primeira versão.

— Muito obrigada — digo, e Finn também. — Vamos mergulhar de cabeça.

Quando encerro a ligação, o silêncio paira no quarto. Ainda não é tarde. Penso que poderíamos continuar.

— Seria melhor a gente dormir um pouco — comento, em vez de chamá-lo para mais perto. — Para começar a trabalhar na primeira versão logo pela manhã.

— Certo. Claro. — Finn revira as roupas em busca da camiseta, as bochechas corando quando olha para o vibrador. — Ótimo trabalho, aliás. Achei mesmo que a gente arrasou. — Ele percebe o duplo sentido e faz uma careta. — Por que tantas coisas relacionadas a fazer um bom trabalho têm duplo sentido — murmura, e, quando dou risada, parece fingido.

Ele só namora pessoas de Hollywood, relembro, porque me parece que vale a pena não esquecer disso. Se algum dia eu sentir que estou me inclinando para o outro lado do casual, vou repetir essa conversa em minha mente. Não sou da indústria. Ponto-final.

Ainda assim, não entendo por que, enquanto o acompanho até a porta, me sinto estranhamente grata pela interrupção.

E não entendo por que, depois dos progressos substanciais em nossas duas frentes de trabalho, não consigo parar de pensar na pressão suave dos lábios dele nos meus.

FINN WALSH:
O NERD QUE É CRUSH DE TODO MUNDO

BuzzFeed

Por algum motivo, assistíamos a *Os notívagos* não só pelas muitas cenas gratuitas de Ethan Underwood, que interpreta o lobisomem alfa Caleb Rhodes, sem camisa, mas também pelo doce, determinado e adoravelmente nerd Oliver Huxley, mais conhecido como Hux. E, ao que tudo indica, ele não é tão diferente do ator que o interpreta, Finn Walsh.

Dizem que Finn conseguiu o papel porque falou em élfico durante sua audição — sim, a linguagem inventada de *O senhor dos anéis*. Se isso não bastasse, temos autoridade para afirmar que ele lia o livro de biologia de seu personagem durante as pausas de gravações e até consultou um cientista de verdade para garantir que Hux soasse o mais autêntico possível. Morta!

O que você acha de Finn Walsh? Com óculos ou sem óculos? E, com todo aquele cabelo ruivo, você acha que ele fica vermelho *no corpo todo*?

capítulo
QUINZE

DENVER, CO

O Finn tá com vc? Acabei de receber uma ligação do pessoal da convenção e era pra ele ter chegado faz vinte minutos. Tb não tá atendendo o celular.

Franzo a testa quando leio a mensagem de Joe Kowalczyk, o empresário de Finn. Estou no saguão do hotel, esperando Finn descer para que possamos ir ao centro de convenções da Expo Montanhas Rochosas. Ele também não respondeu à mensagem que enviei logo cedo, dizendo que, pelo jeito, neste hotel, café da manhã continental significa iogurte natural e banana verde. Presumi que ele tivesse ignorado porque não era o mais emocionante dos comentários.

Apesar do meu medo millennial e debilitante de telefonemas, ligo para ele. Ninguém atende.

Estranho.

Ontem, quando chegamos e fizemos o check-in, pegamos quartos no mesmo andar, separados por um corredor. Ele parecia cansado, o que era justo, já que optamos por subir os cinco lances de escada até nossas acomodações. Uma opção razoável quando a outra significava esperar até que uma família entrasse no elevador com oito malas. Ele disse que iria dormir cedo, e acho que não seria estranho se dormisse até tarde, mesmo que sem querer.

Porém minha ansiedade me informa que existe uma série de acidentes que podem acontecer com uma pessoa sozinha em um quarto de hotel, e vários deles desfilam pela minha mente.

O elevador não é rápido o bastante, então subo as escadas de novo.

Sem fôlego, bato na porta, primeiro devagar. Talvez com delicadeza demais.

— Finn? — chamo e espero.

Nada. Decerto ele deve estar no banheiro. Ou ainda dormindo. Com certeza não está deitado no chão, inconsciente. Não tem por que entrar em pânico. Exceto que minha aparente calma faz minha voz ficar ainda mais alta quando começo a esmurrar a porta, fazendo um barulhão.

— Finn? Você está aí?

A porta se abre e tombo para a frente. Acho que fiz tanto barulho que não ouvi a aproximação dele. Demoro alguns momentos para recuperar o equilíbrio e levanto os olhos para encará-lo.

E lá está ele, o rosto meio escondido pelo edredom que o envolve como uma espécie de capa de bruxo triste.

— Só preciso de mais alguns minutos — diz antes de se virar e voltar para a cama. O quarto está uma bagunça, as malas transbordando no meio do caminho.

— Finn... você está doente — digo baixinho.

— Estou bem. Como eu disse, só preciso de mais alguns minutos. — Com isso, o corpo todo dele estremece. — Está frio aqui ou sou só eu?

Uma risada fica presa na minha garganta, porque ele não está *nada* bem.

— É, não. Melhor você ficar aqui e descansar.

Ele olha para mim, com o cabelo torto e o rosto pálido. A aparência dele está péssima. Famosos: são gente como a gente!

— Mas e as pessoas? Estão contando comigo. Eu assumi um compromisso.

— Elas vão entender — retruco. — Essas coisas acontecem. Não me diga que nunca faltou ao trabalho por estar doente.

Do jeito que ele olha para mim, vejo que nunca aconteceu. Ele e Noemie têm isso em comum.

— Volte para a cama. — Faço um gesto para o emaranhado de lençóis. — Vou avisar o pessoal da convenção.

Pego o cartão-chave na mesa de cabeceira e saio para o corredor. Mando uma mensagem para Joe e logo para nosso contato do evento para avisar que Finn pede desculpas, mas está doente demais para comparecer. Quando termino, volto para o quarto dele.

— Ei — digo, me aproximando da cama. — Tudo resolvido. Você precisa de alguma coisa? Como está se sentindo?

— Mmmf — resmunga ele, se enrolando mais apertado no edredom. — Tudo. Dói.

— Pode ser um resfriado. Vou lá embaixo buscar umas coisinhas, tá?

Finn abre a boca como se fosse protestar, mas percebe que isso vai exigir muita energia e decide não fazê-lo.

— Se você acha que precisa.

Meia hora e cinquenta dólares depois, coloco tudo o que comprei na mesa do quarto de Finn.

— Você roubou o hotel? — pergunta.

Abro uma garrafa de água e pego um comprimido da embalagem. Abro o tubo de vitamina C.

— Quanto antes você melhorar, mais cedo poderemos voltar ao trabalho. Aquilo que você está tão chateado por perder.

— Certo. — Ele pega o comprimido e engole, se contraindo mais um pouco. — Talvez seja melhor você sair daqui, ir passear um pouco. Não quero que fique doente.

Faço um gesto com a mão, ignorando o comentário.

— Meu sistema imunológico é forte. E a gente fica junto o tempo inteiro. Acho que, se fosse acontecer, já era para eu estar doente também. — Não tenho certeza se isso é cientificamente verdade, mas parece que sim, e é o suficiente para fazê-lo parar de protestar.

Porque a questão é que eu nem mesmo havia pensado em deixá-lo sozinho para explorar Denver.

— Se você tem certeza... então acho que não acharia ruim ter companhia. Obrigado. — É quase fofo o jeito que ele aceita minha decisão... uma espécie

de resignação falsa, como se na verdade estivesse desejando que eu ficasse.
— A gente pode ao menos trabalhar no livro, ou...

Dou risada e resmungo. Faz dois dias que comecei a escrever a primeira versão, reproduzindo as conversas gravadas para encontrar o ritmo da voz dele. Não sei dizer se já consegui captar o tom correto, então passar mais tempo com ele só pode ser uma coisa boa. Para o livro.

— Não, Finn. Você vai tirar um dia de folga e ponto-final. Você não pode só assistir a um programa porcaria na televisão sem pensar em nada, como todo mundo faz?

— Então você escolhe o que veremos — diz ele, enquanto pego o controle remoto e ligo o aparelho. — Não consigo assistir televisão sem pensar em nada.

— Bom... tenho assistido a um programa sobre lobisomens.

Ele resmunga.

— Em que episódio você está?

— Vou começar o episódio final da primeira temporada.

Ele fica quieto por um momento. E então:

— Esse episódio é muito bom.

— Vamos assistir. Mas quero muitos comentários sobre os bastidores.

Olho para o espaço vazio na cama ao lado dele e depois para a poltrona do outro lado do quarto. Eu poderia arrastá-la, ou...

Ao menos Finn está lúcido o bastante para supor o que estou pensando.

— Pode sentar aqui — propõe, dando tapinhas na cama. — Se você não se importar com meus germes.

Com cuidado, me acomodo ao lado dele, por cima das cobertas, com meu jeans de cintura alta e o par de meia estampada com pequenos limões. Então coloco a série e me acostumo com a ideia ridícula de assistir a *Os notívagos* ao lado de uma das estrelas do programa. É estranhamente familiar, a tal ponto que quase consigo esquecer que a pessoa na tela é aquela que está na cama colocando o cérebro para fora em um lenço de papel.

Quando a primeira temporada termina, em uma batalha que coloca lobisomens contra os humanos tentando eliminá-los e a estreia da segunda temporada é reproduzida automaticamente, ele não diz nada. Assistimos Caleb, que acabou de confessar seu amor por Alice no fim da primeira temporada, ser tentado pela nova garota, Sofia. E Hux, estabelecendo uma amizade com Meg, consulta Wesley, o legalzão, para obter dicas de como sair da friendzone, termo que acabou de aprender.

— Pensando bem, era um tanto problemático — comenta Finn, quando Wesley diz a um Hux horrorizado que ele precisa agir, contar para a garota o que sente e não aceitar um não como resposta. Nós dois estremecemos com esse último conselho. — Bom, talvez fosse *bem* problemático. Era o fim dos anos 2000. Graças a Deus, o Hux não deu ouvidos a ele.

Hux continua a se atrapalhar com Meg — ele a convida para estudarem juntos, e tudo dá errado: pilhas de livros derrubadas, café derramado, os longos cabelos de Meg presos nas costas de uma cadeira. Até que são interrompidos por uma garota de um clã de vampiros com quem Meg tem certa rivalidade há algum tempo. Naquele momento, Meg não tinha conhecimento de que Hux sabia que ela era lobisomem, e, depois que ela o salva dos vampiros no fim do episódio, os dois compartilham um olhar duradouro — *agora ela sabe que ele sabe*, e consegue demonstrar seu alívio e ansiedade na cena final do episódio.

— Essa cena... filmamos umas trinta vezes, porque Hallie e eu não parávamos de rir — diz ele. — Por mais que o momento fosse sério. Pra ser sincero, achei que o Zach ia nos demitir ali mesmo.

Tenho que admitir, com base em como estou ansiosa para ver o que acontece a seguir, que estou bem interessada nesses personagens.

■   ■

Hux e Meg continuam nessa dança de não confessarem como se sentem por mais dois episódios, e Finn está começando a pegar no sono. Estremeço quando ouço uma batida na porta, por mais que estivesse à espera. O mais silenciosamente que posso, pego o pedido e levo até a mesa.

— O que é isso? — um Finn grogue pergunta da cama.

— Desculpa... pode voltar a dormir — respondo. — Sopa de bolinhos de matzá. Meus pais faziam quando eu ficava doente. Minha mãe jura que funciona.

— Você pediu sopa de bolinhos de matzá?
— É vegetariana — asseguro. — Sem caldo de galinha.
Não esperava pela reação dele, um sorriso lento que surge no canto da boca enquanto ele tenta reprimi-lo.
— Você é muito bacana comigo — diz, erguendo uma sobrancelha. — Por que você está sendo tão bacana? Podia ter me deixado aqui definhando.
— Ninguém vai definhar.
Retiro a tampa dos potes de sopa.
— Acho que já cansei — comenta enquanto levo a sopa até ele. Aponta para a televisão, o seriado pausado em seu rosto. — Não consigo assistir a isso por muito tempo.
Desligo o aparelho e me aconchego na cama para tomar a minha sopa. É incrível que o sabor seja tão reconfortante no Colorado quanto no estado de Washington.
Por alguns minutos, ficamos em relativo silêncio tomando nossa sopa. É o meio da tarde, o sol frio de outubro espalha nossa sombra pela cama. Isso é bom, passar um tempo com ele assim. É claro que vê-lo tão pálido e com o nariz entupido vai destruir tudo que pensei ter sentido em Memphis, antes de nossa editora ligar e interromper aquele beijo estranho.
— O que a Chandler adolescente assistia? — pergunta Finn, apontando para a televisão com a cabeça.
— Hum. Os gostos da Chandler adolescente eram variados e um pouco anacrônicos. Passei por uma fase Agatha Christie que começou com os livros, claro, então tive que assistir a todas as adaptações também. Mas nada superava os livros.
— Não li nenhum — admite. — Me conta quais são os seus favoritos?
Então eu conto. Explico quem são Miss Marple e Hercule Poirot, por quem eu tive uma quedinha ainda criança. Conto de *E não sobrou nenhum*, meu livro favorito, tomando cuidado para não falar mais do que deveria sobre o enredo. Pouco a pouco, vamos nos aproximando daquele documento no meu computador.
— Tentei imitar a Agatha enquanto crescia — conto, porque essa verdade não parece ter sido enterrada muito no fundo do meu coração. — Escrever que nem ela, quero dizer.

— Ah, é? Chandler Cohen matando pessoas fictícias? — Ele está sorrindo e se vira para mim, a cabeça apoiada no cotovelo. A parte do cabelo que estava pressionada contra o travesseiro está espetada. — Quer saber, consigo imaginar. Era assim que você descontava sua raiva. Alguém te irritava na vida real? Você ia lá e matava a pessoa em um texto.

— Você não está *tão* errado assim — respondo. É possível que uma vítima de afogamento em uma das minhas primeiras tentativas pré-adolescentes, *Túmulos aquosos*, tenha alguma inspiração em uma garota que colou de mim na prova de matemática na quinta série. — Nas mãos erradas, meus diários pré-adolescentes provavelmente seriam muito preocupantes. Mas não sou muito fã de tanto sangue e violência. Você sabe o que é um *cozy mistery*?

— Um mistério que se lê junto à lareira com uma caneca de chocolate quente?

— Seria o ideal. Mas, não, é um livro no qual o mistério é resolvido por alguém que não é detetive profissional. Tudo é esclarecido no fim e nenhum dos personagens principais morre. São ótimos pra minha ansiedade. Não são violentos, mas também não tem passagens com sexo, e acho que isso tira um pouco da graça deles, e costumam acontecer em uma cidade pequena ou em uma vila pitoresca à beira-mar. Os títulos são fantásticos. Em *A quiche letal*, o juiz de um concurso de confeitaria é envenenado; em *Deichai viver*, o dono de uma casa de chás é acusado do assassinato de um cliente. — Paro para pensar por alguns instantes. — Nem *todos* são trocadilhos com comida, mas muitos são.

Ele apenas me observa, uma expressão ilegível no rosto.

— O que foi?

— Não é comum te ver tão empolgada com um assunto — diz ele. — Você gosta mesmo desses livros.

Fico meio constrangida de repente e desvio o olhar.

— Eles são reconfortantes, divertidos e viciantes. Você sempre sabe que o vilão será pego no fim. Mas sabe como é. Nos últimos tempos só li livros desse tipo.

— Por que você parou de escrever? — pergunta. — Ficção, quer dizer.

Respiro fundo. Eu sabia que essa pergunta estava por vir.

— Eu não parei, na verdade. Estou apenas em uma longa pausa. — Junto os dedos, brinco com o edredom, afofo o travesseiro. Ele só espera que eu continue. — É a mesma velha história, a mesma razão pela qual a maioria das pessoas para de fazer algo que ama... Não era prático. Tentar ser publicada significava deixar muitas coisas ao acaso. Fazia mais sentido como passatempo, mas depois que decidi focar no jornalismo... o passatempo meio que desapareceu. — Balanço a cabeça, porque faz tempo que abri mão de escrever ficção. — Mas tudo bem. Porque eu podia fazer o que amava e ainda receber um salário estável.

Exceto pelo fato de que os pagamentos raramente são estáveis, e estou há muito tempo presa na tarefa de contar a história de outras pessoas em vez das minhas.

— Além disso — continuo —, agora entendo como funciona a indústria dos livros, e tudo se resume a viver ao menos um ano no futuro. Estamos sempre olhando para o fim do jogo e não para o processo. Fica fácil esquecer o gosto pela escrita.

Ao dizer isso, percebo que é verdade. Antes escrever era uma paixão, mas agora é só um trabalho.

Ele parece triste.

— Você não está gostando?

— Não, não é isso — me apresso em dizer. — Na verdade, é a primeira vez que estou gostando depois de alguns anos.

A expressão em seu rosto se suaviza, e aquela sensação preocupante da nossa noite com o vibrador volta com força total. A maneira como ele colocou um dedo sob meu queixo e me beijou tão suavemente... Naquele momento, foi quase fácil esquecer que o que estávamos fazendo não era de verdade.

— Posso dizer, com toda a sinceridade — comenta, colocando a tigela de sopa na mesa de cabeceira e mexendo nos lençóis —, que faz muito tempo que não me divirto assim em uma turnê.

— Suponho que isso esteja relacionado com o que está acontecendo em nossos quartos.

Finn ri, um som franco e alto que aprendi ser sua verdadeira risada. Não aquela que ele reserva para painéis, que soa um pouco mais aguda. Essa é mais branda. Mais suave.

— Claro, não vou ignorar essa parte. Mas pode ser que estivesse falando de mim quando mencionei que não tenho saído muito. Geralmente sou eu e o hotel e talvez algum serviço de quarto, se estiver me sentindo aventureiro.

Os olhos dele começam a fechar, as palavras saindo mais arrastadas. A medicação está fazendo efeito.

— É assim mesmo — diz ele com um movimento descoordenado da mão. — E eu sei que este livro pode sair e que nada vai mudar, mas...

— Vai sair — digo com firmeza, acreditando não apenas na qualidade do meu texto, mas na história que ele tem para contar. Porque eu acredito de verdade.

— Às vezes fico em dúvida. Se, depois de tantos anos, estou me apegando à relevância como todo mundo. Só estou fazendo isso de uma maneira um pouco diferente. — Ele começa a afundar no travesseiro, sem conseguir mais manter a cabeça erguida. — Alguém vai se importar com essa organização sem fins lucrativos? Porque... eu sou meio que um ninguém.

— Isso não é verdade. Passei três horas vendo esse ninguém defender a Universidade de Oakhurst. Que tem um número de mortes de estudantes chocante para uma universidade tão pequena. — Minha tentativa de piada com a série rende um movimento rápido de sua boca. — Olha, já aprendi mais com você sobre o TOC do que jamais pensei que aprenderia. Você tem algo importante a dizer, e essa vai ser a primeira vez que muitas pessoas vão ler a respeito. Para outras, talvez seja a primeira vez que alguém fala de algo que elas passam. E talvez esse seja o empurrão que precisam para ir atrás de ajuda, a certeza de que não estão sozinhas.

Ele balança a cabeça devagar, absorvendo minhas palavras.

— Obrigado. Por tudo isso — diz, estendendo a mão para dar um tapinha no meu braço, sem conseguir. — De verdade. Eu seria uma sombra de um ser humano se não fosse por você agora.

A forma como ele fala me faz pensar se alguém já cuidou dele dessa maneira antes.

Se ele permitiu.

— De nada — digo, com a garganta seca de repente.

Sua cabeça pende para um lado do travesseiro, e fica claro que dei a ele um remédio mais forte do que imaginávamos.

— Chandler, Chandler, Chandler. Deve ser um inferno trabalhar comigo. Mal posso acreditar que você está me aturando.

— É por causa do dinheiro, acima de tudo.

Seus olhos se arregalam e ele olha para mim com firmeza, o peso de seu olhar me prendendo no lugar.

— Eu não devia contar isso, de verdade, maaaaaas... sei de alguém que está bem a fim de você. — Ele diz isso cantando, como se estivéssemos no recreio da quarta série e ele estivesse transmitindo a mensagem de um amigo.

— Ha ha ha — respondo. — Bom, não temos muitos amigos em comum, então...

— Sou eu — esclarece ele, erguendo o polegar e o indicador. — Fiquei afinzaço de você quando nos conhecemos.

— Eu também fiquei. Por isso que fui passar a noite com você no hotel em Seattle.

Seu sorriso se aprofunda e ele balança o dedo para a frente e para trás.

— Depois disso também — retruca. — Não só naquela primeira vez. Um pouco em Portland, e talvez também no Arizona. — Uma ruga no nariz. — Sei que a gente precisa ser profissional, mas talvez... talvez também esteja agora.

Estico o pescoço para olhar para a mesa, esperando que ele não perceba como minhas bochechas estão esquentando.

— Quanto desse remédio você tomou?

— Estou falando sério, Chandler Cohen. — Ele se aproxima de mim, com cílios longos, sardas e cabelo bagunçado. Mesmo com os olhos começando a fechar, ele ainda é deslumbrante.

— Mas... Mas você *não pode* — digo, como se o simples fato de negar isso tornasse tudo mentira.

Você não pode e voltaremos trinta segundos atrás, quando nosso relacionamento ainda fazia sentido. Porque não era assim que deveria funcionar.

Preciso de todas as minhas forças para chegar até a beirada da cama, e o faço com tanta violência que quase caio. Não é real. É puramente químico, seu cérebro o convence de que sente algo pela pessoa com quem está transando. Esses medicamentos deveriam vir com um aviso: NÃO MISTURE COM OCITOCINA.

Apesar de já termos nos visto nus algumas vezes, suas palavras ficam dentro de mim, envolvem meu coração e vão criando raízes em um lugar em que poderiam se transformar em algo ainda mais invasivo. Há uma doçura assustadora nelas, uma inocência que nem sempre se faz presente quando a porta dos nossos quartos de hotel está trancada.

Talvez esta doçura esteja aqui agora.

— Quem disse que não posso. — Ele parece ter outra explosão de energia, sentando-se na cama. — Você é simplesmente... tão inteligente. Tão legal. E você usa meias quando não deveria e me leva a sex shops e lê livros sobre pessoas que matam com doces envenenados. — Ele olha para mim com uma vulnerabilidade feroz, fazendo meu coração inchar. — E você é linda, adorável e fofa, e acho que essas palavras podem ter o mesmo significado, mas reafirmo o que disse. Eu tô muito a fim de você, é isso. — Ele abre os braços, pontuando tudo com um sorriso largo e tortuoso.

Então ele boceja, cai de volta no travesseiro e adormece no mesmo instante.

Bom... porra.

capítulo
DEZESSEIS

MIAMI, FL

O rosto de Maddy DeMarco sorri para mim de uma bancada com os dizeres *Indicações da equipe* na livraria do aeroporto. Me provocando. *Mais vendido do New York Times!*, declara o adesivo dourado recém-colado na capa.

— Chandler? — Finn chama.

Com um suspiro, deixo Maddy para trás e corro para pegar nosso voo.

A convenção de Miami é enorme, mas, tenho que admitir, estou começando a confundir uma com a outra. Mais autógrafos, outro painel, outra fila de fãs esperando para conhecer seu estudante de biologia ficcional favorito, inequivocamente dedicado à namorada lobisomem.

Quando não estou escrevendo a primeira versão do livro, estou atualizando freneticamente o rastreador de voo da Alaska Airlines. Porque ontem à noite enviei um pedido de socorro para Noemie antes mesmo de voltar para o quarto, a confissão de Finn fazendo acrobacias em meu peito.

— Eu sei que é um voo de seis horas e você tem um milhão de coisas para fazer e...

— Chandler — disse ela, calma, um contraste bem-vindo com o caos em meu cérebro. — Não se preocupe. Eu vou te encontrar. Chego amanhã cedo. — A versão relações-públicas que resolve problemas de Noemie entrou em ação, e talvez seja essa a versão de que preciso.

Durante toda a manhã, tentei encontrar uma explicação para o que aconteceu. A medicação mexera com ele, ou talvez ele quisesse ter falado outra coisa — tipo, *estou a fim de trabalhar com você!*, ou estava apenas sendo educado. Todo mundo sabe que quando se está doente e alguém toma conta de você deve-se dizer que está a fim da pessoa. Regras de etiqueta.

Uma pequena bênção é que Finn parece não se lembrar do que conversamos depois da minha diatribe sobre *cozy misteries*, ou, caso se lembre, está fazendo um trabalho incrível fingindo que não. Eu, por outro lado, sou pura confusão, ainda mais pelo fato de que nossa próxima parada é Reno, onde conhecerei a mãe dele e o melhor amigo de infância.

Nada fez sentido na noite passada. Na verdade, era para eu estar achando-o *menos* atraente hoje, mas infelizmente não está acontecendo. Não era para eu ter corado esta manhã quando ele bateu na porta do meu quarto de hotel com um café de agradecimento por cuidar dele.

Porque, se um de nós começar a gostar do outro, é a receita para o desastre.

Paixonites acabam rápido, lembro a mim mesma enquanto Finn posa para fotos, sorrindo e sendo charmoso como sempre. Paixonites acabam rápido e já consolidamos que o que temos é um relacionamento casual. Se isso se tornasse algo a mais e terminasse mal, poderia prejudicar nossa relação de trabalho também, e eu nunca me perdoaria por comprometer um trabalho como este.

De qualquer forma, seguiremos caminhos separados quando o livro estiver pronto. Sem conexões. Sem sentimentos.

— Pode colocar Noemie? É N-o-e...

— Nom? — O som que sai da minha boca só pode ser comparado ao grito de um pterodáctilo. Pulo da cadeira, as pernas rangendo no chão de linóleo. Lá está ela, a última pessoa na fila de autógrafos, sorrindo para mim. — Você veio!

Quase derrubo uma pilha de fotos de Finnegan Walsh na tentativa de abraçá-la. Para a surpresa de ninguém, ela parece extremamente bem, mesmo depois de um voo de seis horas, cabelo escuro preso em um rabo de cavalo baixo e sem um único vinco na calça de linho.

— Obrigada, obrigada, obrigada. Eu amo você. — Quando eu a solto, ela está olhando para Finn com o que poderiam muito bem ser olhos de coração

— Essa é a famosa Noemie — diz Finn, e minha prima parece que vai desmaiar.

— Você contou pra ele sobre mim? — ela finge sussurrar.

— Só as histórias mais vergonhosas.

E mencionei que ela estava vindo me encontrar. Claro, acrescentei uma mentirinha boba de que ela tinha alguns dias de folga e queria aproveitar um pouco de sol.

Finn estende a mão.

— Prazer em conhecê-la. Eu ouvi falar muito sobre você.

— Nãoacreditoquevocêédeverdade — diz ela de uma única vez. — Eu estava tentando manter a calma enquanto estava na fila, mas... ah, meu Deus. Você é *ele*. Quer dizer, ele é você. E você é cem vezes mais gato pessoalmente. Não que você não fosse gato na televisão. Quer dizer... — Ela inspira, tentando se recompor, um rubor tingindo suas bochechas. — Uau. É por isso que eu não deveria sair de casa.

Finn ri.

— Obrigado. Na verdade, estou muito feliz que você tenha saído de casa.

— Faz *anos* que tento fazer a Chandler assistir *Os notívagos* — acrescenta Noemie, endireitando a postura até a altura máxima. — Quando ela me contou que ia conhecer você, quase morri. Sempre achei que Hollywood nunca te deu o devido valor. Você deveria ser chamado para papéis ainda melhores. Papéis mais desafiadores e mais interessantes.

Finn lança um olhar aguçado em minha direção.

— É tão bom finalmente estar perto de alguém que aprecia meu talento.

E uma prova desse tal talento é o jeito como diz isso com uma cara séria.

— Ah, nem vem — digo revirando os olhos, agitando o braço pela sala.

— O que é tudo isso, então?

Finn reprime um sorriso antes de voltar sua atenção para minha prima, que está derretendo aos poucos.

— A Chandler me disse que você gosta muito de clubes de assinatura — comenta, e Noemie assente. Ele pega o celular e passa algumas fotos. — Eu assino esse faz alguns anos, de coquetéis. É só por isso que tenho um carrinho de bebidas decente.

— Eu assino também! É ótimo.

Os dois começam a comparar os recebidos mensais, conversando. Essa coisa toda é surreal, minha melhor amiga e meu... seja lá o que Finn for. *Colega de trabalho* não parece muito certo, mas não tenho outra definição. Tudo o que Noemie não sabe sobre nós dois.

Porque o pedido de ajuda também inclui a necessidade de contar a Noemie o que de fato está acontecendo nesta viagem.

— Eles vão fazer uma exibição privada dos episódios finais amanhã, duas partes consecutivas, com comentários meus e de Cooper — Finn está dizendo. — Se você ainda estiver na cidade, tenho ingressos VIP...

Noemie fica boquiaberta.

— Você tá falando sério? Seria incrível. Mais que incrível. Obrigada!

Isso não deveria me surpreender. Finn é uma pessoa gentil. Generosa. E ainda assim essa oferta provoca um estranho puxão no meu peito.

Algo que me deixa ainda mais grata por ela estar aqui.

▬ ▬

NOEMIE E EU PASSAMOS O FINAL DA TARDE NA PRAIA, BEBENDO COQUETÉIS aguados e meio sem enxergar direito por causa do sol batendo na nossa cara. Ficar longe de Finn me permite respirar um pouco melhor, mas não deixa as coisas mais claras.

— Não acredito que você conseguiu tirar uma folga — digo enquanto coloco o chapéu que comprei por cinco dólares no calçadão. Se estivesse em Seattle, eu estaria com ao menos cinco camadas de roupa. — A não ser que... — Paro com um suspiro. — Você enfim pediu demissão?

Ela finge estar muito interessada em ajustar sua espreguiçadeira.

— Não exatamente — responde. — Eu, hum, acabo de conquistar dois novos clientes.

— *Noemie.*

Seu sorriso triste me lembra de como ela estava quando me disse que não iria mais estudar jornalismo. Que relações-públicas seria mais adequado para ela e que o mercado de trabalho de jornalismo a aterrorizava.

— Eu sei. E eu vou pedir demissão. Depois desse projeto. Juro. — Ela toma um gole de sua margarita. — Então. Desembucha. Eu sei que você não me pediu para vir até aqui só porque está com saudade.

Espero um momento, dando atenção para a ponta desgastada da minha toalha antes de deixá-la cair na areia abaixo de nós. A praia esvaziou um pouco, famílias recolhendo seus filhos queimados de sol e jovens de vinte e poucos anos trocando o oceano pela vida noturna de Miami.

— É complicado. — Durante todo o dia, o segredo pareceu muito pesado e, de repente, sinto que posso desmaiar sob o peso dele. Faço algumas respirações profundas e purificadoras, do tipo que aprendemos a fazer quando Noemie me arrastou para a ioga aérea no ano passado. — Você se lembra do cara com quem fiquei em setembro? Pouco antes de conhecer Finn e aceitar este trabalho?

— O pior sexo da sua vida.

— Certo. E você lembra que eu não fazia ideia de quem era o Finn...

Silêncio, esperando que ela ligue os pontos para que eu não tenha que dizer em voz alta. Ela arregala os olhos e se vira.

— Não. *Não*. Isso não é... Por favor me diga que não são a mesma pessoa, Chandler.

Enrolo a toalha na cabeça.

— Ele disse um nome falso. Nenhum de nós sabia quem era o outro até aquele almoço em Seattle.

— Você transou com Oliver Huxley — diz ela devagar. — Puta. Merda.

— E bota putaria nisso — digo, a voz meio abafada pela toalha.

Ela se aproxima, puxa a toalha e balança a cabeça, incrédula.

— Sinto muito, meu cérebro está reescrevendo tudo o que já presumiu sobre Finn Walsh, o nerd dos meus sonhos. Isso é devastador demais.

— Eu estava morrendo por não poder contar pra ninguém.

— E você ainda quis trabalhar nesse livro? Está tudo bem? Porque, por mais que eu tenha sentido sua falta, estou muito, muito feliz por você estar trabalhando nesse projeto.

Mastigo meu canudo, me perguntando o que isso realmente significa.

— A gente combinou que não ia falar do assunto, que tinha ficado no passado. Mas então acabei contando pra ele como aquela noite foi péssima pra mim, e isso evoluiu para uma brincadeira que talvez nem fosse tão brincadeira assim, de que talvez eu pudesse ajudar o Finn a melhorar sua técnica na cama. E bem...

— *Você está dando aulas de sexo para Finnegan Walsh?* — Noemie quase cai da espreguiçadeira. — Nunca estive mais feliz ou mais chocada por ser sua parente.

— E eu nunca senti tanto tesão em toda a minha vida. Quanto mais tempo passamos juntos, mais quero estar com ele. É um paradoxo terrível e excitante. Será que foi a maior burrice que já fiz?

— Tirando a ética questionável, já que vocês estão trabalhando juntos... não sei. Eu nunca te repreenderia por nada, na verdade só fiz isso quando passou por aquela fase do jeans largão.

— E foi bem merecido.

Sua voz fica suave, sem aquela energia frenética de alguns minutos atrás.

— Vocês estão tomando cuidado, certo? — pergunta, e eu assinto. — Sinto muito, nunca vou me recuperar disso.

— Você vai ter que se recuperar, porque preciso de uns conselhos. — Dou uma cutucada no restinho da piña colada com o canudo, reunindo toda a minha coragem de novo. Não tinha percebido o quanto precisava desta conversa. — Algumas noites atrás, ele me disse que estava a fim de mim. Enquanto estava sob o efeito de remédios para resfriado. E ele parece não se lembrar de ter dito isso, então não sei se significa que eu deveria esquecer também. Mas acho que sou fisiologicamente incapaz de esquecer.

Noemie fica quieta por alguns instantes.

— *Você* está sentindo alguma coisa por ele?

Ela pergunta sem julgar, só uma curiosidade gentil. Recordo a noite na qual o conheci, em Seattle. Como eu não sentia aquele tipo de atração imediata por alguém desde... bom, nunca.

— O que eu sinto quase não importa... porque isso não tem muito pra onde ir, no fim das contas — digo baixinho. — Ele não namora pessoas de fora da indústria, e o livro tem que ser nossa prioridade.

Além disso, a dor da rejeição de Wyatt ainda é um pouco recente. É um alívio estar há algum tempo sem pensar nele, pelo menos não do jeito que me mantinha acordada à noite, mas não sei se meu coração está pronto para passar por isso de novo.

— Vou dizer uma coisa e não quero que você fique brava. — Ela examina uma queimadura solar em seu antebraço. — Acredito que poderia dizer o mesmo sobre mim, mas acho que às vezes você evita correr riscos.

Eu esperava que ela me desse algum tipo de incentivo, do tipo *Mas você meio que está na indústria*, ou me pressionasse por não responder à pergunta dela, então levo alguns minutos para encontrar uma resposta.

— Acho que é verdade. É parte da razão pela qual aceitei este projeto. Meus pais estavam preocupados com esta viagem. Você estava preocupada com esta viagem. E, sim, talvez eu tenha vivido no mesmo lugar a vida toda, com as mesmas pessoas. Talvez eu tenha tentado ter um relacionamento com um dos meus melhores amigos e o tiro saiu pela culatra. Mas nunca fiquei tanto tempo longe de casa, praticamente sozinha, e estou *feliz*, Nom. Sem ataques de ansiedade, sem solidão existencial. Eu até faço minha rotina completa de cuidados com a pele na maioria dos dias. — Com um movimento de cílios, coloco as mãos sob o queixo, mostrando meu rosto quase sem manchas. — Estou funcionando. *Prosperando*, pode-se dizer.

— Tudo isso é ótimo — responde ela. — Mas não foi exatamente o que eu quis dizer. Desde a sua demissão, as coisas têm sido difíceis. Eu entendo. Você está escrevendo com o nome de outras pessoas em vez do seu. Tenho certeza que algumas pessoas adoram trabalhar como ghostwriter, mas *sei* que você não está feliz. Quando foi a última vez que você mexeu no seu livro?

Sei que não era a intenção dela, mas a pergunta me irrita. Uma irritação que se desgastou ao longo dos anos.

— Eu abro o arquivo o tempo todo.

Ela ergue as sobrancelhas.

— Então quando foi a última vez que você trabalhou um pouco nele?

Fico quieta, os olhos fixos na faixa azul escura do horizonte.

— Eu lembro que, quando a gente era pequena, escrever era o que mais te fazia feliz — comenta.

Uma lembrança salta em minha mente. Noemie sempre foi a primeira a ler o que eu escrevia, e eu adorava imprimir um capítulo e atravessar a rua correndo para mostrar a ela. Ela nunca me editava, nunca me criticava... só me dizia que queria ler *mais*.

— Adoro ver você sair mundo afora e sei que vai escrever um livro fantástico — ela continua. — Eu só me pergunto se às vezes você se priva de fazer coisas que sabe que deseja. É só isso.

Não sei por que todos em minha vida gostam de trazer meu passado à tona. Eu já superei essa coisa de escrever ficção, e Noemie deveria fazer o mesmo. Talvez ser ghostwriter não seja o trabalho dos sonhos, mas é muito menos assustador do que tentar mudar para algo que não faço ideia se pode dar certo.

Mesmo assim, imagino como seria o caminho para uma versão diferente de mim. Apenas por um momento. Horas e horas pensando em pontos do enredo e construindo arcos de personagens. Me perdendo em meu próprio mistério. Uma capa de livro. Uma sessão de autógrafos.

Segurar *meu livro* nas mãos e finalmente me sentir orgulhosa de algo que criei.

Quão difícil seria correr esse risco, fechar os olhos e pular?

— Entendi — digo, mesmo que esteja dizendo isso com os dentes levemente cerrados. — Estou feliz por você estar aqui. Amo você.

Ela joga o braço em volta dos meus ombros.

— Amo você ainda mais agora que conheço seu segredo profundo e obscuro.

Enquanto arrumamos as mochilas e voltamos para o hotel, não consigo parar de pensar que Noemie está certa: este trabalho com Finn tem prazo de validade, e a dolorosa verdade é que não tenho a mínima ideia do que fazer quando ele acabar. Este projeto deveria me ajudar a descobrir.

Se isso for verdade, então não sei por que me sinto mais longe de uma resposta do que nunca.

THE CATCH, ARQUIVOS, 2017
CINCO LIVROS DE MISTÉRIO PARA LER NESTA ESTAÇÃO

por Chandler Cohen

Eu adoro *cozy misteries*. Uma pessoa comum consegue resolver um crime, ser fodona e talvez até se apaixone no final. A melhor parte é que dá para sentir que estamos desvendando o mistério ao lado do personagem principal, o que leva a um fim extremamente satisfatório para ambos. Quer você seja novo no gênero ou um leitor experiente, aqui estão cinco dos meus favoritos — perfeitos para se aconchegar neste inverno!

PRIMEIRO TRICOTAR, DEPOIS ASSASSINAR, DE C. B. MARQUEZ
O primeiro da série de mistérios do Clube de Tricô de Briar Beach, em que um dos clientes mais valiosos da loja é estrangulado com um novelo de lã.

UMA CAMADA DE MORTE, DE ROSE RUBIN
Em uma pequena cidade da Nova Inglaterra, um cozinheiro é envenenado quando alguém adultera seu mundialmente famoso cream cheese. Os trocadilhos com bagel são abundantes.

ATRASADO E ENTERRADO, DE TOYA LEGRAND
Uma bibliotecária encontra um cadáver no porão de sua biblioteca. Um livro aberto ao lado do corpo contém pistas do assassinato, que ela resolve com a ajuda de um cliente encantador.

***O FRUTO ENTERRADO*, DE NATALIE CHANG**
Uma confeiteira investiga um assassinato no festival anual de morangos de sua pequena cidade. Muitas receitas bônus de geleia.

***ASSASSINATO POR ESCRITO*, ESTRELANDO A MAIOR DE TODAS, ANGELA LANSBURY**
Estou trapaceando um pouco, já que estou recomendando um programa de televisão, mas sabe do que mais, uma série de livros com o mesmo nome foi lançada e a protagonista é autora de livros de mistério, então eu diria que conta. Jessica Fletcher é um ícone e quem discorda está errado.

capítulo
DEZESSETE

RENO, NV

— Achei que estaria mais quente.

— Um erro muito comum quando se trata de Reno — comenta Finn enquanto saímos do carro em frente à casa da mãe dele. Eu fecho melhor a jaqueta. — Aqui não é Vegas. Estamos no deserto, bem perto da Sierra Nevada. Os verões são de matar, e os invernos são frios e com neve. — Ele dá uma olhada nos meus pés. — Meias de cacto hoje?

— Eu queria estar no tema.

Noemie ficou mais alguns dias comigo, trabalhando remoto, assistiu à exibição VIP e a um outro painel. Nos despedimos ontem à tarde, antes do voo para Nevada, e Finn entrou na onda e tirou ao menos mil selfies com ela. Depois, lhe deu de presente um ingresso para a gravação da reunião em dezembro, o que a deixou mais feliz do que nunca.

— Noemie é ótima, de verdade — comentou ele, já no avião. — Dá pra ver que vocês duas são bem próximas.

— Com certeza ela estava mais animada em ver você do que a mim. Mas eu te perdoo.

Um silêncio se seguiu, então ele perguntou:

— Você contou pra ela, não foi? — Pelo jeito que o olhei, deve ter ficado óbvio que eu estava chocada. — Não estou bravo... eu meio que imaginei que você faria isso — explicou, erguendo a mão.

— Ela não vai contar pra ninguém. Juro por Deus.

— Confio em você — respondeu ele, e, por algum motivo, essas três palavras causaram um arrepio estranho na minha coluna. Não transamos desde Memphis, e não sei dizer se estou sentindo falta ou se estou grata pela distância. Talvez as duas coisas.

Depois da conversa com Noemie, decidi tentar o melhor que posso para esquecer a confissão que Finn fez sob o efeito de remédios. É o mais seguro para nós dois.

A primeira coisa que vejo são os chihuahuas, um grupo deles na varanda da frente. Depois uma mulher de meia-idade com cabelos escuros na altura do queixo se aproxima do carro.

— Finnegan! — ela diz, os cachorros trotando logo atrás, os rabinhos mexendo sem parar, como um furacão preto, branco e castanho. Finn pega um deles no colo e dá um abraço e um beijo na bochecha da mãe.

— Oi, mãe. Quantos você adotou desde a última vez que estive aqui?

Ela faz um beicinho exagerado.

— Só um — responde. Depois ela se vira para mim e sussurra: — *Dois*.

Tem um cachorro branco perto do meu pé, e me abaixo para fazer carinho nele.

— São, hum, muitos cachorros — digo, que nem boba.

— São todos resgatados — responde a mãe de Finn. — Comecei resgatando uma lindinha, então pensei que seria legal se ela tivesse um companheirinho para brincar e, bom, as coisas saíram um pouco do controle a partir daí. Agora não consigo imaginar a vida sem eles. — Ela pega dois deles. — Não é verdade? Vocês me manipularam com esses focinhos pequenos e patinhas perfeitas. — Então ela estende a mão para mim. — Muito prazer, sou a Sondra.

— Chandler. Muito obrigada por me receber.

Finn está coçando o queixo do cachorro e dando beijos em sua cabeça.

— É isso. Não vou mais voltar pra Los Angeles.

— Quero ver você dizer isso depois que eles te acordarem às seis da manhã pedindo comida. — Sondra mexe nos cabelos dele por alguns instantes. — Você pagou pra ficar assim?

— Sim. Provavelmente foi caro — responde ele, e depois me diz: — Minha mãe passou dois bons anos cortando meu cabelo com a tigela, então não posso confiar cem por cento na opinião dela.

— E todas as velhinhas da sinagoga elogiavam — retruca ela, dando um tapinha na bochecha dele.

— Por favor, me diga que tem fotos disso — imploro, e Sondra me garante que sim.

Depois que a mãe dele me apresenta os cachorros — Freddie, Waffles, Alce, Galileu e Duquesa —, entramos na casa. É uma casa térrea ampla, com cortinas estampadas brilhantes e móveis aconchegantes e requintados. A mãe dele corre para a cozinha, onde pega copos de água e uma travessa de cookies, que coloca na mesa. Mas não são cookies normais — são uma monstruosidade com muita massa, pedaços de chocolate, M&M's, nozes e marshmallow. Tento capturar mentalmente cada detalhe, querendo fazer justiça a este lugar quando escrever sobre a infância de Finn.

Os olhos dele se iluminam.

— Você lembrou.

— Claro. Sempre lembro — responde ela, parecendo satisfeita.

Sinto que isso é alguma espécie de piada interna.

— A gente sempre fazia isso quando eu era criança... cookies com tudo que tinha na despensa — explica Finn. — Tem de tudo e mais um pouco. Até hoje, são os meus favoritos. Minha sobremesa favorita, ponto-final. — Ele pega um guardanapo e o usa para segurar um dos biscoitos. A mãe dele não parece ficar surpresa.

Conta a favor dele o fato de os cookies serem excelentes.

— Isso é batata palha? — pergunto entre uma mordida e outra.

— É bom pra dar crocância — responde Sondra. — O que vocês dois pretendem fazer hoje?

— Queria mostrar um pouco da cidade pra Chandler. Meus locais favoritos e essas coisas. Para o livro — explica Finn. — E não podemos perder seu serviço do Shabat no sábado de manhã.

— Perfeito. Vou tentar me comportar. E como anda o livro?

Finn e eu trocamos olhares.

— Chandler está me fazendo parecer muito mais encantador do que eu sou de verdade.

— Você é bem encantador — insisto, sem saber por que o jeito como ele me olha neste momento, nesta casa, está me fazendo sentir calor nas bochechas. Eu me viro para Sondra, o que parece mais seguro, e, apesar de ter centenas de perguntas para ela sobre o homem com quem tenho viajado pelo último mês, de repente não faço ideia por onde começar. — Foi uma surpresa pra você quando ele decidiu ser ator?

Depois de pegar outro cookie, Sondra se recosta na bancada da cozinha.

— Um pouco, principalmente porque fiquei preocupada com a instabilidade da carreira. Mas ele sempre teve talento para atuar. Mesmo antes de estudar teatro na escola, às vezes representava cenas de seus livros favoritos durante o jantar.

Finn passa a mão pelo rosto, resmungando.

— Eu tinha esquecido disso.

— Então você também deve ter esquecido que eu filmei algumas dessas apresentações.

Ele resmunga de novo.

— Isso é tão fofo — digo. — Você usava o saleiro e o pimenteiro como adereços? Ou quem sabe criava vozes diferentes para os talheres?

— Isso é pura maldade sua. Mas, sim, eu fazia isso. — Então ele se volta para a mãe, que acompanha nosso diálogo com um sorriso que me faz querer assegurar que não tem nada acontecendo entre mim e o filho dela. Nada que não seja casual, ao menos. — Você vai ser a primeira a ler o livro, prometo. Depois da nossa editora.

Sondra apoia o braço no ombro dele.

— Você sabe que pode publicar o que quiser de mim. Eu só... bom, fico preocupada. Quando o livro for lançado, não tem volta. Você precisa ter certeza que se sente confortável com o que vai revelar para as pessoas... Não dá para retirar o que disser.

Finn engole um pedaço de cookie.

— Eu sei — responde baixinho, os olhos se fixando nos meus por um breve instante. — Estou começando a entender isso.

Ele me mostra a casa e eu me demoro nas fotos de família. A ausência do pai é notória; mas o que não falta são fotos de Finn bebê, de quando estava no ensino fundamental, adolescente. Vejo o tal corte tigelinha, que, de alguma forma, é ainda mais adorável do que deveria ser. As senhorinhas judias estavam certas. Eu o vejo de aparelho nos dentes e já sem ele, cometendo alguns crimes contra a moda e posando com os colegas de elenco. Também vejo fotos da mãe dele com algumas amigas e com os cachorros — cada um com a própria cama, os nomes bordados.

Então ele faz uma pausa do lado de fora de seu quarto.

— Antes de entrarmos — diz ele, a voz séria — preciso que saiba que, quando criança, eu era obcecado por *O senhor dos anéis*.

— Eu já sei disso. Na verdade, foi uma das primeiras coisas que você me contou.

— Sim, mas *saber* e *ver* são duas coisas bem diferentes. — Ele faz uma careta. — Você está no sopé da Montanha da Perdição. Não é tarde para voltar atrás.

Empurro de leve o peito dele.

— Você está fazendo um dramalhão... Tenho certeza que não é tão ruim assim.

Ele dá de ombros, derrotado, e alcança a maçaneta.

— Foi você quem pediu.

Fico boquiaberta.

— Por favor, me diga o que está se passando pela sua cabeça agora — pede Finn atrás de mim. — Não tenho certeza se consigo lidar com o silêncio.

— Bom, para começar, acho que teremos que reescrever o livro inteiro. Descartar tudo o que temos.

Ele abaixa a cabeça, fingindo seriedade.

— Era o que eu temia.

É um verdadeiro *santuário* para a Terra-média. Cartazes dos filmes cobrem as paredes, junto de pergaminhos manuscritos com traduções élficas. Uma estante de bonecos de ação, um exército de orcs em miniatura. Ando pelo quarto, em direção à estante recheada de livros de Tolkien. Por mais que esteja tirando sarro dele, também adoro o que vejo: essa paixão por alguma coisa, algo que tenho buscado. É muito significativo ver uma pessoa em seu habitat. Imagino um Finn mais jovem sonhando viver entre os elfos e depois em Hollywood.

Se escondendo do pai.

Planejando como fugir.

Então vejo um par de chinelos marrons felpudos escapando do armário.

— Ai, meu Deus. Isso é uma fantasia de hobbit?

— Eeeeee está na hora de sairmos daqui — anuncia, me empurrando em direção ao corredor.

— Ainda serve? Você pode colocar? Prometo que nunca mais peço nada...

Ainda estou rindo quando ele fecha a porta ao sairmos.

O TOUR OFICIAL PELA RENO DE FINNEGAN WALSH NOS LEVA ALÉM DE suas escolas de ensino fundamental e médio e pelo centro repleto de cassinos, com uma parada no que ele declara ser um Taco Bell melhorado.

— Eu vinha pra cá todo fim de semana — declara, quando estacionamos em um shopping. Ele aponta para uma Barnes & Noble. Ao lado dela há uma loja de jogos eletrônicos com uma placa com os dizeres QUEIMA TOTAL DE ESTOQUE PARA FECHAMENTO DE LOJA pendurada na vitrine. — Ali também. Típico garoto suburbano do fim dos anos 90 e começo dos anos 2000.

— Não deve ter sido ruim crescer assim. — Dou uma mordida no meu burrito de feijão, abro um sachê de pimenta e coloco mais um pouco.

— Não foi — concorda ele. — Todo mundo era legal, e nunca me senti atraído por Vegas. Além disso, estamos a menos de uma hora do lago Tahoe.

— Você vem aqui com frequência?

— Não com a frequência que deveria — responde ele. — Demoro alguns meses pra vir. Mas sempre participo da Comic Con de Reno... é a primeira a que fui como fã. — Ele olha para o estacionamento. — Tenho boas lembranças daqui, mas algumas não tão boas também. Não dá pra apagar meu pai por completo.

— Sinto muito. Você merecia muito mais.

Se fôssemos pessoas diferentes, eu pegaria a mão dele. Para tranquilizá-lo mais do que consigo em minha posição de ghostwriter.

Mas, como isso é tudo que sou, desembrulho outro burrito.

Quando voltamos para a casa da mãe de Finn, são quase nove da noite e meu corpo está preso em outro fuso horário. Sondra está à mesa da cozinha, ajustando seu discurso para o serviço religioso de Shabat, com Galileu no colo e os outros cães empoleirados em cobertores e caminhas na sala de estar ao lado. Amanhã será dia de escrever, e então o sábado vai ser bem cheio: iremos à sinagoga, depois para a convenção e, por fim, em um encontro com os amigos de Finn.

Meus olhos estão pesados, mas não quero presumir que vou dormir aqui só porque Finn vai, então deixei minha mala no corredor.

— Vocês poderiam me passar o endereço para eu chamar um Uber? — pergunto.

Finn faz uma pausa na pia da cozinha, onde inspeciona um copo de água antes de enchê-lo.

— Para que você precisa de um Uber?

— Ah... um hotel?

— Não seja boba — diz Sondra. — Você vai ficar aqui em casa. O quarto de hóspedes já está arrumado.

— Não quero incomodar.

Ela me dá seu melhor olhar de mãe.

— Querida. Você não está incomodando. Além disso, aqui não é melhor do que um hotel frio e sem alma?

— Fica — pede Finn. — Por favor — acrescenta com um sorriso pidão que qualquer diretor teria adorado.

É estranho como a palavra *Fica* soa doce em sua voz. A forma como faz aquelas raízes se aprofundarem em meu peito.

Tão rapidamente quanto o pensamento surge, eu o ignoro. Hux deve ter dito isso em uma de suas cenas, e é por isso que estou reagindo desse jeito — tenho certeza disso.

———

MINHA CERTEZA VAI POR ÁGUA ABAIXO NO SÁBADO DE MANHÃ, DEPOIS de passarmos a sexta-feira inteira escrevendo até terminar a primeira versão de dois capítulos. Finn coloca um quipá na entrada da sinagoga e, de uma forma injusta, fica muito atraente. Tenho que conter um sorriso, em parte porque não estou acostumada a vê-lo assim e em parte porque não acho que um quipá deveria inspirar esse tipo de sentimento.

Sondra me disse ontem que a congregação é mais velha e o templo é simples, sem muito dinheiro, mas que tem certo charme. Quando criança, eu ia ao templo com meus pais apenas nos feriados, uma tradição que Noemie e eu tentamos manter depois de adultas. Mas já faz alguns anos que não vou a um serviço religioso, principalmente porque meus prazos sempre me pareceram mais importantes. Neste momento, não consigo lembrar por que achei que não poderia deixar o trabalho de lado apenas algumas horas por semana.

Não há nada como se sentir em casa dentro de uma sinagoga, esse sentimento imediato de pertencimento. Assim como o rabino Zlotnick, Sondra tem um magnetismo natural no jeito de falar. Descobri que não importa que eu fique longe do templo por um longo período, as orações surgem em minha mente quase sem esforço, como se tivessem sido impressas em mim há muito tempo.

O que mais me impressiona, porém, é quando olho para o lado e vejo os lábios de Finn se movendo — porque é claro que estão. Ele cresceu nesse meio tanto quanto eu.

Fomos criados ouvindo essa língua e essas músicas. É como descobrir que temos o mesmo livro favorito, e não só isso — que amamos as mesmas partes, que as destacamos, e sublinhamos, e dobramos as páginas para sinalizá-las quando provavelmente deveríamos ter usado marcadores.

Mais tarde vamos até o hall de entrada para alguns petiscos, e Finn me apresenta às pessoas.

— Finnegan, é você? — pergunta uma senhora idosa com vestido floral lilás.

Ele abre um sorriso genuíno para ela.

— Olá, sra. Haberman. *Shabbat shalom.*

— *Shabbat shalom* — diz ela, dando um abraço nele. — Estávamos conversando antes do serviço e estamos curiosas pra saber quem é sua adorável companheira.

— Esta é minha amiga Chandler Cohen. Chandler, esta é Ruth Haberman.

— Sua amiga — comenta a sra. Haberman, com um brilho nos olhos enquanto aperto sua mão.

Versões semelhantes dessa conversa acontecem mais algumas vezes: com o sr. Barr, o sr. Lowenstein e a sra. Frankel, uma mulher que me disse que gravou todos os episódios de *Os notívagos* em seu antigo aparelho de VHS.

— Um dia vai valer muito dinheiro — afirma, e ele só balança a cabeça, o que me dá a impressão de que devem fazer essa piada há anos.

— Todos aqui te amam de verdade — digo assim que temos um momento a sós. Enchemos pratinhos de papel com cenouras, homus, chalá e geleia.

— Não precisa ficar tão surpresa. Eu sou um amor.

Reviro os olhos.

— Você entendeu o que eu quis dizer. Você tem toda uma comunidade aqui.

Ele fura uma uva com o garfo de plástico.

— Tenho sorte — responde. — Eu cresci aqui, e, quando minha mãe decidiu ir para a escola rabínica, esta era a única congregação que ela queria liderar. Mesmo que não seja tão suntuosa quanto o novo templo do outro lado da cidade. Então, eu de fato conheço todas essas pessoas desde sempre.

— Eu não fazia ideia — digo, dando uma mordida na chalá. — Não há muita coisa online informando que religião Finn Walsh segue.

— Ah. É estranho ter um nome que não diz logo de cara que você é judeu.

— Walsh é o sobrenome do seu pai?

Ele me olha como se não pudesse acreditar que não me explicou isso antes.

— Não... é um sobrenome artístico. Meu nome é mesmo Finn, mas mudei legalmente meu sobrenome aos vinte e poucos anos. O sobrenome do meu pai, com o qual eu cresci, era Callahan, e meu primeiro empresário me disse que Finnegan Callahan era muito difícil de falar e que eu não ia conseguir audições com ele. Consoantes demais. — Uma careta. — Mas eu não sou Finn Callahan há anos. Tenho zero apego a esse nome. Na verdade, passei mais tempo esperando para ser Finn Walsh do que Finn Callahan, e estou quase lá. Mais alguns anos. Menos uma conexão com meu pai.

— Fico feliz.

— Quando decidi mudar meu nome, passei muito tempo pensando se queria um que fosse nitidamente judeu ou não. E de vez em quando me pergunto se fiz a escolha certa. Isso me protegeu do antissemitismo, mas agora... não sei.

Estou sem meu gravador, então tento memorizar suas palavras. O judaísmo é importante para ele: a comunidade, as tradições, a história. O capítulo que vai começar com uma imagem da menorá no fundo do cenário de *Senhorita Visco* vai ser um arraso — não vou me contentar com menos que isso.

— Falando como alguém que tem um nome reconhecido na mesma hora como judeu, é uma mistura de sensações. Adoro a conexão imediata com algumas pessoas por causa dele, mas, por outro lado...

Penso em um artigo que escrevi para o The Catch: "Oito filmes que você não imagina serem judaicos para assistir neste Hanukkah". Um artigo fofo, que deveria ser inocente, mas cujos comentários tiveram que ser desativados por causa das manifestações antissemitas; elas não demoram muito a acontecer quando se trata de um judeu online. Imagens horríveis começaram a aparecer em minhas mensagens diretas e tive que bloquear minhas contas das redes sociais por semanas. Conto isso para ele, que balança a cabeça, enojado.

— Que coisa horrível — murmura —, sinto muito que você tenha passado por isso.

Tento dar de ombros, porque já faz algum tempo que aceitei que esse é um efeito colateral de viver neste mundo com meu sobrenome. Mas então eu paro.

— Sim — digo. Firme. Corajosa. — Foi uma merda.

Um senhorzinho passa na nossa mesa e pergunta se pode tirar uma foto para a neta. Antes de nos levantarmos, Finn coloca a mão no meu pulso, um breve contato, depois deixa o braço cair ao lado do corpo.

— Chandler? Caso eu não tenha dito recentemente, estou muito feliz por ser você a escrever este livro.

capítulo
DEZOITO

RENO, NV

A convenção daquela tarde passa em um borrão de capas e canetas Sharpie. Depois vamos parar em um karaokê, o segurança se demorando alguns minutos para examinar a data de nascimento na minha identidade, 29 de fevereiro. Já estou acostumada, e Finn acha hilário. É um buraco com letreiros de neon e caixas de som barulhentas e, o mais importante de tudo, o melhor amigo de Finn da época de escola está lá. Krishanu é alto, indiano-americano, os cabelos escuros e ondulados embaixo de um boné do time de beisebol local. Ele é professor de inglês do ensino médio, e seu namorado, Derek, um cara branco com moletom da faculdade e sorriso fácil, é treinador das equipes de futebol, natação e beisebol da escola.

— Cortes de orçamento — explica, dando de ombros.

Finn parece relaxar assim que nos sentamos diante deles no sofá de vinil, os ombros mais suaves. Nunca o vi tão leve, tão aliviado.

— Quanto tempo — comenta Krishanu, enquanto um garçom traz uma jarra de cerveja cheia de espuma.

— O que, nem três meses? — responde Finn. — Você ficou com tanta saudade assim?

— Não, só estava sendo simpático. Eu mal penso em você.

Sou informada de que Krishanu também era muito fã de *O senhor dos anéis* quando criança, um dos fatores que fez com que ele e Finn se aproximassem, e a aula mais popular de seu curso é sobre a Terra-média.

— Ele já fez você se arrepender de ter aceitado o trabalho? — pergunta Krishanu.

Finn cruza os braços e finge desdém.

— Só pra constar, é muito bom trabalhar comigo.

Solto uma risada irônica, e Finn apoia uma mão no peito, como se tivesse sido ferido.

— Não, não, você é ótimo. Com certeza. Esse é o melhor trabalho que já tive.

— Tão sarcástica. Isso machuca.

— Estou morrendo de vontade de ler esse livro — comenta Derek, tomando um gole de cerveja. — Quando o Krish me contou que te conhecia e que vocês sobreviveram à adolescência juntos, eu disse a mim mesmo que não podia estragar as coisas entre a gente, ou nunca iria te conhecer.

Inclino a cabeça em direção a Finn.

— Tenho certeza que o Krishanu poderia escrever um livro muito mais fascinante e escandaloso.

— Se ele fizesse isso, eu ia ter que recorrer ao programa de proteção a testemunhas, com certeza.

— Você precisa me contar como ele era naquela fase de adolescente estranho — digo a Krishanu. — Quero saber de cada espinha.

— Para o seu azar, fui abençoado com uma pele impecável.

— Ele não deve ter contado da primeira vez que se apresentou, né? Na oitava série?

Nego, balançando a cabeça, e o sorriso de Krishanu fica mais travesso.

— Ia rolar uma apresentação de *A bela e a fera* na nossa escola, e ele era o Horloge.

— E que se dane o fato de que eu não canto bem — acrescenta Finn, e eu presumo que esteja sendo modesto.

— Enfim, o orçamento não era dos melhores, então o figurino dele era basicamente um pedaço enorme de papelão, quase se desfazendo, com um relógio pintado. E durante a última apresentação, bem na hora de cantar "À vontade", um guardanapo dançante trombou nele e rasgou o figurino.

— Ah, não — exclamo. — Por favor, me diz que ele estava vestindo alguma coisa por baixo.

— Uma cueca boxer com estampa de elfos.

— Com certeza isso não precisa estar no livro — protesta Finn com um gemido, baixando a cabeça até encostar na mesa.

— Ah, vai estar, sim. No primeiro capítulo.

Krishanu olha nos olhos de Finn, uma das sobrancelhas erguida. Finn balança a cabeça discretamente, mas com firmeza, e tenho a sensação de que sei exatamente que conversa acabei de testemunhar. *Vocês dois estão...?* E Finn negou no mesmo instante.

Não sei por que isso me causa certa inquietação na barriga. Não somos um casal. Somos colegas de trabalho que por acaso se pegam, algo um pouco mais difícil de ser comunicado apenas mexendo as sobrancelhas.

— Chega de falar de mim — diz Finn. — Vocês dois acabaram de comprar uma casa?

Derek assente.

— Precisa de uma reforma, mas estamos bem empolgados.

— Vamos ver se ainda estaremos pensando assim depois de derrubar o sótão para ter um quarto extra — acrescenta Krishanu.

Quando chamam o nome dele no karaokê, Krishanu se levanta para cantar "Werewolves of London" e, para o terror de Finn, ele se entrega de corpo e alma aos uivos. Derek e eu também uivamos algumas vezes, e Finn enterra a cabeça entre as mãos enquanto jura que nunca mais vai falar com nenhum de nós. Derek é o próximo e faz uma boa interpretação de "Don't Speak", do No Doubt. Então, Finn me encara, todo desafiador.

— Se você cantar, eu também canto — diz.

Olho para o palco. Não bebi o bastante para que esta seja uma proposta confortável.

— Não é justo, você tem... confiança. Faz isso profissionalmente.

— Cantar? Com certeza não.

— E tem uma razão para isso — acrescenta Krishanu.

Finn ainda está olhando nos meus olhos. Com insistência.

— Tudo bem — cedo. — Mas você vai primeiro.

Enquanto Finn se levanta e segue em direção ao palco, Krishanu flexiona as mãos atrás da cabeça.

— Isso vai ser bom.

Ao ouvir o comentário, fico à espera de que Finn tenha a voz de um anjo, ou ao menos algo como a de Art Garfunkel. Mas, quando ele se aproxima do microfone, pisca para nós e começa a cantar "Come On Eileen", tenho que apertar os lábios para não rir, por mais que Krishanu e Derek não façam esforço algum para esconder as risadas. Porque Krishanu estava certo: Finnegan Walsh é um péssimo cantor e sabe disso.

E não parece se importar.

Ele embala o microfone como se fosse uma coisa preciosa e delicada, antes de tirá-lo do suporte e desfilar pelo palco. Está entregue à música, o público cantando com ele.

Quando lembro que a mãe de Finn contou que ele fazia apresentações na hora do jantar, me inclino sobre a mesa.

— Ele sempre foi assim? — pergunto para Krishanu.

Ele balança a cabeça.

— Nada. É claro que era mais animadinho quando estava com algumas poucas pessoas. Mas grande parte do tempo, quando a gente era criança, era mil vezes mais provável que ele estivesse com a cabeça enfiada em um livro do que no palco. Tem sido uma loucura e tanto ver meu amigo se tornar uma pessoa completamente diferente. — Então ele toma um gole de cerveja e pensa por um momento. — Se bem que, sempre que ele volta para cá, é como se nunca tivesse ido embora. Então, talvez ele não tenha mudado tanto... Não no que importa, pelo menos.

— Como assim?

— Ele não costuma se abrir com facilidade — explica Krishanu. — Sempre manteve a vida pessoal bem privada. Então, o fato de estar fazendo isso com você, de permitir que você veja esse lado dele...

— É para o livro.

Até eu me surpreendo com o quanto essas palavras soam defensivas, ainda mais depois do movimento peculiar das sobrancelhas entre Krishanu e Finn. Aquele que Finn foi tão rápido em negar.

Krishanu e Derek trocam um olhar estranho, do tipo aperfeiçoado por casais que estão juntos há tempo o bastante para se comunicarem sem dizer uma única palavra.

— Claro.

Agora Finn está arrastando o pedestal do microfone pelo palco, jogando o cabelo para trás e cantando o refrão. O público canta com ele.

Ele faz contato visual comigo e canta:

— *My thoughts, I confess, verge on dirty. Come on, Eileen.**

Um arrepio percorre meu corpo.

Eu gosto desse lado dele.

Talvez goste até demais.

A plateia vai à loucura e Finn se joga dramaticamente no sofá, como se a apresentação tivesse drenado toda a sua energia. Os cabelos estão bagunçados, o corpo quente. Estou, ao mesmo tempo, desesperada para sair do sofá e curiosa para saber o que aconteceria se eu me aproximasse.

Não, não, não, relembro a mim mesma, tentando me esquecer da confissão induzida por um remédio para gripe. Além disso, mesmo que ele estivesse a fim de mim, é bem provável que já tenha passado. O fato de que passei anos apaixonada por Wyatt não faz com que os sentimentos de Finn sejam menos voláteis.

E *a fim* é um termo tão inocente, não? Não quer dizer que ele passe todo o seu tempo livre pensando em mim. Pode significar apenas que me acha atraente, e, pelo tempo que passamos na cama, já sei disso.

Então, na verdade, talvez não tenha sido revelação alguma.

— Lembre-se, foi você quem pediu — digo para Finn enquanto vou em direção ao palco, segurando o microfone com as mãos trêmulas.

A última coisa que espero quando os acordes de "Bohemian Like You", do Dandy Warhols, começam — eles são de Portland, sei escolher bem — é que minha mesa solte um grito. Isso me encoraja, faz minha voz sair um pouco menos trêmula do que eu esperava.

---

* Meus pensamentos, eu confesso, beiram o obsceno. Por favor, Eileen. (N. da T.)

Não é uma música difícil, aliás é fácil o bastante para meu alcance vocal limitado, apesar do que percebo ser um número absurdo de *uuu-ohh-oohs*, o que faz minha voz falhar no começo. Seguro o microfone com força, olhando para Finn e seus amigos. Ele retribui o olhar, os olhos fixos nos meus, a não ser quando se inclina sobre a mesa para dizer algo a Krishanu e Derek. No momento em que chego ao segundo refrão, mandando superbem, a boca dele se curva para cima, o que me dá ainda mais confiança.

Volto para a mesa e Finn me dá um abraço. Não sei por que meu coração bate mais forte do que quando eu estava no palco.

Bebo alguns goles de cerveja e as notas de uma música de Frank Sinatra começam a tocar. Quando o senhor no palco abre a boca, todo o bar fica em silêncio.

— Puta merda — diz Krishanu. Porque o cara é *bom*. — Colocou todos nós no chinelo.

Finn estende a mão e levo mais um segundo para perceber que está estendida para mim.

— Este parece o tipo de música que não se pode deixar de dançar.

É isso que as pessoas estão fazendo ao nosso redor, incluindo Krishanu e Derek. Então seguro a mão de Finn e deixo que ele me conduza até a pista de dança.

— Esses dias foram muito bons — digo para ele enquanto sua outra mão encontra a parte inferior das minhas costas e apoio a palma em seu ombro. Há um espaço saudável entre nosso peito, como se nós dois estivéssemos preocupados com o que poderia significar se nos aproximássemos demais.

— Conhecer sua mãe. Seus amigos. Estou apaixonada por esta cidade, e não me importo se for imparcialidade por viver esses momentos.

Finn sorri para mim.

— Essa pode ser a coisa mais legal que alguém já disse sobre Reno. E tenho quase certeza que todas as velhinhas da sinagoga estão prontas para adotar você.

— Meus pais podem não gostar disso, mas eu não me importaria.

O cara canta o refrão sussurrado. Outro verso.

— E por falar nisso... como eles estão? Seus pais?

Ergo as sobrancelhas.

— Minha mãe está começando a se irritar com meu pai por causa da quantidade de livros sobre pássaros que ele tem comprado, mas os dois estão bem.

— Que bom. Só pra saber. E agora fiquei curioso: quantos livros sobre pássaros se deve comprar para serem considerados muitos? — A palma da mão dele está quente. Balançamos para a frente e para trás, e, quando ele me gira, mal consigo esconder a expressão de choque. Ele encosta a boca na minha orelha e fala baixinho: — Posso não mandar tão bem no quarto... mas na pista de dança...

— Você está começando a mandar melhor no quarto.

Ele me gira de novo.

— O que vem a seguir nas nossas aulas?

Faço que estou pensando a respeito, apesar de ter memorizado o arquivo no dia em que o criei.

— É mais uma aula eletiva do que parte do currículo base, mas pensei que poderíamos trabalhar no que dizer na hora H.

— Meu desempenho foi abismal nessa parte, né? — diz ele, com um gemido suave. — Pode falar. Eu aguento.

— Foi só... — Procuro as palavras certas. — Não parecia pessoal. Parte disso está ligado ao que você diz, e parte a *como* você diz. Não parecia que você estava falando diretamente *comigo*, se é que isso faz sentido. Você ficava falando "Aaah, é isso aí. Aaah, é isso aí", e meio que tinha o mesmo ritmo de...

Ele fica boquiaberto.

— Aquela música dos anos 80? "Whoomp! (There It Is)"?

Não digo nada.

— Sua expressão já diz tudo!

— E também teve aquele momento em que você se referiu à minha vagina como uma entidade à parte — digo, tentando manter a voz baixa. — E isso não significa que outra pessoa não fosse gostar desse tipo de conversa... com a pessoa certa, depois do tempo certo.

— Então me ensine... me ensine a falar de um jeito sensual.

Olho incrédula para ele.

— Agora?

— Eu consigo ser discreto se você também conseguir. — Um movimento da sobrancelha. Um desafio.

A música termina, mas, antes que o senhor saia do palco, o público implora para ele cantar mais uma.

Nenhum de nós se move.

Krishanu e Derek aparecem ao nosso lado, já com as jaquetas e cachecóis.

— A gente vai embora — anuncia Krishanu, cutucando o namorado. — Esse aqui tem treino da equipe de natação amanhã bem cedo.

— Foi muito bom conhecer vocês. De verdade.

Todos trocamos abraços e Finn promete que vai voltar assim que puder. Espera que seja para o Dia de Ação de Graças, se tiver uma folga boa no circuito de convenções.

Tudo isso faz minha libido diminuir, mas só um pouco. Mal percebo qual é a música quando começamos a dançar de novo, Finn nos conduzindo para mais longe do palco, para uma parte menos lotada do bar. Pode ser outra canção de Sinatra ou pode ser Harry Styles — esse é meu nível de distração.

— Bom — começo, ciente de que estamos mais próximos do que antes, a mão dele me apertando um pouco mais forte na parte inferior das costas. — Como já falamos, a comunicação é o mais importante. Se a sua parceira não estiver gostando, talvez seja melhor trocar de tática. Ou talvez ela não curta esse tipo de conversa, e não tem problema nisso. É preciso se comunicar.

— Certo.

— Uma boa forma de começar é criando expectativa. Diga a ela o que você está sentindo, o que você quer fazer com ela. — Essa é uma boa explicação. Bem racional, eu diria. Bastante segura. — E você pode falar das partes do corpo. Ser mais específico. Se estiver em dúvida, tem algumas palavras que nunca falham.

— Que seriam...

— Duro. Apertada. Fundo. Molhada. — Ironicamente, minha garganta fica seca, meu rosto esquenta. — E assim por diante. Um bom "foder" ou "comer" também servem.

Ele assente, absorvendo em silêncio.

— Então... — Seu polegar roça minhas costas enquanto ele baixa a voz. — Você me deixa tão duro? Básico assim?

— Básico, mas eficaz. — E, se é de fato tão básico, não sei por que fico tonta na mesma hora, tudo ao nosso redor desfocando enquanto Finn permanece nítido.

— Vou fazer você ficar toda molhada?

Sim. Sim, você vai.

— Isso... Isso funciona.

Parece ilícito falar assim em público, por mais que ninguém possa nos ouvir. Todas as nossas aulas até o momento aconteceram entre quatro paredes, e não sei o que pensar do fato de que agora esteja acontecendo no mundo real.

— O que você responderia? — pergunta, e então tem a audácia de me girar de novo. Quando ele me puxa de volta para junto de seu peito, me aperta ainda mais forte, a respiração ofegante.

Isso que estou sentindo é puramente científico, só pode ser. A atração é a simples química das células, combinada com o fato de que nos vemos sem roupas quase com a mesma frequência que nos vemos vestidos.

Tento recuperar o controle, roçando meus quadris nos dele, saboreando esse poder que tenho. Cravando as unhas em seus ombros.

— Que a minha calcinha tá toda molhada, meus mamilos estão duros e que preciso sentir você dentro de mim. — Arrasto cada frase, falando o mais devagar que consigo. Sinto que ele está duro contra minha barriga, então me aproximo ainda mais. — Que passei o dia querendo isso, doida pra resolver com os dedos, mas sabendo que seria mais gostoso com você. E que tenho medo de, quando você enfim me tocar, gozar rápido demais, então você vai ter que me provocar.

Ele abafa um grunhido.

— Vou querer que você meta bem fundo — continuo, sem reconhecer totalmente o som da minha voz —, porque é assim que gosto de ser comida. Mas você não pode começar assim. Vai ter que ir devagar, por mais que eu implore. Acha que consegue?

— *Chandler.*

— Então você pode dizer a ela qual a sensação de tocá-la. — Tenho certeza de que ele consegue ouvir meu coração batendo junto ao dele. — Qual o gosto dela.

— Humm. — Ele parece se recompor, o rosto a milímetros do meu enquanto sua respiração sussurra pela minha pele. — Aposto que você é tão docinha — diz ele, a boca roçando em minha orelha. O perfume que ele emana, aquela mistura de terra e especiarias, confundindo cada um dos meus sentidos. — Desde Seattle estou doido pra chupar você de novo.

A sala parece se inclinar. Meu corpo todo fica leve. Se ele não estivesse me segurando, não sei dizer se confiaria nas minhas pernas.

De repente, o público começa a aplaudir e levo alguns segundos para perceber que a música terminou.

Volto a olhar para Finn.

— Será que é melhor irmos embora? — pergunto, e a ferocidade em seu olhar me diz exatamente o que ele acha.

Ele agarra minha mão, me guiando pelo labirinto de pessoas na pista de dança. Assim que paga nossas bebidas, deixando uma gorjeta considerável, saímos noite adentro, para o beco estreito ao lado do bar. Antes que eu consiga perguntar se ele quer ir para um hotel, ele me prensa contra a parede, peito contra peito, quadris contra quadris. Perto o suficiente para nos beijarmos.

Mas ele não me beija. Ainda não.

— Achei que eu ia explodir lá dentro — diz bem pertinho do meu pescoço, a boca queimando conforme beija meu queixo.

Eu o abraço pelos ombros e o puxo para perto. Isso me faz lembrar da nossa noite em Seattle, do lado de fora da livraria. Só que, dessa vez, não quero sair deste lugar.

— Então estávamos fazendo certo. — Passo os dedos pela nuca dele, subindo até o cabelo. — Me diz o que mais você quer fazer comigo. — Tenho que me certificar de que ele consegue, pelo bem da educação dele.

Seu olhar faz com que eu me derreta.

— Você manda, professora.

Arrasto sua boca até a minha, aquela boca que diz tantas coisas safadas, minha língua se revirando com a dele. Faz tanto tempo desde a última vez que nos beijamos, e ainda mais tempo que eu não sentia tanto desejo.

— Eu quero fazer você gozar tão forte que vai me implorar por mais — diz ele, beijando meu pescoço inteiro. — Eu penso nisso o tempo todo.

Puta merda.

— Você vai me foder com os dedos? Com a boca?

— Dos dois jeitos — diz ele contra a minha pele. — Sem parar. Muitas vezes.

Ele desliza um joelho entre as minhas pernas, as mãos indo parar na minha cintura. Um "ah" escapa da minha boca quando ele me faz roçar em sua calça jeans, a costura da minha calça criando um tipo requintado de fricção. Torturante e delicioso ao mesmo tempo.

Um sorriso malicioso.

— Huh. Não posso dizer que imaginei que este seria o cenário.

Eu rio, apesar de tudo me parecer frenético. Então todo o humor parece sair do meu corpo quando a sensação começa a aumentar. Eu me movo contra ele mais rápido, enganchando uma perna em seus quadris enquanto ele agarra minha coxa, pressionando com mais força.

A protuberância em sua calça jeans só me deixa mais necessitada. Aperto ainda mais sua nuca, agarrando seu cabelo, úmido pelo esforço. Sua pele quente. Seu perfume. Ele me inclina para mais perto dele, os dedos cravando na minha bunda enquanto mantemos esse ritmo implacável. A determinação está estampada em seu rosto, como se nem mesmo um apocalipse pudesse quebrar sua concentração.

Ele deve notar minha respiração ficando mais rápida porque me ergue mais em sua coxa.

— Assim — diz ele. — *Meu Deus*, como senti sua falta.

Na verdade, ele não quer dizer que sentiu minha falta, só que sentiu falta *disso*. Eu até o corrigiria, mas não consigo dizer uma palavra que seja.

Esqueço que estamos em público. Esqueço que estou trabalhando para ele e que tudo isso está começando a ficar um pouco confuso. Esqueço tudo, exceto a onda de prazer entre minhas pernas e a adrenalina correndo em minhas veias.

Então estou desmoronando, tudo em mim se contrai e depois explode com uma súbita onda de calor. Viro o rosto para o lado, ofegando na noite enquanto ele me puxa para a frente de novo, a boca buscando a minha para abafar meus gemidos.

Uma porta se abre com um rangido alto, e Finn prende meu corpo ao dele, como se tivéssemos sido pegos fazendo algo que não deveríamos. Eu me sinto tremer de tanto rir, grata por ele estar me segurando.

— Xiiiiu — diz ele, e depois começa a rir também.

Ouvimos um baque quando alguém joga uma sacola em uma lixeira do outro lado do beco, e, assim que a porta do bar se fecha, Finn pega minha mão, e nós dois, ofegantes, rindo, corremos em direção ao carro o mais rápido que podemos.

Fico preocupada que o caminho de volta para a casa da mãe dele seja repleto de um silêncio constrangedor. Mas, assim que entramos no carro alugado, Finn pousa a mão na minha coxa, sorrindo, como se estivesse tão orgulhoso de si mesmo que simplesmente não conseguisse se conter.

— Você mora aqui — sussurro enquanto andamos na ponta dos pés do carro até a porta da frente da casa dele. — Ou *morou* aqui. Não precisa entrar de fininho.

— Os cachorros — explica ele. — Melhor do que qualquer sistema de segurança.

Assim que entramos, me preparo para uma sinfonia de latidos. Mas só Duquesa aparece, uma chihuahua carinhosa com três patas marrons e uma branca. Ela trota até nós, se permite receber um pouco de amor e depois desaparece no corredor.

Finn me lança um olhar malicioso e brincalhão.

— Boa noite — diz com doçura.

Eu só balanço a cabeça, reprimindo um sorriso.

— Boa noite — repito antes de nos separarmos no fim do corredor.

PAPAI EM TREINAMENTO

Temporada 1, Episódio 3:
"O pai babá"

INT. SALA DE ESTAR DA FAMÍLIA WILKINS — DIA

CHERYL WILKINS chega em casa depois de um fim de semana fora. BOB WILKINS está dormindo no sofá, o BEBÊ WILL no colo. ANDY WILKINS anda de patinete pela sala bagunçada enquanto JENNA WILKINS passa maquiagem no rosto do pai adormecido.

          CHERYL
Querido? Crianças? O que está acontecendo?

Bob acorda assustado, olhando para o caos.

          BOB
O que tá acontecend... ah! Ora, Cheryl, não faço ideia do que você está falando. E posso dizer que você está *radiante*?

Pausa para efeito de risadas.

          ANDY
    Com uma voz mecânica.
O papai cuidou da gente muito bem. Ele nos serviu refeições saudáveis e nos colocou pra dormir às nove todas as noites.

CHERYL
E quanto ele te pagou pra dizer isso?

ANDY
Vinte dólares.

Cheryl pega o bebê, que começou a chorar.

CHERYL
Meu amor, tá tudo bem, a mamãe está aqui. Calma aí. Cadê a Laurie? Era pra você buscar ela no treino da equipe de dança!

Bob olha para a câmera, dando de ombros com uma cara de culpa exagerada.

TODOS
Paaaaaai!

capítulo
DEZENOVE

COLUMBUS, OH

— *Com a fome de um lobo: cozinha vegetariana com Finnegan Walsh.*

Finn balança a cabeça.

— Não, nem pensar.

— *Lobo mau? A história do homem menos perverso da televisão.*

— Acho que você está esquecendo que eu não interpretava um lobisomem.

— Mas é muito mais fácil inventar um trocadilho assim. — Tamborilo com os dedos na bandeja do avião. — Já sei. *Para uivar de rir: 101 piadas nerds aprovadas por Finn Walsh.*

— Já chega. Você está proibida de fazer piadas pelas próximas vinte e quatro horas. No mínimo.

Eu me viro para dar uma espiada no corredor, em direção à frente do avião.

— É estranho que a gente ainda não tenha saído?

Como se tivesse sido invocado, o anúncio soa pelo alto-falante.

— Boa tarde, aqui é o comandante falando. Estamos enfrentando alguns atrasos relacionados ao mau tempo, mas devemos decolar assim que recebermos a autorização do controle de tráfego aéreo.

Abro minha bolsa e tiro um potinho de compota de maçã. Eu não aguentava mais comida gordurosa de aeroporto, e me pareceu que as chances de esse treco revirar meu estômago eram menores.

— Acho que isso é comida de criança — comenta Finn. — Mas não tem problema, já que você só tem sete anos. Foi isso que você comprou enquanto eu estava no banheiro?

— Essa compota é meu apoio emocional — resmungo. — E não está escrito em lugar nenhum que foi feita pra crianças.

— Tem o desenho de uma *criança* na embalagem!

— Ahhhhh, não, não, olha direito, na verdade é um adulto bem pequeno. Mas entendo sua confusão. — Eu me aproximo do rosto dele e sugo a compota até fazê-lo rir.

Ele tira um livro grosso da bagagem de mão: a biografia de Tolkien.

— Se precisar de mim é só gritar.

Seria melhor tirar algum proveito do atraso, então pego meu computador. Desde que fomos embora de Reno, na segunda-feira, tenho trabalhado sem parar. Finn fez uma viagem noturna a Los Angeles para uma coletiva de imprensa sobre a reunião de *Os notívagos* e eu fiquei em Columbus, transformando anotações em primeiras versões de capítulos. Sempre que sentia dificuldade em encontrar o tom certo, ouvia as gravações ou mandava uma mensagem para ele, fazendo perguntas. Ele voltou para a Comic Expo Ohio, e agora estamos a caminho de Pittsburgh.

O livro está começando a tomar forma, devagar e sempre. Adoro essa parte do trabalho, observar como uma enxurrada de anotações e frases isoladas se transforma em sentenças, parágrafos. Parece um tanto mágico desenvolver pequenas anedotas e fazer com que tenham uma estrutura narrativa.

Nossa editora pediu os cinco primeiros capítulos como um relatório de andamento, com entrega para amanhã, e, apesar de ter três deles quase prontos, talvez tenhamos que passar a noite acordados para concluir os outros.

Uma hora depois, começa a nevar e ainda estamos na pista.

— Desculpem, senhores passageiros, mas tem uma tempestade vindo do oeste e parece que não vai passar tão cedo — anuncia o comandante pelo alto-falante. — Nenhum voo vai sair esta noite. — Uma onda de conversas frustradas irrompe pelos corredores enquanto o comandante diz que as pessoas serão acomodadas nos voos de amanhã.

— Merda. — Jogo a bolsa do computador no ombro, mexendo no esmalte preto enquanto aguardamos para desembarcar. Estou começando a me sentir mal pelos pedacinhos de esmalte que deixo país afora, um pequeno rastro colorido como confetes de ansiedade. — Temos que terminar isso hoje à noite, e ainda tem o jantar de boas-vindas na convenção amanhã... Se a gente conseguir remarcar o voo para amanhã cedo, chegaremos a tempo?

Finn pensa por alguns instantes.

— Vamos alugar um carro. São três horas de viagem. A tempestade está soprando na direção oposta de onde vamos.

Ele inclina o celular para mim, mostrando a previsão do tempo.

— Com esse clima?

— Sou um cara das montanhas — afirma, como quem não quer nada, enquanto nos dirigimos à esteira de bagagens para recolher nossas malas. — A gente aprende a dirigir com o tempo ruim antes de aprender o alfabeto. Além disso, as companhias aéreas costumam ser cautelosas demais quando se trata de tempestades. — Ele abre um sorriso largo e indiferente. — Tenho certeza que não está tão ruim quanto fizeram parecer.

━ ━

A TEMPESTADE É, NA VERDADE, BEM PIOR.

— O que você disse? — pergunto enquanto o carro para, fazendo muito barulho, em uma estrada de mão dupla congelada a uma hora de distância de Columbus. Vemos outros carros parados no acostamento, motoristas muito mais espertos do que nós e que já desistiram da jornada. — Quantos anos você tinha quando aprendeu a dirigir com esse tempo?

Finn tenta acelerar, quase lutando contra o volante. Nada.

— Acho que... é bem possível que faça algum tempo desde a última vez que dirigi no meio de uma tempestade assim.

A neve bate no para-brisa. É óbvio que a ideia foi péssima e, mesmo que a gente consiga ligar o carro, não tenho certeza se conseguiríamos voltar para a cidade. O pânico do prazo se insinua, me fazendo segurar a bolsa com força. Tudo que quero são minhas mãos no teclado e talvez um aquecedor.

— Não podemos ficar aqui — digo. — Vamos morrer congelados.

Finn já está verificando o celular e xinga quando vê que está sem sinal.

— Eu vi a placa do que parecia ser uma pousada cerca de um quilômetro e meio atrás.

Teoricamente, um quilômetro e meio não parece uma caminhada muito longa. Um quilômetro e meio na neve sem conseguir sentir as mãos e com as rodas da mala da sua mãe escorregando no gelo: longe de ser o ideal. Finn faz o possível para ajudar, arrastando minha mala e a dele enquanto eu carrego nossas mochilas, e me dizendo o tempo todo "Estamos quase chegando... estamos quase chegando", com os dentes batendo.

Quando chegamos à pousada, um prédio charmoso coberto de neve, cercado de carvalhos, quase todos os adesivos da mala da minha mãe foram arrancados e estimo que estou a poucos minutos de sucumbir ao congelamento. A pousada, com café da manhã incluso, tem uma placa na frente com o nome CASA DE BONECAS escrito em letras arredondadas.

— Olá! — diz a mulher que nos recebe, baixinha e de meia-idade, com cabelo grisalho curto e usando uma blusa de gola alta de tricô. — Frio lá fora, não?

— Pode-se dizer que sim. — Finn limpa a neve da jaqueta com a mão trêmula enquanto eu me esforço para recuperar o fôlego. — Não temos reserva, mas por acaso você tem quarto disponível para esta noite?

— Hum, vejamos. Geralmente reservamos com bastante antecedência...

— Ela abre o livro de reservas e é então que percebo duas coisas.

Um: não há computadores no saguão.

E dois: o lugar está *lotado* de bonecas.

Bonecas antigas em prateleiras, bonecas em mesinhas tomando chá imaginário, bonecas vestidas com suéteres de Natal e bonecas carregando bonecos menores. Cada uma delas olhando diretamente para mim, com olhares vidrados e sem vida.

Acho que o nome da pousada é literal.

— Parece que ainda temos um sobrando! É o Quarto Vitoriano, que sorte de vocês. É o meu favorito.

— Vamos ficar com ele — digo, tentando evitar o olhar de uma boneca particularmente assombrada enquanto a mulher nos passa uma chave antiquada que parece mais de uma casa de campo do século XVII do que de uma pousada moderna. — Muito obrigada. Talvez seja uma pergunta boba, mas vocês têm wi-fi?

Uma risada.

— Claro que temos! — afirma. Sinto meus ombros relaxarem. — Mas acabou de cair. Me desculpe. Alguém deve vir amanhã dar uma olhada... se conseguirem chegar aqui.

Carregamos nossas malas por um lance de escadas e eu abafo um suspiro quando abro o quarto. É lindo, com uma lareira de verdade, papel de parede de veludo luxuoso e só uma boneca na decoração. Ela não tem um dos olhos e está usando um avental xadrez azul e branco e um laço no cabelo. Decido que o melhor a fazer é escondê-la em uma gaveta, e Finn me faz um sinal de joinha.

Então examino o restante do quarto, algo que talvez devesse ter feito assim que entrei. Porque bem no meio há uma bela cama queen-size estofada na cor esmeralda.

Só uma.

— Ah — digo, largando minha mochila no chão. — Eu posso dormir na poltrona, ou no chão, ou...

— Não seja boba — responde Finn. — *Eu* durmo na poltrona.

Vou até a cama, como se ela precisasse ser inspecionada. Como se, de perto, de alguma forma, pudesse se tornar duas camas.

— Tem bastante espaço pra nós dois.

Isso não deveria soar esquisito. Transamos e não dormimos juntos, mas a ideia de dormir ao lado dele é estranhamente íntima — vê-lo acordar, ainda sonolento, com os cabelos despenteados e os olhos meio inchados, e será que ele dorme de camiseta ou só de cueca ou...

Afasto esses pensamentos. Temos coisas mais importantes para nos preocuparmos.

Tiramos algumas coisas da mala e consigo compartilhar a internet do meu celular.

— Eu sabia que você gostava de meias, mas quantos pares tem nessa mala... — Finn começa.

— Não importa! — digo com certa rispidez, mas não é por causa das meias. Esses capítulos precisam ser concluídos. Troco as meias úmidas e me sento com o computador em uma das duas poltronas ao lado da lareira, a ansiedade me mantendo mais quente que as chamas. Tento dizer a mim mesma que tudo ficará bem. São cinco da tarde, não temos mais nada para fazer e não tem nenhuma boneca que pode ou não estar possuída por espíritos malignos me observando.

Finn percebe que estou nervosa, porque, depois de vestir um suéter que parece a coisa mais macia do mundo, ele se ajoelha perto de onde estou sentada e segura a minha mão.

— Ei — diz ele, e retiro o que disse, porque a coisa mais quente no quarto é a voz dele —, vai ficar tudo bem. A gente vai conseguir.

Mas meu corpo se recusa a acreditar nele. Não é apenas o atraso do voo ou os capítulos — é tudo ao mesmo tempo. Meus pulmões estão apertados, garganta grossa, boca seca, membros pesados...

Não. Não agora. Não aqui.

Tento assentir, mas isso também não parece funcionar. O pânico está profundamente enraizado em meus músculos, correndo pelas minhas veias e me prendendo no lugar.

— Chandler? — ele me chama.

Mal consigo ouvir porque inspirar é difícil e a expiração sai depressa demais. *Porra.* Não consigo controlar os sons que saem de mim.

Faz muito tempo que isso não acontece, e a última coisa que quero é ter um surto na frente dele, com nosso prazo tão próximo...

— Tudo... Tudo está dando errado — consigo falar entre respirações guturais. Minha frase termina com um soluço, e Finn pega meu computador antes que ele caia no chão.

Suas sobrancelhas se juntam de preocupação enquanto ele apoia o computador com gentileza no tapete, ao lado de seu corpo.

— Sei que foi um dia estranho. Um dia difícil. Mas vamos dar um jeito. Você não está sozinha nessa, meu amor. Eu estou aqui.

Meu amor.

A imprevisibilidade dessas palavras faz minha pulsação acelerar ainda mais. Ele nem parece perceber o que acabou de dizer.

Sacudo a cabeça com vigor.

— Eu não quero estragar tudo para você. É importante. E eu só... quero fazer do jeito certo.

— Você não está estragando nada. — Sua voz é firme, mas gentil, e agora ele está acariciando meus braços, um movimento calmante que ajuda a me ancorar aqui. *Para cima*, e posso sentir a cadeira embaixo de mim. *Para baixo*, e posso ouvir o tremeluzir na lareira. — Me ouve. Não tem *ninguém* neste mundo que consiga fazer isso dar mais certo que você. Acho que já falei dezenas de vezes, então fico um pouco preocupado de você começar a se achar.

Deixo escapar uma risada.

— Tem alguma coisa que eu possa fazer por você? Alguma coisa que você precise?

São perguntas sérias demais. Porque não tenho certeza se posso dizer a ele que não é só agora, esse prazo. São todas as coisas que ainda não posso contar, as perguntas que coloquei na mala ao lado dos meus jeans favoritos e da escova de dentes elétrica. Estou correndo há tanto tempo que não tenho mais certeza de onde fica a linha de chegada, ou se existe alguma linha de chegada. E às vezes isso me apavora.

Tenho trabalhado sem parar a vida toda, perseguindo algo que está sempre fora de alcance.

— Só isso — digo, minha voz saindo um pouco áspera. Mas minha respiração fica mais lenta, os ombros começam a relaxar.

Seu polegar roça meus dedos antes de ele abaixar as mãos, e passo mais tempo do que deveria olhando para o espaço que ele tocou. À luz do fogo, seu cabelo é do mais rico dourado, e os fios grisalhos ficam prateados. Os lindos ângulos de seu rosto, meio envoltos em sombras. Ele nunca duvidou de mim, nem mesmo na primeira reunião com o empresário.

— Tá bom. Eu... acho que estou bem. Vamos lá. — Faço um movimento para pegar o computador. — E... obrigada.

Finn passa mais alguns segundos me olhando nos olhos. Com o fogo crepitando perto de nós e a tempestade forte lá fora, há algo quase... *romântico* neste momento, um adjetivo do qual me arrependo assim que me vem à mente.

Se fôssemos duas pessoas diferentes, seria muito fácil colocar o computador de lado, subir no colo dele e transformar isso em uma fuga idílica de inverno.

Mas somos Chandler e Finn e estamos aqui para trabalhar.

É como se Finn acordasse ao mesmo tempo que eu. Forço meus olhos a olharem para a tela do computador enquanto ele senta na outra poltrona, limpa a garganta e estica as pernas.

Trabalhamos até a noite cair de vez, o mais rápido que podemos, Finn lendo cada trecho assim que termino de esboçá-los, oferecendo sugestões e correções.

Por volta das sete e meia, Maude, da recepção, bate na porta trazendo uma bandeja de comida.

— Trouxe um jantarzinho — diz, a voz doce. — Achei que vocês dois precisavam de uma refeição quente.

Agradecemos repetidas vezes.

— Que tal assim? — pergunto uma hora depois, com o estômago cheio de risoto de cogumelos, virando o computador para ele.

É o trecho sobre seu primeiro dia no set para gravar *Papai em treinamento*. O programa parece ter sido criado para reforçar estereótipos de gênero, com o enredo girando em torno de questões do tipo: Como esse pai trabalhador vai passar um fim de semana inteiro cuidando dos filhos enquanto a esposa estiver fora? Ele vai conseguir fazer os brownies para a filha vender e ainda ajudar o filho em um projeto para a feira de ciências? Sem falar no bebê — todos nós sabemos que ele mal consegue trocar uma fralda! Entram as risadas.

Finn lê o que escrevi. O trecho conta que ele estava tão nervoso naquele primeiro dia que leu as instruções de atuação, não só **as** falas, e que seu personagem, que inicialmente deveria andar de skate dentro e fora do set, o que irritaria seus pais da série, não conseguia ficar em pé, então tiveram que mudar para um patinete.

— Ficou ótimo. Você conseguiu capturar com perfeição como era a série sem insultar ninguém com todas as palavras. Se bem que acho que não me importaria, Bob Gaffney era um idiota.

— Assisti a alguns episódios e, pra ser sincera, fiquei bem chocada.

Uma careta.

— Sim, se eu fosse um pouco mais esperto, não teria participado. Mas parte de mim ansiava por aquele núcleo familiar que eu não tinha. E acho que foi isso que me levou a *Os notívagos*, então... — Ele continua lendo, apontando para um parágrafo. — Acho que eu não usaria a palavra "ostentação", mas fora isso... adorei. E você soa exatamente como eu. — Seus olhos saltam para os meus. — É meio injusto que seu nome não esteja no livro depois de tudo isso.

Dou de ombros e troco *ostentação* por *extravagância*, me forçando a não dar mais atenção que o necessário ao elogio.

— Faz parte do trabalho. É por isso que você contratou uma ghostwriter.

— Eu sei — concorda ele baixinho. — Eu só queria... — Então ele para, balançando a cabeça, e eu volto a prestar atenção no capítulo.

É quase uma da manhã quando o texto enfim parece satisfatório para nós dois. Também é por volta dessa hora que a internet do meu celular desiste de funcionar.

— Tem que ter sinal em algum lugar por aqui — digo, balançando o celular.

Finn está do outro lado do quarto fazendo o mesmo.

— Estou totalmente sem sinal.

Subo em uma cadeira e depois na mesa, seguro o celular o mais alto que posso, clico em enviar...

— Foi! — grito, a mesa rangendo embaixo de mim.

Finn se aproxima, estendendo a mão para um cumprimento. Só que perco o equilíbrio no mesmo instante, tropeçando nos meus pés e caindo nos braços dele.

E por um breve momento ele me abraça, nossos olhos se encontram, sua expressão calorosa, aberta, vitoriosa, e tenho quase certeza de que é pra valer. Juro que paro de respirar quando ele desliza os dedos pelos meus cabelos curtos. Só volto a respirar para sentir o cheiro dele, aquele aroma reconfortante e inebriante que está confundindo meu cérebro há semanas.

Então ele me desliza pelo seu corpo, sólido e firme, tão devagar que me pergunto se está fazendo de propósito, antes de me colocar com delicadeza no chão e me ajudar a ajeitar minhas roupas.

Não é só o abraço. Estou gostando de verdade dessa colaboração, e entregar esses capítulos foi um lembrete de que em algum momento, em um futuro não muito distante, tudo isso vai acabar.

Apesar de que, por vezes, tenho a sensação de que poderia escrever uma trilogia inteira sobre Finn Walsh e mal chegar a me aprofundar.

— É melhor a gente se preparar pra dormir — digo depressa, pegando minhas coisas e correndo para o banheiro. Ele já arrumou com cuidado seu kit de higiene, a lâmina e o creme de barbear para viagem em cima da pia. Um potinho laranja de remédio manipulado está bem ao lado, sem se envergonhar disso, como deveria ser.

Saio do banheiro e ele entra para se preparar, então nós dois nos sentamos em lados opostos da cama. Na maior parte do tempo, durmo com uma camiseta grande, mas coloquei o único pijama que tenho, um conjunto listrado. Ele está de short xadrez e uma camiseta branca bem fininha, e me parece que, por mais que já o tenha visto sem roupa, nunca o vi de um jeito tão casual. As roupas parecem suavizá-lo, sobretudo quando noto um buraquinho na manga esquerda.

Percebo que quero ficar mais íntima dele. Contar coisas que não compartilho com ninguém há muito tempo. Ele já sabe muitas coisas sobre mim, mas sinto que nunca poderia me aproximar de verdade de alguém se a pessoa não souber a respeito do meu aborto.

Não consigo pensar no que significa querer contar a ele.

— Cansada? — pergunta ele, e a cama poderia muito bem ter uma cabeceira em formato de coração e pétalas de rosa espalhadas por ela. Se aquele abraço me impactou tanto, fico um pouco preocupada em como vou me sentir com seu corpo adormecido a poucos metros do meu.

Balanço a cabeça.

— Deve ser essa adrenalina toda.

Eu deveria estar exausta. Esta viagem tem nos levado aos extremos: um dia estamos no meio do deserto, no outro enfrentamos uma nevasca. Vivenciamos as quatro estações no intervalo de um mês e meio.

— Tá tudo bem? — pergunta Finn quando percebe que estou movendo as mãos e os pulsos para a frente e para trás.

— Sim, eles ficam um pouco rígidos quando passo muito tempo digitando. Um pouco doloridos. — Flexiono os dedos.

— Vem cá — diz ele, dando tapinhas no espaço bem ao lado dele, e eu me aproximo. Ele estende as mãos, e eu nem paro para pensar e estendo as minhas também.

— Não acredito que estamos aqui — diz ele, usando as duas mãos para massagear uma das minhas. — Não digo só nesta pousada no meio de Ohio, com bonecas que com certeza vão ganhar vida no meio da noite, apesar de também ter isso, mas... juntos. — Ele faz uma careta. — Não *juntos*... Você entendeu o que eu quis dizer. Acho que fiquei tão acostumado a fazer essas coisas sozinho que esqueci como era viajar acompanhado. Não é a pior coisa do mundo ter companhia.

— Não consigo me imaginar fazendo tudo isso sozinha.

Fecho os olhos. O jeito que ele está me tocando, a ponta dos dedos se movendo em círculos — não é muito diferente do jeito que o ensinei a *me* tocar.

E nós vamos... só ignorar aquele papo de *meu amor*?

— Sabe, você é um enigma e tanto — comenta ele, passando para a minha outra mão. — Ou ao menos você era, no começo. Está chegando mais perto de descobrir o que quer fazer pelo resto da vida, Chandler Cohen?

— Gostaria de ir para o túmulo sem nunca ter aprendido o que é um NFT.

— Todos nós gostaríamos. — Finn dá um tapinha nos nós dos meus dedos. — Mas eu estava falando sério.

— Pelo resto da vida — repito. — É pressão demais. Existe alguém que consiga dizer, aos vinte ou trinta anos e em caráter definitivo, o que vai fazer pelo resto da vida? — Ele passa para os meus pulsos, os polegares mergulhando em minha pele. — Eu gosto disso. De trabalhar no livro com você, de sentir que estou colaborando com alguma coisa. É diferente de todos os outros livros.

Um sorriso.

— Quer dizer que sou seu autor favorito?

— Mas não vai ficar se achando por causa disso. — Apoio o peso do corpo para o outro lado, parte de mim querendo que essa massagem acabe logo e parte desejando que ele nunca pare. — Mesmo quando eu gostava do meu trabalho, ele não era gratificante, não como achei que seria quando comecei no jornalismo. Mesmo quando estava no The Catch, não sei se me sentia realizada todos os dias. Acho que criei essa ilusão na minha mente porque a demissão de fato prejudicou minha saúde mental, mas do ponto de vista criativo, profissional, e tudo o mais... eu não queria escrever listas para o resto da vida. Quero amar o que faço de todo o coração. Ou isso foi só uma mentira que a sociedade contou para os millennials quando éramos jovens e, na verdade, ninguém de fato ama o que faz?

— Alguns de nós, sim — diz ele. — Mas entendo o que você quer dizer. Isso me faz lembrar daqueles pôsteres que todo professor tinha na sala de aula. Mire na lua...

— ... pois, mesmo se você errar, ainda estará entre as estrelas — termino a frase com ele.

Essa palhaçada meio que resume a experiência de ser um millennial. Porque a verdade é que algumas dessas estrelas estão longe, muito longe, da lua. E talvez você não queira uma dessas estrelas tão distantes. Talvez você nem mesmo quisesse a lua, e nem saiba se quer ir para o espaço, mas precisa tomar essa decisão logo. E é melhor que se decida por algo que possa fazer *pelo resto da vida*.

Não há espaço para dúvidas, o único lugar em que pareço morar nos últimos tempos.

— Antes dessa viagem eu me sentia muito presa — continuo. — É comum ouvirmos que podemos ser tudo o que queremos, mas isso não é verdade. Podemos fazer algo criativo, mas também estável. Algo gratificante, mas que não nos transforme em uma pessoa viciada em trabalho. Algo bom para o planeta, mas que também permita ganhar dinheiro. Eu cresci com todos à minha volta me dizendo o quanto eu era *especial*, um discurso que era ampliado pelo fato de ter nascido no dia 29 de fevereiro. Era sempre "Você vai fazer algo grandioso" e "Você pode fazer o que quiser", e nunca "Não tem problema se você ainda não sabe o que quer fazer". Mas estou começando a me perguntar se alguma dessas coisas é verdade.

— Talvez escrever para outras pessoas não seja diferente de atuar. — Finn solta minha mão, e talvez o fato de o rosto dele estar a centímetros do meu, os olhos tão sinceros, seja pior que a massagem. — Você assume a voz e a identidade de uma pessoa por algum tempo e promete que vai fazer isso da melhor maneira possível. — Ele coça a nuca. — Eu me sinto assim também... encurralado. Às vezes pelo meu cérebro, quando desejo poder parar os pensamentos obsessivos, mas estou entregue demais a eles. Ou quando penso como, de forma geral, todo mundo conecta o TOC com a limpeza, o que pode ser verdade para algumas pessoas, mas não para todas. Então começo a me preocupar de cair nesse estereótipo, mesmo que, no meu caso, não esteja totalmente relacionado à limpeza e à organização das coisas. É mais a ideia de que, se a comida estiver estragada, vai fazer com que eu ou alguém que amo passe mal. Tenho síndrome do impostor em relação ao meu TOC. Isso não é ridículo?

— Não — respondo. — Eu sofro da síndrome do impostor em praticamente todos os aspectos da minha identidade.

— Nosso cérebro é um órgão cruel, muito cruel.

Ficamos em silêncio por alguns instantes enquanto rajadas de neve pintam o céu noturno e o fogo lentamente se transforma em cinzas. Nosso relacionamento tem sido uma jornada estranha, as peças físicas e emocionais se unindo em momentos diferentes. Faz muito tempo que não fico tão vulnerável com alguém, e isso é libertador. Confortável. *Seguro*.

— Tem uma coisa que eu queria te contar — começo. — Sobre meu passado. Se não for problema pra você.

Finn franze a testa.

— Claro. Você pode me contar o que quiser.

Certo. Eu já sabia disso, na verdade, mas ouvi-lo dizer faz com que as palavras saiam com mais facilidade. Se vou ser sincera de verdade com ele, não posso voltar atrás — e talvez eu não queira voltar atrás.

Acho que sempre senti que podia confiar nele a esse ponto.

— Eu fiz um aborto — digo, sem desviar o olhar. Sem evitar o contato visual. — No segundo ano da faculdade.

Finn assente devagar, me deixando decidir quanto quero compartilhar.

— Estava saindo com um cara fazia alguns meses. David. Eu não era a mais disciplinada com as pílulas anticoncepcionais, e a gente presumiu que não teria problemas porque sempre usávamos camisinha. Mas minha menstruação atrasou e comecei a sentir enjoos, tipo, o tempo todo, então fiz o teste. Deu positivo.

David era um amor, ficava contente indo a uma festa da faculdade ou assistindo a um filme no sofá surrado na casa que dividia com outros oito colegas. Nos conhecemos em uma aula de física, quando sentamos lado a lado. Nós dois estávamos ali para cumprir alguns créditos extras na área de ciências.

— Ele me disse que a decisão era minha, que me apoiaria no que eu quisesse fazer. Eu tinha toda uma carreira pela frente, ou ao menos as visões de como ela seria, e, quando vi aquelas duas linhas no teste, tudo... mudou por completo. Eu não tinha dinheiro para criar um filho — continuo, passando a ponta do dedo pelo edredom floral. — Eu não *queria* criar um filho, não quando tinha tantos outros planos para o futuro. Então acho que soube, no momento que pensei que poderia estar grávida, o que iria fazer. Não é um segredo profundo e obscuro, mas queria contar porque faz parte de mim. Parte da minha história.

Finn fica alguns instantes em silêncio, como sempre faz quando não tem certeza do que dizer. Ele está olhando para mim com uma intensidade cuidadosa, de um jeito que deixa todas as células ansiosas do meu corpo à vontade.

— Fico feliz de saber que você pôde fazer essa escolha. E não estou te julgando. De modo algum — diz ele, a voz sempre firme. — Ninguém nunca me contou algo desse tipo. Talvez você possa me dizer se minha reação foi uma merda.

— Não — respondo. O alívio é instantâneo. — Não foi, não.

— Você pode me contar o que quiser a respeito disso. Ou não falar mais nada. O que te deixar mais confortável.

Quando penso naquele dia, o que mais me lembro é da forma como minha mãe segurou minha mão na sala de espera, me dizendo que estava ali para o que eu precisasse. Quão rápido e relativamente indolor foi o procedimento em si, um leve desconforto e um pouco de cólica depois. Eu nunca soube se queria ou não ter filhos, sempre foi algo que achei que descobriria quando fosse mais velha. E talvez eu queira algum dia, mas ainda não tenho certeza. Só sei que, aos dezenove anos, eu não queria.

E, ao que tudo indica, não me sinto desconfortável em contar a história inteira para ele.

— Tive sorte. Não foi difícil encontrar uma clínica em Washington e eu estava com dez semanas de gravidez, ainda no primeiro trimestre. Tinha alguns poucos manifestantes do lado de fora, mas, assim que entrei, todo mundo foi muito gentil. Minha mãe foi comigo, e tudo não passou de... um procedimento médico. Foi uma coisa que aconteceu e a escolha certa para mim — acrescento. — Sei que foi muito mais fácil para mim do que para muitas pessoas... porque ainda era cedo, porque meus pais me apoiaram, porque eu tinha dinheiro para fazer. E sou grata por tudo isso. — Respiro fundo pelo que parece ser a sétima vez em poucos minutos. — Não me arrependo do meu aborto. Pra ser sincera, eu nem penso nisso com frequência.

A expressão em seu rosto — não tem outra forma de descrevê-la, ele está verdadeiramente *emocionado*.

— Obrigado — diz, a voz sólida e sincera. — Por me contar. Por confiar em mim.

— Se alguém vai fazer parte da minha vida, preciso que saiba disso. E preciso que aceite isso. Caso contrário... não seremos tão próximos, acho eu, ou não vamos ficar muito tempo um na vida do outro.

Tarde demais, percebo que insinuei a possibilidade de nos aproximarmos para além desta viagem, para além deste livro. Mas Finn não hesita.

— Quero ficar na sua vida por algum tempo — afirma. — Se você permitir.

Ele ergue um braço, olhando para mim, uma pergunta silenciosa em seu olhar. Assinto, e ele coloca o braço nos meus ombros. Acaricia minhas costas. Apoio o queixo em seu ombro, me permitindo expirar contra ele.

É muito bom ser abraçada dessa forma.

Tento não pensar se essa gentileza tem prazo de validade, se ainda vamos nos falar quando ele voltar para Hollywood e eu estiver de novo em Seattle. Se, a essa altura, nossa amizade vai se resumir em eu assisti-lo pela televisão e ele sem responder as minhas mensagens porque está cercado de pessoas mais interessantes.

— Meu Deus, já são quase três da manhã — digo ao avistar o relógio na mesa de cabeceira. — É melhor a gente dormir um pouco.

Ele parece meio abalado pela maneira como me afasto de repente, mas não discute.

— Só não encoste em mim com essas meias esquisitas.

E, obviamente, é o que faço na mesma hora.

— Pelo menos vou ficar quentinha.

capítulo
VINTE

ALGUM LUGAR NO CENTRO-SUL DE OHIO

Acordo com o cheiro de xarope de bordo.

— Espero que não se importe, fiz um prato pra você — diz Finn do outro lado do quarto. — Acordei cedo e quando desci vi que todas as melhores coisas estavam acabando. Não queria que você perdesse.

— Ah... obrigada.

Passo a mão pelo rosto para afastar os últimos vestígios de sono. É a primeira vez que ele me vê logo pela manhã, e tenho que abafar a vontade de correr para o banheiro para ficar mais apresentável, pentear os cabelos com as mãos e escovar os dentes com o dedo indicador.

O tal prato está na mesa em frente à lareira, e *prato* é uma palavra simples demais para descrever. *Banquete gigantesco estilo brunch* talvez seja o termo mais adequado: uma pilha de panquecas e waffles, fatias de batata, ovos mexidos, bacon crocante e apimentado e ao menos cinco tipos de queijo.

— Eu também não sabia direito o que você ia querer, então peguei um pouco de cada coisa.

— Está perfeito. — Meu estômago concorda e começa a roncar. — Eles não estão de brincadeira quando dizem que o café da manhã está incluso, né?

A tempestade não passou e, depois do café da manhã, quando chamamos um guincho para pegar o carro alugado, somos informados de que é bem provável que ele só seja desenterrado amanhã. Sempre adorei neve, e quase não neva em Seattle. Agora que não estamos mais soterrados, aproveito a oportunidade para dar um passeio. Finn vai fazer terapia online e responder a alguns e-mails, mas promete que vai me encontrar depois.

Talvez seja melhor assim. É uma oportunidade para espairecer, para me livrar do que estou sentindo. Porque, por mais que Finn e eu não estejamos juntos vinte e quatro horas por dia, sete dias por semana, faz algum tempo que não fico de fato *sozinha*. Se não estou na mesma sala que ele, geralmente estou trabalhando no livro. Quer ele esteja ao meu lado ou não, está sempre em minha mente.

Isso deve explicar o estranho apego que estou sentindo. Faz semanas que não falo com outro cara.

Ele não vai me encontrar e não manda mensagem, então volto para a pousada e pego duas canecas de chocolate quente no saguão antes de ir para o quarto. Bato na porta uma vez, só para que saiba que estou entrando.

E nada no mundo poderia ter me preparado para o que vejo a seguir.

Finn está sentado em uma das poltronas, sorrindo para a câmera do computador e fazendo o sinal da paz.

— E aí, Mason, aqui é Finn Walsh, e eu só queria dizer que você vai *arrasar* na sua prova de espanhol na semana que vem, assim como Caleb, Meg, Alice e eu arrasamos com aquela horda de banshees que...

— O que você está fazendo?

Nunca vi um homem adulto parecer tão assustado. Ele literalmente pula meio metro e fecha o computador com mais força do que o necessário.

— Ai, meu Deus — diz ele, enterrando a cabeça nas mãos. — Não era pra você ter visto isso.

Meu olhar alterna entre ele e o computador fechado. Tento conter a risada e pergunto:

— Você estava gravando um vídeo para um fã?

Finn assente deploravelmente.

— Que vergonha. Eu não recebo muitos pedidos desse tipo, mas tento fazer um trabalho decente com os poucos que chegam.

— Tenho certeza que são ótimos.

— Você está se esforçando muito para não rir, não é?

— E está difícil.

Quando ele abre o computador de novo, percebo que está vestindo calça de moletom cinza. Não sei dizer o que acontece com calças desse tipo, mas elas podem fazer com que um cara nota seis vire nota dez na hora, e Finn já estava muito acima do seis.

— Vem passear na neve comigo — peço. — A gente pode tirar algumas fotos fofas de você carregando lenha para deixar todo mundo babando no seu Instagram.

Vestimos o casaco mais quente que trouxemos, o cabelo ruivo de Finn aparecendo por baixo de um gorro de lã.

— Isto é neve *de verdade*. — Há certo espanto em minha voz enquanto caminhamos. A pousada é cercada por uma floresta, a neve ainda praticamente intocada por pegadas. É lindo demais para se importar com o frio.

— Comparado com...?

— Não temos isso onde eu moro — explico. — Teve um ano em que fui para Whistler com um ex e passei um tempão planejando os looks de inverno perfeitos. Então, quando chegamos lá... nada. A mínima era de onze graus. Fiquei arrasada.

— Um ex. — Finn parece intrigado. — Me conte mais sobre o histórico de namoros de Chandler Cohen.

— Como você sabe, ele é definido principalmente pela angústia. — Abraço meu casaco com mais força. — Tive meu primeiro namorado no ensino médio e terminamos depois da formatura, porque cada um ia para uma faculdade diferente. Depois, quando estava na faculdade, teve o David, que mencionei ontem à noite. E um cara que namorei no último ano e até um pouco depois da formatura, mas o choque do desemprego foi grande demais para continuarmos juntos. Namorei outros caras, mas faz alguns anos que não tenho nada sério. — Porque sempre coloco minha carreira em primeiro lugar. Porque sempre presumi que as coisas se encaixariam com Wyatt. — Sei que você namorou a Hallie por um tempo, mas não sei muito sobre seus outros relacionamentos, além de... o que não aconteceu entre quatro paredes e o fato de todas terem sido de Hollywood. Todas eram atrizes?

Claro que não estou perguntando isso porque quero que ele diga: *Sabe do que mais? Está na hora de mudar, cansei de namorar pessoas de Hollywood. Obrigada por ter mencionado isso, Chandler!*

E é claro que ele não diz.

— A grande maioria. Namorei uma figurinista de *Faz meu tipo*, mas só ficamos juntos por alguns meses. Hallie foi a namorada mais séria. E já terminamos há... seis anos? Meu Deus, estou me sentindo velho.

— O que aconteceu? — pergunto. — Por que acabou?

Ele esfrega o queixo.

— Acho que nos distanciamos, apesar de que, talvez, o sexo tenha uma parte da culpa. Nós dois tivemos períodos de dificuldade para encontrar novos trabalhos, e esse negócio de terapia ainda era novidade pra mim, então foi muita coisa ao mesmo tempo.

— Ela está naquele seriado sobre médicos.

— *Boise Med*. Ela está fazendo um trabalho incrível — comenta. — Eu estava falando sério, ainda somos bem amigos. E é bem melhor desse jeito. É difícil encontrar pessoas que entendam exatamente o que passamos naquele seriado, e, por mais que me encontre com os outros de vez em quando, nunca fomos próximos a esse ponto.

Assinto, porque, mesmo que não me identifique com essa sensação, consigo entender.

— Por favor, não me leve a mal, porque estou falando sério. É uma tragédia que você ainda esteja solteira. Wyatt vai perceber que errou feio e não vai conseguir se perdoar.

Não consigo reprimir um suspiro.

— Acho que estou bem. Eu ando bem ocupada ultimamente, em um relacionamento físico casual com um dos queridinhos da Comic Con.

Ele para de andar, a boca se curvando para cima.

— Ah, é?

Eu me aproximo e seguro a franja do cachecol dele, culpando a atração quase hipnótica exercida pela calça de moletom cinza.

Tenho certeza de que ele vai me beijar, mas, em vez disso, afirma:

— Eu li seus livros.

Recuo, a revelação causando um choque em meu sistema.

— Queria ter contado isso antes — ele continua. — Mas achei que seria muito estressante se você soubesse que eu os estava lendo durante os voos.

— Você quer dizer que leu os livros da Maddy e da Amber.

— Claro — responde ele. — O nome delas está na capa, acho eu. Talvez seja porque eu estava procurando por você, mas consegui te perceber ali, mesmo através da voz delas.

Abro a boca para discutir, mas não sai nada. O fato de eu estar tão visível naqueles livros, o suficiente para que esta pessoa que me conhece há apenas sete semanas me visse lá...

— Isso significa que não fiz um bom trabalho — digo apenas.

Ele se aproxima, não parecendo se importar com o fato de seus tênis estarem molhados.

— Não vejo dessa forma. Talvez você estivesse tentando se esconder nas histórias delas, mas ainda estava *ali*. Isso mostra o quanto você é talentosa. O quanto sua escrita é vibrante... Você não consegue se remover por completo, por mais que tente.

Engulo em seco, sem saber como processar o que ele está dizendo.

— Sei que seria um risco, e sei que não seria fácil — continua. — Mas você poderia escrever pra você mesma, se quisesse. O que você disse naquela noite em que quase não sobrevivi por causa de uma doença altamente debilitante — dou um soquinho de leve nas costelas dele —, que faz algum tempo que não gosta mais de escrever... me deixou tão triste. Porque, mesmo nesses livros que você escreveu só pensando no pagamento, é possível perceber como gosta disso.

— Você lembra disso? — pergunto, imaginando o quanto ele se lembra. Se seria apenas a parte da conversa sincera sobre a escrita ou a confissão que fez também.

Ele cora e algo dentro de mim se acende, algo que passei um tempão tentando ignorar.

— De cada instante.

Tudo o que ele está dizendo, os elogios e as coisas que ficam implícitas, é demais. Meu casaco está muito apertado, o vento é muito forte e minhas meias estão encharcadas. Todo este momento é uma sinfonia de Coisas Demais. Se eu me permitir pensar que poderia ter sucesso como escritora, sozinha, teria que me abrir para a possibilidade do fracasso. Teria que deixar de lado a camada de segurança de nomes que são muito mais importantes que o meu.

Então eu me abaixo, pego um pouco de neve e o acerto com uma bola, porque isso é mais fácil do que pensar.

Ele leva a mão ao peito, na parte salpicada de branco.

— Ah, você se meteu numa encrenca e tanto — brinca, se remexendo para fazer uma bola de neve enquanto corro floresta adentro.

POR FIM, QUANDO NÃO CONSEGUIMOS MAIS SENTIR OS DEDOS DAS MÃOS e dos pés, voltamos para a pousada tremendo. Nossas roupas estão encharcadas da guerra de bolas de neve, então as tiramos e colocamos para secar perto da lareira enquanto arrastamos travesseiros e cobertores para o chão, ao lado das chamas.

— Precisa filmar mais algum vídeo para um fã? — pergunto, brincando com a ponta de um cobertor.

Ele me lança um olhar malicioso.

— Não. Estou completamente livre pelo resto do dia. — Então baixa a voz, por mais que estejamos sozinhos no quarto. — Não consigo parar de pensar no que aconteceu em Reno. Do lado de fora do bar. Quase morri por você não poder fazer mais barulho.

A lembrança arranca um gemido da minha garganta. Preciso dele em cima de mim, seu peso me pressionando contra o tapete. Ainda há dois tópicos principais do plano de aula que não abordamos, e tenho certeza de que, se não colocar sua língua entre minhas pernas esta noite, posso morrer. Preciso do lembrete de que essa relação é puramente física.

— A próxima lição — digo respirando fundo, minha boca a um centímetro da dele. — Você se lembra...

Seus olhos ficam escuros.

— Como se eu não tivesse memorizado tudo na noite em que você me enviou. *Sim*, eu lembro. — Ele roça os lábios nos meus. — Achei que tivesse mencionado o quanto quero chupar você.

Fecho os olhos com força, meus músculos já tensos. Esperando. *Desejando*. Nas últimas vezes que estivemos juntos, só eu cheguei até o fim. Quero ouvi-lo desmoronar e saber que foi por minha causa. De repente, essa se torna minha maior vontade.

Nos beijamos em cima do cobertor, em frente à lareira, e desta vez não tem como ir devagar. Saio de baixo dele para poder ficar por cima, esfregando sua ereção com a palma da mão, então desço por seu corpo para beijá-lo por cima da cueca. Ele enfia a mão nos meus cabelos e xinga baixinho. Adoro quando ele está assim: completamente rendido ao próprio prazer. Sem vergonha. Não tive o suficiente disso.

Mas, quando seguro o cós da cueca, ele balança a cabeça.

— Você primeiro — diz ele e, sem saber como contra-argumentar, me deito de costas no cobertor.

— Fala de novo o que você disse em Reno. — Porque não havia romance ali, só a mais pura necessidade física.

Ele suspira quando se inclina sobre mim e enfia a mão na minha calcinha.

— Sobre o quanto eu queria te deixar molhada? — Uma risada divertida. — Acho que você já está.

Praticamente rasgo minha calcinha na pressa de tirá-la.

— Mais.

Ele geme dentro da minha boca quando usa os dedos para me separar.

— Quero que você faça barulho — diz, as palavras seguindo o ritmo de seus dedos. Ele desenha um círculo. Um quadrado. Uma forma que nem os matemáticos conseguiriam identificar. — Quero sentir seu corpo tremer, até você não aguentar mais, e aí quero que você goze na minha língua.

Estou ofegante, segurando os ombros dele. O dedo já não é o suficiente. Preciso de mais.

Ele abaixa a cabeça até meu peito, dando beijos em meu abdome, minhas coxas. Meus lábios. Então, quando já estou me contorcendo e tremendo, mais do que pronta, ele dá uma lambida longa e lenta. Esse simples contato me faz gemer alto, a sensação quente e escorregadia de sua boca em mim.

— Meu Deus, você tem um gosto tão bom. — Ele continua provocando, alternando carícias rápidas com outras mais longas e torturantes. Só quando já estou quase implorando, ele, enfim, leva a língua ao meu clitóris, aprendendo rapidamente que o mais suave dos movimentos já é o bastante para me levar à loucura.

— Finn — murmuro enquanto ele entra em um ritmo constante. — *Finn*. Ele para por alguns instantes. Olha para mim.

— O que foi? — pergunto.

— Acho que é a primeira vez que você diz meu nome. Quando estamos assim.

Ele está certo — evitei fazer isso. Mas agora digo de novo, o que o faz suspirar e pressionar a boca contra mim com mais força.

Por um momento, quase consigo esquecer que ele é Finnegan Walsh e eu sou a anônima que está escrevendo seu livro. Por um momento, somos apenas duas pessoas desesperadamente atraídas uma pela outra se aquecendo em um dia de neve.

Exceto, é claro, que nada disso é verdade. Ele não está fazendo isso porque está perdidamente apaixonado por mim... Está tentando aprender.

Para que um dia possa agradar alguém que não sou eu.

Imobilizo a mão em seu cabelo.

— Espera aí — peço. Ele para na mesma hora e olha para mim. — Desculpa, eu... preciso fazer xixi.

Eu me levanto, me desembaraçando dos cobertores, e visto uma camiseta — não paro para ver se é dele ou minha — a caminho do banheiro.

Claro que é dele. Claro que cabe do jeitinho que a camiseta de um namorado deveria caber, folgada e sensual e perfeita.

Se controle, digo ao meu reflexo no espelho, depois de me trancar lá dentro. Meu rosto está vermelho, os cabelos desgrenhados. *Você não vai se apaixonar por ele*.

Em dois meses, parece que estou mais encantada do que jamais estive com Wyatt. Não faz sentido. Meus sentimentos por Wyatt cresceram ao longo de dez anos de amizade, aulas, festas e noites conversando sobre nosso futuro. Cuidei daquela paixão como uma suculenta exigente, dando-lhe todo o sol de que precisava para se tornar uma espécie invasora.

Com Finn, o que sinto é algo feroz e estranho.

E isso é assustador.

Eu me forço a pensar em quando ele ficou doente, enterrado embaixo dos lençóis e de uma pirâmide de lenços de papel. Nada disso deveria ser atraente — mas foi, de alguma forma.

É bem provável que em breve ele seja incrível na cama. Com a próxima mulher, e a que virá depois.

Você não está sozinha nessa, meu amor.

Sim, penso. *Estou sim.*

Dou uma última olhada para o espelho, tentando apagar as evidências da minha crise, e volto para o quarto.

Finn está sentado em uma das poltronas, com a camisa desabotoada e o cabelo despenteado. Quando ele me vê, sua expressão muda no mesmo instante.

— Ei — diz ele, cutucando meu braço. — Você está bem?

Assinto, sem saber por que, de repente, parece que estou prestes a chorar.

— Quer conversar?

— Minha mente está em outro lugar, eu acho. Desculpa.

— Não precisa pedir desculpa. — A preocupação no rosto dele é quase um excesso, dado o que sua boca estava fazendo comigo dez minutos antes. — Nosso relacionamento vai além dessas aulas. Achei que isso já tivesse ficado óbvio.

Eu quero acreditar em você, penso. Mas quando esta turnê acabar, quando eu voltar para Seattle e terminar o livro, que relacionamento ainda vai restar?

Digo que vou dormir mais cedo. Assim, não preciso deslizar para baixo das cobertas ao lado dele, ver seus cabelos espalhados pelo travesseiro, ouvir sua respiração suave e constante enquanto adormecemos.

Porque então eu teria que pensar em como quero desesperadamente acordar na mesma cama que ele, pra valer.

SESSÃO DE FOTOS PARA A CAPA DA *ENTERTAINMENT WEEKLY*

VÍDEO DOS BASTIDORES

FINN WALSH: Eles deveriam ficar... Tem problema se eles...

VOZ EM OFF: Sim, sim, pode deixar eles correrem livres. Vamos filmar o tempo todo.

FINN WALSH PARA OS FILHOTES: Oiiiiii. Você é perfeito, não é? É, sim. Ah! E você também é perfeito.

VOZ EM OFF: Se você puder pegar um dos filhotes e sorrir para a câmera... ótimo. Está ótimo assim. Continue desse jeito.

FINN WALSH: Oi. Oi. Eu te amo. Ahhhh, você está mastigando meus sapatos, mas tudo bem. Você pode mastigar o que quiser. Porque eu te amo.

VOZ EM OFF: Alguém tem um saco pra pegar o cocô?

FINN WALSH: Olha como você é piquitico. Como você consegue ser tão pequenininho?

Finn tenta segurar o máximo possível de filhotes nos braços.

FINN WALSH: Posso levar todos eles para casa comigo?

capítulo
VINTE E UM

NOVA YORK, NY

Quando chegamos à Big Apple Con em meados de novembro, uma semana depois de ficarmos presos em Ohio, é impossível ignorar a empolgação com a reunião do elenco de *Os notívagos*. Quase todos os dias, Finn dá uma entrevista, conversa com um produtor ou publica material promocional nas redes sociais. OS NOTÍVAGOS: A REUNIÃO grita um outdoor enorme no meio da Times Square, com uma foto antiga do elenco se transformando em uma que eles tiraram quando Finn estava em Los Angeles no mês passado. Ele foi parado por nada menos que meia dúzia de pessoas em nosso caminho para o Javits Center, posando bem-humorado para fotos e sempre afirmando que não podia fazer nenhuma revelação do que veriam no programa especial e que eles teriam que esperar o lançamento. Então ele entrou no modo de navegação anônima e colocou um par de óculos escuros.

Os ensaios começam na próxima semana em Los Angeles, coincidindo com o Dia de Ação de Graças, o que me dá uma brecha para pegar um voo para Seattle e visitar minha família antes de voltar para Los Angeles, no início de dezembro. Reunião, terminar o livro de Finn e voltar à vida normal. É assim que serão os próximos meses e, apesar de sentir falta da minha família (Noemie enviou uma foto dela preparando o jantar com meus pais ontem à noite), não consigo aceitar que esta viagem está terminando. Que depois desta convenção não vou participar de mais nenhuma.

Uma coisa excelente sobre Nova York é que, logo de cara, ela é tão arrebatadora, tão abarrotada e lotada que é fácil desaparecer. Quando ainda estava na faculdade, estive na cidade para uma conferência de jornalismo, mas não devo ter conhecido quase nada, porque cada lugar me parece novo. Nova York significa que não preciso pensar em Ohio. Significa que pode haver certa distância entre Finn e eu, para que meu coração volte ao caminho certo.

Mas também significa que não estou pronta para contar a ele o que fiz no avião. Quando finalmente conseguimos voltar para Columbus e pegar um voo para Pittsburgh, bem a tempo de Finn participar de seu último painel na convenção, fiz algo que não fazia desde antes de sair de Seattle: abri meu antigo arquivo de *cozy mistery*. Só por alguns instantes. Só para checar alguns detalhes do cenário, agora que já estive na Flórida — por algum motivo que não consigo lembrar, escolhi que a história ocorreria em uma pequena cidade de praia fictícia no extremo sul do estado — e poderia fazer com que tudo soasse um pouco mais autêntico.

No livro, uma cliente morre no dia da inauguração da papelaria da minha personagem principal — que, por coincidência, se chama A Caneta Envenenada, uma escolha da qual ela se arrepende quando é acusada do crime. Mas algo ainda não me parece certo, e arrumar os detalhes do cenário não foi como resolver o problema.

Então, abri o arquivo do livro de memórias e comecei a trabalhar em um capítulo no qual Finn fala da busca por um terapeuta e o quanto gosta da terapia, mais do que jamais imaginou ser possível.

É também na Big Apple Con que encontro Hallie Hendricks pela primeira vez. Estava preocupada que pudesse ser estranho, seja porque passei grande parte dos meus momentos livres vendo a personagem dela se apaixonar por Oliver Huxley, ou porque estou transando com o ex dela — por mais que ela não saiba disso. Mas ela abre um sorriso genuíno depois que Finn nos apresenta em uma das salas de espera da convenção.

— É tão bom finalmente te conhecer! — afirma, estendendo a mão para apertar a minha e depois retirando-a e me puxando para um abraço. — Finn me contou tantas coisas a seu respeito.

— Ele... contou? — Olho para ele. Finn dá de ombros, envergonhado.

— Só coisas boas. Mal posso *esperar* para ler o livro.

Hallie é ainda mais cativante pessoalmente, tendo trocado seu longo cabelo de Meg Lawson por um corte curto que emoldura seu rosto com perfeição. Ela usa óculos ovais de aros finos sobre impressionantes olhos azuis, um macacão estampado e uma bolsa Chanel de cetim. Deve ganhar um bom dinheiro com *Boise Med*, porque tudo nela brilha, dos cabelos até as fivelas das botas de salto alto.

— Você já deve ter ouvido isso mil vezes, mas estou assistindo a *Os notívagos* há... bom, pela primeira vez, e estou adorando. Na verdade, você é minha personagem favorita — digo para ela.

Tenho certeza de que Hallie vai ignorar o que eu disse, um elogio a um trabalho de dez anos atrás.

— Obrigada. Meg sempre foi minha favorita também. Não importa quantos roteiros eu leia, nunca consigo tirá-la totalmente da cabeça.

— Posso imaginar — digo e gosto dela no mesmo instante. — É como quando dizem que as músicas que a gente ouvia na adolescência são as que mais têm efeito sobre nós, porque ouvíamos quando nosso cérebro ainda estava em desenvolvimento ou algo do tipo.

— Ah, é por isso que ainda me emociono com a Avril Lavigne?

Eu sorrio para ela.

— Não vou julgar.

Finn parece satisfeito por nos darmos bem. Fico imaginando os dois juntos, um relacionamento que terminou há seis anos.

Seis anos e nada sério desde então.

Achei que os painéis poderiam parecer repetitivos, mas Finn está bem à vontade aqui com o restante do elenco, e é impossível não admirar a maneira como interage com os fãs, todos eles compartilhando amor puro por uma série pela qual também estou começando a me apaixonar. Consigo entender por que ele não abriu mão de tudo isso, por que seu primeiro instinto foi resistir mesmo estando doente. Ele trata cada fã como se fosse a primeira pessoa a fazer determinada pergunta ou a elogiá-lo. Faz com que cada um se sinta especial, e esse é um talento e tanto. Ele faz você acreditar que se importa de verdade — porque acho que de fato se importa.

Em algum lugar entre o Tennessee e Ohio, comecei a entender o charme de Finnegan Walsh também.

Depois de uma sessão de fotos conjunta com Hallie e antes de nos encontrarmos com o restante do elenco para jantar, Finn faz um desvio por algumas ruas secundárias.

— Aonde vamos?

— Você vai ver — responde, me guiando por um labirinto de lojas e restaurantes modestos. Quando enfim para em frente a uma loja de malas, olho intrigada para ele.

— Andei perguntando por aí, e tudo indica que é de praxe dar um presente para o ghostwriter quando o trabalho termina. Na verdade, é uma cláusula inegociável. Escrita no contrato em letras minúsculas.

Ergo as sobrancelhas, reprimindo um sorriso.

— Sei que ainda não terminamos e eu adoraria fazer surpresa, mas acho muito importante que você escolha sozinha. — Ele abre a porta e gesticula para todas as pilhas e mais pilhas de bolsas e malas lá dentro. — Você viajou mais nos últimos meses do que jamais imaginou. Então... escolha uma mala. Considere isso um investimento no seu futuro e em todas as viagens que você ainda não fez.

Por alguns momentos, fico só olhando para ele, impotente, incapaz de compreender um gesto tão generoso.

— Não. É caro demais.

— Já disse, está no contrato. Parágrafo 12, cláusula B, subseção 7C. É por isso que é importante ler as letras miúdas. — Ele bate no meu quadril com o dele. — Tenho a sensação de que você não quer continuar pegando a mala dos seus pais emprestada pelo resto da vida.

Ele não está errado. A mala da minha mãe, com seus resíduos de cola e adesivos rasgados que declaram sem entusiasmo mensagens do tipo VIBR POSIT, não vai durar muito mais tempo. E algumas dessas malas são lindas demais. Já estou gravitando em direção a uma em específico, de um elegante lilás.

— Então acho que não tenho mais desculpas.

— ▬ ▬ —

O RESTAURANTE É MODERNO, COM ILUMINAÇÃO FRACA E MUITO CARO para o meu bico. Tapas sofisticadas, o tipo de lugar em que você paga dezoito dólares por uma porção para compartilhar que vem com cinco cenouras assadas com molho balsâmico e algumas fatias de pão artesanal, e do qual sai com fome. E talvez sejam as melhores cenouras que já provou na vida, mas você se recusa, por princípio, a gastar tanto.

Quando fomos deixar a mala no hotel, sugeri a Finn que talvez fosse melhor eu não comparecer ao jantar — e relembrei o que Ethan disse algum tempo atrás, que não confiava na imprensa.

— Se for só o elenco, é melhor eu não ir.

Finn me olhou de um jeito que não consegui interpretar.

— Eu quero que você vá. — Então ele endireitou a coluna, se recompondo. — Se você quiser, claro.

Depois de evitar alguns paparazzi em busca de celebridades após a convenção, nos acomodamos em um sofá com Hallie, Ethan Underwood, Bree Espinoza, Juliana Guo e Cooper Jones. Após passar os últimos dois meses assistindo a *Os notívagos* em grande parte do meu tempo livre, fico um pouco abobalhada por estar entre eles. Finn me apresenta como alguém de sua equipe e ninguém questiona minha presença.

— Faz muito tempo que não fazemos algo assim — diz Cooper, pegando uma fatia de pão. Aos quarenta anos, ele é o mais velho do grupo, em grande parte aposentado da atuação para se concentrar na fazenda que administra com a esposa no norte da Califórnia. Uma vida muito mais tranquila.

— Porque Ethan geralmente está muito ocupado pulando de um avião só para poder dizer que é o próprio dublê. — Juliana dá um sorriso tenso que me faz pensar que fingir estar apaixonada pelo personagem dele por quatro temporadas exigia uma atuação de alto nível. Ela tem a língua um pouco afiada, não muito diferente de Alice, e está vestida com uma jardineira de veludo cotelê e um moletom floral. Esse visual nunca pareceu tão descolado.

— Onde você estava no mês passado? Não consigo acompanhar.

— Fiji — responde Ethan. — Mas estava de férias. Começo a filmar a regravação de *Indiana Jones* em Maiorca depois da reunião.

— Vida difícil — alfineta Finn.

Ethan ergue o copo de uísque e mostra os dentes brancos e brilhantes.

— É por isso que eles desembolsam uma grana boa.

Tenho que me esforçar para não revirar os olhos. Ao meu lado, Finn está inspecionando seu copo de água e, quando o garçom passa com uma bandeja de aperitivos, ele pede, com calma e educação, outro copo. Não deixo de notar que Ethan está observando toda a interação.

— O que vocês odeiam mais? — pergunta Bree. — "É mais um comentário do que uma pergunta" ou "Tenho uma pergunta em duas partes"?

Cooper passa a mão pela barba grisalha.

— Acho que não participo dessas coisas o bastante para me incomodar com nenhum dos dois.

— A do comentário, com certeza. — Juliana toma um gole de vinho e marca o guardanapo de batom vermelho ao enxugar a boca. — Nesse caso, sempre querem trazer algum detalhe superespecífico, só para fazer parecer que conhecem o programa melhor que ninguém.

Ethan balança a cabeça.

— Não, não, não. As perguntas de duas partes são as piores.

— Eu não me importo com isso — intervém Finn.

— Bem, claro que *você* não liga — retruca Ethan. — Você praticamente vive disso. Quando foi a última vez que esteve em um canal que não é assistido só por avós?

Com exceção de Hallie, todos riem e, mesmo na penumbra, vejo as bochechas de Finn ficarem rosadas.

A conversa passa para os projetos atuais de todos.

— Estou trabalhando em um filme independente — comenta Hallie do outro lado da mesa. — Estava morrendo de vontade de participar de uma produção do A24, e tem sido um verdadeiro sonho.

— Qual é o enredo do filme? — pergunto.

— É... Bom, tem essa mulher, e ela meio que se sente sem rumo no trabalho e na vida amorosa. — Hallie franze a testa por um momento. — Acho que a ênfase não está tanto na trama. É mais pela vibe.

Bree ri.

— Ai, meu Deus, a Hallie *odeia* tramas.

— É verdade. Prefiro personagens interessantes a filmes cheios de explosões — concorda ela. — *Boise Med* paga superbem, mas não é uma obra de arte, de forma alguma.

Finn me olha como se pedisse desculpa, talvez por toda esta conversa tão específica do setor. Então, embaixo da mesa, sua mão pousa na minha perna.

Tudo em mim se tensiona.

Fico à espera de que ele a mova após alguns segundos, que seja só um gesto gentil, do tipo *estou aqui com você*. Mas ele não o faz. E eu me pego virando a perna lentamente na direção dele, no momento que seu polegar começa a traçar um círculo lento em cima do tecido de veludo cotelê.

— Você já experimentou as cenouras? — pergunta Hallie, me passando o prato.

Decido não contar a ela que calculei o preço por cenoura e que é exorbitante. Em vez disso, sorrio e pego uma, e acaba sendo a coisa mais deliciosa que já provei.

Depois de outra rodada de bebidas, Ethan estala um dedo e aponta para mim.

— Acabei de me dar conta de onde já te vi. Em uma das convenções.

— Cidades Gêmeas — comento. — A SuperCon.

— Certo, certo — diz ele, me olhando com curiosidade. — O que você faz pelo Finn, exatamente?

— Estou trabalhando em um livro de memórias — diz Finn. — E a Chandler está escrevendo.

Ao ouvir isso, Ethan começa a rir, silenciando todas as conversas paralelas à mesa.

— Você tem uma ghostwriter? Não consegue encontrar tempo para escrever o próprio livro com essa agenda tão lotada?

E agora todos estão prestando atenção em nós dois.

— Você está trabalhando com uma ghostwriter? — pergunta Cooper. — Em... um livro?

— Muitas pessoas contratam ghostwriters — retruco. — Não tem vergonha nenhuma nisso.

— Ah, concordo plenamente com você — diz Ethan, balançando a cabeça de uma forma bastante condescendente. — Eu só fico me perguntando o que você fez que valha a pena ser colocado em um livro. Todo o tempo que passou pesquisando para o seu personagem em Os notívagos? Que empolgante.

Todos parecem ficar desconfortáveis, a maioria olhando para a comida ou dando goles em suas bebidas. Ethan está agindo igual ao Caleb na primeira temporada. Finn aperta minha perna com mais força, não de forma dolorosa, mas o suficiente para que eu consiga notar.

Hallie olha furiosa para ele.

— Não seja um babaca, Ethan. Quando foi a última vez que você fez algum tipo de pesquisa para seus filmes com carros explodindo?

— Para o último, que ficou em primeiro lugar nas bilheterias no fim de semana de estreia. Ou, humm, deixa eu ver, o que veio antes desse... Sabe, acho que ele também ficou em primeiro lugar. — Ethan gesticula para que um garçom encha seu copo.

— Nem tudo é questão de dinheiro — digo, com mais rispidez do que pretendia.

— Não, acho que não. — Ethan olha para Finn. — Suponho que alguns de nós façam isso pelo amor à atuação, certo? Acho que não se tem outra escolha.

Bree tosse alto.

— Então, quais são os planos para o Dia de Ação de Graças?

Noto que Finn passa o restante do jantar em silêncio.

— A gente devia fazer isso mais vezes — diz Juliana ao final, enquanto todos vestem o casaco e enrolam o cachecol no pescoço. — Não acredito que tanto tempo se passou.

Finn enfia as mãos nos bolsos.

— Com certeza — responde ele. — Vejo vocês em dezembro.

capítulo
VINTE E DOIS

NOVA YORK, NY

No metrô, a caminho do hotel, Finn continua quieto, e as três garotas de vinte e poucos anos que o reconhecem parecem perceber que ele está mergulhado em pensamentos, porque tudo o que fazem é cochichar entre si e apontar para ele da maneira mais discreta que conseguem. Ele está ocupado demais olhando para os próprios cadarços para notar.

Chegamos ao nosso andar depois que ele descarta minha sugestão de bebermos alguma coisa ou comer uma sobremesa, então eu o sigo até seu quarto. Ele abre a porta para entrarmos sem perguntar nada, e o gesto é tão natural que me faz congelar no lugar. Por uma fração de segundo, tenho um vislumbre de um tipo diferente de vida. Um universo alternativo.

Somos um casal voltando para casa depois do jantar e aconteceu algo que deixou meu namorado chateado. Tudo o que quero é servir duas taças de vinho, nos aconchegar no sofá e esperar que ele me conte o que há de errado para que possamos resolver juntos. Ficaríamos acordados até tarde conversando, e ele se surpreenderia quando percebesse que está rindo, e nos daríamos conta de que podemos contornar o problema. Então colocaríamos alguma coisa para assistir na Netflix, ou beberíamos mais vinho, ou desabotoaríamos nossas roupas, sonolentos, e deixaríamos nossos corpos se unirem. Ou poderíamos cochilar ali mesmo no sofá, minhas pernas no colo dele, a cabeça dele acima da minha.

A visão me assusta, sobretudo porque parece tão *real*.

Esse universo alternativo não se importa com lógica. Por mais que Finn se sinta da mesma forma, ele mesmo disse mais de uma vez: só namorou pessoas de Hollywood. Existe uma incompatibilidade intrínseca em nossa vida. Ele vive viajando; eu moro na casa de Noemie. Nossas rendas são amplamente diferentes. Não tenho ideia do que vou fazer daqui a alguns meses, enquanto ele estará começando a promover o livro e a organização sem fins lucrativos.

O cara de quem sou amiga há anos só transou comigo e seguiu em frente. Finn me conhece há apenas alguns meses — não faço ideia se isso é tempo o bastante para considerar alguém digno de um relacionamento ou como posso esperar ser essa pessoa para outro alguém. Wyatt estragou toda a minha linha do tempo, aparou as arestas da minha confiança.

Por mais que eu goste de pensar que Finn e eu vamos continuar amigos depois disso, não consigo imaginá-lo me ligando só para conversar. Indo almoçar juntos da próxima vez que ele estiver em Seattle. Sei que há mais entre nós do que o livro e as aulas, mas sem essas coisas para sustentar nosso relacionamento não posso encarar a ideia de ficarmos aconchegados no sofá como algo além do que de fato é: uma fantasia.

Fecho a porta do quarto dele, afastando todos esses pensamentos.

Ele tira um sapato sem entusiasmo antes de se sentar na cama, equilibrando os cotovelos nos joelhos. Quando enfim olha para mim, com os olhos pesados, não estou à espera do que diz a seguir.

— Desculpa.

Desabotoo minha jaqueta e me sento ao lado dele.

— Não precisa se desculpar.

Ele passa a mão pelo rosto, e talvez seja a iluminação de merda do quarto do hotel, mas os primeiros sinais de idade estão mais aparentes do que costumam ser. As rugas ao redor da boca, entre as sobrancelhas. Na testa, com o cabelo menos arrumado. Tenho que reprimir a vontade de traçá-las com o dedo, porque, se começasse, tenho a sensação de que não conseguiria parar. Eu precisaria passar a ponta dos dedos pelas marcas, linhas e sardas do corpo dele e, mesmo assim, não ficaria satisfeita.

— Por ter passado a última hora todo chato e deprimido? Preciso sim. E pelo jantar... não ter sido o que nenhum de nós esperava — afirma. — É constrangedor você descobrir que eu não sou talentoso o bastante para publicar um livro de memórias.

— Bom, isso não é verdade. — Bato o joelho no dele. — E o Ethan é um grande babaca.

— Odeio o fato de nunca conseguir enfrentá-lo. Obrigado por tudo que você disse. Mesmo.

— Eu não disse nada que não seja verdade.

— Ainda assim. Foi muito importante pra mim. — Sua voz fica mais calorosa. — Eles não são todos ruins. Alguns são boas pessoas. Bons amigos.

— Bons amigos que não defenderam você.

O peso de sua pausa me permite saber exatamente o quanto doeu.

— É difícil nesta indústria. Enfrentamos uns aos outros desde o início, todo o processo de audição já é uma competição. Todo mundo sempre quer algo que não tem e, quando consegue, fica feliz com isso talvez por um segundo antes de se concentrar em outra coisa. Algo mais elevado. Às vezes, parece que a amizade com as pessoas de Hollywood... não é muito estável. Nunca se sabe o que elas acham de verdade da gente. Ou talvez haja algum envolvimento e depois nunca mais se vejam.

Essa parece ser a verdade sobre Hollywood em geral, essa falta de estabilidade. Muitas pessoas se apegam ao sucesso, sem saber se os fãs vão continuar sendo fãs. As convenções parecem salvaguardar as coisas que amamos, como se as preservassem em âmbar para que os fãs possam sempre encontrar quem partilha do mesmo amor.

— Você seria sincera comigo se pensasse que eu sou um grande fracasso? — pergunta. — Se eu fosse um idiota sem talento que está apenas se enganando e dizendo que tem algum tipo de futuro nesta indústria?

Eu nunca o vi assim. Nos últimos meses, ele me permitiu ver uma versão dele que ninguém mais vê, e de repente parece um privilégio tão grande que não sei direito como lidar com isso. Sua vulnerabilidade abre meu coração e o coloca a seus pés, brilhante e ainda pulsando. Estou fazendo coisas que não faria no meu normal.

— Finn. — Seguro as mãos dele e fico aliviada quando ele permite, sem ficar olhando para a confusão abstrata que se tornou meu esmalte. Penso na mão dele debaixo da mesa, fazendo círculos ao longo da minha coxa. Talvez houvesse uma sensualidade naquele gesto, mas, além disso, tocá-lo faz com que eu me sinta mais calma. Não posso deixar de me perguntar se ele também se sente como eu. — Estou no fim da segunda temporada e, se Hux e Meg não se beijarem logo, *vou* enlouquecer. Também assisti a seus filmes mais recentes. — É verdade, até os filmes de Natal. Espero que saiba que estou sendo sincera e que não quero só amaciar o ego dele. — Sei que não tiveram o mesmo impacto que *Os notívagos*, mas você está *fantástico* neles. Em todos eles. E não é só por causa do seu desempenho como ator. Você é uma pessoa decente que se preocupa de verdade com seu trabalho. É impossível não admirar isso.

Finn parece profundamente tocado com minhas palavras, e pisca algumas vezes antes de conseguir falar.

— Como você sempre consegue me fazer sentir que cada coisa insignificante a meu respeito é importante?

— Faz parte do meu trabalho. — *E é importante. Demais.* — Foi por isso que você me contratou, não?

Ele balança a cabeça.

— Em parte, talvez. Mas tem mais.

— Você faz a mesma coisa. — Minha voz é baixa, porém firme. O medo ainda está lá, mas é menor do que antes. — Faz muito tempo que não levo minha própria escrita a sério. Mas ontem, no avião, eu abri o arquivo do meu livro e mexi nele um pouco. Ainda não sei se tomei as decisões certas, e não alterei tanta coisa assim, mas já foi *alguma coisa*.

— Mal posso esperar para ler.

— Não vamos nos precipitar.

Ele se vira em direção à mesa, pegando uma sacola de papel.

— Tenho uma coisa pra te mostrar. Pra te dar, na verdade — diz ele. — Por favor, não recuse por causa da mala. Porque encontrei isso hoje no Beco dos Artistas e não consegui resistir.

Ergo as sobrancelhas e abro a sacola, meu coração indo parar na garganta.

— Você comprou meias para mim?

— Seus pés estão sempre gelados, e você disse que meias nunca são demais. E elas me fizeram lembrar de você.

Ele fala isso como quem não quer nada, como se presentear com meias a pessoa com quem você está transando para fins educativos fosse perfeitamente normal. Um pacote de três meias adoráveis com tema de detetive: uma estampada com pequenas adagas, outra com lupas e a terceira com uma caveira e ossos cruzados.

E então faço outra coisa que não esperava até este momento: me inclino e o beijo. Não porque penso que isso possa virar outra aula — porque eu quero. Ele parece chocado no início, embora já tenhamos feito isso inúmeras vezes, mas, uma fração de segundo depois, retribui o beijo, com as mãos emaranhadas em meus cabelos enquanto deixo as meias caírem na cama.

O beijo é delicado por meio minuto. Então, se torna desesperado, faminto. Despejo todos os acontecimentos da noite naquele beijo, tudo que retive nos últimos dias ou semanas ou desde que começamos esta viagem. Deixo tudo sair e ele me devolve. Eu o puxo para mais perto, as mãos por baixo da camisa, o polegar roçando aquela verruga nas costas. Cada detalhe dele se tornou fascinante aos meus olhos, e há muitos que ainda não memorizei.

Amanhã voltarei para Seattle, mas esta noite não quero me conter. Nada de me esconder no banheiro por não conseguir controlar minhas emoções. Nossas "dicas" se tornaram isto: um desejo ardente e doloroso pela única pessoa que não posso ter. Construímos dois lados separados de um relacionamento e traçamos uma linha entre eles, e pensei que tínhamos usado tinta permanente. Agora essa linha está confusa, mais tênue do que nunca. Eu quero isso, *ele*, e agora é a única coisa que importa. Talvez meu coração sofra mais tarde, mas é um risco que terei que correr.

Se esta é a única maneira de alguém me querer, que assim seja.

Ele me coloca em seu colo, uma mão apoiada na parte inferior das minhas costas enquanto a outra segura meu queixo.

— Tão linda — diz, e é um crime como essas palavras arrancam um gemido de mim. Sua voz fica baixa. Rouca. — Sabe o que estou pensando?

— pergunta ele, e eu balanço a cabeça. — Estou pensando em como a sua boceta deve estar linda e rosada agora. — Ele traça meu rubor com o nó do dedo. — Será que está mais rosinha que suas bochechas?

— Você ficou bom com as palavras.

Isso me rende um sorriso surpreendentemente sexy.

— Se eu te fodesse com o dedo... me pergunto se você ficaria bem excitada — ele continua. — Será que meu dedo iria... deslizar pra dentro? — Ele ergue a mão, o dedo médio girando lento e preguiçoso no ar. — Sim... Acho que sim. Quente e lisa e perfeita pra caralho.

Um gemido escapa da minha boca.

— Você gosta disso?

Eu concordo.

— Devo continuar?

Não.

— Sim.

Ele se inclina mais perto, a boca encostada no meu pescoço.

— Eu iria bem devagar, porque quero te saborear. Eu iria te provocar do jeitinho que você gosta. Por mais que minha vontade seja abrir suas pernas e esfregar seu clitóris imediatamente, eu me obrigaria a esperar por isso. Faria *você* esperar.

Eu me agarro a ele, tentando arrastar sua boca de volta para a minha.

Mas então ele faz uma pausa. Afasta-se, arqueando uma sobrancelha.

— Você precisa falar alguma coisa — comenta. — Parece que só eu estou me esforçando.

De alguma forma, consigo encontrar as palavras.

— Você... Você sempre me deixa tão excitada — digo, e isso faz com que ele me abrace com mais força. — Não só quando estamos assim. Posso estar sentada ao seu lado em uma convenção e pensando no que fizemos na noite anterior. Ou no que eu gostaria de fazer na noite seguinte. Fico com tanto tesão que mal consigo aguentar, mas não posso fazer nada a respeito.

Ele inclina a cabeça para trás e solta um gemido fantástico.

— Você está dizendo isso só para exercitar a safadeza? Ou está falando sério?

— É sério — exalo, me perguntando se estou assinando minha sentença de morte. Se assim for, será uma morte maravilhosa. — Às vezes eu precisava me masturbar antes da gente se encontrar pra trabalhar, só pra tirar essas coisas da cabeça.

— No que você pensava?

— Em como a sua respiração falha quando você me toca pela primeira vez. — É isso. Sem inibições. — Você, falando comigo exatamente assim. Se você quer que eu vá por cima, ou quer me comer por trás, ou encostada na parede.

Ele fecha os olhos, um murmúrio escapando da boca.

— Isso que você está contando... — A ponta de um dedo desliza pela minha coluna. — Não sei nem dizer quantas vezes fiz o mesmo. Imaginei sua mão ou sua boca em vez do meu punho. — Minha mão desce até a frente da calça jeans dele. Já faz muito tempo desde que o vi gozar. Quero vê-lo necessitado, desesperado. Implorando. — Em uma noite estávamos juntos e, na noite seguinte, tudo o que eu queria era tocar você de novo. Eu me sentia tão depravado... como se nunca fosse capaz de ter tudo de você.

Parece tão real que preciso ouvi-lo dizer isso de novo.

— É verdade?

Ele franze as sobrancelhas.

— Você não se acha irresistível? — pergunta. — Sempre me senti atraído por você. Desde que nos conhecemos no bar da livraria. Quando você era só uma ladrazinha.

Dou um tapa no peito dele com a mão livre.

— Só pra você saber, eu paguei o livro e me senti tão mal que comprei mais dois.

Ele agarra minha mão, levando-a à boca, e pressiona beijos nos nós dos dedos.

— Uma pessoa leal. Uma boa samaritana. — Um rosnado. — Como é possível que cada parte sua tenha um gosto tão bom... Não era para uma mão ser tão saborosa — comenta.

Ele me deita na cama, sem pressa, enquanto beija meu corpo. Então me ajuda a tirar o sutiã, sugando um mamilo enquanto acaricia o outro, fazendo com que eu arqueie. Sem diminuir o ritmo, ele mergulha a língua em meu umbigo e deposita beijos na minha cintura, antes de pular meus quadris por completo e descer a boca até meus joelhos. Panturrilhas. Ele ergue um dos meus pés no ar, um beijo suave no tornozelo, antes de apoiá-lo de volta na cama e repetir o gesto com o outro pé.

Quando se aproxima do meu corpo novamente, vejo uma fome sombria e cheia de ambição em seu olhar.

— Aqui — diz ele. — Aqui é onde você é mais gostosa. Tão *docinha*. — Ele me beija por cima da calcinha, uma inspiração profunda e um movimento lento de língua. O som que ele emite é quase surreal. Arqueio os quadris, pedindo que ele se aproxime mais. — Quero enterrar minha língua dentro de você a noite toda. Mas não só dentro. No seu clitóris também. Porque agora eu sei onde fica.

Dou uma risada engasgada, mesmo quando o prazer se instala na base da minha coluna.

— Por favor. — É a única coisa que consigo pronunciar quando sua linda boca que diz coisas tão safadas está tão perto de onde preciso. — *Por favor*.

Não preciso continuar implorando. Em um instante, ele tira minha calcinha e me ergue até seu rosto, até que estou espalhada por sua boca. Curvo as costas e agarro a cabeceira da cama para me equilibrar.

Sinto tudo — os círculos que ele traça com a língua, o ritmo de sua respiração. Até um sorriso. Minhas coxas tensionam em torno de sua cabeça enquanto eu me esfrego nele, roçando contra sua boca a cada golpe suave e rápido ou mais demorado, que me faz agarrar os fios sedosos de seus cabelos, a outra mão segurando com força a cabeceira da cama. Não me sinto mais no controle, como nas aulas anteriores, quando dizia a ele o que fazer. Agora ele sabe o que quero e sabe como me dar.

Ele passa os braços em volta das minhas coxas, me esticando ainda mais.

— *Finn* — consigo dizer, me lembrando de como ele gostou quando falei seu nome.

Ele move a língua mais rápido, roçando o local que mais quero, até eu achar que posso gritar se ele não me lamber ali. E então ele o faz, passa a língua rápido antes de chupar meu clitóris por apenas um instante.

— Ai, meu Deus. Faz isso de novo.

Posso senti-lo rir enquanto obedece, me chupando por mais tempo desta vez antes de me soltar. Minhas coxas começam a tremer, e ele mantém um ritmo implacável, lambendo e chupando e me ancorando em seu rosto com as mãos apertando minha bunda, até que eu jogo um braço sobre o rosto, meu corpo enfim tensionando com força — e me entrego.

Eu incinero.

Depois disso, nós dois ficamos quietos, respirando em sincronia enquanto o teto continua girando.

Eu me ajeito na cama e ele me abraça bem forte, a ponta dos dedos deslizando nos meus cabelos.

— Eu amo seu cabelo.

— Ah, é?

Nunca fizemos isso, ser tão generosos com elogios.

Ele assente.

— Primeiro porque é uma graça — diz ele, e, apesar do que acabou de acontecer com sua boca entre minhas pernas, sinto meu rosto esquentar. — E segundo... — O restante da frase hesita enquanto ele parece pesar o que quer dizer a seguir. — Consigo ver o seu rosto todo. E o que quer que você esteja sentindo... bom, você não é a melhor em esconder essas coisas. Fica tudo à mostra. — Ele vira meu rosto em sua direção, encostando no piercing do meu nariz por um instante antes de passar a ponta do dedo ao longo das minhas sobrancelhas, descansando bem no meio. — Quando você está com raiva, fica com uma ruguinha bem aqui. E quando está com tesão, você fica vermelha... aqui. — O dedo pousa na minha clavícula. Desce um pouco. — E aqui. E aqui.

Afasto sua mão e, apesar de ele estar rindo, eu não poderia estar mais longe disso. Tudo o que ele está dizendo faz meu coração se retorcer do jeito que tenho tentado evitar desde a noite em que nos conhecemos.

O sentimento do qual tenho fugido finalmente me alcançou.

Mesmo assim, me entrego à brincadeira:

— E quando estou feliz?

Um sorriso fácil.

— Esse é o melhor. Um dos seus olhos fecha um pouquinho. Só um.

— Soa encantador.

— E é — confirma, avançando para dar um beijo em cada pálpebra enquanto eu solto um gemido curto.

Talvez seja bom o fato de eu ir embora amanhã e passar alguns dias sem vê-lo. Em Ohio, eu queria mandá-lo embora para proteger meu coração, mas talvez meu corpo seja mais forte que minha mente.

No momento, ele é meu e vou mostrar o quanto estou orgulhosa de seu progresso.

Eu o chamo para mais perto. Também quero contar a ele tudo o que gosto em seu rosto, as sardas, o ângulo das maçãs do rosto e, acima de tudo, o adorável calor em seus olhos quando falamos assim. Como o tom do cabelo dele logo se tornou minha cor favorita.

— Vem cá. — É o que sai.

— Insaciável — diz ele, e é verdade, porque já estou ávida por outro orgasmo: o *dele*.

— Você tem camisinha? — pergunto.

— Acha que estou pronto?

— É só não usar os dentes para abrir a embalagem.

Ele ergue as sobrancelhas. Um desafio.

— Olha, tenho certeza que com um pouco de prática eu consigo acertar.

Ele sai da cama, voltando com as camisinhas e o lubrificante que compramos em Memphis. Pego uma delas, descendo por seu corpo, envolvendo a mão em seu comprimento duro. Ele não precisa disso, está pronto desde que tiramos a roupa, mas faço algumas carícias mesmo assim. Senti falta do que isso faz com ele. A maneira como seus olhos se fecham, um punho apertando meu ombro. Um pouco de lubrificante e o preservativo desliza com facilidade.

— *Caramba*, Chandler. Eu amo seu jeito de fazer isso.

A maneira como ele diz meu nome ecoa em algum lugar próximo ao meu coração.

— Agora só me resta torcer para não ficar com medo de palco — diz ele com uma risada autodepreciativa. Eu monto nele, os joelhos pressionados no colchão.

— Você sabe o que fazer.

Nós dois sabemos.

E então, em um movimento rápido, abaixo os quadris, saboreando a sensação dele me preenchendo. Devagar, devagar, cada centímetro tão incrível, enquanto ele me segura contra seu corpo, as mãos na minha cintura. Quando ele está todo dentro de mim, tenho que recuperar o fôlego.

— Tudo bem? — pergunta quando solto um suspiro exagerado. Suas mãos agarram meus quadris, mas ele não começa a se mover ainda.

Concordo, mordendo com força o lábio inferior.

— Eu só... gosto muito de sentir você.

Como se minhas palavras o encorajassem, ele se pressiona para cima em movimentos lentos e deliciosos. Levanto os quadris para acompanhar seu ritmo antes de ganhar velocidade, incentivando-o a ir um pouco mais rápido. Fecho os olhos, a sensação já beirando o demais. Bom demais. Eu o queria assim há semanas, e de alguma forma é ainda melhor do que eu imaginava — a forma como seus dedos cavam minha bunda, seu pau pulsando dentro de mim. Os sons ásperos e desesperados que saem de sua boca.

— *Puta merda.* — Ele solta um suspiro trêmulo enquanto joga a cabeça para trás. — Eu não aproveitei isso o bastante na nossa primeira vez.

Logo estamos ofegantes, e tenho certeza de que nenhum de nós vai aguentar muito, sobretudo quando seu polegar pousa onde nossos corpos estão unidos. Tudo em mim se aperta enquanto ele acaricia, esfrega e depois lambe os próprios dedos antes de deslizá-los de volta ao meu clitóris. *Jesus.* Agora que ele sabe do que eu gosto, é quase poderoso demais. Rangendo os dentes, cavalgo com mais intensidade, a outra mão dele me ancorando pela cintura.

— Você sempre vira o rosto quando goza — diz ele. — Posso te ver gozar?

— Ah... eu viro?

Assim que digo isso, percebo que ele está certo. Que talvez, depois de me fazer de corajosa por tanto tempo, ainda meio que preservo algumas coisas.

— Quero ver tudo — declara, seus dedos circulando e circulando.

Então eu permito, porque acho que também comecei a aprender com essas aulas. Não seguro nada, meus gemidos e a maneira como meu corpo treme, e, quando é o suficiente para fazê-lo chegar ao limite também, eu o envolvo pelo pescoço para aproximar nossos corpos.

Não é como na nossa primeira vez. Não é como nada que eu já tive, seja porque nós dois passamos semanas desejando isso ou por algo totalmente diferente, e não tenho certeza se quero saber.

É só um treinamento, digo a mim mesma quando acordamos no meio da noite e nos abraçamos. *Casual*, lembro a mim mesma quando ele sussurra palavras melosas em minha pele. *Sem emoções*, penso enquanto seus dedos se curvam entre minhas pernas e eu gemo grudada ao seu pescoço, repetindo o nome dele como se fosse algo sagrado.

Eu sou uma grande mentirosa.

SENHORITA VISCO

EXT. FAZENDA DE ÁRVORES DE NATAL — NOITE

O concurso de beleza Senhorita Visco acabou de terminar. DYLAN emerge por um trecho de árvores e encontra HOLLY sentada sozinha no toco de uma árvore.

     DYLAN
  Holly? Achei mesmo que ia te encontrar por
  aqui.

     HOLLY
Enxugando depressa as lágrimas dos olhos.

  Ah, oi. Não ligue pra mim. Só estou com
  muita pena de mim mesma.

Ela dá uma risada fingida.

  Foi bobagem pensar que eu tinha uma chance
  de ganhar o Senhorita Visco... É que minha
  mãe ganhou, e minha avó... e eu só queria
  que elas se orgulhassem de mim. Mas é óbvio
  que não tenho sentido a alegria do Natal
  tanto como sempre senti.

     DYLAN
  Isso não é nem um pouco verdade.

Ele se aproxima dela no toco de árvore.

> Você *sempre* me anima. Ninguém me faz rir tanto quanto você. Cada vez que você entra na minha loja de chocolate quente, me faz sorrir. E meu filho te adora.

    HOLLY
Ele adora, não é?

    DYLAN
Ele disse que você é muito melhor contando histórias de dormir do que eu, e eu nem ao menos fiquei ofendido. Talvez você não esteja sentindo a alegria do Natal... mas *eu* sinto. Por você.

capítulo
VINTE E TRÊS

SEATTLE, WA

Minha prima me encara, os olhos estreitados.

— Tem alguma coisa diferente em você — acusa ela.

— Agora sou a proprietária de uma mala. Talvez seja isso.

Noemie balança a cabeça.

— Não, não. Não é isso. Apesar da mala ser linda.

Continuo desfazendo as malas, Noemie encostada no batente da porta do quarto. Voltar para Seattle depois de dois meses fora é um pouco surreal. Tudo é familiar, claro, mas a casa tem um cheiro novo, e não tenho certeza se ela sempre teve esse aroma e eu simplesmente me acostumei, ou se Noemie trocou de fragrância ou de produto de limpeza.

Por sorte, consigo evitar o interrogatório pelo resto do dia e, na manhã seguinte, temos que começar a nos preparar para o jantar de Ação de Graças na casa dos meus pais, no norte de Seattle. Embora tenhamos crescido na mesma rua (apesar de as mães de Noemie terem ido morar em um condomínio em Bellevue há alguns anos), nossos pais sempre priorizaram o tempo com a família durante os feriados, uma tradição que foi mantida na vida adulta. Além disso, a mãe de Noemie, Sarah, irmã do meu pai, faz o purê de batata mais celestial conhecido pela humanidade.

Enquanto Noemie e eu preparamos o molho de cranberry na cozinha dos meus pais, fingindo inocência quando minha mãe pergunta quanto do molho já provamos, faço o possível para tirar Finn da cabeça. O que aconteceu na noite anterior à minha partida não foi como as outras aulas, e vou tentar não ficar pensando se ele também sentiu o mesmo.

Não vou me perguntar o que ele está fazendo agora. Com certeza não vou assistir ao vídeo dele com os cachorrinhos.

Infelizmente, meus pais e tias estão ansiosos para saber como é Oliver Huxley na vida real, embora eu os tenha mantido atualizados durante toda a viagem.

— Tinha paparazzi te seguindo? — pergunta meu pai quando nos sentamos para jantar, e tenho de desiludi-lo e dizer que não, não tinha.

— Você conheceu outras pessoas famosas? — tia Vivi quer saber enquanto se serve de molho.

Tia Sarah revira os olhos.

— O que ela quer mesmo perguntar é se você conheceu a Dakota Johnson.

— Qual o problema? Ela é uma atriz muito talentosa!

Todos dão risada, bastante cientes de que tia Vivi é apaixonada por ela.

Conto como foi conhecer o restante do elenco de *Os notívagos*, dos outros atores que vi de passagem nas convenções. Mas odeio que minha voz pareça tensa e meus sorrisos forçados. Porque, o tempo todo, meu cérebro idiota não consegue deixar de imaginar Finn aqui com a gente, encantando meus pais e fazendo todo mundo se apaixonar um pouco por ele.

Quando chega a hora de tirar a mesa, corro para interceptar meu pai antes que ele pegue a travessa pesada com as sobras de comida.

— Pode deixar — digo a ele, que me encara com um olhar severo.

— Eu consigo, Chandler.

Sua voz soa levemente aborrecida, o suficiente para me deixar na defensiva.

— Tudo bem, tudo bem. — Levanto os braços, colocando a travessa de volta na mesa. — Desculpa.

Depois do jantar, vou para meu quarto de infância. Faz mais de uma década que não moro nesta casa, e este espaço mais se parece com um museu perfeitamente preservado da minha adolescência. Os livros de mistério enfileirados na estante, os livros da coleção de Agatha Christie que eu caçava em todas as lojas da Half Price Books em Seattle. O conjunto de edredons Bed Bath & Beyond com uma mancha de sorvete em um canto. As paredes repletas de fotos minhas e de Noemie no quintal de nossas casas, no shopping, encostadas nos abrigos dos pontos de ônibus e tentando parecer descoladas.

Quando imaginava minhas visitas a este quarto de infância já adulta, pensava que seria diferente. Quase tenho vergonha de admitir que achava que já teria um livro meu para adicionar a esta estante, um que eu colocaria com a capa virada para a frente e obrigaria meus pais a fazerem o mesmo em nossa sala de estar.

Meu celular vibra no bolso da calça jeans. Duas mensagens, uma após a outra.

Reno está com saudade.

Os cachorros também.

A última está acompanhada de uma foto dos chihuahuas da mãe de Finn, dois deles descansando juntos no sofá e três esperando ansiosamente pelas sobras da mesa.

> Esses chihuahuas são anjos na terra, mas acredito plenamente que um comeria o outro se precisasse disso para sobreviver.

Também acho. Como está seu Dia de Ação de Graças?

A maneira como meu corpo relaxa com esse contato dele — é o melhor dos alívios. Deslizo na cama, me acomodando entre as almofadas com estampa de margaridas. Como se eu estivesse no ensino médio, trocando mensagens com o garoto por quem sou apaixonadinha.

> Bom. Minhas tias estão frustradas por
> eu não ter conhecido ninguém famoso.

Elas não sabem que você ME conheceu????

Não consigo evitar, rio alto. Então pergunto, presumindo o que Finn está comendo esta noite:

> Como está seu peru de tofu?

Ele manda uma foto da mesa de jantar na casa da mãe: recheio salpicado de cranberries, vegetais glaceados, pãezinhos polvilhados com farinha e o que parece ser um pão de lentilha regado com molho de cogumelos.

> Sobrou muita coisa. Estou chateado que não vou
> conseguir comer tudo antes de voltar para Los Angeles.

E lá vou eu, analisar mais do que deveria. Será que o fato de ele falar sobre a comida que sobrou significa que gostaria que eu estivesse lá para ajudar a reduzir a quantidade? Ou ele está só me dizendo que fizeram comida demais?

Quando Noemie bate na porta, percebo que, por mais que eu tenha tentado adiar esse momento, preciso conversar sobre o assunto com minha melhor amiga.

— Estou com um pequeno problema — digo, e quando tento rir o som sai sufocado, estridente. — É o Finn e a minha súbita incapacidade de parar de pensar nele. A gente transou antes de eu ir embora e foi diferente de todas as outras vezes, e acho que estou muito, muito ferrada.

Solto tudo de uma vez, o peito arfando quando termino.

— Calma. Devagar.

Ela se junta a mim na cama, dobrando as pernas debaixo do corpo. Fico surpresa por seu suéter de lã cinza ter escapado ileso do jantar. Eu passei dez minutos no banheiro esfregando uma mancha de cranberry na minha calça jeans.

— Você só está meio caidinha por ele.

— Receio que seja mais do que isso. — Abraço uma das almofadas de margaridas contra o peito. — E não é só físico. Gosto de passar o tempo com ele. Gosto das nossas conversas. Ele é doce, engraçado e... uma *boa* pessoa. — Penso em como ele me apoiou durante meu ataque de pânico. A forma como massageou minhas mãos, rastreou a mala da minha mãe e me defendeu quando participei daquele painel em um evento que agora parece ter acontecido há muito tempo. — Nom... eu contei pra ele do aborto.

Ela arregala os olhos.

— *Ah.* — E nessa única palavra, ela entende exatamente o que seria necessário para eu me abrir desse jeito com alguém. Ela apoia a mão no meu joelho. — Então você gosta dele de verdade.

Assinto, me sentindo péssima.

— Essa coisa toda foi uma ideia ridícula. Eu deveria saber disso... Na verdade eu *sabia*, mas acho que gostei da noção de ser uma pessoa que poderia fazer algo assim, de forma casual, e depois seguir em frente com o emocional intacto.

— Você já pensou que talvez nada disso seja casual para ele também?

Claro que sim. Esse pensamento tem circulado o tempo todo em minha mente desde Nova York, desde que ele mapeou tudo o que amava em meu rosto e me abraçou bem pertinho até nós dois adormecermos. Não consigo nem pensar nisso sem que uma ternura terrível invada meu coração.

— Talvez não seja — digo. — Mas isso não muda o fato de que vivemos em mundos completamente diferentes.

Ela fica quieta por um momento, absorvendo o que falei.

— É difícil desvincular a imagem dele de *Os notívagos*, mesmo depois que o conheci... Mas, pra ser sincera, ele parece um cara maravilhoso — diz ela.

Isso é o pior de tudo. Que, na vida real, ele seja exatamente o tipo de pessoa com quem eu gostaria de estar.

— Nem acredito que estou dizendo isso, mas existe algum motivo para um relacionamento real entre você e Finnegan Walsh, estrela da comédia romântica *Faz meu tipo*, que tem como pano de fundo fontes tipográficas, não dar certo? — Ela tenta brincar, e eu finjo um sorriso para satisfazê-la.

— Tirando o fato de que você ainda está trabalhando com ele, mas já está quase terminando, certo?

Por mais que não seja a intenção dela, essa frase é como uma punhalada em meu coração. *Já está quase terminando.* E ele vai seguir em frente, para novos projetos. Novas pessoas.

— Não moramos na mesma cidade — argumento, como tola.

Um movimento de suas unhas em meu joelho.

— Porque nenhum relacionamento a distância teve sucesso antes. Próximo.

— Nossa vida é incompatível. Ele está sempre viajando, e tenho certeza que também estará em turnê assim que o livro for lançado, e eu estou... — Procuro a palavra certa, mas não encontro nenhuma. — E é óbvio que ele é mais estável do ponto de vista financeiro do que eu.

— Você está com medo de que ele não te ache boa o bastante? Ou bem-sucedida?

Escondo a cabeça no travesseiro. *Não sei, não sei, não sei.*

— Talvez seja por isso que Wyatt não me quis — digo baixinho. — Ele tem essa carreira próspera de jornalista, e eu tenho... sei lá, menos inibições na cama?

A expressão de Noemie fica sombria.

— Acho que Wyatt fez um estrago e tanto em você. — Ela se aproxima para passar a mão pelo meu antebraço, apertando-o. — Porque você é *brilhante*, atenciosa, engraçada e estranha, o que é um elogio, e um milhão de vezes mais que a sua sexualidade. — Seus olhos se fixam nos meus, sem piscar. — Ainda mais depois do que aconteceu entre você e o Finn, eu preciso que saiba que isso não é tudo que você tem a oferecer. Nem de longe.

Eu quero acreditar nela. Continuo tentando ligar os pontos, mas parece que estou usando tinta invisível.

— Acho que vou descobrir na próxima semana em Los Angeles. Não tenho certeza de quanto tempo vou conseguir ficar escondendo esse sentimento. — Ou talvez Finn já saiba e esteja usando esse intervalo para encontrar um jeito de me dar um fora. — Mas e aí, ficou tudo bem por aqui? Enquanto eu estava viajando?

Ela franze a testa.

— Por que não ficaria?

— Por tudo o que conversamos antes de eu viajar. Nunca passamos tanto tempo longe uma da outra.

— Claro — diz ela. — Eu tenho tentado algumas receitas novas, feito algumas aulas diferentes. Você tem que participar de uma aula de bambolê moderno comigo. Eu senti saudades, claro, mas não me importei em ficar sozinha. Não tanto quanto achei que me importaria, ao menos.

— Isso é ótimo. Fico feliz em saber.

Não sei bem o que eu esperava... que ela estivesse toda confusa, me implorando que eu nunca mais ficasse longe? Talvez seja um sinal de que as coisas estão mesmo mudando.

— Tenho que ir até a casa das minhas mães ajudar na limpeza — declara. — A cozinha está de pernas para o ar. Vejo você em casa?

Ela sai depois de um abraço, me deixando sozinha no meu quarto de infância com muitos recortes de revistas de pessoas cujos nomes não consigo lembrar e um turbilhão de pensamentos cheios de ansiedade.

Mas, em vez de deixá-los tomar uma proporção maior, abro minha bolsa e vou até a mesa. Posiciono meu computador ali, da mesma forma que meu antigo desktop costumava ficar durante os anos de escola, até que ganhei um notebook no primeiro ano do ensino médio que parecia tão lustroso e moderno.

Hoje eu não escolheria essa cadeira da escrivaninha; é rosa-clara e coberta com alguns dos adesivos riponga da minha mãe. Mas, ao me sentar nela, me lembro de todas as horas que passei neste mesmo lugar, fazendo lição de casa e escrevendo histórias. Em como era feliz, até decidir que ser escritora não era uma carreira realista.

Não posso passar mais tempo só abrindo o arquivo do meu livro para reler. Tenho que fazer algum progresso.

Então, mesmo com medo, vou até o fim do documento e destaco uma parte que sei que não vai funcionar no novo direcionamento que resolvi dar para a história. Então escrevo uma frase. Não é uma frase boa, nada profunda, só uma transição para que a trama possa seguir em frente.

Pronto.

Mas tem alguma coisa errada. Franzo a testa e vou mudando a frase até gostar mais dela, até que soe melhor aos meus ouvidos. Ela se transforma em um parágrafo. E mais um. Mudo o cenário para Seattle, porque é um lugar que conheço melhor, e, quando meus pais avisam que vão dormir, desejo a eles uma boa noite e continuo escrevendo.

Talvez o gênero deste livro não seja *cozy mistery*, porque quero que ele tenha certa dose de sensualidade. Torno o interesse amoroso da minha protagonista, um artista gráfico cujo trabalho ela vende na papelaria, ainda mais irresistível, e crio mais tensão entre eles. Faço com que o cabelo dele esteja sempre meio bagunçado e que a palma das mãos e pulsos estejam sempre manchados de tinta, um detalhe que ela nunca deixa de notar.

É acolhedor para *mim*, e isso é o mais importante.

O jornalismo me fez esquecer que um dia eu sonhei com isso e, quanto mais me aprofundava, menos importava. Passei anos sem escrever ficção, sem escrever nada para mim, e acabei me convencendo de que não sentia falta. Até ser demitida, o que pode ter sido a melhor coisa que aconteceu comigo. Até abrir um documento em branco e perceber... que o caminho certo sempre foi *este*. Não é nada fácil, ou ao menos nem sempre é, mas é o *certo*, como se as palavras estivessem apenas esperando a hora de se derramarem e se espalharem pela página.

capítulo
VINTE E QUATRO

LOS ANGELES, CA

Finn vai me buscar no aeroporto com uma placa que diz CHANDLER LEIGH COHEN, e a primeira coisa que me vem à mente é que já vi a letra dele centenas de vezes, escrita às pressas em autógrafos ao redor do país. Mas, por algum motivo, ver a forma como ele escreveu meu nome me parece mais pessoal, mais íntimo. Nenhuma letra tem o mesmo tamanho, porque cada uma está ligeiramente inclinada para cima. Posso dizer que ele passou certo tempo fazendo isso, não é um *Prefiro ser incomum* escrito às pressas em uma fotografia antes de atender o próximo fã na fila.

O cabelo dele está um pouco mais longo e precisa de um corte, os olhos brilhando quando me vê, e ele tira os óculos escuros por um breve momento antes de colocá-los de volta no lugar. Não o culpo — um aeroporto parece ser o pior lugar para ser reconhecido. Eu me pergunto se ele vai ter que continuar fazendo isso depois que o programa da reunião for ao ar. Está com uma camisa que já vi antes, xadrez azul, e algo nessa familiaridade me faz forçar meus joelhos a permanecerem firmes enquanto caminho até ele na esteira de bagagens.

— Não precisava vir me encontrar aqui. Sei que o aeroporto de Los Angeles é um inferno.

— Exato. E não me pareceu certo deixar você passar por isso sozinha.

Depois, por alguns instantes, não temos certeza de como devemos nos cumprimentar. Vejo isso em seu rosto: abraço ou aperto de mãos? Eu estendo a mão e ele desliza a palma na minha.

— É bom ver você de novo — declara.

E eu caio na gargalhada.

— Isso foi estranho, não foi? O aperto de mãos?

Finn parece visivelmente aliviado.

— Demais. Fiquei com saudade — diz, um pouco tímido. — Sei que só se passaram alguns dias, mas... fiquei com saudade. Deve ser estranho dizer isso também, não?

— Você só deve estar com saudade de provocar uma pessoa que dorme de meias — brinco, tentando não pensar no que esse *Fiquei com saudade* faz comigo. Porque, *meu Deus*, é uma coisa tão gostosa e quase dolorosa que ele tenha sentido saudade de mim.

Depois do Dia de Ação de Graças, tomei uma decisão. Preciso saber se isso é real, o que significa dizer que o que sinto não se restringe mais ao âmbito profissional. E a ideia de fazer isso, o medo da rejeição, me faz querer vomitar na esteira de bagagem.

Infelizmente, as coisas não ficam menos estranhas no caminho até a casa dele, sobretudo porque quero estender a mão por cima do painel do carro e cravar os dentes em seu braço. Arrastar a boca ao longo de seu pescoço e para baixo em seu peito. Tenho um quarto reservado em um hotel, mas queria conhecer a casa dele e conversar sobre a parte do livro que estou escrevendo. Os últimos capítulos.

Ficamos presos no trânsito e Finn começa a falar poeticamente sobre seu Prius, e eu assinto e murmuro conforme ele fala.

— Pelo jeito você não liga muito para carros, né? — conclui após algum tempo, e dou um sorriso culpado. — Eu também não. Nem sei por que me senti obrigado a dizer tudo isso.

Quando chegamos à casa dele em Los Feliz, não consigo evitar o espanto.

— Olha só — digo quando avistamos a casa com fachada em estilo Craftsman e pintura verde, o gramado bem cuidado e margeado de roseiras. — Acho que você se esqueceu de mencionar, enquanto gravava vídeos para fãs pra ganhar uma graninha extra, que mora em uma *mansão*.

Finn passa a mão pela barba ruiva, envergonhado.

— Tenho essa casa desde a terceira temporada... foi nosso auge. Meu agente conseguiu um bom negócio, e eu tive a sorte de comprar no momento certo.

— Pobres mortais como eu poderiam se beneficiar de um pouco dessa sorte, por favor.

Ele ri ao ouvir isso.

— Sei que eu poderia vender e fazer uma grana, mas não consigo me imaginar me desfazendo dessa casa tão cedo. — Ele fica quieto por um instante, tamborilando no volante enquanto entra na garagem. — E também meio que pensei... que um dia minha família poderia morar aqui.

Isso toca meu coração.

E faz meu cérebro repugnante, por uma fração de segundo, evocar imagens minhas como parte dessa família.

— Tenho que admitir, estou um pouco chocada — comento.

— Toda essa cultura hollywoodiana não combina comigo, mas eu amo essa casa. Queria um lugar que fosse como um pequeno oásis longe de tudo, mas sem me desconectar demais.

Arrasto minha mala nova para dentro, maravilhada com o teto abobadado e as vigas expostas. É quase como uma pornografia da *Architectural Digest*, e tem até uma tigela com limões de decoração e lindas estantes de livros embutidas. É uma versão mais madura de seu quarto de infância, porque, se não fosse assim, não seria o Finn; na sala de estar, tem uma *espada* de verdade encostada na parede, em uma caixa de vidro.

— A gente precisa falar disso — comento após tirar os sapatos, preocupada em sujar o piso de madeira cerejeira.

— Então, você precisa se lembrar que eu tinha pouco mais de vinte anos quando estávamos gravando *Os notívagos*. Além desta casa, eu não tinha muita noção do valor do dinheiro. — Ele remove uma partícula imaginária de pó do vidro. — Esta é a espada original de Gandalf nos filmes... Foi usada em *O retorno do rei*. Arrematei em um leilão, e custou alguns dos meus primeiros salários.

— Você arrematou uma *espada*.

— Glamdring — diz ele, mordendo o lábio para conter um sorriso. — É esse o nome.

E por que isso me faz ficar ainda mais encantada?

Então experimentamos outro momento estranho. Um silêncio. Não sei o que está acontecendo nem o que fazer com as mãos, agora que não estou mais segurando minha bagagem. Se fôssemos um casal de verdade, eu o arrastaria pelo corredor até o quarto.

Finn limpa a garganta.

— Você quer beber alguma coisa?

Respondo que um pouco de água com gás seria ótimo e seguimos para a cozinha. Uma prateleira suspensa, presa no teto, abriga panelas de ferro fundido; um trio de suculentas se empoleira nas bancadas de mármore. Quando ele me entrega uma lata de LaCroix e olho para a despensa, meu coração bate mais forte.

Uma caixa da Costco cheia de compota de maçã. Na verdade, duas caixas.

— Eu meio que não sabia quanto tempo você vai ficar por aqui, ou se ia ficar com fome — diz ele, seguindo meu olhar. — Esse é o tipo certo, né? Você gosta desse sabor?

Concordo devagar, todas as palavras sumindo da minha mente.

Não. Eu não vou fazer isso. Não vou chorar por causa da compota de maçã.

Durante todo o voo, ensaiei o que ia dizer. Como explicaria que passei a nutrir sentimentos por ele e, claro, que essa situação é um tanto complicada, mas que queria saber se poderíamos ser algo mais. Eu contaria tudo, com calma e racionalidade, e esperaria para ouvir o que ele tem a dizer.

Em vez disso, quando abro a boca após um silêncio agonizante, o que sai é:

— Acho que seria melhor parar com as aulas.

Merda.

A frase sai tão abruptamente que Finn se assusta, quase se engasgando ao dar um gole na água com gás sabor toranja.

— Ah, é isso? — Então ele se acalma, como se lembrasse do que combinamos no início. Que qualquer um de nós poderia encerrar isso quando quisesse. — Sim. Claro. Podemos parar, sim. Posso só... Posso perguntar por quê?

Eu não consigo olhar para ele. *Porque eu gosto muito de você e porque transar com você só está piorando as coisas e por que você teve que me comprar essa porra de compota de maçã?*

— Acho que já ensinei tudo o que sabia. — Forço minha voz a não vacilar. — Então não vejo sentido em continuar. Você pode sair e se divertir com quem quiser.

— Não tenho saído com mais ninguém — diz ele, ainda parecendo confuso. — Se é com isso que você está preocupada.

— Mas vai acabar saindo.

Ele se aproxima mais. Mesmo com alguns centímetros de espaço entre nós, posso sentir o calor de seu corpo.

Tento reunir toda a minha coragem. Vou falar o mais rápido que puder, ir para o hotel e nossa relação vai passar a acontecer por meio de duas telas, como proteção.

— Algo me diz que tem mais alguma coisa — fala ele. — Você não está me contando tudo.

Eu me viro, encontrando seus olhos, cada vez mais frustrada com a casualidade dele. Se Finn sabe que estou sentindo algo a mais, aparentemente quer que eu fale.

— Quer saber o que não estou te contando? Tá bom. Eu odeio pensar em você com outra pessoa, por mais que esse seja o objetivo de tudo isso... para que você possa mandar bem com quem vier a seguir. E eu só... — *Queria tanto ser essa pessoa.* — Esquece. É bobagem.

Ele fica olhando para mim, sua expressão inescrutável.

— Concordo. É melhor a gente parar com as aulas.

Não esperava que ele fosse concordar tão rápido. Que fosse extirpar a conexão entre nós. O choque é uma rajada instantânea de ar frio, um aperto doloroso no meu coração.

Mas então ele se aproxima, o quadril pressionado contra o meu.

— Porque essas aulas implicam que o que está acontecendo entre nós não é real. Que é só para praticar. E isso não é verdade. — Um sorriso suave, sua expressão mudando para uma que vi na televisão, mas que nunca foi dirigida a mim. — Já faz um tempo que parece real para mim.

— É...?

Ruguinhas surgem no canto de seus olhos.

— Chandler. Você não ouviu quando eu fiquei falando poeticamente sobre todas as diferentes expressões do seu rosto? Não percebeu que eu quero te tocar... praticamente o tempo todo? Tentei dar centenas de dicas, de centenas de formas diferentes.

E tentou mesmo, não foi? Fiquei tão presa em meus pensamentos que não entendi os sinais.

— Mas você não namora pessoas que não são de Hollywood — digo que nem boba, como se isso fosse negar tudo o que ele confessou até agora.

— Sim. Até o momento. — Um movimento lento de cabeça. — Não consigo parar de pensar em você desde que saímos de Nova York. Você é uma das pessoas mais interessantes que já conheci, e não tenho certeza se você percebe isso. Você é motivada, leal e compassiva e, meu Deus... é tão linda que às vezes meu coração dói só de olhar para você. — Ele faz uma pausa, engole em seco e, embora não seja eu quem está falando, me esforço para recuperar o fôlego. Quero estender a mão e tocar seu rosto, para sentir se suas bochechas avermelhadas estão quentes sob meus dedos. — Podíamos ter passado toda essa viagem na cama, e não teria sido suficiente. Podíamos ter passado o tempo todo conversando, vinte e quatro horas por dia, e eu ainda ia querer ouvir sua voz — declara ele. — Já faz algum tempo que estou me sentindo assim. Desde Memphis, pelo menos. — Uma risada escapa enquanto ele bate o punho na bancada. — Caramba, eu *te disse* que estava a fim de você!

— Quando estava chapado de remédio para a gripe — digo, e depois, com a voz suavizada: — Você se lembra disso?

Ele se aproxima, um espaço ínfimo entre nós.

— Eu me lembro de tudo — afirma, os olhos castanhos poderosos nunca deixando os meus. Ele é tão aberto, tão vulnerável, e isso está me fazendo ficar ainda mais encantada. — Achei que ia passar. Até desejei que passasse, no começo. Mas todo o tempo com você só me fez me encantar ainda mais. Todas as noites que passamos juntos, eu queria mais e mais de você. E, mesmo que a nossa relação não tivesse sido física, eu ainda teria nutrido sentimentos por você. Pra ser sincero, acho que mesmo que eu nunca mais te tocasse... o que, honestamente, me devastaria, e com certeza espero que não chegue a esse ponto... eu ainda estaria doidinho por você.

Não existem palavras mais bonitas que essas.

Finn Walsh. Está doidinho. Por *mim*.

— Fiquei preocupado de ser óbvio demais, com medo de te assustar.

Eu fico olhando para ele, sem conseguir processar que talvez nosso desejo seja o mesmo. *Mesmo que a nossa relação não tivesse sido física.* Não sabia quanto eu precisava ouvir isso.

— Não estou assustada. — Minha voz é uma coisa pequena e frágil. — Com medo, talvez. Mas não assustada. Finn... — Preciso de alguns momentos para me recompor, querendo que as palavras saiam do jeito certo. — Eu sei que só se passaram alguns meses, mas você se tornou muito importante para mim. Cada vez que não estamos juntos, sinto sua falta e, cada vez que estamos, sinto que tenho que me segurar firme para que dure o máximo possível. Tudo anda tão incerto na minha vida, mas sei com clareza absoluta o quanto quero você. — Coloco a mão no peito dele, o polegar acariciando para cima e depois para baixo. Como se eu pudesse segurar os batimentos cardíacos dele na palma da mão, e talvez já o faça. — Porque eu quero. Muito.

O rosto dele muda, a expressão se suavizando de uma forma que nunca vi.

— Vem cá — diz, erguendo a mão para segurar a minha. — Vem cá, meu amor.

Isso é tudo o que preciso para derreter em seu abraço, para que toda a minha determinação se esvaia. Uma única expressão, a mesma que ele disse no Centro-Oeste nevado e que agora sei que falava sério. De todo o coração.

Eu o envolvo com os braços enquanto ele segura minha cintura, me puxando para perto, meu rosto encostado em sua camisa de flanela. Não quero pensar no que vem a seguir ou no que faremos quando eu voltar a Seattle e ele estiver em Los Angeles. Eu só quero respirá-lo.

Ele passa a ponta dos dedos nos meus cabelos e beija o topo da minha cabeça.

— Isso é de verdade? — sussurro. — Porque eu também estou doidinha por você.

Ele assente, inclinando meu queixo para cima para me beijar.

— Quero ficar com você — diz, encostando a testa na minha. — Seja lá o que isso implique. Do jeito que você permitir.

Quando nos olhamos, mudo de ideia. Nunca o vi fazer essa cara, nem em *Os notívagos* ou em qualquer outra série ou filme. Nunca vi essa expressão, seus traços pintados com o pincel mais delicado, os olhos iluminados pelo sol poente... porque acho que essa é só para mim.

O RESTANTE DA NOITE É TÃO NORMAL QUANTO POSSÍVEL. FINN ANUNCIA que vai fazer o jantar, e eu tento ajudá-lo, apesar de não saber a localização das coisas. Acabamos nos distraindo aos beijos no balcão da cozinha e deixamos o tofu queimar, disparando o alarme de incêndio. Então decidimos pedir burritos, que chegam com pequenos potes de molho. E, no meio de tudo isso, mando uma mensagem para Noemie, que parece estar com o teclado do celular travado considerando a quantidade de emojis que me envia como resposta. Finn faz o mesmo com Krishanu e, rindo, me mostra a resposta: ATÉ QUE ENFIM!!!

— Ele percebeu em Reno que eu estava louco por você — explica. — Acabei cedendo e contei tudo o que estava rolando quando chegamos em Ohio, depois que você saiu do quarto.

— Ele deu algum conselho?

— Só pra não ferrar com tudo, e algumas vezes eu achei que tinha feito isso. Ele disse que fazia tempo que não me via tão feliz. — Finn se aproxima. — E é verdade.

Vamos para o quintal levando nossas taças de vinho, tropeçando nas pedras porque não conseguimos parar de nos tocar. A casa de fato parece um oásis pacífico e isolado, as sebes altas proporcionando bastante privacidade. Apesar de ser uma noite de dezembro, deve estar uns quinze graus.

— Eu escrevi um pouco no Dia de Ação de Graças — conto, me acomodando em uma espreguiçadeira ao lado da dele, sob um aquecedor externo. *Felicidade*.

— Você traiu nosso livro? — pergunta, se fingindo ofendido.

Tomo um gole de vinho.

— Só um pouco. E... foi *ótimo*. Como se eu não flexionasse aqueles músculos fazia muito tempo, mas fosse tão natural por fim esticá-los.

— Você não faz ideia de como fico feliz de saber que isso te deixou feliz. De verdade.

Nos beijamos devagar, com a lua brilhando sobre nós. Não temos prazos para cumprir.

— Você também é lindo. — Todos os elogios que contive quando não queria que ele me entendesse mal estão prontos para sair. — Seus olhos, as sardas, os fios grisalhos no cabelo. É um crime que seu rosto seja tão bonito.

Sua boca fica gananciosa ao encostar na minha, cada roçar de seus lábios é um pequeno agradecimento.

— Passei o dia pensando em você — diz em meu ouvido, me puxando para a cadeira dele.

Solto uma risadinha nervosa.

— Meio que parece que vamos transar pela primeira vez.

— Já estamos transando faz algum tempo. E com muito sucesso, devo dizer.

— Mas dessa vez vai ser diferente.

E ele concorda, porque sei que consegue entender. Porque dessa vez é *pra valer*.

Não tem instruções nem manuais, e há algo de novo, estranho e empolgante nisso. Por mais que nós dois já estivéssemos sentindo que era de verdade fazia algum tempo, agora não temos dúvidas. Não no jeito que ele puxa meu cabelo ou passa o dedão pela minha bochecha, ou como agarro o tecido da camisa dele porque quero que se aproxime ainda mais.

— Você tem sido tão generosa — diz ele, quando ainda estamos nos beijando, preguiçosos, meu corpo espalhado sobre o dele. — Quero fazer alguma coisa por você. — Ele para por alguns instantes e me olha nos olhos. — Você tem alguma fantasia? Algo que sempre quis fazer na cama, mas nunca contou pra ninguém?

— A gente não precisa...

— Eu sei que a gente não precisa. Mas eu quero. — Um sorriso malicioso. — E gostaria de poder realizar essa fantasia, agora que me formei na Academia do Sexo de Chandler Cohen.

— E como orador da turma, ainda por cima. — Deixo isso pairar entre nós por alguns longos segundos, meu coração disparado.

Porque, sim, eu tenho fantasias, algumas que vocalizei em relacionamentos passados e outras que guardei comigo, como se fossem especiais para algum futuro cara perfeito ou talvez fosse deixá-las na minha imaginação para sempre. Com Finn, eu posso libertar todas — esse é meu nível de conforto quando estou com ele.

Decido começar com uma delas.

— Você pode... me dar uns tapas?

Assim que digo isso, me preocupo que ele vá rir. Retirar a proposta. Que isso tornará a noite estranha no mesmo instante.

Mas seu sorriso fica malicioso, os olhos escuros.

— Não há nada no mundo que eu queira mais.

Ele me ajuda a tirar a calça jeans antes de perguntar que posição eu quero, e eu aceno tímida para seus joelhos. Quero estar no colo dele, o mais próximo possível de seu corpo. Antes de começarmos, ele corre para dentro para pegar um travesseiro, e esse gesto doce, contrastante com o que estamos prestes a fazer, me deixa em chamas. E tem também o fato de estarmos ao ar livre: mesmo cercados de sebes altas, qualquer um poderia nos ouvir.

Talvez eu não me importe.

Eu me deito em seu colo, descansando a parte superior do corpo no travesseiro enquanto ele aperta minha calcinha. No início, ele só brinca, passando a palma da mão pela parte inferior das minhas costas, até descer. Sinto minha pulsação na garganta, minhas veias cheias de uma antecipação imprudente.

— Essa calcinha tá bem molhada? — pergunta ele, um dedo deslizando pelo tecido. — Porque eu acho que você ficou bem excitada assim que pediu para apanhar. — Ele coloca a mão entre minhas coxas e geme, demorando a deslizar pela minha calcinha. — Meu Deus, sua bunda. É tão perfeita. — Ele se abaixa, dando beijos em cada nádega, e faz um carinho circular com a palma da mão. — Você vai me dizer como quer? Se eu não estiver fazendo do jeito que você imaginou?

Dou um suspiro profundo, achando difícil acreditar que possa ser diferente do que eu imaginava.

— Você sabe que sim.

Ele começa devagar, me acariciando em círculos agonizantes. Então ergue a mão, pausa por um segundo e dá um tapa forte que sinto em cada célula do meu corpo.

Um gemido escapa da minha boca quando agarro o travesseiro embaixo de mim.

— Gostoso?

— *Sim.*

No próximo tapa, ele geme junto comigo. E, *meu Deus*, é ainda melhor assim, saber que ele também está gostando.

— Mais forte? Mais leve?

— Mais forte — imploro e, da próxima vez que ele me bate, eu arfo, minhas pernas derretendo, o prazer ondulando quente e profundo em meu núcleo. Tenho certeza de que o sexo nunca foi tão libertador.

Entre as palmadas, ele acaricia minhas nádegas, fazendo círculos, a boca dizendo todo tipo de profanidades.

— Ergue esse corpo. Quero ver essa boceta maravilhosa.

Eu me inclino para a frente, me apoiando nos cotovelos e erguendo os quadris.

— Nossa, que visão.

Ele desliza um dedo por baixo de mim, passando-o pela minha fenda. Dá alguns tapinhas na minha parte mais sensível. Não sei dizer se ainda estou respirando. Então ele reposiciona meus quadris, a brisa noturna soprando em minhas partes mais úmidas enquanto ele bate com delicadeza na minha boceta.

— Puta merda — consigo falar com os dentes cerrados. — Vou morrer.

Ele alterna entre minha boceta e minha bunda, cada palmada roubando mais ar dos meus pulmões.

— Se solta, meu amor — diz quando estou prestes a desfalecer, seus dedos implacáveis, gananciosos e perfeitos. — Pode fazer barulho.

O orgasmo me invade, meu corpo trêmulo e cheio de arrepios, seu nome na ponta da minha língua enquanto ele me envolve em seus braços, a boca pressionada na minha nuca.

Assim que me recupero, mudo de posição para poder ver seu rosto, o calor em seu olhar.

— Isso foi... gostoso pra caralho — consigo dizer.

O pau dele está marcado na cueca e preciso vê-lo perder o controle, preciso ser a razão pela qual ele vai gritar noite adentro.

— O que você quer? — pergunto.

— Sua boca. Por favor. — A urgência em sua voz é uma coisa deliciosa e decadente.

Abaixo sua cueca, dominada pelo desejo de prová-lo. Ele já está duro, quente como veludo quando o envolvo em meus lábios, segurando-o firme com as mãos, girando a língua na ponta. Ele sussurra meu nome como uma maldição. Como uma promessa. Os dedos dele escorregam pelo meu cabelo com maciez e algum desespero, e eu o chupo mais fundo enquanto ele arrasta a mão para baixo para segurar meu seio, o polegar esfregando meu mamilo.

— Quero gozar nos seus peitos — diz em um rosnado. — Se isso for...

— Por favor. *Sim*.

Tiro a boca quando ele começa a tremer, e ele dá mais uma estocada contra meu peito antes de se desfazer, o líquido quente deslizando em meus seios.

Ele enfia a mão embaixo da cadeira para pegar uma toalha antes de me puxar de volta para cima dele, e estou mole, exausta e indescritivelmente feliz.

Vários minutos se passam até que ele se vira para pegar o celular. Quando os acordes familiares de "Whoomp! (There It Is)" começam a tocar, caio na risada.

— Desculpa — diz ele, rindo comigo enquanto ajeita meu cabelo. — Tive que fazer isso.

— Podemos ficar aqui para sempre? — murmuro com o rosto grudado em seu peito. Porque, apesar de esta ser a primeira transa em nosso relacionamento real, ainda parece que estamos vivendo em um mundo de sonho, irreal. Um lugar onde nada exterior pode nos tocar.

— Espero que sim. — Uma pausa, como ele sempre faz quando escolhe as palavras com cuidado. — Porque, Chandler... Tenho certeza que estou me apaixonando por você.

E, por mais que eu esteja preocupada com o futuro, com quanto me apeguei à minha carreira no passado e agora esteja tudo tão confuso...

— Eu também estou — digo, e o medo vale a pena pela forma como ele me segura, mais forte.

Se tem algo que pode me assustar é como tudo isso é tão novo, frágil e precioso. Como eu quero que dure além da reunião, além do livro. Esta noite parece tão lindamente comum que acho que posso viver esses momentos para sempre.

— Então é assim que é a vida com Finnegan Walsh? — pergunto.

Ele balança a cabeça e aperta minha cintura com mais força.

— Não. Isto é melhor.

capítulo
VINTE E CINCO

LOS ANGELES, CA

— Ethan, Finn, Cooper... vocês três ficam ali. Meninas... Juliana, Hallie, Bree... vocês podem se sentar no outro sofá?

Bree ergue uma sobrancelha delineada à perfeição da mesma forma que Sofia fazia no seriado, sobretudo quando estava puta da vida com Caleb.

— Você vai mesmo fazer os caras ficarem de um lado e as mulheres do outro?

O diretor pensa a respeito.

— Novo plano — diz ele, irritado. — Podem se sentar onde quiserem.

Mas isso não funciona, pois ele quer Juliana e Bree próximas uma da outra, já que boa parte do reencontro será focada na rivalidade de suas personagens. E Ethan e Juliana têm que estar próximos um do outro, como o casal central do seriado, e, como o Wesley de Cooper acaba ficando com a Sofia de Bree, seria bom que estivessem próximos um do outro também. Cooper está ali parado e sorridente, como se, por ser o alívio cômico da série, estivesse só acompanhando os outros.

Mais vinte minutos se passam até que eles encontrem o arranjo certo para todos se sentarem. O cenário é composto de sofás pretos de couro dispostos no palco e, na parede logo atrás deles, um cartaz da Universidade de Oakhurst nas cores da escola, prata e azul-escuro. No caminho para o estúdio, posso ter ficado um pouco maravilhada com as placas indicando os locais em que vários programas que conheço são filmados, mas Finn simplesmente foi entrando com uma xícara de café na mão, como se fosse algo que fizesse todos os dias. E até foi, por um tempo.

— Espero que você não fique entediada — disse ele hoje de manhã.

— No ensaio do programa que o meu namorado vai participar? Nem um pouco.

E ele sorri ao ouvir essa palavra, *namorado*. Achei que poderia ser estranho entrar em uma relação mais familiar com ele, porém o mais estranho foi quanto tudo ocorreu de forma natural: nosso café da manhã preguiçoso, tomar banho juntos, entrar no Prius e rir de como ele estava tão nervoso no dia anterior que achou que o carro seria o melhor tópico para uma conversa.

Eu garanti que não poderia ficar entediada com nada relacionado a *Os notívagos*, mas, agora que estou aqui, sentada onde o público vai estar no dia da gravação ao vivo, começo a reconsiderar essa afirmação.

Apesar de que, para ser sincera, eu teria ido com Finn para qualquer lugar.

Hallie e Bree me cumprimentaram com abraços, mas Juliana se mantém um pouco distante. Lembro do que Finn me contou sobre a reabilitação dela e entendo perfeitamente por que ela desconfia da imprensa.

Mas Ethan... Ethan está um pouco menos presente que os outros. Desde a primeira vez que o vi, no painel da Supercon, fingindo ser um fã antes de se revelar, ele me pareceu alguém que adora os holofotes e que faz de tudo para evitar que outra pessoa se destaque por mais tempo que ele. Ethan tem plena consciência de que *Os notívagos* foi criada para girar em torno dele, por mais que, no decorrer da série, tenha ganhado mais protagonistas.

E, pelo jeito, ele não gostou nada disso.

O cenário tem dois ambientes: além dos sofás para a entrevista ao vivo, também há uma recriação da biblioteca da Universidade de Oakhurst, onde eles vão gravar o material para o seriado. Depois que terminam de arranjar como vai ser no ambiente dos sofás, todos nós passamos para o próximo cenário e suas estantes de madeira abarrotadas de livros, lustres tremeluzentes e uma longa escada em espiral que agora posso ver que não leva a lugar nenhum. Aquele papo de magia da televisão e coisa e tal. O elenco caminha pela biblioteca, observando os resquícios do tempo que passaram juntos.

Hallie cutuca Finn e aponta para um lugar no chão.

— Eles até colocaram as pegadas do primeiro episódio — comenta ela.

Finn passa a mão pela mesa da biblioteca.

— Está tudo igualzinho.

Adoro vê-lo absorver tudo. De vez em quando, ele olha para a plateia, onde estou sentada com alguns dos empresários, agentes, assessores e os jornalistas que estão trabalhando em artigos antes da reunião. E, toda vez que faz isso, seu rosto parece mudar, os olhos enrugando nos cantos enquanto seu sorriso de palco se torna real.

Não tenho certeza de quando isso não parecerá uma novidade.

━━ ━━

A GRAVAÇÃO DAS ENTREVISTAS COM O ELENCO DURA A TARDE TODA. ELES falam de como o seriado os mudou, de suas lembranças favoritas e momentos interessantes nos bastidores. Ethan está com um humor especialmente obstinado, o que parece normal para ele, mas ele acaba tendo que gravar muito mais vezes que os outros.

— Algumas coisas não mudam — murmura Hallie, e imagino que ela e eu poderíamos ser amigas. Mesmo que as principais coisas que temos em comum sejam humor ácido e Finnegan Walsh.

Isso me causa uma sensação estranha. Porque, na maioria dos relacionamentos, é comum e até esperado compartilhar algumas amizades. Mas nosso caso é diferente... Os amigos de Finn, fora Krishanu e Derek em Reno, também estão conectados ao mundo de Hollywood. Isso pode exigir alguns ajustes, mas com certeza vamos dar um jeito.

Esqueço de tudo isso quando o elenco e a equipe fazem uma pausa para almoçar, já um pouco tarde, e Finn vem na minha direção na mesma hora.

— Estou chocado por você ter aguentado tanto tempo — comenta.

Ajeito minhas coisas na bolsa.

— Só pra você saber, eu achei fascinante. Cooper dizer que quis adotar um dos cães que fazia papel de lobo? Uma graça. Ou Hallie contar que estava tão convencida de que Caleb se tornaria o vilão no fim da série que os roteiristas deram um roteiro diferente para ela, com um fim em que ele traía todo mundo? — Poderia ter sido cruel se não tivesse sido tão mal escrito... Ela percebeu na mesma hora que era uma brincadeira da qual todos poderiam rir.

Quando coloco minha bolsa no ombro e o sigo até a saída do estúdio, não deixo de notar que Ethan anda alguns passos atrás de todos, como se não quisesse falar com ninguém. Dou um sorriso forçado, que espero que pareça autêntico, e coloco meus óculos escuros.

— Nos vemos logo mais — diz Finn, segurando a porta para ele passar. Ethan dá um sorriso fácil. Um tapinha no ombro.

— Claro, amigo. Se você conseguir chegar na hora certa.

Finn enrijece. Minhas sobrancelhas se unem.

— O que foi isso?

— Nada — responde Finn, tentando ignorar. Sua mão aperta a parte inferior das minhas costas. — Só uma coisa que ele fazia quando estávamos filmando. Uma piada.

Decido não insistir, mas parece tanto uma piada quanto Los Angeles parece uma cidade pequena e charmosa.

Almoçamos em um dos cafés do estúdio, sentados em um canto ao ar livre, debaixo de uma sombra. Já está relativamente tarde em um dia não tão movimentado, e agora que não está mais sob as luzes do estúdio, posso ver o pó no rosto de Finn e um delineador bronze nas pálpebras inferiores. Um toque de cor em suas bochechas que é apenas um tom mais frio que o seu vermelho natural.

Tento tirar mais alguma impressão dele sobre voltar a Oakhurst e, enquanto ele me responde algumas generalidades que talvez eu possa usar no capítulo da reunião, fecha a embalagem reciclável de sua salada de quinoa quase intocada.

— Algo está incomodando você. — Dou uma leve batidinha na perna dele com a pontinha do meu tênis. — Ei. Você sabe que pode falar comigo sobre qualquer coisa, certo? Se quiser?

Ele solta um suspiro longo e lento e estende a mão em direção à minha, entrelaçando nossos dedos.

— Eu sei. Obrigado. É que não é nada fácil falar de algumas coisas. — Ele dá uma risada áspera. — Acho que esse é o ponto-chave da autobiografia.

Respondo com um sorriso discreto, mas fico quieta, dando o espaço que ele precisa para continuar falando.

Ele aproveita esse tempo, esfregando a ponta dos dedos nos nós da minha mão e depois olhando ao redor para ter certeza de que estamos sozinhos o bastante para ter esse tipo de conversa.

O olhar ao redor: me pergunto se isso é algo que algum dia ele deixará de fazer. Se também vou começar a fazer isso quando estivermos em público.

— Ethan e eu... nem sempre nos demos bem — ele começa. — Nunca soube dizer por quê. Talvez ele tenha se sentido ameaçado porque era o personagem principal, e os fãs de Mexley eram mais dedicados que os de Calice. Não sei. Talvez seja por ele ser um babaca.

— Ele é, com certeza — concordo, passando a faca na minha salada.

Finn respira fundo, encarando a comida.

— Ele tinha mania de me provocar durante as filmagens. Coisinhas bobas... Ele bebia de um copo de água e depois passava para mim, perguntando se eu queria. Ria quando eu dizia não. Ou ele passava pela mesa de comida e tocava em todos os sanduíches quando eu estava vendo... Umas coisas nojentas e imaturas desse tipo. Ele adorava tentar me irritar entre uma gravação e outra, só para ver se conseguia me levar ao limite, e, se alguma das minhas compulsões me atrasasse um pouquinho, ele fazia com que os superiores soubessem que eu estava fora do horário. E parece que maus hábitos podem ser permanentes, porque ele é um homem de trinta e cinco anos que se sente feliz ao tentar desencadear o TOC de alguém.

— Que porra é essa? Isso é *doentio*.

Meu estômago revira, imaginando um Finn de vinte anos, ainda com dificuldade de controlar o TOC sozinho e lidando com um valentão que achava tudo aquilo uma piada.

— Parece que para ele não é suficiente ter uma ótima carreira no cinema. Ele tem que fazer o restante do elenco se sentir como formigas. — Uma risada áspera. — É quase engraçado... Ele foi tão filho da puta com Hux na primeira temporada, e também foi um merda comigo na vida real. Uma atuação e tanto.

— Ainda não terminamos o livro — digo. — Podíamos colocar isso em um dos capítulos. Na verdade... acho que seria muito bom colocar. As pessoas precisam ouvir falar desse tipo de agressão. Você quer que o livro explique mais sobre TOC, que tire o estigma do transtorno... Essa é uma forma de mostrar como *não* agir. — Não quero só acabar com a imagem de Ethan, por mais satisfatório que isso possa ser. Eu sei o suficiente sobre esse cara para achar que ele não é uma boa pessoa, e quero que qualquer outro Ethan que pegar o livro de Finn saiba que não pode se comportar assim.

A expressão de Finn muda, os olhos se voltando para os meus.

— É... prefiro não fazer isso.

— Tem certeza? Porque eu sei que você não é o único a lidar com coisas desse tipo.

— Olha, é o meu nome — ele diz de uma forma gentil, mas me atinge bem no peito. — É o meu livro.

— Certo. — Como eu pude me esquecer? Por mais que pareça uma parceria, nos termos contratuais mais básicos, não é. — Claro que é o seu livro. Eu sou apenas a pessoa contratada para escrevê-lo.

Finn se acalma.

— Merda... Chandler, me desculpa. Eu não queria que soasse assim. — Ele se aproxima de mim, passando a mão pelo meu antebraço. Eu permito. — Eu só não quero sentir que tenho que derrubar alguém para fortalecer minha imagem, por mais que essa pessoa mereça. Ainda mais se for alguém mais famoso que eu. Odiaria que achassem que estou citando nomes para alavancar as vendas.

— Eu entendo.

Forço um sorriso, furando sem entusiasmo um pedaço de alface romana. Esta salada custa catorze dólares e não tem gosto de nada. Tivemos conversas muito mais desconfortáveis nos últimos meses, então não sei por que esta dói tanto. Tento me colocar no lugar dele e entendo, mesmo discordando.

Mas como ele disse: o nome dele. O livro dele.

Sou apenas uma zé-ninguém que o segue, um cachorrinho perdido. A pessoa cuja carreira não pode competir com a dele. A namorada fantasma.

— Vamos esquecer isso — diz ele. — Tenho que voltar ao set em vinte minutos e prefiro falar de você.

Ainda assim, esse momento se recusa a sair da minha mente pelo restante do dia.

acanetaenvenenada-arquivofinal-FINAL.docx

A loja estava uma bagunça.

As canetas estavam destampadas e havia papel espalhado por toda parte, tinta sangrando e manchando os tapetes novos. Os lindos planners da seção dos cadernos, que Penelope organizara com amor e meticulosidade no dia anterior, pareciam ter passado por um triturador de papéis. Serpentinas com estampa de calendário.

Claro, nada daquilo seria um problema tão grande se ela levasse em consideração o corpo no meio da sala, logo abaixo da faixa que dizia: PAGUE UM, LEVE DOIS.

capítulo
VINTE E SEIS

LOS ANGELES, CA

É assim que livros devem ser escritos: em um café em uma rua arborizada, chai latte e bolinho de amora e limão servidos à minha frente. A luz do sol entra e banha todo o lugar em nuances douradas.

Quando eu era criança e pensava em ser uma romancista, imaginava *quase* isso — mas com muito mais chuva. E pessoas usando roupas da Patagonia.

Ontem à noite, quando chegamos em casa, Finn estava tão exausto que fomos logo dormir. Todas essas viagens devem estar me afetando, porque acordei muito mais tarde que o habitual. Um beijo na minha testa — "Não, não, não precisa se levantar" — e ele saiu.

Então me acomodei neste café enquanto ele foi para o set de gravação, minha jaqueta jeans pendurada no encosto da cadeira, com a intenção de finalizar os capítulos intermediários da autobiografia e, se tiver tempo, começar a esboçar o texto sobre a reunião. Vai ser o último capítulo que vou escrever antes de entregar essa parte.

Depois disso... talvez eu volte a abrir *A caneta envenenada*.

Estou ajustando o trecho sobre o bar mitzvah de Finn quando meu celular toca. Foi nessa ocasião que ele sentiu algumas de suas compulsões pela primeira vez, apesar de não saber a palavra certa para isso. Ele se recusou a comer porque muitas pessoas haviam tocado na chalá, e o pai ficou aos gritos chamando Finn de *moleque mimado*. Escrever essa frase na voz dele deixa meu coração despedaçado.

— Você não vê seus e-mails? — protesta Stella quando atendo a ligação.

— E também, oi, tudo bem? Como está Los Angeles, como anda o livro, como anda *você*?

Clico em salvar e abro meu e-mail.

— Desculpe, eu estava em transe escrevendo. Até desliguei o wi-fi. Estou bem, o livro está indo bem... Tudo ótimo por aqui.

— Ah, entendi. Porque achei que você teria um ataque de ansiedade assim que visse... — Ela fica quieta, me dando tempo para ler o e-mail que está no topo da minha caixa de entrada.

É uma nova oferta... mais um trabalho de ghostwriter. Outro ator, Michael Thiessen, um cara de cinquenta e poucos anos que atuou em algum dos muitos CSI nos últimos vinte anos. Tenho certeza que meu pai é um grande fã dele.

O pagamento é o dobro do que estou ganhando com o livro de Finn.

— Não me parece que você esteja pulando de alegria.

— Estou em um lugar público — digo, forçando uma risadinha. Eu odeio precisar reagir de forma espontânea a isso. O ideal seria ter alguns instantes para processar sozinha primeiro.

E seria mais ou menos assim:

Nunca me ofereceram um trabalho como este antes. Sempre houve uma ligação ou entrevista prévia, seja com o próprio autor ou com a equipe dele. Mesmo com Finn, acredito que eles não teriam me oferecido o trabalho se eu tivesse arruinado tudo durante aquele almoço. Este é um sinal claro de sucesso na minha área, mas não consigo afastar a sensação de que, se aceitar, nunca escreverei algo meu, quer esse projeto dure dois ou vinte meses. Sempre terei uma desculpa.

Adoro o que estamos fazendo com o livro de Finn, mas não sei se conseguirei continuar desaparecendo no trabalho desse jeito. Não sei quanto de mim restará no final.

Mesmo que ele tenha dito que conseguia me ouvir naqueles livros... não sei se *eu* consigo.

— É... parece ótimo — consigo dizer, as palavras como giz na garganta.

— O momento não poderia ser melhor. O livro de Finnegan será lançado em breve e você poderá começar um novo projeto. É exatamente o que queríamos para você.

Exatamente o que queríamos.

O que *eu* quero?

— Podemos te colocar em contato com o pessoal do Michael, se quiser. Ele é um cara maravilhoso e muito gente boa. Muitas informações internas de Hollywood... está no ramo há muito tempo. E, apesar de ter adorado a oferta inicial, a gente pode fazer com que aumentem ainda mais o valor.

— Ótimo. — Não consigo formular mais do que esse adjetivo. Uma habilidade digna de uma escritora. — Ainda estou mergulhada de corpo e alma no livro do Finn, então... eles precisam que eu responda agora?

Uma pausa.

— Esse tipo de oferta não fica à espera de resposta, Chandler — retruca ela com gentileza. E sei que não está errada. Stella tem sido muito boa para minha carreira e eu confio nela.

— Vamos esperar até a reunião de *Os notívagos*? Não passa disso, juro.

— Excelente. Vou avisá-los.

Quando desligamos, fico ali sentada por alguns instantes, olhando para o café. Eu deveria estar para lá de aliviada por ter outro projeto à minha espera. O dinheiro do livro de Finn funcionaria como um suporte, para que eu não precise mergulhar de cabeça em outro projeto logo de cara. Eu poderia até sair da casa de Noemie. Arranjar um lugar para mim.

E ainda assim... me sinto *pesada*, como se houvesse algo físico me puxando em direção à mesa. Me acorrentando ao meu laptop. Me dizendo que esse projeto vai sugar minha alma, como foi com Maddy e Bronson, o personal trainer. Porque, por mais que Michael Thiessen tenha um lado profundo e fascinante, não sei dizer se sou a pessoa que vai desenterrá-lo.

Abro o Instagram e vou até o perfil de Maddy DeMarco, tentando lembrar se senti algo além de agonia quando estava trabalhando em seu livro. Vou descendo o feed para a época em que estávamos nas primeiras versões. Encontro uma foto dela em alguma cabana de luxo, uma caneca de café sobre a mesa, onde está sentada com seu laptop, ao lado de uma janela com uma deslumbrante paisagem montanhosa e a legenda:

Trabalhando duro na edição! Na verdade, consigo até ouvir meus pensamentos.

Não sei dizer por quanto tempo mais poderei me manter invisível.

— —

FINN VAI GRAVAR UMA CAMPANHA DE MÍDIA NO FIM DA TARDE E ALGUNS podcasts e entrevistas no YouTube. Ele só chega depois do jantar, após mandar uma dúzia de mensagens pedindo desculpa e de eu responder uma dúzia de vezes garantindo que não tem problema, que consigo me virar sozinha.

E *não* tem problema, mas, com isso, tive muito tempo para pensar.

A respeito do trabalho.

Do futuro.

De *nós dois*.

Porque esse é um efeito colateral da ligação de Stella: agora que estamos oficialmente juntos, fico imaginando o que vai acontecer entre nós quando o livro estiver pronto, quando eu voltar para Seattle e ele se preparar para a próxima rodada de convenções.

Guardo um pouco de comida tailandesa vegetariana para ele, sirvo uma taça de vinho e descubro como fazer o sistema de som funcionar. Ele está configurado para uma playlist de jazz. Finn gosta de jazz — algo que só descobri neste instante. Minha reação não deveria ser tão intensa, já que mal conversamos sobre música, mas, ainda assim, isso me faz perceber que só o conheço há alguns meses. Ainda tem tanta coisa que não sei.

Quando ele chega, joga a mochila no escritório e vê a garrafa de vinho e a comida na mesa da sala de jantar, o sorriso em seu rosto é suficiente para reduzir essas preocupações de onze para quatro. Há um aconchego, uma familiaridade que é quase confortável demais. Eu poderia só entrar na vida dele, como estou fazendo agora, e talvez minha carreira importasse um pouco menos.

E a ansiedade voltou. Minhas cutículas são o mais puro retrato do caos.

— Então... recebi uma oferta de trabalho interessante hoje — digo, depois que ele me conta sobre os ensaios e a entrevista no YouTube que o fez responder às perguntas mais feitas a respeito dele no Google.

— Ah, é? — pergunta ele entre colheradas de sopa tom yum.

Explico tudo para ele, expondo cada detalhe da conversa com Stella.

— E, ao que tudo indica, ele é uma pessoa bem legal. Então isso é uma vantagem.

— Hum.

Mais sopa. Mais silêncio.

— Respondi pra minha agente que eu ia pensar — acrescento, porque algo no silêncio dele soa como decepção, e não quero que ele fique desapontado comigo. — Mas... é uma grana muito boa.

— Mas você teria que ser ghostwriter de novo.

— Bom, sim. Esse é o meu trabalho.

Ele volta a ficar em silêncio. No começo, eu adorava como Finn demorava para responder às perguntas, mas agora tudo que quero é sacudir seus ombros até que as palavras saiam. Por fim, ele diz:

— Achei que você não quisesse mais fazer isso. Achei que fosse por isso que estava trabalhando no seu livro de mistério.

— Mas não há garantia nenhuma nisso. Mesmo que eu consiga vender o livro para alguma editora, é bem provável que ainda precise de um trabalho de meio período. Tenho um pouco de dinheiro guardado, mas não posso viver assim pra sempre.

— E o fato de você ter ficado tão feliz por voltar a escrever? Escrever pra *você*. — Ele me olha firme. — E como você sempre quis ser romancista.

— Ainda posso fazer isso. — Minha voz soa fraca. Até minhas cordas vocais sabem que estou mentindo. — Eu teria tempo livre.

— Até parece. Nós dois sabemos que o outro livro seria prioridade. E você já estava cansada disso antes mesmo de aceitar trabalhar no meu livro.

Ele empurra a tigela em direção ao centro da mesa e se concentra em mim.

— Chandler. Quantas vezes você já me disse que não é isso que quer fazer da sua vida? Você tem usado o nome de outra pessoa para garantir um certo nível de sucesso... e tudo bem. É exatamente para isso que você foi contratada. Mas não vai além disso: você foi contratada, não está trabalhando sozinha. Você pode se esconder atrás da fama de outra pessoa sem arriscar nada. Escrever livros para os outros é sua muleta... uma maneira de evitar sair da sua zona de conforto.

Mesmo que isso seja verdade, ele não esteve ao meu lado durante toda a viagem? Ele não me viu fora da minha zona de conforto, dia após dia?

— Isso não é justo. — É muito difícil ter essa conversa sentada tão perto dele. Ele mesmo disse que consegue me ler, e não quero que meu rosto entregue coisas que ainda não sei nomear. Eu me levanto e começo a andar pela sala, embaixo da espada de *O retorno do rei*. — Você não acha que o jornalismo por si só já é um risco? Os jornais começaram a falir antes mesmo de eu terminar a graduação. Minha carreira sempre foi um risco. E pode esquecer isso de ter plano de saúde... já abandonei esse sonho há muito tempo.

— Sei que nada garante que escrever ficção te proporcionaria uma carreira estável, por mais que eu ache que vai acontecer. Eu sei que é uma aposta tão alta quanto Hollywood. Mas, se você não *tentar*, vai ficar sempre se perguntando *e se*. E se eu aproveitasse essa chance. — Ele também se levanta, se aproximando de mim. — Assim como você fez comigo.

A forma como ele me pressiona... Agora que é meu namorado, vou ter que aceitar isso?

— Não é a mesma coisa — protesto, embora cada palavra dele escorregue entre minhas costelas e fique lá. — Se eu fizer isso, é quase certeza que vou ganhar menos dinheiro. É bem provável que precise arrumar um emprego, mesmo que seja de meio período, para pagar as contas. É fácil pra você me dizer para seguir minha paixão... Você fez isso e deu certo. Queria ser ator e foi o que você se tornou.

— Claro, tive sorte desde o início. Mas você esquece que eu também não tinha uma rede de segurança. Minha mãe tinha voltado a trabalhar na escola e meu pai tinha se mandado. Eu também estava correndo um risco enorme — diz ele. — E você não conseguiria escrever em tempo integral? Não é isso que você está fazendo agora?

Deixo escapar um suspiro.

— Posso garantir que ganharia muito menos pelos meus livros originais do que pelo que estou fazendo por você. — Então, percebendo como isso soa, tento voltar atrás. — Quer dizer, não só você. Todos vocês, todos os livros que escrevi até agora.

Ele apoia um ombro contra a parede, a boca formando uma linha sombria.

— Fico feliz em saber que estou no mesmo grupo dos outros.

— Você sabe que é diferente — digo. — De um milhão de maneiras. Mas no nível mais básico, ainda estou fazendo a mesma coisa. Estou escrevendo para outra pessoa... não para mim. E mesmo que eu tirasse tudo isso da equação... — Pergunto em voz baixa: — E se der errado?

— E se não der errado? — rebate ele.

Ficamos quietos por um momento, respirando com dificuldade.

— Então é isso que eu devo fazer... escrever meu livro, e o que mais? Continuar seguindo você de convenção em convenção, de cidade em cidade? Ou te visitar quando você voltar pra casa? Isso bastaria?

Mesmo enquanto falo, sei que não bastaria. Só de pensar em ficar tanto tempo longe depois desta viagem, já sinto saudade dele. O jazz foi uma novidade para mim. O que mais eu deixaria de conhecer?

— Posso maneirar nas convenções. Eu não precisaria viajar o tempo todo.

— Não quero que você faça isso só por mim.

Ele me lança um olhar persistente, um polegar roçando meu pulso.

— Chandler... essas viagens só foram suportáveis por sua causa — diz, de um jeito gentil e comedido.

É quase impossível ignorar o que as palavras dele fazem com o meu coração. Mesmo no meio de uma conversa cheia de coisas que não quero ouvir, estou me apaixonando por ele. De novo e de novo e de novo.

Eu só queria que isso apagasse todas as minhas incertezas.

— O que você achou que iria acontecer quando o livro estivesse pronto, de verdade? — pergunto. — Seja sincero.

Ele respira fundo, passa as mãos pelos cabelos.

— Eu tinha a esperança de que a minha vida não fosse mais um circuito de convenções, mas, sim, ainda envolveria algumas viagens. É inevitável, ainda mais quando eu começar a promover o livro e a ONG for lançada. Mas não sei por que não podemos tentar um relacionamento a distância — diz ele, soando esperançoso. — Não é tão longe assim. A gente se veria o tempo todo.

— Esses voos ficariam caros.

Ele franze a testa, como se nunca tivesse parado para pensar nisso.

— Eu poderia pagar por eles. — Antes que eu proteste, ele acrescenta: — Ou posso me mudar para Seattle e vir para Los Angeles quando precisar. Porque eu faria isso, se você quiser. Ou você poderia morar comigo aqui.

— Eu... Só um segundo.

Minha cabeça está girando e tenho que me sentar de novo, caindo no sofá com um baque suave. *Finn se mudando para Seattle. Eu me mudando para Los Angeles para morar com ele.* É muita coisa, rápido demais. Até hoje eu só morei em Seattle, e a ideia de mudar toda a minha vida de repente é assustadora.

Duas noites atrás, ele disse que queria ficar comigo — seja lá o que isso quisesse dizer.

Por que essa imagem de repente é tão irreal?

— Não sei se estou pronta para isso — digo com sinceridade. — Morar juntos.

— Foi só uma ideia. — Ele ergue as sobrancelhas, como se pedisse permissão para se juntar a mim. Quando eu assinto, ele se senta, segurando meu ombro com a palma da mão. — Já faz algum tempo que não me envolvo com alguém dessa forma. Então, não sei se estou fazendo as coisas certas, mas gosto muito de você. Consegue confiar em mim quando digo que vamos dar um jeito?

— Eu quero. De verdade.

— Então por que parece que você está tentando se convencer disso?

— Porque é *difícil* pra caralho, tá? — Lágrimas espontâneas ardem no canto dos meus olhos, e eu as enxugo o mais rápido que posso. Eu não esperava que a conversa fosse para esse lado, mas também não tinha percebido quantas perguntas sem respostas existem entre nós. — Não sei como apostar em duas coisas tão grandes ao mesmo tempo. Minha carreira, seja ela qual for, e esse relacionamento...

— Você acha que o nosso relacionamento é uma aposta?

— Eu só... ainda estou tentando descobrir quem eu sou. — Estou no meu espaço de maior vulnerabilidade neste momento, permitindo que ele veja algo que, por vezes, me recuso a mostrar. — E você já se descobriu há muito tempo.

— O que as outras pessoas pensam de mim, talvez. Mas não quem eu sou de verdade. — À medida que seu rosto suaviza, ele abre um sorriso. — Achei que tínhamos escrito um livro a respeito disso.

Eu não rio.

— Esse é o ponto principal.

Porque ele é alguém digno de um livro de memórias, e eu, nos meus momentos mais difíceis, às vezes me sinto como uma página em branco.

Não quero me espremer para caber na vida de outra pessoa. Estive tão envolvida na fantasia dele que esqueci quão difícil seria esse relacionamento? Nos últimos dias, ficamos só brincando de casinha. Fingindo que esta é a nossa vida de verdade, assim como fingimos durante toda a viagem. Porque agora, quando imagino meu relacionamento com Finn, posso me ver voando para Los Angeles todo fim de semana, me sentindo culpada por ele ter pago a passagem e comprometendo meu orçamento quando é minha vez de pagar, nós dois decidindo o que assistir à noite ou qual restaurante vegetariano novo queremos experimentar. Posso vê-lo em eventos beneficentes e eventos de sua organização sem fins lucrativos, atuando em papéis ocasionais em uma comédia romântica com uma menorá escondida ao fundo. Serei a pessoa anônima em seus braços durante as estreias e os eventos. A namorada que está lá para apoiar.

Posso me encaixar na vida dele, claro. Eu posso estar nesse relacionamento.

Mas e quanto a ele se encaixar na minha vida?

— Eu te admiro *muito* — sussurro, pegando sua mão e apertando-a. — Eu só queria poder dizer o mesmo de mim. — Eu me levanto devagar, pego minha bolsa no corredor. — E acho que preciso de um tempo para descobrir isso.

Finn se levanta, parecendo dividido entre ir atrás de mim e me dar espaço.

— Você poderia ficar — diz ele. Desta vez, ele não soa nada como quando implorou a Meg Lawson que não o deixasse. Seu queixo está tremendo, os olhos arregalados e vidrados. — Podemos continuar conversando. Por favor, Chandler. Podemos descobrir juntos.

Se ele consegue mesmo categorizar cada expressão do meu rosto, então sabe que estou falando sério. Aterrorizada com o que pode acontecer quando eu sair desta casa, mas, ainda assim, falando sério.

Balanço a cabeça, inflexível.

— Desculpa. Acho que tenho que fazer isso sozinha.

E, com passos trêmulos, vou em direção à porta.

capítulo
VINTE E SETE

LOS ANGELES, CA

No banco de trás de um Uber, tento ao máximo agir como se não tivesse tomado a decisão mais idiota da minha vida. Isso se traduz em uma conversa-fiada de qualidade duvidosa.

— Que trânsito, hein? — digo à motorista, que apenas revira os olhos.

Vou para o hotel que a editora tinha reservado para mim, já que é óbvio que não estavam planejando que eu ficasse na casa de Finn. Fica no centro de Los Angeles, uma parte arenosa da cidade sem o charme de Los Feliz. E então, porque é meu mecanismo de enfrentamento, ligo para Noemie.

Ela escuta enquanto explico tudo, contando algumas das minhas argumentações quase palavra por palavra, do jeito que falei para Finn. E, quando termino, esparramada na cama muito firme com travesseiros muito macios, ela me diz exatamente o que não quero ouvir.

— Detesto dizer isso — ela começa. — Mas eu meio que estou do lado do Finn nessa.

Sufoco uma risada.

— Eu... não sei o que dizer.

Seu suspiro estala através do celular.

— Faz muito tempo que você não prioriza a sua escrita. Tem certeza que ainda quer escrever seus livros?

— Sim. Claro que quero. — *Mais do que quase tudo*. Não tanto para ser publicada, mas para ter a satisfação de finalizar meu livro, de colocar um ponto-final, escrever FIM e dar aos meus personagens a conclusão que eles merecem. Qualquer coisa que acontecesse depois seria a cereja no topo do bolo.

Não é que eu discorde dela — não de todo. Eu só esperava que houvesse uma solução mais fácil, que não terminasse com ninguém de coração partido e que minha carreira não fosse deixada ao acaso. Coloco a mão no peito, subindo e descendo conforme minha respiração acelera. A ansiedade sobe pela minha garganta e aperta meus pulmões.

Não sei como explicar que é possível querer algo sem tentar ativamente consegui-lo. Por mais que, talvez, ela entenda isso; foi meio o que fiz com Wyatt durante tantos anos. Eu me convencera de que estava feliz com o que tínhamos, porque qualquer outra coisa teria exigido a mudança do status quo. Teria significado correr um risco, coisa que evitei por tanto, tanto tempo.

— Se você aceitar esse trabalho — continua Noemie —, nada vai mudar. Você sabe bem como é essa história. E você pode ficar um pouco codependente do seu trabalho.

— Olha quem fala.

Um suspiro.

— Eu sei, eu sei. Mas, se você pensar bem, por mais estressante que o seu trabalho tenha sido às vezes, ele é confortável. Não é cem por cento o que você quer, mas é menos assustador do que cortar relações e tentar algo novo.

— E se for isso? E se... E se eu estiver com muito medo? — Digo isso muito alto, percebendo que estou com os olhos cheios de lágrimas. — E se eu tentar e não der certo?

— Então você tem onde buscar apoio. — A voz dela é gentil. — Você tem sua família. Tem a mim. E, bom, tenho muito tempo para conversar nas próximas semanas porque... — ela respira fundo — ... mudei de emprego. Começo em janeiro.

Eu me endireito na cama, cruzo as pernas e me recosto na cabeceira.

— E você só está me contando agora?

— Você estava em modo de pânico. Quis esperar pelo momento certo — diz ela. — Vou trabalhar no marketing e divulgação de uma empresa de lanche-do-mês por assinatura. Não queria contar até receber a oferta para não zicar... e recebi hoje.

E, apesar de tudo, dou risada, porque se esse não é o trabalho perfeito para ela, então nenhum outro seria. Posso ouvir a empolgação em sua voz.

— Nom. Estou tão, tão feliz por você. De verdade.

— Obrigada. E espero que você saiba... pode ficar no quarto aqui em casa pelo tempo que precisar — diz ela. — Mas, Chandler? Espero que você decida que não precisa dele. Não estou te falando de agora... Não estou te expulsando nem nada. Mas quando você se sentir pronta, tá?

Desligamos com a promessa de nos vermos em breve. Eu já deveria estar acostumada com quartos de hotel, porque, de certa forma, todos são iguais. As mesmas camas desconfortáveis. A mesma decoração sem alma. Mas falta meu plano de aula e um rosto familiar do outro lado do corredor.

Durante toda esta viagem, estive me enganando. Achei que ela iria me mudar, que no fim eu saberia exatamente qual seria meu próximo passo.

Se eu aceitar o trabalho, sei o que está por vir. Já fiz isso antes.

Mas confiar na minha escrita, deixar minha carreira ao acaso...

Meu celular pisca com uma nova mensagem.

> Você chegou bem aonde quer que tenha ido?

Respondo com um joinha, que, de certa forma, parece positivo demais para a situação. Então escrevo:

> Estou no hotel. Só preciso de um tempo pra pensar.

Se eu voltar para a casa dele, vou ceder. Ele estará lá com seus lindos olhos e os braços que se ajustam perfeitamente a mim, e seria muito fácil colocar minha carreira em segundo plano.

Por mais de dez anos, minha vida foi definida por prazos, e tenho orgulho de nunca ter perdido nenhum.

Então eu me dou um prazo. Assim que terminar o livro, tomarei minha decisão sobre o trabalho. E sobre Finn.

Leve o tempo que precisar, ele responde.

É melhor para nós dois se eu voltar para Seattle agora, colocar algum espaço entre nós antes da gravação da reunião na próxima semana.

Tento me convencer disso durante todo o voo de volta para casa.

capítulo
VINTE E OITO

SEATTLE, WA

O *Seattle Times* está aberto na mesa da cozinha da casa dos meus pais, fatias de pão esperando na torradeira e uma frigideira com ovos mexidos no fogão. Este foi o primeiro lugar a que fui depois que meu avião pousou ontem à noite, arrastando minha mala escada acima até meu quarto de infância, mandando uma mensagem para Noemie dizendo que iria vê-la depois, e em seguida desabando na cama.

Folheio o jornal, notando os nomes familiares que assinam os artigos, como tenho feito desde que decidi estudar jornalismo. Mas não fico com inveja. Nem me sinto melancólica. Não gostaria de ter escrito a reportagem sobre um festival de música recente ou sobre a nova estação de metrô, como fiz na faculdade ou nos anos seguintes, quando ainda estava tentando me firmar.

Meu pai entra com sua bengala, roupão xadrez amarrado na cintura e barba por fazer branco-acinzentada cobrindo seu rosto.

— Bom dia! Se você tocou nas palavras cruzadas, vai se ver comigo.

— Bom dia. — Entrego o jornal para ele. — São todas suas.

Ele coloca comida no prato enquanto minha mãe desce as escadas, os cabelos longos presos com um elástico de arco-íris. Ela cantarola uma velha canção do Jefferson Airplane enquanto rega uma fileira de plantas cheias de folhas na janela da cozinha.

— Vocês não me forçaram a estudar jornalismo por ser algo mais útil do que escrever romances, forçaram? — digo quando todos estão na cozinha.

Minha mãe, que estava passando manteiga no pão de fermentação natural, para no meio da ação.

— Não acho que a gente teria feito algo assim — responde ela. — Pode ser que estivéssemos preocupados com dinheiro, mas acho que foi *você* quem nos informou que o jornalismo faria mais sentido.

Eu faço uma careta. Isso é bem a minha cara mesmo.

— Mas sinto falta daqueles mistérios assustadores que você escrevia. — Meu pai toma um gole de café. — Confesso que gostava mais deles do que daquele livro sobre água. — Levo alguns instantes para perceber que ele se refere ao livro de Maddy DeMarco. — Por que você está perguntando isso?

— Crise de meia-idade? — sugiro, e meu pai abre um sorriso.

— Não, você é muito jovem. Quando tiver a nossa idade, a expectativa de vida provavelmente vai ser de cento e cinquenta anos, pelo menos.

— Você não gostou de trabalhar no livro do Finnegan? — pergunta minha mãe, as sobrancelhas franzidas de preocupação.

Eu gostei um pouco demais. Olho para o prato, esperando que minha expressão não me denuncie.

— Não... Foi bom. Ótimo. Estou quase terminando. Enfim — digo ao meu pai, desesperada para mudar de assunto —, você vai fazer uma densitometria óssea na próxima semana, certo? Eu posso te levar. E talvez você possa me adicionar ao portal do paciente, assim consigo ver o resultado quando ficar pronto.

Meu pai tosse e minha mãe franze os lábios, o olhar fixo no teto. *Ah.* Talvez eu tenha cruzado algum tipo de limite que não conhecia? Eles até que entendem de tecnologia, apesar da idade, mas com certeza não tem mal nenhum se eu me envolver um pouco. Ainda mais agora que estou de volta.

— A gente queria falar disso com você — diz meu pai. — Sua mãe e eu... bom, a gente sabe que não é mais tão jovem assim.

Minha mãe joga os cabelos para trás.

— Fale por você — brinca ela. — O que queremos dizer é que você não precisa fazer mil malabarismos para cuidar da gente. Ficamos muito bem nos últimos dois meses, enquanto você estava fora.

Eu engulo em seco. Não estava preparada para ouvir que eles não precisam de mim.

— Mas eu fico preocupada.

— A gente sabe que você se preocupa porque se importa — responde meu pai. — Mas é um pouco demais. Sabemos que você pediu para a Noemie vir nos ver algumas vezes e, a certa altura, parecia um pouco como ter uma babá.

Eu estremeço. Não era isso que queria.

— Me desculpem. Acho que eu não sabia exatamente o que fazer.

— Sei que vai chegar um momento em que vamos querer a sua ajuda — diz meu pai. — Pode ser amanhã, mas também pode ser daqui a alguns anos.

Minha mãe dá um tapinha no meu joelho.

— Ainda não estamos prontos para deixar você ser nossa mãe.

Ao terminarmos o café da manhã, algo me atinge com uma clareza impressionante. Eu me pergunto se não tenho usado meu trabalho como muleta, como Finn disse. Para quantos empregos eu nunca me candidatei porque isso significaria ir embora de Seattle? Quantas oportunidades perdi porque estava tão decidida a me conter? Fiquei tão preocupada com a possibilidade de as pessoas não precisarem mais de mim que me amarrei a elas com tanta força que mal conseguia desatar os nós.

Fiquei achando que este lugar e estas pessoas eram o meu mundo inteiro e, embora não os ame menos do que antes de aceitar este trabalho, a verdade é que o meu mundo é maior do que isso. Eu me apaixonei por cidades e experiências novas repetidas vezes — e, acima de tudo, pela versão de mim mesma que conseguiu sair da zona de conforto.

Porque a Chandler de setembro não leria uma mensagem de Wyatt, depois de semanas e semanas de silêncio, convidando para uma festa de fim de ano que ele vai dar, e simplesmente digitaria: Desculpe, não posso ir! antes de excluir a conversa.

Estou evitando o livro. Tenho que entregá-lo em três dias e estou evitando escrever.

Termino de assistir a *Os notívagos* porque é mais fácil que abrir o arquivo da autobiografia, enfrentar o fim deste trabalho e o início de algo que ainda não consegui nomear. Até fui a uma aula de corrida reversa com Noemie ontem, esperando que correr de costas na esteira fizesse a criatividade fluir... e nada.

Mas, se for para ser realista, não se trata da criatividade. É o medo. É sempre, sempre o medo. Porque, por mais que ainda tenha o processo de edição, terminar de escrever o livro significa o fim de uma era.

A verdade é que a ideia de escrever outro livro baseado em uma conexão superficial é suficiente para me fazer querer me inscrever no treinamento de corrida reversa que o instrutor mencionou. Depois da conversa por telefone com Stella, soube de imediato que não poderia aceitar aquele trabalho. Talvez eu sempre tenha sabido o que queria, mas não confiei em mim mesma e meu cérebro demorou um pouco para chegar ao lugar em que meu coração já estava.

Minha mala nova está do outro lado do meu quarto, me lembrando que isso não precisa ser um ponto-final.

Respiro fundo e, mais uma vez, abro o livro de Finn.

Começo dando uma olhada nas páginas que escrevi até agora. E, conforme vou passando por elas, percebo uma coisa — há uma estranha emoção recorrente por todo o livro, desde a atuação até o judaísmo e *O senhor dos anéis*.

É algo parecido com *amor*.

Não sei dizer como não percebi isso antes, quando está tão presente em cada capítulo. A infância em Reno e as leituras dramáticas que encenou para a mãe. A malfadada interpretação de Horloge. A pesquisa meticulosa sobre a formação científica de Hux para *Os notívagos* e sua compreensão gradual de seu TOC e como administrá-lo.

Finnegan Walsh é determinado, é *bom*, e vale cada risco. E talvez nós pudéssemos ter descoberto juntos, como ele queria, mas agora sei que primeiro tive que fazer isso sozinha. Precisei me distanciar dele para conseguir enxergar.

Trabalho sem parar durante horas, sem olhar para o relógio ou a contagem de palavras. Não estou em um café ensolarado de Silver Lake, mas estou onde escrevi todos os outros livros, e alguma coisa nisso me traz um conforto que eu precisava desesperadamente desde que voltei a Seattle.

Eu sou uma escritora. Sempre fui uma escritora, mas, em algum momento, talvez para me proteger da possibilidade do fracasso, parei de escrever para mim mesma. Parei de escrever por puro amor e deixei minha voz desaparecer na de outra pessoa.

Chega disso.

Este livro terá o nome de Finn na capa — sei disso desde o começo.

E o próximo, estou determinada, terá o meu.

OS NOTÍVAGOS

Temporada 4, Episódio 22: "Formatura, parte 2"

INT. UNIVERSIDADE DE OAKHURST — NOITE

CALEB RHODES, ALICE CHEN, OLIVER HUXLEY, MEG LAWSON, SOFIA PEREZ e WESLEY SINCLAIR formam um círculo, observando o céu. Os Raiders aparecerão a qualquer momento. Caleb e Alice estão de mãos dadas, Hux e Meg estão se abraçando e Sofia está segurando o Talismã Escarlate. Até Wesley parece sério pela primeira vez na vida.

          CALEB
Então... é assim que acaba. Nós contra eles. Engraçado, pensei que tudo o que eu faria hoje seria pegar o pedaço de papel simbolizando que consegui sobreviver aos últimos quatro anos.

          WESLEY
Não abuse da sorte. Pode ser que isso não aconteça.

          MEG
Estou assustada.

Hux a abraça mais apertado e dá um beijo no topo de sua cabeça.

          HUX
Eu sei, também estou. Mas acho que é menos aterrorizante quando estamos assustados juntos, né?

capítulo
VINTE E NOVE

LOS ANGELES, CA

O estúdio está lotado, hordas de fãs vestidos da cabeça aos pés com peles falsas e bigodes pintados nas bochechas. Eles estão brandindo cartazes feitos a mão e sorrindo com presas de plástico, se abraçando com força, gritando e chiando e derramando algumas lágrimas porque até que enfim, *até que enfim* vai acontecer. Seus personagens favoritos, juntos de novo por uma noite.

Mesmo depois de todas as convenções, ainda é um espetáculo ver tantas pessoas reunidas por causa daquilo que amam de todo o coração.

Não exagerei na fantasia, mas ao menos está óbvio qual casal eu apoio. Encontrei uma camiseta escrito PREFIRO SER INCOMUM no Etsy, que combinei com as meias com estampa de adaga que Finn me deu, para encontrar um pouco mais de força. Apesar dos inúmeros voos desde setembro, segurei os braços bem apertado durante a viagem, com Noemie ao meu lado sussurrando palavras de confiança. Que eu não tinha estragado tudo. Que Finn não tinha mudado de ideia.

Ontem à noite, ele me mandou uma mensagem.

Eu entendo se você não vier. Mas espero te ver aqui, de verdade.

Eu respondi que é claro que estaria lá. Como eu poderia não ir depois de tudo que passamos?

Com uma camiseta combinando com a minha, Noemie agarra meu pulso quando chegamos aos assentos reservados na primeira fila.

— Olha o nosso nome nas cadeiras — diz ela, atordoada. — O que sua vida virou?

Talvez eu tenha uma resposta no fim do dia.

A reunião começa com algumas imagens da série, uma montagem de momentos memoráveis pontuados por risadas e aplausos do público. Eles mostram a primeira transformação de Caleb, a cena em que ele é forçado a escolher entre Alice e Sofia, o primeiro beijo de Hux e Meg. Algumas piadas de Wesley, no momento certo. Aparece também a parte do soro que Hux desenvolve no fim da série, que ajuda Meg a controlar um pouco de seu lado lobisomem, permitindo que eles por fim tenham um relacionamento real e que ela siga sua paixão pela história da arte sem temer. A seguir, vem a cena final do seriado: no dia da formatura, os seis personagens estão reunidos nos escombros do que um dia foi a Universidade de Oakhurst depois de lutarem contra seus inimigos pela última vez. Eles estão sangrando, mancando e cobertos de sujeira, mas venceram. E, enquanto levam alguns momentos para verificar os ferimentos, certificando-se de que todos estão bem, o espectador também fica sabendo que, independentemente do que vier a seguir, seja o que for que os mundos real e sobrenatural joguem no caminho daqueles personagens, eles serão capazes de lidar.

Após os aplausos, as luzes se acendem, revelando os seis protagonistas no palco. O público se levanta em uma estrondosa ovação e, quando volto a me sentar, minhas mãos estão ardendo. Juliana e Cooper parecem um pouco tímidos, Hallie e Bree estão sorrindo e acenando, Ethan sorrindo cheio de malícia.

E Finn.

Ele está lindo, é claro, porque sempre está, vestido com uma camisa de botões verde-escura, gravata cinza e um colete que ficou em seu figurino após meia hora de debate durante os ensaios. Ele é a versão retocada de si mesmo, aquele que me acostumei a ver nas convenções e na tela do meu laptop, mas há algo diferente. Um cansaço, talvez, algo que nunca vi antes, a menos que seja coisa da minha cabeça, já que senti muita falta dele.

Porque, se havia alguma dúvida a respeito do que sinto antes de embarcar para Los Angeles, ela não existe mais. Meu coração dói com a esperança de que ele ainda me queira, mesmo depois da minha fuga para Seattle.

A reunião é, em uma palavra, encantadora. O elenco compartilha seus momentos favoritos, segredos dos bastidores e responde a perguntas, e o público saboreia cada minuto.

Também encantador: Ethan fazendo papel de idiota no palco. O tempo todo ele parece distraído, esfregando o cotovelo ou enfiando a mão no bolso, como se quisesse verificar o celular, mas soubesse que não pode.

— Eu teria adorado ficar com as duas — diz ele com um sorriso malicioso quando Zach Brayer, o criador da série, pede para ele resolver de uma vez por todas um debate: Alice ou Sofia. — Mas, por algum motivo, Zach não gostou muito dessa ideia.

Perto do fim da gravação, quando chega a hora das perguntas da plateia, alguém os questiona sobre rumores de uma regravação ou de um spin-off circulando pela internet. Eu também li esses boatos — todos eles parecem resultar do fato de Zach ter dito no mês passado que adoraria escrever algo mais ambientado no universo de *Os notívagos*, talvez até com alguns dos mesmos personagens.

— Uma regravação? Acho que não — responde Ethan, rindo. — Sem ofensa, mas seria um pouco como dar um passo para trás. Acho que estou em um estágio diferente da minha carreira agora.

Uma onda de murmúrios percorre a plateia.

— Pelo jeito ele está determinado a ser o pior de todos, hein? — sussurra Noemie.

— Quer dizer... — acrescenta Ethan, atrapalhando-se ao perceber que os fãs estão irritados com ele, mas Hallie começa a falar logo a seguir.

— Falando como alguém que não acha que está acima de um seriado que ajudou a impulsionar a nossa carreira, eu *adoraria* uma regravação. Ou um spin-off — responde ela. — Meg aos trinta anos, tentando equilibrar ser lobisomem com seu trabalho como curadora de museu? Eu topo. — Isso recebe alguns gritos e muitos aplausos.

Mas a melhor parte é quando Finn retribui meu olhar, demorando-se por um longo e adorável momento.

Esse olhar basta para que eu ainda tenha esperança.

― ―

Quando tudo acaba, Noemie sai para beber com alguns fãs que conheceu anos atrás em um fórum, e eu vou aos bastidores em busca do camarim de Finn. A equipe me reconhece dos ensaios e me cumprimenta. Os corredores são estreitos, meus pés, instáveis, e, quando encontro a porta com os dizeres *Finn Walsh* rabiscados em um cartaz em forma de lua, meu coração vai parar na garganta.

Aliso um amassado na minha camisa, ajusto a pesada bolsa carteiro que estou carregando e bato na porta.

— Só um minuto — responde Finn.

Quando abre a porta, ele parece surpreso e fica óbvio que não esperava me ver ali. Seu rosto está um pouco rosado, como se ele tivesse acabado de tirar a maquiagem, e seus dedos congelam no lugar em que estavam afrouxando a gravata. Tenho que lutar contra a vontade de agarrá-lo e puxá-lo para perto de mim, porque de repente isso é tudo que quero fazer.

— Você foi incrível. — É o que acabo dizendo.

— Obrigado. É... — Ele olha para trás e passa a mão pelos cabelos. — Você quer entrar? Não é muito, mas...

— Certo, claro. Claro. — Esse constrangimento é novo. Ele abre mais a porta, revelando uma penteadeira, um cabideiro e uma mesinha com meia dúzia de arranjos de flores. A sala é tão pequena que me pergunto se ele consegue ouvir meu coração batendo forte.

É o Finn, lembro a mim mesma. O homem que nunca me deu um único motivo para que eu não me sentisse confiante. *Consigo fazer isso.*

Ele se recosta na penteadeira enquanto tiro da bolsa uma impressão do livro, encadernada com uma espiral.

— Sei que ninguém mais usa cópias impressas. Mas toda vez que eu me imaginava vindo te encontrar, estava segurando uma pilha enorme de papéis. Para um efeito mais dramático e tal. Ah, e pode ser que tenha uma mancha de café nas páginas 85 e 86... Desculpe por isso. — Entrego para ele com as mãos trêmulas. — Então aqui está. Seu livro.

Ele parece parar de respirar. Abre o livro como se fosse algo delicado, e não um monte de folhas que paguei quarenta dólares para imprimir na gráfica rápida, e vai passando os olhos, demorando mais em alguns parágrafos que em outros. Espero que dê para ele ver quanto amor por seu trabalho existe ali. Quanto amor por *ele*, mesmo me esforçando para não transparecer minha voz na escrita. Porque é exatamente como ele disse: não consigo me esconder por completo, e Finn é a última pessoa de quem quero me esconder.

Quando ele volta a falar, sua voz soa mais grossa. Emocionada.

— Não — diz ele, dando um tapinha na capa branca e lisa. — *Nosso* livro.

— Pela primeira vez, eu não rebato essa afirmação. — E eu amei. Parte de mim sente que não mereço um livro tão bom, mas não vou reclamar. Amei demais, você é boa pra caralho.

— Obrigada — digo, falando sério. — E de nada.

Ele coloca o livro na penteadeira, bem ao lado de um cartão que diz UAUUUUUUU VC MORA NO MEU CORAÇÃO — BJS, BREE.

— Tenho pensado muito — diz ele, as mãos enfiadas nos bolsos, cutucando meu sapato com o dele. — E eu sei que talvez tenha sido um tanto enfático aquele dia na minha casa. Talvez eu tenha pressionado além da conta. Faça o que fizer, seja escrevendo para si mesma ou para outras pessoas, você vai ser incrível. O que você fez por mim com este livro... acho que um "obrigado" não é o suficiente. Tudo isso me fez pensar que não sou só um-cara-que-um-dia-foi-famoso. Você me ajudou a perceber isso.

— Você também me ajudou. — Começo a arrancar o esmalte de uma das unhas. — Acho que nunca me senti tão confiante com o que escrevo quanto nos momentos em que você me lê. E... decidi terminar meu livro — digo, com mais determinação na voz. — Depois disso, vou ver como as coisas vão acontecer.

Ele assente.

— Isso me agrada bastante. E, a propósito, adorei a camiseta.

— Obrigada, mas... este não é o meu casal favorito.
— Não? — Sua boca se remexe um pouco e ele se aproxima.
— Na verdade, prefiro Hux com outra pessoa.
— Que absurdo.

Engulo em seco. Porque, por mais que eu queira beijá-lo, há algumas coisas que preciso contar primeiro. É agora ou nunca, por mais que ele tenha dito que eu poderia levar todo o tempo que precisasse. Já sei como me sinto há semanas, talvez até meses, e chegou a hora de dizer. Sem linguagem rebuscada, sem nenhuma simbologia ou significado oculto. Só palavras. As palavras certas.

— Durante os últimos meses — começo — pudemos nos conhecer melhor. Muito melhor, na verdade, do que conheço grande parte das pessoas na minha vida. Era para eu fazer entrevistas com você, escrever a história da sua vida... mas, de alguma forma, acabamos entrevistando um ao outro. Nós dois nos abrimos, compartilhamos coisas que não sei se já compartilhamos com outras pessoas.

Por mais que as coisas não tenham começado tão bem, Finn está entregue a esse relacionamento há mais tempo do que eu. Ele nunca teve dúvidas. E, claro, talvez ele seja mais famoso do que jamais serei, por mais que não seja uma celebridade tipo A — mas, ainda assim, nunca me fez sentir que minha carreira, por mais confusa que seja, não era importante.

— Pra mim, nunca foi uma questão só profissional — continuo —, nem no começo. Talvez isso queira dizer que eu deveria ter sido demitida. Talvez o mais certo tivesse sido não ter aceitado o trabalho, mas isso significaria que não nos aproximaríamos dessa forma. E aí... eu nunca teria me apaixonado por você. — Dou um passo para perto dele. — A gente nunca teria dado força um ao outro e nunca teria percebido que, por mais que sejamos capazes de fazer grandes coisas sozinhos... acho que também somos ótimos juntos.

A expressão em seu rosto poderia me desfazer em pedaços e me recompor por inteiro. Eu me forço a não desviar o olhar, a retribuir com minha vulnerabilidade.

— Estou profundamente apaixonada por você, e seja como for a minha vida depois deste livro... quero você nela.

Antes que eu possa respirar de novo, seus braços estão ao meu redor, calor, conforto e *alívio*.

— Eu te amo tanto, meu amor — diz ele com o rosto em meus cabelos, a mão segurando minha nuca, o polegar roçando minha orelha. — Eu te adoro. A quantidade de maquiagem que eles tiveram que aplicar para esconder minhas olheiras... Fiquei tão triste depois que você foi embora. Entendo por que você teve que ir, mas só conseguia pensar se você ia voltar.

Levo a ponta do dedo até o espaço abaixo de seus olhos, roçando sua pele.

— Você parece ótimo.

Quando nos beijamos, parece que é a primeira vez que respiro fundo nesta semana. Digo repetidas vezes que o amo, porque de repente não consigo parar de dizer.

— Então... relacionamento a distância? — pergunta ele. — Porque acho que a gente seria ótimo nisso de sexting.

Não consigo segurar uma risada. Ele deve estar certo.

— Vamos dar um jeito — respondo, porque a incerteza não me assusta mais. — Mas ainda não estou pronta para morarmos juntos.

— Tá bom, mas eu vou pra lá com frequência. Pra sua cama. E talvez na cozinha, sem camisa, fazendo panquecas e bacon vegetariano nos fins de semana.

— Não me oponho a nada disso.

Ele me abraça com mais força, deixando-me enterrar em seu peito.

— Que bom que você se arriscou — sussurra em meu ouvido.

— A questão é essa — digo para seu coração acelerado. Suave, firme e verdadeiro. — Com você, não parece um risco. É como estar *em casa*.

DAS TELINHAS PARA AS PÁGINAS, FINN WALSH FAZ DE TUDO

Vulture

Finn Walsh tem muitos motivos para sorrir. A antiga estrela de *Os notívagos* lançou uma autobiografia que estreou em quarto lugar na lista dos mais vendidos do *New York Times* no mês passado. A renda das vendas será revertida para a ONG Mentes Saudáveis, que foi projetada pelo ator para tornar tratamentos de saúde mental acessíveis a pessoas da área criativa com problemas financeiros. Ele também tem sido visto circulando por todo o país com a escritora Chandler Cohen, que namora há um ano, apesar de os dois não revelarem como se conheceram.

Recém-saído de uma turnê de duas semanas para promover o livro, Walsh já está de volta ao trabalho. "Fazia anos que não ficava tão ocupado", disse de sua casa em Los Angeles. "Sou muito sortudo por amar o que estou fazendo."

O livro de memórias de Walsh, *Por trás dos óculos*, narra sua experiência com o TOC, os primeiros dias em Hollywood e sua vida desde que *Os notívagos* saiu do ar, tudo por meio de uma série de cenas curtas instigantes. É leitura obrigatória para os fãs da série adolescente, mas tem um apelo amplo e significativo que vai além desse público. Escrito de maneira gentil e irreverente, o livro parece falar diretamente com o leitor, como se fosse um amigo próximo.

"O processo de escrita foi uma montanha-russa", declarou Walsh, incapaz de esconder a alegria em sua voz. "E ao mesmo tempo nunca me diverti tanto."

EPÍLOGO

SEATTLE, WA

Mesmo do outro lado da livraria, consigo ver *Por trás dos óculos,* e não apenas porque minha pessoa favorita está na capa. Finn posa em uma biblioteca contra um fundo azul-escuro, quebrando um par de óculos e olhando além da câmera. A autobiografia está em uma mesa com os livros mais vendidos, de ficção a livros de receitas coloridos e, claro, livros de celebridades — escritos por outras pessoas, tenho certeza.

Voltei a esta loja algumas vezes desde O Grande Roubo da Livraria que mergulhou minha vida em um lindo caos, mas esta noite... esta noite é diferente. Esta noite, estou me forçando a não cutucar as unhas pintadas de roxo-escuro para combinar com a capa, desejando que os nervos não tomem conta de mim. Então vou em direção ao bar que guarda o tipo de memória que mantenho em segurança perto do meu coração.

— Coragem líquida? — pergunta alguém atrás de mim.

Eu me viro, balançando a cabeça.

— Não. Apenas contemplando a natureza do destino, as complexidades do universo e como chegamos até aqui.

— Então nada muito profundo. — Finn bate em meu quadril enquanto se senta no banco ao meu lado. Ele está um pouco mais grisalho, e adoro provocá-lo por isso, apesar de ele não se importar com a mudança.

— Não achei que teria tanta gente. Por que está tão cheio? Será que entenderam errado e acham que estão aqui para ver a Tana French? É tarde demais para ir buscá-la?

Finn passa um braço sobre meu ombro e me puxa para perto.

— Você consegue — diz, e, como eu meio que acredito nele, dou um beijo rápido em sua boca. — Você vai arrasar.

Subimos no palco, nossos amigos e familiares já esperando na plateia. Noemie, meus pais e minhas tias, a mãe de Finn, Krishanu e Derek. Então, com um último aperto na minha mão, Finn se senta na primeira fila enquanto eu caminho sozinha até o microfone, extraindo o máximo de confiança que posso do meu novo blazer de veludo preto e do meu cabelo recém-cortado.

— Muito obrigada a todos por estarem aqui — digo depois que um livreiro me apresenta. — Parece um pouco surreal dizer isso, mas estou falando sério: eu não fazia ideia se algum dia ocuparia este lugar, e não subestimo meu caminho até aqui. — Ergo o livro, um volume de capa fosca que ainda nem consigo acreditar que leva meu nome. — *A caneta envenenada* não é bem um *cozy mistery*, apesar de eu achar bastante acolhedor... Com certeza o livro tem romance suficiente para manter vocês aquecidos. O local ideal para ler, como acontece com qualquer livro, é junto à lareira com uma caneca de chocolate quente. — Com isso, os olhos de Finn brilham em reconhecimento. — Comecei a escrever este livro há muito tempo — continuo —, mas ele só se consolidou quando passei a trabalhar em algo completamente diferente.

Só algumas pessoas aqui sabem do que estou falando. Um ano após a publicação, dois anos desde que começamos a trabalhar nele, o livro de Finn ainda aparece como destaque na maioria das livrarias. Foi para uma segunda impressão antes mesmo de ser oficialmente lançado, e nós dois já vimos o que ele vai receber de direitos autorais. Debatemos tornar público o fato de que eu o escrevi, mas decidimos manter em segredo. Finn disse que a decisão era toda minha, e eu queria que isso ficasse entre nós. Uma peça adorável e crucial da nossa história.

— Espero que vocês gostem... mas, se não gostarem, por favor, não me contem. — Algumas risadas. — Mas acima de tudo espero que, ao ler, consigam escapar do mundo real por alguns instantes.

Depois, servem bolo e champanhe e a fila de autógrafos é mais longa do que eu achei que seria. Claro, algumas pessoas provavelmente estão aqui para ver Oliver Huxley, mas em geral Finn e eu conseguimos viver uma vida tranquila. Fiel à sua palavra, ele diminuiu o circuito de convenções e adotou uma cadelinha que foi resgatada, Bonnie, e que sempre fica mais feliz quando me vê do que quando está com ele, o que Finn contrapõe dizendo:

— Ela me vê todos os dias. É claro que ela parece mais animada em te ver quando você está aqui.

Passamos um tempo nos dividindo entre Seattle e Los Angeles, mas este ano decidimos alugar a casa de Finn em Los Feliz e morar juntos em um apartamento pitoresco de dois quartos a apenas dez minutos de carro de Noemie.

Stella vendeu *A caneta envenenada* como uma duologia logo depois que terminei, em grande parte graças aos relacionamentos que construí por meio do trabalho como ghostwriter. A sequência será lançada no ano que vem, então estou imersa na escrita e trabalhando meio período em uma livraria perto de casa. Finn está terminando de produzir uma comédia romântica centrada na época do Hanukkah, a primeira de uma rede que é conhecida sobretudo pelos filmes de Natal. Além disso, ele viaja com frequência para reuniões com parceiros de sua organização sem fins lucrativos, Mentes Saudáveis, que já conta com uma dúzia de terapeutas em sua equipe. Nossa vida está mais ocupada do que nunca, e não consigo imaginá-la de outra maneira.

Meus pais se divertem muito com tudo isso, inclusive com o fato de sua filha estar namorando alguém que eles assistiram em uma série na televisão. Meu pai o chamou de Hux por três meses inteiros depois que o apresentei e ainda comete alguns deslizes ocasionais.

— Ainda não acredito que você não nos deixou ler o livro antes de publicar — protesta minha mãe depois de me envolver em um abraço. — Lemos todos os outros!

— Sim, mas este é diferente. Só por segurança, acho que você deveria pular os capítulos 3, 11, 14, as últimas páginas do 18 e metade do 20. — Vou falando isso enquanto autografo o livro deles. — E com certeza o 22 e o 24. Na verdade, talvez seja melhor eu ficar com esse exemplar e te dar uma cópia editada.

— Essas são as melhores partes — Noemie finge sussurrar, e eu finjo que vou bater nela com o livro.

Bem quando penso que os autógrafos terminaram e todos os amigos e familiares transferiram a festa para o bar, uma última pessoa se aproxima da mesa.

— Em nome de quem? — pergunto, as palavras ainda soando estranhas, mas começando a parecer mais familiares.

— Seu noivo — responde Finn enquanto desliza o livro para frente.

Outra palavra com a qual não me acostumei e adoro ouvir na voz dele. Olho para o anel em meu dedo, o calor crescendo em meu peito. O noivado: um momento tranquilo e perfeito entre nós alguns meses atrás, antes de alugarmos a casa dele. Taças de vinho, jazz suave tocando em seu sistema de som, Bonnie cochilando no meu colo.

— Não ser casado com você me dá a sensação de uma completa perda de tempo — disse ele, brincando com uma mecha do meu cabelo. — Acho que a gente deveria dar um jeito nisso.

Ele me observa passar a caneta pela página de rosto, nada além da mais pura admiração em seus olhos.

— Meu autógrafo é muito confuso — declaro. Os dois C não são uniformes e parece que estou praticando letra cursiva em um daqueles cadernos de caligrafia para crianças. — Depois de um tempo, comecei a achar que parecia que eu estava autografando "Charlie Chaplin", então fiquei tão noiada que devo ter autografado alguns livros como Charlie Chaplin.

Finn olha para o autógrafo.

— Me parece muito bom — declara. — Mas se você quiser... Tenho bastante experiência com esse tipo de coisa. — Seu olhar desliza de volta para o meu, a boca se curvando em meu tipo favorito de sorriso. — Que tal se eu te desse algumas dicas?

AGRADECIMENTOS

À minha editora, Kristine Swartz: obrigada por me ajudar a encontrar a essência deste livro. Como sempre, sou muito grata por sua visão, ainda mais quando se trata de tópicos sobre os quais temos opiniões tão fortes. Trabalhar com você é um verdadeiro sonho.

Na Berkley, um enorme agradecimento a Mary Baker, Jessica Plummer, Yazmine Hassan, Kristin Cipolla, Daniel Brount e Megha Jain. A Vi-An Nguyen, por mais uma capa deslumbrante. Do outro lado do oceano, fico emocionada por meus livros terem encontrado um lar no Reino Unido, com Madeleine Woodfield e a equipe da Michael Joseph! Obrigada a Tawanna Sullivan por fazer isso acontecer. A Laura Bradford, por responder aos meus e-mails neuróticos e sempre saber o que preciso ouvir. E devo muita gratidão a Taryn Fagerness, por colocar meus livros em editoras de todo o mundo. Não consigo expressar de forma adequada como é surreal vê-los nas lojas. Obrigada também a Hannah Vaughn e Alice Lawson, da The Gersh Agency, por serem defensoras fantásticas dos meus livros.

Boa parte deste livro foi escrita na companhia de duas pessoas que admiro muito: Vicki Campbell e Riv Begun; nossa semana na Escócia foi além da perfeição. Um agradecimento a Duncan por nos deixar voltar ao Airbnb quando nos trancamos do lado de fora e por não ficar bravo com isso. Sarah Suk, Marisa Kanter, Carlyn Greenwald e Kelsey Rodkey: eu adoro vocês. Obrigada pelas primeiras leituras, conselhos e apoio. E muito obrigada a

Christina Lauren, Alicia Thompson e Elissa Sussman pelo seu tempo e palavras gentis!

Existem muitos livros excelentes que exploram os tópicos pelos quais Chandler é apaixonada, e os dois que mais me ajudaram durante o processo de escrita foram *Come As You Are: The Surprising New Science that Will Transform Your Sex Life*, de Emily Nagoski, e *The Turnaway Study: Ten Years, a Thousand Women, and the Consequences of Having — or Being Denied — an Abortion*, de Diana Greene Foster.

Ao Ivan, por tudo e pelas músicas-tema. Mesmo/especialmente as ruins. Amo você.

Este livro foi composto na tipografia Scala Pro,
em corpo 10,5/15,5, e impresso em
papel off-white no Sistema Cameron da
Divisão Gráfica da Distribuidora Record.